清代宮廷大戲叢刊初編

鼎峙春秋【下】

（清）周祥鈺　鄒金生　編寫
宋啓發　校點

北京大學出版社
PEKING UNIVERSITY PRESS

第六本卷上

第一齣　未可笑時偏發笑

〔雜扮小軍，引小生扮趙雲上，唱〕

【仙呂調隻曲·點絳唇】八面威風㊍，當陽神勇㊍。英名重㊍，懷抱蟠龍㊍，勳績誰能共㊍。〔白〕奸雄曹操起戈矛，志欲平將天下收。一夜東風壇上起，曹兵百萬等時休。俺趙雲奉軍師將令，帶領三千軍馬，埋伏烏林，截殺曹操。來此已是。大小三軍，就此埋伏者。〔同唱〕

【越調正曲·水底魚兒】受計前行㊍，軍兵莫暫停㊍。〔合〕烏林埋伏㊁，妙策鬼神驚㊍，妙策鬼神驚㊂。〔白〕大小三軍，與我滅火掩燈，就此埋伏者。〔衆應，下。净扮曹操、許褚、張遼、毛玠、夏侯淵、徐晃、張郃，雜扮衆將、軍卒上，同唱〕

【紅繡鞋】曳兵棄甲争馳㊍，争馳㊎。狼奔鼠竄如飛㊍，如飛㊎。看敵勢㊁，正張威㊍。潛踪跡㊍，好逃歸㊍。〔合〕圖苟免㊁，棄江湄㊍。〔曹操白〕孤家水旱二寨，俱被周瑜焚燒。幸得逃脱，又遇呂蒙、甘寧等截殺，大敗至此。此處是甚麽地方？黑夜漫漫，不辨去路。〔軍卒白〕這是烏林地方。〔曹操大笑科。許褚白〕主公爲何發笑？〔曹操白〕我笑周瑜無謀、諸葛少智，若此處埋伏一枝人馬，如之奈何？〔趙雲内白〕曹操，我趙子龍在此等候多時。〔許褚白〕不好了，趙雲攔住去路了。〔趙雲衆上。曹操白〕徐晃、張郃出戰。〔徐晃、張郃與趙雲戰殺科，曹衆敗下。小軍白〕曹操走了。〔趙雲白〕歸師莫掩，窮寇莫追，就此收兵。〔衆應科，同唱〕

【中吕宫正曲・撲燈蛾】烏林路委蛇(韻)，烏林路委蛇(疊)。子夜雲昏蔽(韻)。預伏士三千(句)，這是軍師妙計(韻)也(格)。時來擒取(韻)，怎能勾插翅高飛(韻)。好一似釜魚待斃(韻)，頃刻間(句)，曹兵片甲不留遺(韻)。〔下。净扮張飛，衆小軍隨上。唱〕

【越調正曲・水底魚兒】殺氣漫空(韻)，夷陵顯我雄(韻)。〔合〕若逢敵將(句)，殺他没影踪(韻)，殺他没影踪(疊)。〔白〕軍校，與我在此夷陵好生埋伏者。〔小軍白〕得令。〔衆下。曹操衆上，唱〕

【中吕宫正曲・紅繡鞋】烏林險蹈危機(韻)，危機(格)。逋逃怎敢稽遲(韻)，稽遲(格)。〔衆白〕不好了，下雨了。〔唱〕天黑暗(句)，雨淋漓(韻)。身上濕(句)，肚中饑(韻)。〔合〕棄甲走(句)，好孤悽(韻)。〔衆白〕稟丞相爺，我們肚中饑餓，都走不動了。〔曹操白〕這是什麽地方？〔衆白〕這是南夷陵大路葫蘆口。〔曹操白〕就在前面葫蘆口埋鍋做飯，吃了再走。〔衆作吃飯科，曹操大笑科。許褚白〕適纔丞相笑周瑜、諸葛，惹出趙子龍來。如今又笑，爲何？〔曹操白〕我笑他們智上未到。此處埋伏一枝人馬，我們縱然脱得性命，難免重傷了。〔張飛衆上，白〕曹操，那裏走！〔許褚、張遼、徐晃與張飛殺科，曹操衆敗下。小軍白〕曹操走了。〔張飛白〕就此收兵。〔衆應科，同唱〕

【中呂宫正曲・撲燈蛾】軍師計策奇㊞，軍師計策奇㊟，預料無遺議㊞。此處是夷陵㊐，特地埋兵等你㊞也㊑。將伊擒取㊞，纔顯俺黑臉張飛㊞。不怕恁上天入地㊞，俺軍師㊐運籌決勝盡前知㊞。〔同下〕

第二齣　絶無生處却逢生

〔雜扮軍校、將官，净扮周倉，引净扮關公，雜扮纛隨上。關公白〕軍師將令守華容，惱得心中怒氣沖。怎肯私情廢公議，擒曹方顯俺丹忠。奉軍師將令，前到華容小道捉拿曹操，就此前去。〔唱〕

【仙吕調套曲・點絳唇】他欺俺蓋世英豪㊙。他把兵機顛倒㊙。相奚落㊙，輕視吾曹㊙。惱得俺心焦躁㊙。

【仙吕調套曲・混江龍】記當時雖則年少㊙，習成了虎略與龍韜㊙。飽看着《春秋左傳》㊀，常則是秉燭通宵㊙。憑着俺兩手擎天扶漢室㊀，三停偃月助劉朝㊙。俺三人桃園結義㊀，同歃血生死相交㊙。俺也曾破黄巾生擒張角㊙，殺張梁、張保齊梟㊙。斬華雄酒温頭到㊙，擒吕布水淹城壕㊙。刺顔良萬軍營内㊀，誅文醜戰馬咆哮㊙。過五關連誅六將㊀，獨行千里匹馬單刀㊙。昔日在古城邊㊕，立斬了蔡陽頭㊀。今日在華容小道㊕，要捉奸曹操㊙。雖則是軍師將令㊀，也是俺關某英豪㊙。〔白〕軍校，來此甚麼所在？〔軍校白〕華容道了。〔關公白〕就在此埋伏，捉拿曹操。〔衆應科，下。衆扮敗殘兵將、生扮張遼、副扮許褚，擁净扮曹操上，同唱〕

【越調正曲・水底魚兒】身似飛蓬(韻),誰知路已窮(韻)。〔合〕呑吴抱憾(句),不得到江東(韻),不得到江東(疊)。〔曹操白〕張遼,查看還有多少人馬。〔張遼白〕只剩得一十八騎殘兵。〔曹操白〕罷了!　罷了!百萬雄兵,只剩得一十八騎,天亡我也!　天亡我也!　來此甚麽地方?〔許褚白〕華容道了。〔曹操白〕有幾條路?〔許褚白〕兩條路。〔曹操白〕大路通那裏?　小路通那裏?〔許褚白〕大路通南郡,小路通許昌。〔曹操白〕看看那條路有埋伏。〔許褚白〕大路寂静,小路微微有些烟火。〔曹操白〕既然如此,走小路。〔許褚白〕走大路罷。〔曹操白〕你不知道,諸葛亮興兵以來,以虚爲寔,以實爲虚,走小路。〔許褚白〕走小路。〔衆同唱〕

【南吕宫正曲・劉袞】休囉唣(韻),休囉唣(疊),悄悄走過華容道(韻)。水兵纔去(句),旱兵隨到(韻)。纔離趙雲來(句),張飛又找(韻)。〔合〕急奔南陽(句),殘生可保(韻)。〔曹操笑科。許褚白〕主公又爲何發笑?〔曹操白〕諸葛亮不會行兵,只有近策,没有遠計。此處要安一枝人馬,你我插翅也不能飛了。〔衆引關公衝上,〔白〕曹操,那裏走!〔曹操白〕甚麽人領兵?〔周倉白〕關將軍領兵。〔曹操白〕好了,你我有了救了,一齊下馬。〔曹操衆作下馬見科,曹操白〕賢侯請了,别來無恙否?〔關公白〕呀,〔唱〕

【仙吕調套曲・油葫蘆】則見他頂禮躬身問故交(韻),〔白〕曹操。〔曹操白〕賢侯。〔關公唱〕俺與你狹路相逢冤家到(韻)。〔曹操白〕賢侯此言差矣。自古道:恩人相見,分外眼明;仇人相見,分外眼睁。怎麽説「冤家」二字?〔關公白〕曹操,〔唱〕你道是恩人相見興偏高(韻)。〔滚白〕到今日用武時,〔唱〕誰許你喜孜孜(讀)，假意兒虛陪笑(韻)。〔曹操笑科，白〕請問賢侯領兵何往？〔關公白〕人言曹操奸詐，果不虛傳。明知某家今日擒他，故意相問。曹操，〔唱〕俺奉着軍師令(讀)，華容道上捉奸曹(韻)。〔曹操白〕老夫替天行道，有甚麽奸處？〔關公白〕你道没有甚麽奸處，聽俺道來。〔唱〕許田射鹿把兵來調(韻)，董承屈死馬騰梟(韻)，吉平事遭圈套(韻)，漢獻帝恨怎消(韻)。

【仙呂調套曲·天下樂】董貴妃(讀)，逼他受苦惱(韻)。這都是你行霸道(韻)，使奸狡(韻)，那些個秉正存公道(韻)？〔白〕周倉，〔唱〕自古道養軍千日用在一朝(韻)，向前去一個個生擒活捉(韻)，休放走這奸曹(韻)。〔白〕周倉，看有多少人馬？〔周倉白〕得令。排開！一五、一十、十五、十六、十七、十八，啟爺：連曹操一十八騎。〔關公白〕一個也不多，一個也不少。好軍師，你却能算不能料，且漫説一十八騎殘兵，就是一十八隻猛虎，俺關某也要擒他。他今日到此，好比甚麽？〔唱〕

【仙呂調套曲·滿江紅】好一似傷弓鶻鳥(韻)，着鈎金鯉怎遊遨(韻)。一恁你騰雲怎走(句)，插翅也是難逃(韻)。〔許褚白〕尊侯自下許昌，我主公待君侯也不薄。上馬提金，下馬提銀，三日一小宴，五日一大宴，這兩樣厚恩，也當報答纔是。〔關公白〕哣！〔唱〕誰聽巧言口嚣嚣(韻)，亂語胡云惹人心焦躁(韻)。只説你的恩惠(句)，不記俺的功勞(韻)。俺也曾刺顔良、誅文醜(句)，立功報効(韻)。曾封金遺柬辭曹(韻)，明明別分毫(韻)。咱奉着軍師將令(句)，怎肯相饒(韻)。〔曹操白〕賢侯請息怒。想當初在許昌，蒙君侯許我，異日相逢，必當相報。賢侯以信義服天下，豈肯失信于吾曹。曹操今日兵敗勢危，望賢侯以昔日之言爲重。〔關公白〕關某雖蒙丞相厚恩，曾斬顔良、文醜答報過了。今日奉命，豈敢爲私乎？〔曹操白〕大丈夫處世，以信義爲重。賢侯深明《春秋》大義，豈不知庾公之斯追子濯孺子者乎？曹操一言已盡，望將軍三思。〔關公白〕少説。到是某家忘懷了，是某許他異日相逢，必當相報。罷，也罷，寧可壞我數十年之身軀，全一個信字罷。曹操，你可曉得某家行事麽？周倉，分付衆兵散佈擺開，單擒曹操。〔周倉應科，白〕分付衆兵散佈擺開，單擒曹操。〔軍校應科，出山分。曹操衆急下。軍校白〕曹操走了。〔周倉白〕待小將趕上，捉他回來。〔關公白〕住了，窮寇莫追，就此收兵。〔唱〕

【中吕宫正曲・駐雲飛】放走奸曹(韻)，抗違軍令犯法條(韻)。除却簪纓帽(韻)，脱却錦征袍(韻)。嗏(格)，來朝見諸葛(句)，決難饒(韻)。〔滚白〕少不得負荆請罪〔唱〕，待彼寬饒(讀)。俺大哥決定將情討(韻)。〔合〕也只爲重信輕生悮這遭(韻)。〔下〕

第三齣　據險要定策襲州

〔雜扮衆軍卒，引小生扮周瑜上，唱〕

【正宮正曲·四邊静】襲取荊州人驚駭（韻），江左聲名大（韻）。孔明有奇才（韻），怎出公瑾策（韻）。〔白〕某周瑜是也。破了曹操，今秉勢襲取荊州。衆將官，前面已是荊州了，好生圍住者。〔唱合〕看逃軍棄鎧（韻），鼠竄狼敗（韻）。鬼哭與神嚎（句），四野哀聲在（韻）。〔下。設荊州城。雜扮小軍、將官，引生扮孔明上，白〕經天緯地吐雲霞，秘略奇謀神鬼誇。萬頃長江流不盡，荊州今日屬劉家。山人諸葛亮，自到東吴舌戰群儒，激怒周郎，又借東南風大破曹瞞。今曹操大敗，周郎決取南郡，故令趙雲暗奪，我自暗襲荊州。若東吴兵來時，殺他一個凑手不及。周郎周郎，今日方知俺孔明料事如神也。〔唱〕

【南北合套·新水令】奸雄肆志亂中華（韻），嘆朝秦暮楚更霸（韻）。天愁雲慘淡（句），山慟水嗟呀（韻）。〔白〕周郎，若無我孔明呵，〔唱〕怎麽彀一火燒他（韻），你也枉做了吴姻婭（韻）。〔内吶喊。孔明白〕呀，見一隊人馬飛捲而來，必是周瑜來也。俺這裏已有成算。你若來時，又中俺計也。衆將官，就此埋伏者。

〔衆小軍、甘寧、陳武、潘璋、周泰，引周瑜上，唱〕

【南北合套·步步姣】旌旗飄蕩威風大(韻)，赤壁添聲價(韻)。看江東旺氣佳(韻)。都要飛駕雲梯(讀)，護牌城跨(韻)。〔合〕遥望女牆遐(韻)，爲甚的掩旗息鼓無征殺(韻)。〔卒白〕啟元帥：城上並無一人，城門大開。〔周瑜白〕吓！我曉得了，他知俺到來，望風逃去了。傳令快進城去。〔四將白〕得令。啟元帥：聽得一聲砲響，四下喊聲震天，城頭戈戟如麻，必有準備。〔周瑜白〕那怕準備。城上的曹將聽者，東吴大都督周瑜到此，早早獻城投降，保汝重用，若言不肯，頃刻踏平荆州。〔孔明白〕都督請了。我非曹將，乃孔明在此。〔周瑜白〕吓！原來是孔明軍師。軍師那日爲何不别而行？吾主好生掛念。〔孔明白〕吓，都督。〔唱〕

【南北合套·折桂令】多拜上孫主賢達(韻)。只恐都督奇謀(句)，因此上歸帆一霎(韻)。〔周瑜白〕軍師，今小將奉吾主之令，來鎮荆州，爲何軍師埋兵暗守？吓，莫非要謀占東吴的荆州麽？〔孔明白〕都督，你是何言也？〔唱〕這土地是劉氏邦家(韻)，那一塊是東吴基業(句)，兀自來弄舌磨牙(韻)？〔周瑜白〕住了！我主用兵，費盡百萬錢糧，應該屬吾。豈有不費分毫，擅自謀占之理？〔孔明白〕都督，你道孔明不費分毫。别人或者不知，難道你也不曉？〔唱〕成就了恁苦肉計東南風發(韻)。〔周瑜白〕雖是借風，也是俺奇謀決勝。〔孔明白〕嗳，〔唱〕休提那霸東吴周師權詐(韻)，無奇計粧病推假(韻)。〔周瑜白〕軍師差矣。汝主劉備敗走無地，虧我主興師救護。汝等不思報恩，反占地土，是何道理？〔孔明白〕我主漢室子孫，當承祖業。汝等速回，如若言三語四，〔唱〕把吴兵席捲灰飛(句)，少遲延教伊棄戈抛甲(韻)。〔周瑜白〕多講。好生把荆州讓還吾主罷了；如言不予，今日俺周瑜與孔明決一死戰。〔孔明白〕就與你決一死戰。傳令關公出馬。〔雜扮小軍，引净扮關公上，白〕得令。周瑜休得無禮，可認某家一認。〔周瑜白〕不必多言，放馬過來。〔殺科，周瑜衆敗下。孔明白〕收兵。〔關公白〕軍師，某家正欲擒彼，軍師何故收兵？〔孔明白〕周瑜等雖勇，非公對手，只要殺他一個喪膽，使周瑜一氣便了。〔關公白〕原來如此。〔孔明白〕傳令暫掩城池，候主公來開門。〔下。小軍引周瑜上，白〕孔明，〔唱〕

【南北合套·江兒水】你一片奸謀計(句)，把荆州暗襲押(韻)。東吴雄虎誰招架(韻)。〔白〕誰想孔明暗襲荆州，伏兵盡出。被關某殺敗，兀的不氣殺我也！〔唱〕把鹿角四圍都列下(韻)，待救兵共力齊驅發(韻)。〔張飛内白〕衆將官，與我上前擒賊。〔周瑜白〕誰敢來？〔雜扮軍校，引净扮張飛上，白〕周瑜我的兒，你可認得我張翼德麽？〔周瑜白〕休得胡説，放馬過來。〔殺科。周瑜衆敗下，孔明上，白〕傳令收兵。〔雜扮衆將，引生扮劉備上，白〕軍師有令收兵，同進荆州。〔張飛白〕如此，衆將官進城。〔唱〕決勝風雷叱咤(韻)。〔合〕暫借荆州(句)，且自休兵牧馬。〔衆下。劉備引衆上，劉備白〕軍師。〔孔明白〕主公、三將軍，那周瑜怎麽樣了？〔張飛白〕軍師聽禀：〔唱〕

【南北合套·雁兒落帶得勝令】奉鈞令出奇兵(讀)，佈似麻(韻)。那周瑜(讀)，膽落魂消化(韻)。唬得他七魄離(句)，怎當俺丈八矛一回殺(韻)。〔劉備白〕軍師，那周瑜雖敗，魯肅必然自來。〔孔明白〕只管教他自來。〔劉備白〕軍師何以對答？〔孔明白〕主公，那周瑜，〔唱〕呀(格)，恐曹操復來赤壁下(韻)，首和尾怎撑達

(韻)。笑周郎畫餅空差煞(韻)，怎鏖戰恐爭差(韻)。〔劉備白〕今得漢上九郡，軍師真妙算如神也。〔唱〕堪誇(韻)，這的是軍師神謀大(韻)。忻佳(韻)，今日得荆州可立家(韻)，得荆州可立家(疊)。〔孔明白〕主公，〔唱〕

【南北合套・僥僥令】安民早建衙(韻)，禮士撫休嘉(韻)。指日中原尊王化(韻)，〔合〕掃奸雄扶漢家(韻)。

〔雜扮小軍，引末扮魯肅上，唱〕

【南北合套・收江南】呀(格)，作星使馳驅如飛呵(句)，向荆州眼巴巴(韻)，遥望着百雉連雲插(韻)。〔白〕通報説東吴魯肅要見。〔卒禀科。劉備白〕軍師，魯肅來此爲何？〔孔明白〕不過要荆州。〔張飛白〕他若來時，待我砍他一個稀爛。〔孔明白〕主公迎接。〔劉備迎科。魯肅白〕皇叔。〔劉備唱〕自别未久矣喜迎迓(韻)，驀忽地降駕(韻)，驀忽地降駕(疊)。欣聚首(讀)，暢樂莫喧嘩(韻)。〔魯肅白〕我主與周都督時遣魯肅致意皇叔臺下。〔劉備白〕不知大夫枉駕，吴侯、周公有何臺教？〔孔明白〕大夫莫非要會兵伐中原麽？〔魯肅白〕非也。〔孔明、劉備白〕還是何事？〔魯肅白〕皇叔，那日曹兵百萬，原非下江南，寔是追趕皇叔。彼時孔明煩下官引見主公，再三贊勷，今江東費錢糧興兵馬殺退曹兵，救皇叔之圍，那荆襄九郡應歸東吴。今皇叔詭計占奪，爲此下官奉主命前來，〔唱〕

【南北合套・園林好】問君侯何其使詐(韻)，頓忘了當陽棄甲(韻)。〔孔明白〕原來爲此。〔魯肅白〕正是。〔孔明白〕大夫高明之士，何出此言？〔魯肅白〕阿呀，孔明，那日江東文武，皆言曹操無仇，以和爲是。〔唱〕東吴士多言兵罷(韻)。〔白〕下官爲你力挺主見，爲何失信？〔唱合〕把解危難竟忘咱(韻)，把解危

難竟忘咱(韻)。〔孔明白〕大夫差矣。荆襄九郡，乃我主族兄劉表之業。〔唱〕

【南北合套・沽美酒帶太平令】非東吴舊國家(韻)，吴侯語没抓拿(韻)。難道昆仲家基有甚差(韻)，先生請詳察(韻)，明言可回答(韻)。〔魯肅白〕孔明差矣。既是皇叔基業，何不自守，反與曹操？〔孔明白〕原爲劉琮不肖，獻與曹操。大夫深知，那曹操向懼孫吴長江之險，今得荆州戰船百艘，順流而下。前日若無孔明助箭借風，大夫不要説一個周瑜，〔唱〕恁就是十個周郎，難出一馬(韻)，笑赤壁怎䠶滅法(韻)。這功勞仗孔明非假(韻)。〔魯肅白〕孔明之功雖然不小，但只此一風，能退曹兵百萬麽？〔關公白〕咳，昔高祖仗劍定業，不幸奸雄並起，宇宙瓜分，我主乃中山靖王之後、漢景帝嫡派元孫，那萬國九州皆漢江土，何況荆襄九郡？汝主不過錢塘小吏之子，今霸占八十一州，尚不足意。況且赤壁之戰，若無軍師神力，此時二喬被擄于銅雀，汝等性命尚未知存亡。今不知恩，反來絮聒。〔唱〕俺呵(格)知我主是皇家(韻)、帝家(韻)，漢高祖根芽(韻)。呀(格)，你若再開言，管叫你命歸泉下(韻)。〔魯肅白〕吓，二將軍，我魯肅何懼一死！向日我力勸伐曹，解救玄德之圍。今已失信，反占荆州，我亦難覆命。罷，不免撞死堦下。乞二公早決。〔孔明、劉備白〕大夫且請息怒，從容議還便了。〔張飛白〕誰敢要荆州，叫他來認一認老張的拳頭。〔劉備白〕不必多言。〔魯肅白〕既如此，告别了。〔孔明、劉備白〕大夫故舊相逢，今宵呵，〔唱〕

【尾聲】一樽洗却風塵話(韻)，堪羡相如秦庭咤(韻)。〔卒白〕酒席完備。〔孔明、劉備白〕大夫請。〔魯肅白〕請。〔同唱〕今日歡情奉酒斝(韻)。〔同下〕

第四齣　計久長拈鬮取郡

〔小生扮趙雲上，白〕勒馬持鎗膽過天，搴旗斬將獨争先。精忠一點扶明主，虎穴龍潭敢向前。某常山趙雲，今日聞得主公要與軍師商議久遠之策，只得在此伺候。道猶未了，主公、軍師來也。〔雜扮將校，生扮劉備，雜扮糜竺、糜芳、雍固、劉封隨上。劉備唱〕

【正宮引・長生導引】天生俊傑（韻），到楚地纔安帖（韻）。〔生扮孔明上，唱〕帷幄運籌能（句），血誠當竭（韻）。〔净扮關公上，唱〕赤壁幸得東風借（韻），破曹歸也（韻）。〔净扮張飛上，唱〕一月三捷（韻），教人遥認黑張爺（韻）。〔劉備白〕且喜已到荆州，皆賴軍師神機妙算，還求永遠之策方好。〔孔明白〕襄陽受敵之處，恐不可久守，不如南征四郡，積收錢糧，以爲根本。〔劉備白〕四郡此時何人把守？〔孔明白〕武陵金旋、長沙韓玄、桂陽趙範、零陵劉度，若取得四郡，乃魚米之鄉，漢土可保久遠矣。〔劉備白〕那一郡難取？〔孔明白〕此四郡，惟有長沙難收。〔衆白〕如何難收？〔孔明白〕韓玄手下有一員大將，南陽人也，姓黄名忠字漢昇，係劉表帳下中郎將，與表侄共守長沙，後事韓玄。雖然年過六旬，鬚髮皤然，使一口大刀，有萬夫不當之勇，乃湘南將佐之領袖，故此難收。〔關公白〕某家取長沙。〔趙雲白〕趙雲取長沙。

〔張飛白〕俺老張取長沙。〔孔明白〕住了。有四鬮在此，主公同三位將軍各拈一鬮，以杜争論。主公先請。〔劉備白〕零陵劉度。〔關公白〕長沙韓玄。〔張飛白〕武陵金旋。〔趙雲白〕桂陽趙範。〔劉備白〕請問軍師，先得何郡？〔孔明白〕湘江之西，零陵最近，我同主公先取。次取武陵。然後湘江之東，取桂陽、長沙爲後。奏捷班師，荆州會齊。翼德聽令：與你三千人馬，收取武陵，若有怠慢，定按軍法。〔張飛應科。孔明唱〕

【正宫正曲·四邊静】貔貅勇壯須周折(韻)，連鑣馬蹀躞(韻)。兩將各相持(句)，功成片時節(韻)。〔張飛唱，合〕軍威猛烈(韻)，殺聲動徹(韻)。一戰決雌雄(句)，凱歌奏重疊(韻)。〔張飛下。孔明白〕子龍聽令：與你三千人馬，去取桂陽。〔趙雲應科。孔明唱〕

【又一體】金湯虛寔難分説(韻)，安危莫輕捨(韻)。倘有讓婚姻(句)，必當防刺客(韻)。〔趙雲唱，合〕軍威猛烈(韻)，殺聲動徹(韻)。一戰決雌雄(句)，凱歌奏重疊(韻)。〔下。孔明白〕雲長聽令：將軍此去，必須多帶人馬，方好收伏長沙。〔關公白〕軍師何故長他人鋭氣，滅自己威風？量一老卒，何足道哉。關某也不須三千人馬，只帶本部下五百名梟刀手，決斬黄忠、韓玄之首，獻與麾下。〔孔明白〕將軍不知，聽我道來。〔唱〕

【又一體】韓玄保障推人傑(韻)。〔白〕黄忠呵，〔唱〕年老性猶烈(韻)。兩下若安營(句)，籌算須定決(韻)。〔關公唱，合〕軍威猛烈(韻)，殺聲動徹(韻)。一戰決雌雄(句)，凱歌奏重疊(韻)。〔下。孔明白〕你等四人把守荆

州，不得有違。〔鞏固、劉封、糜竺、糜芳白〕得令。〔孔明白〕軍校，就此起兵，速往零陵殺上前去。〔合唱〕

【又一體】統兵殺氣威名赫㊞，踏破虎狼穴㊞。收伏四郡城㊀，闔土共歡悦㊞。合〕軍威猛烈㊞，殺聲動徹㊞。一戰決雌雄㊀，凱歌奏重疊㊞。〔同下〕

第五齣　勸降不得自投降

〔雜扮小軍、將官，雜扮鞏志，隨雜扮金旋上，唱〕

【雙調引·賀聖朝】職掌貔貅百萬(韻)，胸中星斗光寒(韻)。〔白〕撥亂山河已數秋，全憑韜略運機謀。冤家到此難迴避，誓斬奸雄一旦休。下官太守金旋是也，鎮守武陵，各不相犯。叵耐劉備這廝，遣將前來收服我郡。已曾差探子前去打聽，何人領兵，我這裏好準備厮殺。已曾差報子前去探聽，待他回來，便知分曉。〔雜扮報子上，白〕報：張飛帶領三千人馬，前來搦戰，看看來到城下，特來報知。〔金旋白〕再去打聽。整備器械，待我親自出馬。〔鞏志白〕鞏志稟事。〔金旋白〕有何事？說來。〔鞏志白〕劉玄德乃大漢皇叔，仁義布於天下，加之張翼德乃當世虎將，不可拒敵，納降爲上。〔金旋白〕唗！你這匹夫，此話大有可疑。是了！汝欲與賊通連，爲内變麽？左右，將鞏志綁了，推出斬首。〔將官跪科，白〕啟元帥：先斬家人，于軍不利。〔金旋白〕衆位請起。推轉來，不是衆將討饒，定要梟首，退了。〔鞏志下。金旋白〕衆將官，就此出城，迎殺前去。〔同唱〕

【越調正曲·水底魚兒】將勇兵强(韻)，威風殺氣揚(韻)。〔合〕若遇張飛(句)，教他一命亡(韻)，教他一命

亡(疊)。〔雜扮小軍、將官，净扮張飛上，同唱〕

【又一體】鐵馬金鎗(韻)，英雄誰敢當(韻)。〔合〕拿取金旋(句)，管教拱手降(韻)，管教拱手降(疊)。〔白〕來將何名？〔金旋白〕我乃太守金旋。張飛，你侵我邊界，是何道理？〔張飛白〕咱奉劉皇叔鈞旨、軍師將令，特來捉拿金旋，收伏武陵。你就是太守金旋，來來來，好好的受縛，免得你張爺爺動手。〔金旋白〕胡講！放馬過來。〔殺科，金旋敗下。張飛白〕就此追上。〔衆應科，唱，合前，下。金旋上，唱〕

【仙呂宫正曲・不是路】敗走慌忙(韻)，那飛將英雄勢莫當(韻)。魂飄蕩(韻)，逃入城中免喪亡(韻)。〔白〕快開城門，追兵到來了。〔鞏志上城科，唱〕是誰行(韻)？敢是郡侯奏凱軍威壯(韻)，待徐上城頭問細詳(韻)。〔金旋白〕從事官，後邊張飛趕來了，快開城門，放我進去。〔鞏志白〕汝不順天時，自取敗亡。吾與百姓已自降劉矣。〔金旋白〕好賊子，你敢反我麽？〔鞏志白〕還不回去！衆軍士，快放擂木砲石，打下去。〔金旋白〕你看後面追兵已近，怎生是好？〔唱〕無門向(韻)，只得青鋒劍下將身喪(韻)。百世流芳(韻)，百世流芳(疊)。〔刎科，下。張飛衆上。鞏志作開城迎接科，白〕鞏志迎接將軍。〔張飛白〕就此進城。〔應科，作進城。鞏志白〕從事官鞏志，賫得印綬與將軍。〔張飛白〕將軍請起，隨我去見主公、軍師，自有陞賞。〔鞏志白〕多謝將軍。〔張飛白〕吩咐出榜安民。〔衆應科，同唱〕

【黄鐘宫正曲・出隊子】金鳴鼓響(韻)，勇士三千委實强(韻)。憑咱猛烈奮鷹揚(韻)，誰敢當先抗吾行(韻)。〔合〕若是交鋒(句)，將他命亡(韻)。〔同下〕

第六齣　計計却爲人算計

〔雜扮小軍、將官，小生扮趙雲上，同唱〕

【中吕宫正曲・紅綉鞋】馳驅奮勇争先韻，争先格。三軍所向無前韻，無前格。桂陽智取莫俄延韻。〔白〕自家趙雲，奉軍師將令，帶領三千人馬，收取桂陽。因思桂陽可以智取，不消力戰。如今且統兵挑戰，待他們出戰，相機行事便了。軍士們，就此殺上前去。〔唱〕森劒戟句，整戈鋋韻。〔合〕齊拍馬句，猛加鞭韻。〔雜扮小軍、雜扮陳應上，作對敵科。趙雲白〕來將何名？〔陳應白〕吾乃管軍校尉陳應是也。爾叫何名？何人所差？〔趙雲白〕我主劉玄德乃荆王之弟，今輔公子劉琦同來撫民。我乃常山趙子龍。汝反國之賊，何敢迎敵？〔陳應白〕休得胡説！放馬過來。〔殺科。趙雲打陳應下馬科。陳應白〕將軍饒命。〔趙雲白〕我且不殺你，你且回去，對趙範説，若肯投降便罷，不然，明日叫你們俱爲虀粉。〔陳應急下。軍士白〕將軍，陳應此去，未必就肯投降。〔趙雲白〕你們那裏知道，我今日殺了他這一陣呵，〔唱〕

【仙吕宫正曲・風入松】桂陽兵馬力俱愆韻，復臨期放恁生還韻。他每畏威感德恩非淺韻，又何慮中多更變(韻)。〔合〕管降表須臾供獻(韻)，不血刃盡歡然(韻)。〔雜扮衆將官，引副扮趙範上，白〕立刻修降表，須臾到帳前。 趙範情願投降，將桂陽一郡奉獻將軍。〔趙雲白〕請起。〔趙範白〕告禀將軍：小將有一敝莊，聊備洗塵之敬，請將軍到彼，末將有言奉告。〔趙雲白〕如此，就到貴莊，請。〔將官應科，作遶場科。 趙範白〕將軍請上，末將有一拜。〔趙雲白〕末將也有一拜。〔趙範白〕皇叔仁慈，萬民仰慕，將軍神威，遐邇咸稱。 今日一郡人民安堵，皆將軍所賜之恩也。〔趙雲白〕主公劉玄德，今輔公子劉琦同鎮荆州，特令小將安民，驚動將軍，寔出主命。〔趙範白〕將軍姓趙，吾亦姓趙，將軍真定人，吾亦真定人，五百年前未必不是同宗。 倘然不棄，欲一盟以結金蘭之契，不知尊意如何？〔趙雲白〕既蒙見愛，敢不依從。 請問貴庚。〔趙範白〕三十有五，八月十五日子時生。〔趙雲白〕小將癡長三個月。〔趙範白〕取香燭來，同拜天地。〔小軍應，擺香案。 拜科。 趙範白〕撤過香案。〔衆應科。 趙範白〕仁兄請上，小弟有一拜。〔趙雲白〕愚兄也有一拜。 同鄉同姓又同年，〔趙範白〕似漆投膠兩意堅。〔趙雲白〕人情若比初相識，〔趙範白〕到老終無怨恨言。 看酒來。〔小軍應，擺酒席。 各坐科。 趙雲唱〕

【南吕宫正曲·柰子花】論同宗天水相連(韻)，更同鄉桑梓堪憐(韻)。〔趙範唱〕偶逆顔行(讀)，望克歡忭(韻)。 蒙赦宥卿恩非淺(韻)。〔合〕愜願(韻)，借樽酒心懷同展(韻)。〔趙範白〕小弟有一言奉告，不知兄長尊意允否？〔趙雲白〕請道。〔趙範白〕家有寡嫂。 先兄棄世之後，小弟常勸寡嫂改嫁，他願三事兼全，方許嫁人。〔趙雲白〕那三事？〔趙範白〕第一要名重當今，第二要與兄同姓，第三要文武雙全。 小弟看來，再没有如兄的了，因此今日面言，寔欲與兄結永世之親耳。〔趙雲白〕嗳，吾既與汝同宗，汝嫂即吾嫂也，豈可亂倫。〔趙範白〕尊兄，這是小弟一片美情，何故推辭？〔趙雲白〕唗！胡説。〔唱〕

【又一體】我英雄氣壓山川(韻)，誰容你戲謔當筵(韻)。讒言誘我(讀)，伊心不善(韻)，我心如白日青天(韻)。〔合〕胡言(韻)，美人計須防生變(韻)。〔白〕就此回軍。〔下。趙範白〕這等可惡。好意送個嫂嫂與他，他倒把我如此。如今不難，明日叫些人去，假意投降，賺他到來，伏兵四起，拿他送與曹丞相那裏去，方消我今日之氣。正是：恨小非君子，無毒不丈夫。〔下。雜扮衆父老，引陳應上，白〕計就月中擒玉兔，謀成日里捉金烏。我乃陳應是也。我家太守要報昨日之仇，叫我帶領衆百姓假意投降，待他進城，伏兵四起，拿他去送與曹操。迤逦行來，早已到他帳前。有人麽？〔軍卒上，白〕甚麽人？〔陳應白〕陳應帶領軍民人等，齊來投降。〔軍卒白〕將軍未曾升帳。升帳之時，與你通報。〔請科。衆卒引趙雲上，唱〕

【黄鐘宫正曲・出隊子】心中惱恨(韻)，趙範無知太不仁(韻)。施謀設計害吾身(韻)，暗使機關來結親(韻)。〔合〕事到如今(讀)，辨個真假(韻)。〔軍卒白〕稟爺：陳應帶領衆民人等，齊來投降。〔趙雲白〕這一定是趙範的詭計，我正好將計就計，去取桂陽。左右，唤他們進來。〔軍卒應，唤科。陳應白〕小將率領軍民人等，齊來投降，請將軍入城，管取城内軍民開門迎接。〔趙雲白〕將軍，你今帶了軍民齊來投降，還是與趙範不睦？還是畏我的威風？〔陳應白〕小將畏將軍的威風，故此來投降的。〔趙雲白〕與我綁了。

你既畏我的威風，怎麼敢來詐降？〔陳應白〕將軍，自古道，殺降者不武。〔趙雲白〕唗！〔唱〕

【中呂宮正曲・駐馬聽】鼠輩癡迷(韻)，隻手如何笑入圍(韻)。〔白〕你若真來投降的，〔唱〕必竟孤身獨自(韻)，夤夜私奔(句)，不敢名提(韻)。那裏有牽連父老共驅馳(韻)，肆行白晝無疑忌(韻)。〔陳應白〕這等説起來，趙範的計較不是了。〔趙雲唱：合〕你詭計相欺(韻)，自投陷穽誰周庇(韻)。〔白〕左右，將陳應砍了。〔殺陳應下。卒白〕獻首級。〔趙雲白〕號令轅門。你這些父老，我今日饒了你們，要依我的計策行事。如今隨着我同行，只説我被你賺來的。待趙範開了城門，我自有處。〔衆父老白〕願依將軍計策行事。〔趙雲白〕叫將士們，你們先在桂陽城邊四下埋伏，待我賺開城門，一齊殺進去。〔衆小軍應科，下。趙雲白〕父老們，我與你就此同行。〔同唱〕

【又一體】相率而回(韻)，就計中間設計奇(韻)。〔衆父老白〕城内的快開城門。〔趙範、小軍上，白〕果然是這些父老回來了，快開城門。〔小軍應，開城科。趙雲白〕趙範。〔唱〕似你這彈丸黑子(韻)，驀爾遊魂(句)，直恁無知(韻)。思量設陷伏虞機(韻)，誰知就裏還生計(韻)。〔合〕你到此何依(韻)，看吴鈎閃爍難逃避(韻)。〔趙範白〕小官寔無他意。〔趙雲白〕左右，一邊出榜安民，將趙範帶回，任憑主公、軍師定奪。〔衆應科，同唱〕

【越調正曲・水底魚兒】不憚迢遥(韻)，驅馳走一遭(韻)。〔合〕佇看諸郡(句)，指日伏劉朝(韻)，指日伏劉朝(疊)。〔同下〕

第七齣　老將甘爲明聖用

〔雜扮梟刀手，引淨扮關公上。白〕虎將雲長扶漢家，幾回夢想到長沙。弟兄相約收州郡，指日功成談笑賒。某領了軍師將令。前去收服長沙。軍校，就此起兵前去。〔同唱〕

【仙呂調隻曲·哪吒令】征塵滿目迷(韻)，只見西風吹繡旗(韻)，三軍馳駿騎(韻)。青山路轉移(韻)，遥天雁影低(韻)，猛聽得雲外聲嘹嚦(韻)。想黄忠年紀高(句)，那韓玄庸愚輩(韻)，怎當俺漢雲長殺入重圍(韻)。〔梟刀手白〕稟爺，已到長沙。〔關公白〕呀，果然一派興隆之地。〔同唱〕

【仙呂調隻曲·寄生草】一見了長沙地(韻)，喜孜孜意悦美(韻)。〔白〕城上的，〔唱〕韓玄早把降書遞(韻)，免教身死在沙場内(韻)。男兒素有凌雲氣(韻)，披星帶月豈辭勞(句)，撞着咱也是寃家對(韻)。〔雜扮小軍、韓玄立城上，白〕來將何名？〔關公白〕吾乃漢將關雲長，奉軍師將令，特來恢復此郡。可速大開城門，接我進城，交納符印。〔韓玄白〕你好不知天時，若不早早回去，遣老將黄忠殺你死無葬身之地。〔關公白〕這厮出言不遜，傳令攻城。〔韓玄白〕軍校，檑木打下。〔梟刀手作攻城科，白〕城上關防甚緊，難以攻打。〔關公白〕起在一邊。〔韓玄白〕傳令，着老將黄忠出馬，勝負速報，不得有違。〔雜扮小軍，引淨扮黄

忠上，同唱〕

【越調正曲・水底魚兒】不二忠貞(韻)，驅兵進敵營(韻)。〔合〕佇看戰勝(句)，紫塞海波澄(韻)，紫塞海波澄(疊)。〔戰科。關公白〕來者莫非黄漢昇麽？〔黄忠白〕來者莫非關雲長麽？〔關公白〕然也。老將軍，早早下馬投降，免作刀頭之鬼。〔黄忠白〕胡説！放馬過來。〔殺科。衆唱〕

【仙吕調隻曲・寄生草】兩馬相交處(句)，雙刀並舉齊(韻)。這壁廂巨靈神(讀)，施展開山勢(韻)；那壁廂似哪叱(讀)，賣弄降魔技(韻)。〔戰科，同唱〕兩下裏逞雄威(讀)，各自誇武藝(韻)。疆場馳驟數百回(韻)，殺得個雲屯霧擁軍聲沸(韻)。〔戰科。軍校白〕天晚了。〔關公、黄忠同白〕今日天晚，明日再戰，傳令收兵。〔衆應科，同唱〕

【尾聲】看看紅日沉西墜(韻)，收了刀鎗捲綉旗(韻)，兩部鳴金各自歸(韻)。〔同下。衆卒引韓玄上，白〕事不關心，關心者亂。自家長沙太守韓玄是也，奉曹丞相之命鎮守長沙。頗奈關公領兵前來搦戰，昨日差老將黄忠與他交鋒，不分勝敗。我想黄忠雖然年老，乃長沙名將，如何一關公戰他不下？我想其中必然有詐。吓，也罷，我今日上城略陣，看其動静。左右，與我打道上城。正是：要知其中鬼詐事，須窺二將再交鋒。〔同下。衆卒隨黄忠上，同唱〕

【中吕宫正曲・駐雲飛】昨遇關公(韻)，百戰難追返日功(韻)。二虎相持從(韻)，恐把殘生送(韻)。嗏(格)，舉眼看青鋒(韻)，教人驚悚(韻)。若勝雲長(讀)，老將聲名重(韻)。〔合〕暫掃搀鎗頃刻中(韻)。〔梟刀手隨關

公上，同唱〕

【又一體】一見黄忠(韻)，鬢髮皤然體勢雄(韻)，矍鑠誇驍勇(韻)，名不虛傳誦(韻)。嗏(格)，此刻再交鋒(韻)。圍如鐵桶(韻)，收伏長沙(讀)，應變隨機用(韻)。〔合〕昨夜收兵今又逢(韻)。〔韓玄、小軍暗上城科。對刀科，黄忠馬倒科。關公白〕饒你回去，换馬再戰。〔黄忠下，换馬科。衆殺科。黄忠上，戰科，白〕看箭。〔作射關公盔纓，進城，下。梟刀手白〕箭斷紅纓。〔關公白〕漢昇箭斷某家紅纓，不傷性命，真仁義之士。軍校，就在城下安營。〔衆應科，下。黄忠上城。韓玄白〕軍校，把黄忠綁了。〔小軍應，綁科。净扮魏延上，殺韓玄下。黄忠白〕魏延反主。〔魏延白〕老將軍且請息怒，小將有爲。〔黄忠白〕爲誰。〔魏延白〕爲你。〔黄忠白〕怎麽爲我？〔魏延白〕主公道你百步穿楊妙箭，與雲長交戰止中紅纓，分明是你私通之意，要將你斬首。小將不服，故此誅之。〔黄忠白〕雖然如此，不該以下犯上，留作百年之恥。〔魏延白〕無義之人，殺之何害。曾聞良禽擇木而棲，賢臣擇主而事，劉備世之豪雄，事此不如事彼，請將軍三思。〔黄忠白〕罷，只要他先依俺三事。〔魏延白〕那三事？〔黄忠白〕祭吾主，葬吾主，沉香刻體供奉吾主。依此三件，再者降漢不降關。〔魏延白〕待我説去。關將軍依此三事，就請進城，與老將軍答話，同扶漢室，如何？〔黄忠白〕説得有理，請。〔魏延作下城。黄忠白〕方纔魏文長講得有理，賢臣擇主而事。劉玄德乃漢室之後，關公乃仁義之將，某今日歸順與他，同扶漢室，有何不可。軍校，少刻關公到時，整齊隊伍，迎接進城。〔軍校應科，同下。魏延作出城科，白〕水將杖探知深淺，人聽言辭辨假真。〔作到科〕有人麽？

〔周倉上，白〕什麼人？〔魏延白〕韓玄身死，魏延特來獻首級。〔周倉白〕住着。將軍有請。〔衆引關公上，白〕强中更有强中手，料此黄忠半個無。〔周倉白〕禀上將軍，魏延特來獻韓玄首級。〔關公白〕請進來。〔周倉應科，白〕魏將軍有請。〔見科。魏延白〕魏延獻韓玄首級。〔關公白〕號令轅門。〔周倉應科。關公白〕韓玄身死，魏文長何不勸你老將歸順某家？〔魏延白〕方纔説過，只要將軍先依三事。〔關公白〕那三事？〔魏延白〕他説祭吾主、葬吾主、沉香刻體供奉吾主，依此三事，再者降漢不降關。〔關公白〕只要他降漢，誰要他降關。〔魏延白〕將軍既已允從，就請關將軍入城相見。〔關公白〕擺齊隊伍，就此進城。〔作遶場科。魏延白〕關將軍到此，請黄將軍開城迎接。〔黄忠出城迎接科，同作進城科。黄忠白〕末將不才，有犯虎威，多有得罪。〔關公白〕今得將軍與文長同扶漢室，蒼生有幸。軍校，城頭換了漢家旗號，出榜安民。〔應科，同唱〕

【窣地錦】羡伊全得忠和義㊞，濟會猶如龍得水㊞。二虎威風真罕稀㊞，開拓江山頃刻裏㊞。

〔同下〕

第八齣　軍師勸結晉秦歡

〔雜扮衆卒，隨生扮孔明，生劉備上，唱〕

【正宮正曲・普天樂】振師還聲喧哄(韻)，金鐙敲凱歌動(韻)。三軍盛齊聽元戎(韻)，展封疆唾手成功(韻)。〔浄扮關公，浄扮張飛，小生扮趙雲，衆軍校同上，唱合〕取荆州奮勇(韻)，人人盡向風(韻)。已露布飛馳(讀)，報捷從容(韻)。〔白〕衆將得勝而回，特來繳令。〔劉備白〕有勞衆位兄弟了。〔衆白〕不敢。〔劉備白〕前面是荆州，進城相見。〔衆作進城科。劉備、孔明各坐科。趙雲白〕趙雲報功：奉軍師將令，收伏桂陽。太守趙範用美人計賺小將，是小將識破。又遣人行刺，是某詐開城門，將趙範拿下，今特帶回，請主公、軍師定奪。〔孔明白〕將趙範帶過來。〔卒應，帶副扮趙範進見科。孔明白〕吾主乃景昇之弟，輔公子劉琦同領荆州，遣將前去撫民，爲何反自拒敵？是何道理？〔趙範白〕趙將軍一到城下，範即投降，又將寡嫂與他結親，本是好意。不想反生嗔怒，以致如此。〔孔明白〕趙將軍，美色天下人愛之，公何獨如此？〔趙雲白〕趙範之兄曾在鄉中有一面之交，今若娶之，惹人唾駡，其嫂再嫁，使失其節，一也。趙範初降，心不可測，二也。主公未定江漢，枕席未安，雲何敢以婦人而廢主公之政，三也。〔劉備白〕今日大事已定，與汝娶之，何如？〔趙雲白〕天下女子不少，但恐名譽不立，何患無妻室乎？〔劉備白〕子龍真丈夫也。趙範仍令爲桂陽太守。〔趙範白〕謝主公。〔張飛白〕張飛報功：奉軍師之命，收伏武陵。金旋出馬，敗回自刎。城下有鞏志賫印綬出降，帶他來見主公、軍師。〔孔明白〕令鞏志進來。〔卒應，帶雜扮鞏志進科。孔明白〕就令你代金旋之職。趙範，你二人就此前去。〔趙範白〕惟有感恩并積恨，〔鞏志白〕萬年千載不生塵。〔下。關公白〕雲長報功：奉軍師將令，收伏長沙。果有老將出馬，與彼不分勝敗。次日用托刀將黃忠打下馬來，不忍加害，黃忠復跳上馬，挽弓一箭，射斷某家紅纓，進城而去。不想韓玄要斬黃忠，虧得魏延殺了韓玄，救下黃忠性命。二將歸伏，帶來請軍師發落。〔孔明白〕令黃忠、魏延進來。〔卒應，帶浄扮黃忠，浄扮魏延進見科，同白〕末將等傾心歸伏，願効犬馬之勞。〔劉備白〕孤得二公，如龍得水一般。〔孔明白〕刀斧手，將魏延斬訖報來。〔卒應，綁魏延科。劉備白〕刀下留人。軍師，誅降殺順，大不義也。魏延乃有功無罪之人，何故殺之？〔孔明白〕爲其佐而殺其師，是不忠也；居其土而獻其地，是不義也。吾觀魏延，腦後有反骨，久後必反，故先斬之，以絶後患。〔劉備白〕若斬此人，非安漢上計也。〔孔明白〕將魏延推轉來。〔卒帶魏延科。孔明白〕饒汝性命，①你可盡忠報主，勿生異心。若起異心，早則早、晚則晚，必取汝頭。〔魏延白〕謝軍師不斬之恩。〔同唱〕

① 「饒」上原衍「你」字，删。

【大石調正曲・催拍】謝軍師神機蘊胸(韻)，決勝負鬼神驚恐(韻)。賴衆將威風(韻)，賴衆將威風(疊)，抖搜精神(讀)，建立奇功(韻)。他日淩烟(讀)，圖畫形容(韻)。〔合〕從今後掃蕩西東(韻)，安社稷佐炎宗(韻)。〔孔明白〕二位將軍請歸後營。〔黄忠、魏延同下。雜扮報子上，白〕啟軍師，東吴吕範求見。〔孔明白〕快請相見。〔劉備白〕且慢。軍師，吕範此來何意？〔孔明白〕有事，主公只管依從便了。〔劉備白〕倘依從不得的，怎麼依從？〔孔明白〕主公不必遲疑，我自有道理。快請。〔將校請科。副扮吕範上，白〕且將一片殷勤意，哄却癡呆懞懂人。久違吕範，無任馳私，今覩尊顔，不勝欣幸。〔劉備白〕草茅寒舍，何幸寵臨。〔孔明白〕失於遠迎，望乞恕罪。〔吕範白〕二位將軍見禮。〔張飛揪吕範科，白〕哇！〔劉備、關公勸科。張飛白〕大哥、二哥放手，東吴人極會作拐子，頭一次把我軍師拐去，不放回來。今番没得拐，必然連我老張也拐一拐，待我賞他一拳。〔吕範白〕下官爲喜事而來。〔張飛白〕爲喜事而來？講得好便罷，講得不好，從頭上再打起。〔作放吕範科。劉備白〕子衡久别，今蒙枉顧，必有美意下及。〔吕範白〕吾主吴侯，聞知皇叔鼓盆已久。吴侯有一妹新月公主，尚未適人，故令下官行聘求皇叔居吴國賓館，共拒曹操，輔漢天下，勿拒幸甚。〔孔明白〕既是吴侯有此盛情，主公可速備厚禮前去。〔劉備作難科。孔明背白〕料此去一毫一髮不敢動，主公放心前去，我自有處。〔關公白〕子衡過江，與大哥做媒。〔張飛白〕險些替大哥打壞個媒人，下來作揖。〔吕範白〕不敢。〔張飛白〕再作揖。老張是個直人，休怪。〔吕範白〕不敢。〔張飛白〕上去講話。〔劉備白〕子衡，雖然如此，只是劉備名微德淺，不敢仰攀，實爲惶愧。〔吕範

白〕皇叔，説那裏話。〔唱〕

【仙吕宫正曲・桂枝香】天鈞地軸(韻)，盡歸皇叔(韻)。底須言鳳卜宜諧(句)，論絲斷鸞膠宜續(韻)。況吴侯重賢(韻)，吴侯重賢(疊)，恩情尤篤(韻)。婚姻宜速(韻)。〔劉備白〕煩子衡回復吴侯再議。〔吕範唱：合〕不煩覆(韻)。洞天已檢雙星譜(韻)，月老先批秦晉圖(韻)。〔劉備唱〕

【又一體】謭才菲福(韻)，仰煩上覆(韻)。甘終身比作樗材(句)，恐頑石難成藍玉(韻)。望善爲我辭(句)，善爲我辭(疊)，此婚難續(韻)，輾轉局促(韻)。〔合〕探仙妹(韻)，本是瑶臺女(韻)，肯事區區賤丈夫(韻)。〔孔明白〕主公，〔唱〕

【南吕宫正曲・大迓鼓】你休嫌禮貌疏(韻)，敬修六禮(讀)，速赴吴都(韻)。〔劉備白〕軍師，誠恐未便。〔孔明唱〕既然吴主聯姻契(句)，理應遵命莫踟躕(韻)。〔合〕失信人間(讀)，豈成丈夫(韻)。〔吕範白〕孔明先生，〔唱〕

【又一體】神功贊禹謨(韻)。才輕管樂(讀)，智壓孫吴(韻)。〔白〕此親呵，〔唱〕既蒙賜允無推阻(韻)，吴侯聞説必歡娱(韻)。〔合〕忙唤舟師(讀)，速回舊都(韻)。〔白〕多蒙允從，下官就此告别。姻緣本是前生定，〔衆白〕曾向蟠桃會裏來。〔吕範從上場門下，劉備衆同下場門下〕

第九齣　破浪來申繡榻盟

〔小生扮趙雲上，唱〕

【商調引・遶地遊】兵戈紛競(韻)，鼎足膺天命(韻)。看群雄人人思逞(韻)，齒切紛爭(韻)。心存忠正(韻)，仗微軀扈從隨行(韻)。〔白〕一身許明主，萬里總元戎。自是幽并客，非論愛立功。某趙雲英雄蓋世，膽略過人，汗馬時經，何曾量敵而進；慮勝而會，鼓鼙才動便覺。無生之氣，有死之心。這也不在話下。只因東吴設下美人計，來賺主公過江，軍師着我保駕入吴。今日過江，備下船隻，專候主公到來。道言未了，主公來也。〔生扮劉備、生扮孔明、浄扮關公、浄扮張飛，雜扮小軍衆將隨上。劉備唱〕

【小石調引・撻破歌】江東此去姻親定(韻)，〔孔明唱〕須教保護前程(韻)。〔趙雲白〕船隻已備，請主公上船。〔劉備白〕且慢。軍師，想周瑜詭計多端，劉備豈肯身入危險之地？〔孔明白〕雖是周瑜之計，豈能出諸葛亮之謀。主公此去，不過費些金帛，使周郎半籌不展，吴侯之妹又屬主公，荆州萬無一失，請主公放心前去。〔劉備白〕如此，全賴軍師固守城池。〔孔明白〕不須主公吩咐，山人曉得。趙雲聽令。〔趙雲白〕軍師有何吩咐？〔孔明白〕子龍，我知你平昔謹慎，你今保駕過江，付你錦囊三個，內藏神出鬼没之計。一到那裏，開第一個錦囊；成親之後，開第二個錦囊；急催主公轉程，半路倘有緊急之際，開第三個錦囊。小心在意，不得有違吾令。〔趙雲白〕得令。〔劉備白〕吩咐上船。〔雜扮水雲上。衆乘船科。關公、張飛白〕大哥身入江東，凡事小心。〔劉備白〕曉得，兄弟請回。〔合白〕情到不堪回首處，一齊吩咐與東風。〔下。劉備、趙雲白〕吩咐開船。〔衆應，開船科。劉備、趙雲唱〕

【仙吕宫集曲・甘州歌】長江浪湧(韻)。見滔滔滾滾(讀)，晝夜流東(韻)。盈科後已(句)，放乎海内溶溶(韻)。一帆風順輕舠穩(句)，萬頃琉璃玉影融(韻)。今不改(句)，昔更同(韻)，金烏玉兔不停踪(韻)。光陰去(句)，難再逢(韻)，人生興廢總成空(韻)。〔卒白〕已到江邊。〔趙雲白〕住着。軍師有令，過江須看錦囊，待我看來。推測過江東，金銀送喬公。得他心肯日，是我運兒通。主公，喬公是誰？〔劉備白〕喬公即喬玄也，昔爲漢朝司馬，今受東吴太師。〔趙雲白〕他爲人如何？〔劉備白〕忠厚寬仁，未免好利，虎牢關有舊。〔趙雲白〕軍師有令，叫去拜他。〔劉備白〕如此，將船傍岸。〔趙雲白〕打扶手帶馬來。〔衆應科，作下船，小軍接上乘馬科。衆水雲、船下。衆唱〕

【又一體】波光瀲灩濃(韻)。見四圍山色(韻)，景物無窮(韻)。雲迷霧鎖(句)，儼然圖畫相同(韻)。王維總有丹青筆(韻)，怎得全收入手中(韻)。〔合〕今不改(句)，昔更同(韻)，金烏玉兔不停踪(韻)。光陰去(句)，難再逢(韻)，人生興廢總成空。(韻)。〔同下〕

第十齣　過江初試錦囊計

〔雜扮院子，副扮喬玄上，唱〕

【越調引・喬八分】蒙頭白髮已蕭蕭(韻)，承恩猶自領群僚(韻)。紅英滿眼皆無意(句)，只愛林泉(讀)，隱跡任逍遥(韻)。〔白〕西蜀名儒裔，東吴貴戚家。一生無子嗣，二女實堪誇。老夫姓喬名玄字仲遠，昔爲漢朝司馬，今受東吴太師。所生二女大喬、二喬，大喬適配主公孫伯符，小喬適配周公瑾。内結骨肉之親，外聯股肱之助，足可餘年矣。方纔老夫晝寐，夢見一龍一虎直入中堂，不知是何緣故。

〔末扮喬興上，虚白作祥夢發諢科。報劉備到，作請科。雜扮衆卒隨上。生扮劉備，小生扮趙雲上。劉備唱〕

【小石調引・撻破歌】不憚迢遥渡江淮(韻)，姻親事未審和諧(韻)。〔進見科，白〕老太師請上，容劉備拜見。〔喬玄白〕老夫也有一拜。〔劉備白〕幾年濶别隔東西，今日何緣識範儀。〔喬玄白〕玉樹遠從雲外降，致令蓬蓽生光輝。〔劉備白〕虎牢一别，失候起居，重睹臺顔，曷勝欣躍。〔喬玄白〕老夫林下老儒，不諳時務，不知貴人遠臨，有失迎迓，多有得罪。〔趙雲白〕老太師在上，末將打躬。〔喬玄白〕此位何人？〔劉備白〕舍弟趙雲。〔喬玄白〕這就是常山趙將軍麽？〔趙雲白〕不敢。〔喬玄白〕聞得當陽救主，殺曹兵二萬五千，斬上將五十四員，就是這位將軍麼？〔趙雲白〕末將。〔喬玄白〕借手一觀。好古怪，也是這樣一雙手，也是這樣一個人，你一人如何就會殺這許多人？〔趙雲白〕一時之忿。〔喬玄白〕是嘎，好將軍，千聞不如一見，幸會幸會。〔劉備白〕看禮物過來。不腆微儀，望乞笑納。這是托太師送與國太娘娘的禮，這是送與國丈的。〔喬玄白〕此禮爲何？〔劉備白〕軍師有事相煩。〔喬玄白〕如此，把禮物放在一邊，請教明白了，然後拜領。〔趙雲白〕末將告退。〔喬玄白〕我與皇叔一恭一飯，要與將軍敘談敘談，怎麼將軍就要去了？〔趙雲白〕還有從人不曾安頓。〔喬玄白〕尊從不曾安頓？老夫陪了皇叔，又背了將軍，怎麼好。也罷，少頃就來奉拜。〔送科。趙雲衆卒下。喬玄白〕皇叔虎牢一別，丰采倍常。〔劉備白〕老太師鶴髮童顏，誠然天相。〔喬玄白〕豫州遠來，必有見諭。〔劉備唱〕

【黃鐘宮正曲·啄木兒】分江界(句)，隔樹雲(韻)，嘆逝水流光真一瞬(韻)。問寒暄特渡江淮(句)，〔喬玄白〕有勞了。〔劉備唱〕獻芻蕘略表殷勤(韻)。〔喬玄白〕有何見諭？〔劉備白〕一者久失問候，二者有一件事干冒太師。吴侯有一妹新月公主，未曾許聘，蒙吕子衡大夫賫送庚帖，意者孫劉結親，以爲唇齒，不揣鄙陋，奉求玉成其事。〔唱〕蒹葭玉樹相延引(韻)，望君委曲成秦晉(韻)。〔白〕若成此事呵，〔唱合〕總海竭江枯敢忘恩(韻)。〔喬玄唱〕

【又一體】沉吟久(句)，嗟訝頻(韻)，〔白〕院子，吕爺送庚帖過江，你們曉得麼？〔院子白〕不曉得。〔喬玄白〕怎麼都不得知？〔唱〕方寸機微悄未聞(韻)。〔白〕皇叔，你道這親事是真是假？〔劉備白〕吴侯之妹，焉能有假？〔喬玄白〕依老夫看起來還是假的。大女婿孫伯符臨終有言，内事不決問張昭，外事不決問周瑜，家門之事要問老夫。國中既有這樁喜事，難道不宣老夫進宫商議？況且有人送庚帖過江，我這裏全然不知。〔劉備白〕怎麽太師不知？〔喬玄白〕是周郎暗裏機關(句)，非吴侯出自情真(韻)。〔劉備白〕今壻所因何事？〔喬玄白〕因你收了荆襄四郡，其心不忿，故設此計賺你過江。還他四郡，放你回去；如若不然，必行謀害。這叫做美人之計。嗄，〔唱〕紅顔隊陰設屠龍刃(韻)，美人關(讀)暗擺着迷魂障(韻)。〔合〕豈是良緣要定婚(韻)。〔劉備唱〕

【黄鐘宫正曲・三段子】君言乍聞(韻)，似飛蛾投光滅身(韻)。恨咱見昏(韻)，猛然間妄結姻親(韻)。〔喬玄白〕軍師怎麽説？〔劉備白〕説親事成得，只要太師作主。〔喬玄白〕怎麽親事成得，只要老夫作主？好個諸葛軍師。方纔那些禮物，如今趁國太不知，明日把來送進宫去，恭賀國太娘娘，那時必定弄假成真。〔唱〕這是孔明妙計先籌准(韻)，區區自有懸河論(韻)。〔合〕管教孔雀屏開喜氣新(韻)。〔劉備唱〕

【黄鐘宫正曲・歸朝歡】太師的(句)，太師的(疊)，言言忱悃(韻)。念孤窮身如野燐(韻)。蒙恩愛(句)，蒙恩愛(疊)，提攜合卺(韻)。效銜杯(讀)，無能報君(韻)。〔喬玄唱〕冰人自達藍橋信(韻)，其間與我何勞頓(韻)。〔合〕管教鸞鳳和鳴百歲姻。〔劉備白〕告辭。此事全憑月下翁，〔喬玄白〕詩題紅葉果奇逢。〔劉備白〕正是門闌多喜氣，〔喬玄白〕果然佳壻近乘龍。〔同下〕

第十一齣　巧冰人牽就婚姻

〔旦扮宫女，雜扮内侍，引老旦扮國太上，唱〕

【南吕宫引・臨江仙】春色鮮妍桃共柳韻，等閒又見葵榴韻。瑣窗人静晝如秋韻。呢喃飛燕子句，好語向龍樓韻。〔白〕母臨吴地贊天工，子孝臣忠繼彌隆。① 宫殿日長無一事，沉檀香氣撲簾櫳。老身吴后，長子孫策，不幸早亡。次子孫權，承父兄之餘烈，威震江東。幼女新月，二八年華，文兼武備，尚未適人。正是：子孝親心樂，人和萬事成。〔雜扮院子，引副扮喬玄上，白〕王宫深處五雲新，一派風光總是春。欲結絲蘿憑月老，調和琴瑟仗冰人。老夫爲玄德公姻親一事，來見國太。早到宫門。老中貴，敢煩啟上國太，喬玄問安。〔内侍白〕啟娘娘，國丈問安。〔國太白〕請進來。〔内侍應科，請介。喬玄白〕娘娘千歲。〔國太白〕國丈少禮。〔喬玄白〕看禮單過來。娘娘，宫中大喜，老臣賀遲，多罪多罪。〔國太白〕宫中並無喜事，何勞國丈這些厚禮？〔喬玄白〕洞房花燭，四喜之一，娘娘把新月公主

① 「彌」，原作「迷」。

許配劉備，①孫劉結親，已爲唇齒，怎麽説没有喜事？〔國太白〕此説何來？〔喬玄白〕劉備過江三日了，街坊上孩子們沸沸揚揚，都説孫劉結親。娘娘怎麽説不知？〔國太白〕敢是吴侯與周瑜之計。將禮物放在一邊，國丈平身且退。〔喬玄應下。國太白〕内侍，請你主公來。〔内侍應，請浄扮孫權上。唱〕

【小石調引·憶故鄉】袖裏暗藏機韻，預定紅顔計韻。〔白〕孩兒孫權願母后千歲。〔國太白〕咄！你幹得好事。〔孫權白〕孩兒不曾幹什麽事。〔國太白〕你把妹子許配劉備，道是孫劉結親，已爲唇齒，瞞着老娘，自敢專主麽？〔孫權白〕母親請息怒，容兒細禀。〔唱〕

【仙吕宫正曲·解三酲】息雷霆容兒宣奏韻。服軒冕爵晉吴侯韻，乾坤鼎足三分秀韻，恨劉備已先收韻。〔白〕劉備用孔明之計，收取荆襄四郡，兒心不忿，故與周瑜共設此計，賺劉備過江，名爲議親，實取其地。如若相抗，必定殺之。〔國太白〕你要害他麽？〔孫權唱〕名爲義結孫劉好句，暗裏謀成吴越讐韻。〔合〕垂恩宥韻。趁天時人事讀，失此何求韻。〔國太唱〕

【又一體】笑吾兒機關淺陋韻，那裏有遠策深猷韻。〔白〕東吴呵，〔唱〕龍蟠虎踞封疆守韻，難道是少良謀韻。你把親枝弱妹名先賺句，只怕松陛君王難洗羞韻。〔喬玄暗上，聽科。孫權唱合〕垂恩宥韻。趁天時人事讀，失此何求韻。〔白〕敢問母親，此事誰來説的？〔國太白〕國丈來説的。〔孫權白〕國丈來

① 「公主」，原作「宫公」。

説的？孩兒告退。〔喬玄白〕主公千歲。〔孫權白〕劉備過江幾日了？〔喬玄白〕三日了。〔孫權白〕在那裏下？〔喬玄白〕在甘露寺下。〔孫權白〕知道了。〔下。國太白〕果然是吴侯與周瑜之計，老身那裏知道。〔喬玄白〕娘娘如今作何區處？〔國太白〕勞他遠來。備些禮物，送他過江去。〔喬玄白〕就是這樣送他過江去？不妙，欠通欠通。依老臣之見，宣劉備進宫來，娘娘看一看。若是個英雄呢，這親事不可錯過了；如相不中的時節，再打發他過江去，也未爲遲。〔國太白〕相見怎麼行禮？〔喬玄白〕娘娘是一國主母，就受他大禮不妨。〔國太白〕受他大禮不妨。既如此，勞國丈請他進來。〔喬玄白〕皇叔有請。〔生扮劉備上，白〕欲成秦晉事，撮合仗冰人。〔見科。喬玄白〕昨日之言，一句不差，娘娘全然不知。〔劉備白〕果然不知。〔喬玄白〕吴侯與周瑜之計。方纔啟過了國太，請皇叔進見。只是一件，必須下個大禮纔是。〔劉備白〕孤乃漢室宗親，焉肯下禮與藩臣？〔喬玄白〕諺語道：要妻子，拜丈母。你只管拜，我自有處。〔劉備進拜見科。國太白〕皇叔請起，請你主公來。〔喬玄請科。孫權上，拜見科，白〕皇叔請轉。樽酒且相留，情濃義氣優。〔劉備白〕二人今會合，膠漆似相投。〔孫權白〕皇叔惠臨，有失迎迓。〔劉備白〕蒙娘娘宣召拜見，丹墀又接光儀，深慰渴想。〔孫權白〕特設杯酒洗塵，兼聆臺教。〔劉備白〕生受了。〔孫權白〕請。〔同下。喬玄白〕娘娘，恐主公加害。〔國太白〕請你主公來。〔喬玄請科，孫權上。國太白〕玄德公好生款待，我還有話説。〔孫權白〕是。〔下。國太白〕此人一表不凡，〔喬玄白〕如何？娘娘不曾見，老臣也不敢誇獎。適纔見過了，老臣纔敢説。娘娘，如今親事，成與不成？〔國太白〕婚姻乃人間大事，如何容易成就？〔喬玄白〕既不成親，就不該受他大禮了。〔國太白〕國丈教我受的。〔喬玄白〕説那裏話。丈母都拜了，還不成親。〔國太白〕那有此理？〔喬玄白〕娘娘執意不從，他若去了，只是他國中還有人。〔國太白〕他國中還有甚麽人？〔喬玄白〕有一個諸葛軍師，有先天不測之機，謾説人間事，就是天上的風，要用也借來使用。還有桃園結義的兩個兄弟，一個紅臉，一個黑臉，那時惱了他性子，拿刀的拿刀，拿鎗的拿鎗，統領了傾國之兵，往東吴一鼓而下，我這裏拿甚麽人敵擋他？老臣不得不説，娘娘自作主意，老臣告退。〔虛下。國太白〕快請國丈轉來，老人家這樣火性。〔内侍應，請科。喬玄上，白〕老臣有罪。〔國太白〕依國丈，怎麽樣好？〔喬玄白〕成了親事就好。金枝玉葉，鳳子龍孫。孫劉結親，兩國和諧。有甚麽不好呢？〔國太白〕就是成親，也無嫁粧。〔喬玄白〕這是小事，成親之後，再令人送過去。〔國太白〕也要揀個吉日。〔喬玄白〕今日就是上好吉日。〔國太白〕也無媒妁。〔喬玄白〕娘娘命下，老臣爲媒。〔國太白〕怎麽，就是國丈爲媒？〔喬玄白〕千歲。〔國太白〕請你主公來。〔喬玄請科，孫權上。國太白〕我兒，玄德公既來在此，就將你妹子配了他罷。〔孫權白〕這是孩兒用的計，怎麽使得？〔國太白〕豈不聞一言既出，駟馬難追，寸絲既定，千金不易。江東許多文武，竟無一計，却將你親妹爲餌作鉤釣人，是何道理？〔喬玄白〕娘娘講的極是。〔國太白〕總借此以擒劉備，汝妹終身何所于歸？《禮》云：「無别無義，禽獸之道」。詩首《關雎》，書先釐降，皆所以正人倫之始。汝爲八十一郡之主，不能身任綱常，將何取笑於天下？豈不有愧于心乎？〔喬玄白〕一篇大道理，好吓。

〔孫權白〕母親請息怒。〔國太白〕此計是何人設的？〔孫權白〕是周瑜叫孩兒設的。〔國太白〕若不看赤壁之功，與他決不干休。這畜生若無孔明祭風，他妻子已爲曹瞞所奪矣。不以人之女子爲意，這樣放肆。〔孫權白〕便是成親，也無嫁粧。〔國太白〕成親之後，令人送過去。〔孫權白〕也要揀個吉日。〔國太白〕今日上好日子。〔孫權白〕也無媒妁。〔國太白〕國丈爲媒。〔孫權白〕怎麽，就是國丈爲媒？孩兒告退。國丈，就是你爲媒？〔喬玄白〕娘娘命老臣爲媒。〔孫權白〕你幹得好事！幹得好事！〔孫權下。喬玄白〕娘娘，宫中大喜，老臣告退。〔國太白〕即令魯子敬速整筵宴。國丈請回。姻緣本是前生定，曾向蟠桃會裏來。〔衆下。喬玄白〕皇叔有請，恭喜恭喜。〔劉備上，白〕喜從何來？〔喬玄白〕親事成了。〔劉備白〕怎麽就成了？〔喬玄白〕有老夫做媒，怕他不成？凡事要勤慎些。〔劉備白〕還仗太師週全。待劉備歸國之後，急當差人送厚禮相謝。〔喬玄虛白，同下〕

第十二齣　老新郎順諧伉儷

〔末扮魯肅上，白〕鵲橋纔駕寶廷中，織女仙郎下九重。宿世姻緣今已合，佇看佳婿近乘龍。下官魯肅是也，蒙國太娘娘懿旨，命俺掌設筵席，未知完備不曾。掌饌官等何在？〔雜扮掌饌官上，白〕玉女乍離蓬島，仙姬下嫁瑤宮。鸞簫鳳管奏春風，繡幕珠簾香擁。老爺有何吩咐？〔魯肅白〕筵席可曾完備否？〔掌饌官白〕俱已完備了。〔魯肅白〕既然完備，掌禮官那裏？〔雜扮掌禮官上，白〕鳳起高崗棲竹，龍騰雲離淵。良時吉日配姻緣，同掌山河永遠。掌禮官叩頭。〔魯肅白〕起來。一邊鼓樂，一邊讚禮，小心伺候。〔掌禮官、掌饌官應，同下。雜扮內侍、宮女，引旦扮國太上，唱〕

【仙呂宮引·洞房春】花照春紅（韻），仙女仙郎逢仙洞（韻）。笙歌簇擁（韻），今朝喜氣濃（韻）。〔副扮喬玄上，唱〕喜鵲橋填（句），高駕畫堂中（韻）。神歡悚（韻），風雲護從（韻），成就良緣共（韻）。〔各敘禮畢，讚禮官白〕讚禮官叩頭。〔國太白〕良辰已到，讚禮成親。〔讚禮官白〕領旨。伏以剛柔之義，萬物必本于陰陽。龍鳳之儀，二姓先通于合巹。〔生扮劉備上，讚禮官白〕一拜天長地久，二拜日就月將，三拜福延壽永，四拜鞏固遐昌。〔讚禮科。小旦扮新月上，同拜科。衆同唱〕

【仙呂宮正曲・惜奴嬌】玉洞春濃韻。正猊爐香爇讀，玉盃端捧韻。今夕何夕句，喜王孫着意乘龍韻。匆匆韻，花燭交輝遥相送韻。看前後人呼擁韻。〔合〕兩意同韻，好一似梧岡竹徑句，綵鸞丹鳳韻。

【仙呂宮正曲・錦衣香】夭秀鍾韻，乾綱永韻。婦秀鍾韻，坤維重韻。天然一對良姻句，龍孫鳳種韻。天潢自是萬華宗韻。金枝玉葉句，馥郁花叢韻。似瑶琴韻美句，永關雎琴瑟和同韻。〔合〕願把桃夭誦韻。歌聲沸湧韻，百年諧老玉璋早弄韻。〔國太白〕内侍送入洞房。〔衆應科，國太下，衆同唱〕

【仙呂宮正曲・漿水令】備慇懃能使卧龍韻，著勤勞得成大功韻。喜吾家累代據江東韻，南面稱孤讀，中外同風韻。真鸞鳳韻，豈鴈鴻韻，雲龍風虎喜相從韻。〔合〕銀臺上句，銀臺上疊，燭影摇紅韻。紅筵下疊，笑口歡容韻。〔内侍下。劉備白〕洞房中刀劍森列，此事何意？〔宫女白〕貴人休得驚疑。公主自幼好觀武事，居常令侍婢擊劍爲樂。〔劉備白〕此非婦人所觀之事，暫且去之。〔宫女白〕稟上公主：房中擺列兵器，新貴人不安。〔公主白〕相持半世，尚懼兵器。侍女們可盡徹去。〔衆應，同唱〕

【尾聲】珠圍翠繞繽紛從韻，美酒佳餚沸鼎中韻。這的是鸞鳳和鳴喜氣濃韻。〔衆下〕

第十三齣　化鶴爲人開覺路

〔雜扮左慈，眇一目、跛一足上，唱〕

【越調・浪淘沙】身在有無中韻，眼更空空韻，瑩然虛白現心胸韻。世上繁華如夢也句，笑殺癡蒙韻。〔白〕貧道左慈，字元放，道號烏角先生。巖穴寄身，烟霞爲侶。發石壁千年之秘，變化從心；洩天書三卷之藏，靈奇在手。銀臺瑶館，不禁遨遊；滄海桑田，幾經變換。冬不裘夏不葛，夫何燠而何寒；朝於水夕於山，每自來而自去。洞府時拋青玉杖，聊以陶情；塵寰暫寄白籐冠，原非無意。只因炎劉失勢，奸操作威。自托忠誠，擅專征伐。屠龍之志已萌，騎虎之勢難下。貧道欲假神術，消彼亂機。倘若回心，尚可轉禍。不免前去走遭也。正是：回首仙都何處也，笑騎黃鶴馭長風。〔下。雜扮小軍、將官、文臣武將，引净扮曹操上，唱〕

【中呂宮引・菊花新】新加九錫晉榮封韻，苴白熹黃邸第紅韻。殿宇告成功韻，嚮僚佐特開春甕

(韻)。〔白〕新築宮牆峻羽儀，鴛鴦瓦甃碧琉璃。區區不算酬庸典，自頌周文燕鎬詩。我曹操自起義師，所向無敵。適當宮殿落成，與群臣燕飲爲樂。設宴過來。〔衆應科，作送酒。衆官同唱〕

【中呂宮正曲·好事近】殊典報殊庸(韻)，碧瓦紅牆高聳(韻)。麒麟殿下(句)，百官拜舞歡頌。〔曹操唱〕君臣交泰(句)，草杯盤(讀)，聊與諸卿共(韻)。〔合〕一行行綺席長排(句)，一個個兕觥頻奉(韻)。〔左慈上，白〕舌劍斬奸雄，元神運化工。不須傳刺入，足下有清風。〔見科，白〕丞相請了。貧道左慈，忝在同鄉，聞得今日開筵，特來獻技。〔曹操白〕你有何技？〔左慈白〕貧道在西川嘉陵峨嵋山，學道三十餘年，今日大宴群臣，所需何物，貧道即當如命獻上。〔曹操白〕如今嚴寒天冷，草木皆枯，我欲得牡丹一兩朵，未知能否？〔左慈白〕易耳。取大花盆來。〔置盆臺上，左慈向噀水科，唱〕

【又一體】從來(句)仙術奪天工(韻)，只聽我臨時使用(韻)。〔白〕勅。〔唱〕東皇司令(句)，好將牡丹供奉(韻)。〔衆官白〕妙嗄。〔同唱〕看芽萌甲坼(句)，一霎時(讀)，枝上雙花捧(韻)。問何如魏紫姚黄(句)，一般兒葉緑花紅(韻)。〔曹操白〕妙哉技也。賜他酒。〔將官付酒，左慈飲科，舉盃示曹操，白〕請問此是何物？〔曹操白〕這是一隻玉盃。〔左慈白〕那裏是一隻玉盃，明明是一隻白鶴。〔曹操顧衆官，白〕明明是玉盃。〔衆官白〕是玉盃。〔左慈白〕不信麽？〔擲盃，化鶴展翅飛去科〕請看。〔曹操白〕果是神技。再將大斗賜與酒者。〔將官付酒，左慈作疾飲科，曹操白〕尚能飲乎？〔左慈白〕貧道一飲一石，日食千羊，亦能千日不飲不食。〔曹操笑白〕妄也。〔左慈白〕你說我言妄，我說你心妄。〔曹操白〕我那有妄心？〔左慈白〕既無妄心，何不

跟貧道峨嵋山去修行，當以三卷天書相授。〔唱〕

【中呂宮正曲・千秋歲】大英雄(韻)，忠義如山重(韻)，把富貴看作虛花兒一弄(韻)。鶴去難留(句)，似鶴去難留(疊)，識時務(讀)，流急須當退勇(韻)。勸休把(讀)，貪心縱(韻)。願早把(讀)，良心動(韻)。若不回頭猛(韻)，可自家擔誤(讀)，道骨仙風(韻)。〔曹操白〕我亦欲急流勇退，但朝廷未得可輔之人耳。〔左慈白〕荆州劉玄德，乃帝室子孫，且仁厚忠誠，足膺重寄，何不以此位讓之？〔曹操白〕賣屨賤夫，豈能定國。〔左慈白〕你執迷不悟，意欲何爲？若生妄心，必遭天譴。貧道將飛劍取汝頭矣。〔曹操大怒，白〕這妖道必是劉備差來的奸細，武士們，與我拿下。〔左慈拂袖暗下，武士白〕啟丞相，左慈化作一道清風去了。〔曹操白〕正欲開懷暢飲，忽來妖道亂我酒筵，可惱可惱。〔衆官白〕左道妖言何關輕重，請再飲數巡。〔又進酒科，唱〕

【中呂宮正曲・越恁好】芳筵重整(句)，芳筵重整(疊)，仙醞啟黄封(韻)。瓊巵跪進(句)，銀海漾酒鱗紅(韻)。須教一飲甘杯空(韻)。相將傳送(韻)，一堂(讀)聯喜起也歡聲動(韻)，千官(讀)歌既醉也恩光重(韻)。〔曹操白〕我想起一事來。史者國之紀也，自蔡中郎亡後，没人纂修國史，這是朝廷一大缺典。董祀。〔董祀白〕臣有。〔曹操白〕汝與蔡中郎誼屬師生，必知備細。他書籍現在何處？家中還有何人？〔董祀白〕先老師只有一女，名唤蔡琰。先老師臨終，以血書付祀，囑令負骨歸葬，許將蔡琰配祀爲妻。不想右賢王入寇，竟將蔡琰擄去，這些年並無音耗，未審存亡。〔曹操白〕原來如此。〔想科〕這也不難。我黃鬚兒曹彰鎮守玉關，威行外域，右賢王十分賓服。如今差人持節北庭，賫送金帛，宣取回朝，補修國史，與汝續了前姻。意下如何？〔董祀白〕多謝成全。〔衆官白〕蔡伯喈罹禍多年，乃蒙不忘故舊，拯救其女，古之管鮑，不足過也。臣等敬服。〔唱〕

【中呂宮·紅綉鞋】交情全始全終(韻)，全終(格)。拯他弱息孤窮(韻)，孤窮(格)。離北塞(句)，返南中(韻)。中舊約(句)，敘親悰(韻)。〔合〕這高誼(句)，薄穹窿(韻)。

【尚如縷煞】持玉節到西戎(韻)，贖取文姬歸董(韻)。須不是虛慕雷陳將天下哄(韻)。〔分下〕

第十四齣　嗚笳送馬入天關

〔旦扮文姬，雜扮四婢隨上，唱〕

【高宮套曲・端正好】塞垣長㊀，家鄉遠㊁，卧龍沙十有餘年㊁。風霜憔悴梨花面㊁，眼淚和愁嚥㊁。〔白〕〖浣溪沙〗草白沙黄雪障天，誰言此地漢相連，怪奴身在夢魂間。楊柳不逢春怨别，杏花何處想朱顏，早知模樣不堪憐。奴家蔡琰，小字文姬，中郎之女也。父死董卓之變，嗣悲伯道之兒，止生奴一人，慘遭戎馬，①中原被擄，遠來北地，又被可汗納入中宫，不覺忍耻包羞，已捱過一十二年了。咳，雖生二子，難死一心，不知今生今世，還有歸國之日否。今當塞北高秋凋殘時候，好不悽慘人也。〔内吹觱篥介。文姬白〕侍兒，你聽這是什麼響？〔四婢白〕啟娘娘，這是牧人驚馬，在那裏吹笳管。〔文姬白〕呀，這笳聲好不作美也，教我這千愁萬恨，觸耳銷魂，如何排遣。哦，有了。侍兒可取我的焦尾琴來，待我採此笳聲，譜入琴拍，以消悶懷則個。〔四婢白〕曉得。娘娘，焦尾琴在此。〔文姬白〕

---

① 「戎」，原作「戍」。

安放桌上，再取筆硯花箋過來。待我拍譜宮商，即事寫懷則個。〔四婢白〕曉得。〔安放琴箋筆硯介。文姬寫譜彈琴，歌〕

【琴曲】雲慘澹兮天晶，風蕭瑟兮沙平。遠迢遥兮帝京，雁嗷嗷兮哀鳴，哀鳴。〔四婢白〕娘娘爲何這等愁悶？〔文姬白〕咳，侍兒，你那裏曉得我的心事來喲。〔唱〕

【高宫套曲・滚綉球】俺只爲命迍邅(韻)，遭兵燹(韻)。撲騰騰天摧炎漢(韻)，一望的萬里烽烟(韻)。鼙鼓動(句)，劉宗剪(韻)，俺逐黄塵身輕於燕(韻)，顧不得毳帳披毡(韻)。則今錯檢風流牒(句)，爲問誰司造化權(韻)，埋怨蒼天(韻)。〔老旦扮達婆送茶上，白〕龍團雀舌江南茗，馬乳牛酥塞北茶。奴婢見娘娘静坐彈琴，必然口渴，特獻奶茶，與娘娘潤喉。〔文姬白〕正好，送上茶來。〔吃茶介。達婆白〕娘娘來此十有餘年，況又生了兩個臺吉，也算熟慣的了。奴婢常見娘娘雙眉不展，面帶愁容，却是爲何？難道還有什麽不足處麽？〔文姬白〕咳，非爾所知，且自迴避。〔達婆白〕是。魂礧結成澆不散，風生兩腋不須誇。〔四婢送烟，文姬吃介。丑扮阿狗上，白〕阿狗阿狗糊塗煞，鄉談也似蒙古話。滿口籃青談不官，咿哩嗚嚕又瓦拉，咿哩嗚嚕又瓦拉。區區黄阿狗的便是，原是蘇州人，被擄到此。大王道我是蠻子地方的人，又識得幾個扁擔大的一字，就派掌管娘娘的琴書筆硯。娘娘念是漢人，也十分看顧我。今聞得南朝曹丞相差人來，贖取娘娘歸國，大王已經依允，乃娘娘大喜之事，不免前去報知，再看風色，哀求娘娘也帶我南還，豈不是衣錦榮歸了。有理有理。〔進見文姬介，白〕娘娘，阿狗嗑頭報喜。〔文姬白〕

有何喜報？快些講來。〔阿狗白〕娘娘，今早小的在大王帳前，打聽得漢朝有個曹鬍子，〔文姬白〕什麼樣人？〔阿狗白〕説是個丞相。〔文姬白〕唔，原來是曹丞相。他便怎麼？〔阿狗白〕他念先中郎老爺無子，止生娘娘一位，不忍流落外邦，今特差官到此，備辦了許多金璧綵緞，與大王講和通好，要贖取娘娘歸國。大王因兩國和好，不好違拗，已經允了。那曹丞相又諄諄切切，寄一封書信與小的，上寫着愚兄曹鬍子多多拜上阿狗兄弟，你年紀不小了，也該回家來百相百相，不可在外只管游蕩，貪戀着那塞外好吃果兒了。〔文姬喜介，白〕贖取我歸國的話，果然麼？〔阿狗白〕果然。〔文姬作喜介，白〕呀，謝天謝地，也有今日，我好差也。〔阿狗白〕大王爺説與娘娘多年恩愛，不忍見面分離，少刻差二位臺吉前來與娘娘分別餞行哩。〔文姬哭介。四婢白〕娘娘數載以來，放不下家鄉，又撇不下兒子，似這等去住兩難，豈不是啞子吃黃連，自尋苦惱麼？〔文姬作歎氣科，白〕侍兒們，〔唱〕

【高宫套曲·快活三】眼迷離心繾綣(韻)，似啞子吃黃連(韻)。鄉情天性兩難全(韻)，説不得悲喜各參半(叶)。〔雜扮番兵，引二臺吉騎駱駝上，唱〕

【胡歌】天上的蟠桃什麼人栽，地下的黃河什麼人開，什麼人擔山把太陽趕，什麼人彈着琵琶和番來。

【前腔】天上的蟠桃王母栽，地下的黃河神禹開，二郎擔山把太陽趕，昭君娘娘和番來。〔一白〕兄弟，今日阿波糊裏糊塗也，不明白説出，只説教你我來送額其也。不知送到那裏去。今已來到帳殿之外，不免同進去見額其，問個明白。〔一白〕正是。〔進見文姬，跽跪請安介，白〕阿姆呼朗兜哩拿。〔文姬見，大哭抱介。二臺吉白〕阿波着我兄弟二人來送額其，又這樣悲啼，不知送到那裏去？〔文姬大哭介，白〕阿呀，我的親兒吓，做娘的今日要永别你們，往南朝去也。〔二臺吉白〕你往南朝去，不知可帶我們同去麽？〔文姬哭白〕兒呀，你二人是北人，如何去得？〔二臺吉哭白〕既不帶我們去，獨自如何去得？〔雜扮漢差官執符節，領四卒車夫上，白〕二子抛離歸半子，一人别去痛三人。阿狗哥啟知娘娘，車輦俱已齊備，請娘娘收拾起程。〔阿狗白〕住着。啟娘娘：帳外車輦俱已齊備，請娘娘起駕。〔文姬白〕且略消停。〔二臺吉哭到介，文姬作哭，二臺吉大哭，文姬抱哭，白〕親兒，吓，〔唱〕

【高宫套曲·耍孩兒】别離滋味原經慣(句)，偏此際相對悽然(韻)。一團血肉儘牽連(韻)，教人無計兩全(韻)。〔二臺吉白〕額其，你今南朝去，幾時還得回來麽？〔哭介。文姬唱〕兒吓，只好天闕五夜飛蝴蝶(句)，氊幕三更聽杜鵑(韻)。魂兒現(韻)，在大青山北(句)，夢水河邊(韻)。〔哭介。雜扮胡官巴朗同賒楞上，白〕末路紅顔歸故國，千年青塚剩明妃。阿狗傳去，説大王差官二員，來見娘娘。〔阿狗白〕住着。啟娘娘：大王差官二員，要見娘娘。〔文姬白〕着他們進來。〔阿狗白〕吓，差官，着你們進見。〔見科，白〕娘娘在上，巴朗賒楞摩嘞咕。〔文姬白〕你二人來怎麽？〔巴朗、賒楞白〕俺二人奉大王之命，説娘娘久住穹廬，誕生二子，今既南歸，情寔綣戀。大王不忍面送分離，特遣二位臺吉前來，一則盡子母之情，二則代大王申祖餞之意。所有掌管琴書的黄阿狗，原是南方人，令其伺候歸國。還有一班番樂，賜與娘娘帶回南朝，若思念大王，教他們唱起來，以解悶懷。〔阿狗白〕快活快活。俺阿狗做了這幾年蒙古大叔，今日回到蘇州，也好欺厭那些蠻子鄉鄰了。〔巴朗、賒楞白〕娘娘，自古道，送人千里，終須一别。勸娘娘與兩個臺吉，不必過於悲傷，就此發駕去罷。〔文姬白〕如此，奴家就在此遥謝大王深恩，善視兩個孩兒，無以妾爲念也。〔文姬拜，二臺吉同拜科。文姬唱〕

【高宮套曲・三煞】難斷子母恩(句)，難抛夫婦緣(韻)，怎忍説歸心如箭(韻)。怕只怕隴頭秋老花如雪(句)，塚上春深草可憐(韻)。今日承恩眷(韻)，生歸故土(句)，重到家園(韻)。〔巴朗、賒楞合白〕大王有令，娘娘今既南歸，須是仍改漢家粧束。衆侍兒，服侍娘娘後帳更衣者。〔吹打。文姬、二臺吉同下。巴朗、賒楞白〕黄阿狗，你如今跟娘娘南去，忙忙的不得與你餞行。〔巴朗白〕我有一肚子奶酥油，送你在路上對茶喝。〔賒楞白〕我有一瓶阿拉跕，送你在路上喝一鍾，解解寒冷。〔阿狗作謝科，白〕多謝二位宰桑。二位都有東西送我，我没個回敬的，怎麼好也。罷，我從小兒串過戲，如今也還記得些，待我唱一兩隻崑弋兩腔的戲曲，别别你們，如何？〔巴朗、賒楞作喜科，白〕塞罕度拉，塞罕度拉。〔阿狗白〕我不唱舊戲，唱的就是娘娘本家《琵琶記》戲文。當日先中郎老爺中了狀元，「金殿辭朝」一出，唱與你們聽聽。〔巴朗、賒楞白〕狠好，狠好，快些唱來。〔阿狗白〕我來哉。〔唱「金殿辭朝」侉戲一段完。文姬二臺吉上，白〕膝前帳底難言别，鄉思離愁判舊新。始信婦人身莫作，百年苦樂任他人。〔巴朗、賒楞白〕衆巴都兒們，大王有令，一路小心伺候娘娘回國者。〔衆應科，白〕得令。〔巴朗、賒楞白〕把車輦抬上來。〔雜整頓車輦，

場中心立科。巴朗、賒楞白〕請娘娘上輦。〔二臺吉拜别文姬，對衆科，白〕帶摸哩來。〔文姬上輦。二臺吉騎駱駝衆遶場科，唱〕

【高宫套曲・二煞】蕭森邊樹風㊀，蒼茫塞草烟㊁，眼中景是心中怨㊁。聽他觱篥都無韻㊀，撥盡琵琶總斷絃㊁。驅車輦㊁，與來時馬上㊀，一樣悲煎㊁。〔巴朗、賒楞白〕來此已是榆關了，二位臺吉可拜别了娘娘罷，我們好回覆大王者。〔文姬下輦。二臺吉哭拜科，白〕額其請上，待我兄弟二人拜别。〔拜，大哭，拜。文姬白〕阿呀，兒呀，〔唱〕

【高宫套曲・一煞】行行一處交(句)，凄凄各自還(韻)，伯勞飛燕東西遠(韻)。莫因萱草思南國(句)，好奉椿枝在北邊(韻)。乘風便(韻)，因他鴈足(句)，寄我魚箋(韻)。〔哭科。二臺吉抱文姬大哭。巴朗、賒楞作扯下。文姬上輦科。阿狗白〕衆軍士，吩咐作速起程。〔衆應科，唱〕

【尾聲】征途迢遞長於綫(韻)，盼不到舊家庭院(韻)。且喜得道路鄉音在耳底喧(韻)。〔下〕

第十五齣　第二錦囊謀去吴

〔雜扮小軍、將校、衆將，小生扮周瑜上，唱〕

【小石調引·憶故鄉】設計已成空韻，反被他愚弄韻。〔白〕不如意事常八九，可與人言無二三。今早主公差人傳諭，與我書云：國太娘娘親自主婚，已將公主聘嫁劉備。不想弄假成真，使我心中忿氣。尋思一計，想劉備出身微末，奔走天涯，未嘗受此富貴，今若以華堂大廈、子女金帛令彼享用，疏遠孔明、關、張，各生怨望，自然散去，荆襄不戰而自得矣。此計大妙，待我修密書呈獻主公，按計而行。〔唱〕

【仙吕宫正曲·一封書】周瑜百拜書韻，謹呈獻英明主韻。思將劉備除韻，弄虚情須殷篤韻。軟困奸雄休説破韻，縱心聲色任歡娱韻。〔合〕使關張句，兄弟疏句，穩把荆襄暗裏圖韻。〔白〕書已寫完，徐盛，將此書付來人呈上吴侯。〔應接書科。周瑜白〕慷慨知音律，風流有紀綱。氣能吞漢國，力可展吴邦。〔下。生扮劉備上，唱〕

【中吕宫引·遶紅樓】金屋相憐貯阿嬌韻，刀頭未卜暗魂消韻。〔旦扮侍女，隨小旦扮新月公主上，唱〕燕爾情鍾句，鳳幃婉好韻，相對自逍遥韻。〔劉備白〕夫人，我與你成親不多幾時，不覺又是歲暮了。〔新月公主白〕正是：人生行樂耳，富貴待何時。我與你且到堂前閒步一回。〔劉備白〕夫人請。〔合唱〕

【中呂宮正曲・瓦盆兒】相攜素手句，雙雙緩步帶飄飄韻。這光景儘歡饒韻，説甚麽天涯涕淚故鄉遥韻。〔劉備白〕夫人，我想昔日你哥哥呵，〔唱〕爲荆州設牢籠讀，特暗伏兵刀韻。誰料道宜家室讀，風流樂事饒韻。〔新月公主白〕便是這等説，〔唱〕這相逢天緣湊巧韻，便兩人卧香閨讀，宴華堂同歡笑韻。真個是讀，仙管鳳凰調韻。〔新月公主白〕侍女們，看茶來。〔小生扮趙雲上，白〕事不關心，關心者亂。前日軍師授我錦囊三個，教我到南徐開第一個，到年終開第二個。如今正當歲暮，開錦囊看時，着我催主公歸去。如今主公與夫人同在堂上，不免進見。通報，趙雲要見。〔侍女出見，進禀科。劉備白〕夫人請少坐，待我與子龍講話。〔趙雲白〕主公身居畫堂，竟不想那荆州了。今早軍師使人來報，曹操起兵報赤壁之恨，快些回去纔好。〔劉備白〕待我與夫人説知。〔趙雲白〕主公與夫人説知，就回去不成了。〔新月公主作暗聽科。趙雲唱〕

【中呂宮集曲・榴花泣】荆州一路讀，危困不終朝韻。千里滯似蓬漂韻。片帆窣地掛今朝韻，怕牽衣阻滯歸橈韻。〔新月公主白〕皇叔，你們説些甚麽？〔劉備白〕子龍與我談些故鄉風景，我因念及霜露既濡，不遑祭掃，故感傷不已。〔拭淚科，唱〕松楸早凋韻，浥沾濡霜露讀，添悲悼韻。〔合〕待還鄉駕閣難抛韻，待羈棲孤墳誰掃韻。〔新月公主白〕侍女們迴避。你休瞞我，我都聽見了，子龍報你荆州危急，催你還鄉。〔劉備白〕夫人既已知道，我怎敢瞞你。我若不去，荆州有失，人都歸怨於我，只是怎麽捨得夫人？〔新月公主白〕奴家既嫁了你，自然隨你去便了。〔劉備白〕岳母怎肯叫夫人遠去？〔新月公主白〕這也不難。明日乃是元旦，待我稟知國太娘娘，只説江邊祭祖，我與你逃歸便了。〔劉備白〕若得如此，備生死難忘，但求夫人切不可洩漏。〔新月公主白〕這個自然。聽我道，〔唱〕

【中吕宫集曲·喜漁燈】臨期暗設機關巧(韻)。疾馳歸棹(韻)，管鼓枻共泛江潮(韻)，乘機遁逃(韻)。潛行早向三江道(韻)，周郎枉自費心勞(韻)。〔劉備唱：合〕嬌嬈(韻)，此恩難報(韻)。喜孜孜歸心析大刀(韻)。〔劉備白〕子龍，你明日先引衆出城，在官道上等候。〔唱〕

【尾聲】明朝遠別臨東道(韻)，你着意引兵相保(韻)。〔趙雲唱〕只怕漏洩春光有柳條。(韻)。〔下〕

第十六齣　一雙美璧還歸趙

〔雜扮衆船兵、水手,引浄扮張飛上,唱〕

【正宮正曲・十棒鼓】咱家漁父真可妙(韻),弓刀作魚釣(韻)。東吴悮入漢劉郎(句),周郎枉設計謀巧(韻)。俺奉軍師將令(句),埋兵蘆草(韻)。〔合〕脱却簑笠罩(韻),翼德咱名號(韻)。〔白〕俺張飛仗軍師神謀,得荆襄九郡,又得黄忠、魏延等。今日兵多將廣,曹操聞風喪膽;虎踞龍蟠,孫權弄假成真。只因周郎用美人計賺俺大哥到吴,那知又中軍師妙計,反納爲婿。今日大哥還荆州,爲此奉令同魏延、黄忠扮作漁人,帶領弓弩手暗藏船内埋伏接應。你看今夜月明如晝,正好前行。且待二將到來,一同前去便了。〔浄扮黄忠上,唱〕

【仙吕宮正曲・三囑咐】漢昇本是荆南老(韻),逞雄才勇略昭(韻)。〔浄扮魏延上,唱〕長沙昔日(讀),英雄悲枉道(韻),今日扶漢精忠抱(韻)。奉軍師令約(韻),接主江臯(韻),那怕周郎多計較(韻)。〔白〕張將軍。〔張飛白〕二位將軍,某等奉令去接主公,扮作漁人,蘆葦中埋伏。喜得月明風細,各駕船隻發兵前去。〔魏延白〕張將軍之言有理。〔張飛白〕弓弩手,〔衆應科〕而等在船内埋伏。待周瑜到來,聽金聲爲號,弓弩齊發。如違吾令，梟首示衆。〔衆應，下。張飛白〕看船。〔衆水手、兵卒上，應科。各作上船科。張飛白〕漁人們，看月朗風清，取漁竿來，待俺們釣幾尾魚兒下酒。〔同作釣魚科，大笑，同唱〕

【雙角隻曲・雙令江兒水】披簑垂釣(韻)，俺這裏披簑垂釣(疊)，魚郎粧扮巧(韻)。聽江聲滚滚(句)，銀浪滔滔(韻)，嘆浮生空自勞(韻)。任你弄虚囂(韻)，怎把天心拗(韻)。紅粉謀高(韻)，只哄兒曹(韻)，那能彀把軍師來賺了(韻)。船兒繫摇(韻)，一霎時船兒繫摇(疊)。齊聽令約(韻)，須索是齊聽令約(疊)。笑周郎(讀)，費機關空没下稍(韻)。〔白〕漁人們嘲個吴歌，等待周瑜到來便了。〔衆應，唱吴歌科，下。小生扮趙雲上，唱〕

【仙呂宫引・紫蘇丸】東吴便計釣鰲鯨(韻)，幸喜得鳳凰成聘(韻)。差吾行保駕意怦怦(韻)，狼窩脱脚心方定(韻)。〔白〕昨日主公與夫人商議，感夫人禀知國太娘娘，只説明日元旦，要望江邊祭祖。主公吩咐我連夜收拾車仗，打旱路上回去。如今車仗俱已完備，不免催促起程。正是：直入内宫傳信息，珠簾底下一聲輕。主公有請。〔生扮劉備上，唱〕

【又一體】喜看金屋新盟訂(韻)，如魚水關雎同並(韻)。〔旦扮侍女，隨小旦扮新月上，唱〕一心從夫主返家庭(韻)，調和琴瑟多歡慶(韻)。〔劉備白〕幾年漂泊又逢春，本要回家怎脱身。〔新月白〕辭親已許還歸路，豈憚迢遥關與津。〔趙雲白〕夫人可辭過國太否？〔新月白〕母后已辭，容我同去。〔趙雲白〕主公可同夫人快行，不可久住。〔劉備白〕車馬可曾完備？〔趙雲白〕俱已完備了。〔劉備白〕如此請夫人上車。〔雜扮車夫、衆卒上，新月上車。劉備、趙雲乘馬科，同唱〕

【仙呂宮集曲·甘州歌】急離吳境(韻)，盼路途迢遞(讀)，切莫留停(韻)。風飡水宿(句)，短亭又是長亭(韻)。人生在世渾如夢(韻)，休管閒花滿地生(韻)。驅車馬(句)，趲路程(韻)，何時不起故鄉情(韻)。心疑忌(句)，鴉亂鳴(韻)，吉凶好歹事難憑(韻)。〔下。雜扮守城將上，虛白諢科。衆引劉備等上。守城將〕〔白〕你們那裏走？〔衆白〕公主娘娘在此。〔守城將白〕娘娘千歲。〔新月白〕奉國太娘娘懿旨，與皇叔到江祭祖，爾等好好開門。〔守城將白〕是。〔作開門科。一將白〕哥，如今擋箭牌在此，怎麽樣呢？〔一將白〕我有一計：把娘娘放出去，將劉備扯回來。〔一將白〕就是這個主意。〔劉備衆作出門科，下。一將白〕好，都出去了，如今怎麽樣？〔一將白〕只得回都督話去。〔下。劉備衆上，趙雲唱〕

【又一體】軍師神策靈(韻)，授錦囊奇計(讀)，脱離陷阱(韻)。驅車前去(句)，吾君不必憂驚(韻)。非吾自把英雄逞(韻)，萬騎當前一掃平(韻)。〔合〕驅車馬(句)，趲路程(韻)，何時不起故鄉情(韻)。心疑忌(句)，鴉亂鳴(韻)，吉凶好歹事難憑(韻)。〔下。副扮陳武，丑扮潘璋，雜扮徐盛、丁奉，引衆上，唱〕

【越調正曲·水底魚兒】躍馬飛行(韻)，加鞭不暫停(韻)。〔合〕追擒劉備(句)，管教一命傾(韻)。〔衆白〕我等因公主與皇叔同往江邊祭祖，揚然而去，奉周都督將令，領兵追趕前來。衆將官，快些趕上。〔衆應科，唱合，下。劉備衆上，唱〕

【仙呂宮正曲·甘州歌】川原一望平(韻)。奈東風料峭(讀)，遍體寒生(韻)。笳鳴角轉(句)，聞之不覺心驚(韻)。征人未得離吳境(韻)，難免傷懷淚暗傾(韻)。〔合〕驅車馬(句)，趲路程(韻)，何時不起故鄉情(韻)。心疑忌(句)，鴉亂鳴(韻)，吉凶好歹事難憑(韻)。〔内喊科，劉備驚科，白〕你看柴桑界口塵土蔽日，想是追兵來了，如之奈何？〔趙雲白〕主公無憂。臨行之際，軍師密囑趙雲，付與三個錦囊，已拆二個，皆有應驗。第三個錦囊道，前無去路，後無退步，急難之時，方可拆看，自有變憂作喜之妙計。請主公當面開看。〔劉備白〕如此拿來我看。〔趙雲遞劉備拆。看科，白〕孫權必命周瑜江邊關防，先斷長江水路，必差大將于要道截住隘口，後有追兵。必須哀告夫人出車擋住，以言詈衆，其禍自解。原來如此。夫人，備有一言，至此宜以實情告訴，今日之禍，望夫人解之。〔新月白〕皇叔有言，請勿隱諱。〔劉備白〕昔日令兄與周瑜用謀將夫人贅備，實非爲夫人，乃欲困備而取荆州也。將夫人作香餌以釣備，備不懼死而來，又設計欲因劉備，故托荆州有難而求歸計，又蒙夫人憐憫同回。令兄又遣兵後追，周瑜又使人前截，今日非夫人難解此禍。夫人若不允，我劉備當死車前，以報夫人之德。〔新月白〕皇叔，吾兄既不以我爲骨肉，有何面目見之！今日之危，吾當自解。〔趙雲白〕主公，夫人既肯自解其禍，小將在傍就是。東吴之兵，俺趙雲何足懼哉。〔唱〕

【又一體】還將戈戟横(韻)。總然有(讀)，百萬鐵騎追兵(韻)，教他性命(韻)個個難保殘生(韻)。只見旌旗日晃雄威壯(句)，你看刀劍霜寒膽氣增(韻)。〔合〕驅車馬(句)，趲路程(韻)，何時不起故鄉情(韻)。心疑忌(句)，鴉亂鳴(韻)，吉凶好歹事難憑(韻)。〔潘璋、陳武、徐盛、丁奉引衆上，唱〕

【黄鐘宫正曲·滴溜子】元帥令(韻)，元帥令(疊)，追他轉程(韻)。急忙去(句)，急忙去(疊)，怎敢暫停(韻)。

此舉軍中嚴令(韻)，似飛雲足下生(韻)，急急前行(韻)。〔合〕兩國爲婚(句)，又起戰争(韻)。〔白〕咄！　那裏走！〔趙雲白〕休得無禮！　看這羅幔中是誰？〔新月白〕汝等何人，擅敢無禮？〔衆白〕公主出車來了，上前叩頭。〔新月白〕陳武、潘璋，你二人待要怎麽？〔陳武白〕奉主公之命，請公主回駕。〔新月白〕徐盛、丁奉，你二人在此怎麽？〔徐盛、丁奉白〕奉都督將令，迎皇叔回去。〔新月白〕我曉得周瑜這廝夫造反。我乃吴侯親妹，嫁與皇叔，昨奉國太娘娘懿旨，同歸荆州。　汝等在此造反，刼掠我夫妻財物麽？〔陳武衆白〕非預小將之事，乃主公鈞旨、周都督將令。〔新月白〕周瑜殺得你，我殺不得你麽？　侍女們，與我挐過來。〔陳武衆白〕殺得、殺得。〔趙雲白〕如有攔阻者，問俺手中鎗可依也不依。〔潘璋白〕三位將軍，你我乃是臣下，他乃兄妹，況有國太娘娘作主。　你看趙雲在那邊，不要討死，不如做個人情，放他去罷。〔陳武、丁奉白〕有理、有理。〔陳武衆白〕我等焉敢阻駕，請公主皇叔穩便。〔新月白〕這便纔是，你們去罷。〔衆白〕饒伊脱得去，扯破紫羅袍。〔同下。　劉備白〕賴夫人之力，得脱虎口。〔新月白〕這都是皇叔之福，只是便宜了他每。〔趙雲白〕主公，且喜離柴桑已遠，恐後面又有追兵，快行幾步。〔合唱〕

【越調正曲·水底魚兒】脱得追兵(韻)，寬懷慢慢行(韻)。〔合〕柴桑漸遠(句)，指望到家庭(韻)，指望到家庭(疊)。〔趙雲白〕主公，你看後面塵土沖天，軍馬蓋地而來，如之奈何？〔劉備白〕連日奔走，人馬俱乏，追兵又來，死無地矣。〔趙雲白〕主公，沿江有一帶大船，不如僱一隻渡過江去，使他急切追趕不上。〔劉備白〕快僱船來。〔趙雲白〕稍子，搖船來。〔内白〕來了。〔生扮孔明，雜扮衆將，乘船上，同唱〕

【又一體】舉棹前行韻，一江風浪平韻。〔合〕周郎使計句，今日總無成韻，今日總無成疊。〔劉備白〕原來是軍師。〔孔明白〕主公別來無恙。搭扶手。〔劉備白〕軍師，追兵至矣。〔孔明白〕主公無憂，關將軍在旱路等周瑜，翼德、黃、魏三將在水路埋伏，料周瑜插翅也難飛過也。況船上都是荊州水軍，追兵來時，料無妨碍。軍校開船。〔同唱〕

【又一體】萬頃波平韻，舟行一葉輕韻。〔合〕夫人返國韻，歡喜笑歌聲韻，歡喜笑歌聲疊。〔下〕

第十七齣　兩挫屠龍射虎威

〔雜扮衆將官，引小生扮周瑜上，同唱〕

【仙呂宮正曲・勝葫蘆】驀地雙雙便脱逃(韻)。龍與鳳駕星軺(韻)，好似鷄聲唤出函關道(韻)。〔合〕霎時追到(韻)，管教一命喪蓬蒿(韻)。〔白〕我周瑜前用奇謀而得赤壁之勝，不想孔明暗襲荆州，魯子敬屢索不還，故定美人計賺劉備來吴，原欲殺劉備以取荆州。不想國太反納爲婿，思之可恨。後又定計軟縛劉備，意欲隔斷諸葛，離間關張，使他蛇無頭、鳥無翅，不能施計。不想劉備乘元旦君臣朝賀之時，竊公主私逃。爲此親領水陸二兵，務要擒劉備殺之，方消吾恨。衆將官，用心殺上前去。〔衆應科，唱〕

【越調正曲・水底魚】船發流星(韻)，蒲帆風送輕(韻)。〔合〕若擒劉備(句)，吾國定然興(韻)，吾國定然興(疊)。〔雜扮潘璋、陳武、徐盛、丁奉上，白〕禀都督，劉備被孔明接過江去了。〔周瑜白〕胡説。命爾等追趕劉備，如何放走了？合當斬首，權且記頭在項。爾等隨我前去，若擒得劉備、孔明者，將功贖罪。就此殺上前去。〔衆應，唱，合前。衆軍校、浄扮周倉引浄扮關公上，白〕周都督到此何事？〔周瑜白〕一來送親，二來要見皇叔。〔關公白〕軍師有令，着關某前來，有兩句話多多拜上。〔周瑜白〕那兩句？〔關公白〕軍師説道：周郎妙計高天下，陪了夫人又折兵。〔衆軍重白，對戰科。周瑜敗下。衆軍校白〕周瑜大敗。〔關公白〕就此收兵。〔衆應科，下。衆引周瑜上，白〕氣殺我也！不想旱路有雲長擋住，快些駕船趕上。〔衆上船科，同唱〕

【中吕宫正曲·紅繡鞋】星飛追趕逋逃(韻)，逋逃(格)。水師陸路雄驍(韻)，雄驍(格)。他設計(句)，縱然高(韻)，怎當掩(句)，關隘牢(韻)。〔合〕急過江(句)，不憚勞(韻)。〔衆白〕啟元帥：前面蘆葦深處，恐有埋伏。〔周瑜白〕那怕埋伏，快快趕上。〔衆扮船兵、水手，净扮張飛、黄忠、魏延駕船上。船兵作唱吴歌。張飛白〕呔！誰敢來？周瑜，我的親兒，認得老張麽？〔周瑜白〕張飛，你這莽匹夫，敢入我龍潭虎穴來討死麽？〔張飛白〕周瑜，你敢誇龍潭虎穴麽？我老張覷東吴似狐巢鼠洞，少不得一窩兒都是死。〔周瑜白〕俺今率領精騎，務要掃蕩荆襄，你這莽匹夫，擅敢拒戰，來討死麽？〔張飛白〕周瑜，你今日遇俺三將軍，還不回兵。弓弩手放箭。〔衆應，作射科。周瑜等作敗下。張飛、黄忠、魏延白〕就此回兵。吴兵聽者，我等要殺周瑜，有何難事，恐傷兩家和氣，暫寄狗頭在項。爾等呵。〔唱〕

【煞尾】好生傳與吴侯話(韻)，謝得你赤壁添兵今又成姻婭(韻)。空用着小兒周郎的謀(句)，今日個陪了夫人又損兵馬(韻)。〔衆同下〕

第十八齣　重翻捲葉吹蘆調

〔旦扮文姬，旦扮梅香隨上。文姬唱〕

【仙吕宫引・謁金門】心上怨(韻)，花謝水流春賤(韻)。沙塞當初難自遣(韻)，既歸還愐倎(韻)。嬾與鶯花繾綣(韻)，羞對笙歌庭院(韻)。舊事新情何處見(韻)，都來眉上傳(韻)。〔白〕〖相見歡〗無言悄倚房櫳，恨溶溶。底是花開花落，任西東。眉兒皺，心兒想，靨兒紅。收拾許多無奈，付春風。妾身蔡琰，情深月露，志凜冰霜。猥以時命不辰，寄身氊帳。荷蒙曹丞相贖取，得以生入玉門。自守寡居，别無他志。乃董郎曾收葬先公骸骨，奉有許配血書，遺命既嚴，詔書又迫，三星再賦，實非得已爲之。唉，回想生平，好没意致也。〔唱〕

【仙吕宫正曲・忒忒令】有何心臨風整鳳鈿(韻)，只嫌得粉消翠淺(韻)。一副惱人腸肚(讀)，與那羞人顔面(韻)。不由不顧影自生憐(韻)。〔合〕釵香誌(讀)，鴛鴦譜(句)，填到奴怎舛(韻)。〔雜扮院子，引生扮董祀上，唱〕

【又一體】蔡家姬腹笥甚便便(韻)，班家女今日欣重見(韻)。三生何幸(讀)，得與諧姻眷(韻)。〔相見科，白〕下官江都布衣，仰承先老師青目，犴狴之内許以愛女爲妻。今日得挹芝蘭，誠爲萬幸。〔文姬白〕妾身遭時不偶，失身塞北，相公不棄瑕疵，收侍巾櫛，乃妾之幸也。〔董祀白〕説那裏話。事不由己，其咎在天。況今日裏呵，〔唱〕破鏡已重圓(韻)。〔合〕當年事(讀)，如雲散(句)，何必您抱怨(韻)。〔文姬白〕想當年被遭亂，塞馬上淒涼羞慚。北地再入玉關，尤此深怨。寫得傷心之意，名曰「吹笳十八拍」，今日閒暇，待我喚阿狗們出來，吹此笳聲而和，請相公改削。〔董祀白〕當得請教。〔文姬白〕梅香，喚阿狗們出來。〔丑扮阿狗上，白〕蘇州阿狗老白相，無腔曲子偏倔强。板眼不齊全，聲音欠洪亮。自從擄出關，封爲二户長。學得式邦歌一兩聲，歸來偏要逢人唱。夫人喚阿狗，有何分付？〔文姬白〕老爺要聽《吹笳十八拍》，可按北地之音伺候者。〔阿狗諢科，白〕者。〔下。董祀白〕院子看酒來。〔雜扮家童持戳囉同上。阿狗吹戳囉科。文姬吟科〕《第一拍》我生之初尚無爲，我生之後漢祚衰。天不仁兮降亂離，地不仁兮使我逢此時。干戈日尋兮道路危，民卒流亡兮共哀悲。烟塵蔽野兮戎馬盛，志意乖兮義節虧。對殊俗兮非我宜，遭惡辱兮當告誰。笳一會兮琴一拍，心憤怨兮無人知。〔董祀白〕當初右賢犯關，兵戈載路，閨中粉黛，馬上琵琶，好不慘傷人也。〔唱〕

【仙呂宮正曲・沉醉東風】一聲聲鼙鼓喧天(韻)，一處處把蛾眉妙選(韻)。金閨秀閬苑仙(韻)，足天山霜霰(韻)。橐駝上紅冰淚濺(韻)。〔合〕心懸意懸(韻)，愁牽夢牽(韻)。不堪回望(讀)，朝雲暮烟(韻)。〔作樂和科。

文姬吟科〕《第五拍》鴈南征兮欲寄邊聲，鴈北歸兮爲得漢音。鴈飛高兮邈難尋，空斷腸兮思愔愔。①攢眉向月兮撫雅琴，五拍泠泠兮意彌深。〔阿狗白〕這個滋味是阿狗親嘗過的。但夫人在彼呵，〔唱〕

【仙呂宮正曲・臘梅花】右賢恩意多眷戀(韻)，雙雛膝下更嬌倩(韻)。朝歌還暮絃(韻)。〔合〕胭脂山下(句)，風霜雖苦色依然(韻)。〔文姬吟科〕《第十拍》城南烽火不曾滅，疆場征戰何時歇。殺氣朝朝衝塞門，悲風夜夜吹邊月。故鄉隔兮音塵絶，哭無聲兮氣將咽。一生苦兮緣別離，十拍悲深兮淚成血。〔董祀白〕摹寫朔漢風景，北地人情，一一如畫，誠寫生妙手也。〔唱〕

【仙呂宮正曲・園林好】有春光不度塞邊(韻)，俱官骸不逓語言(韻)。喜大筆別開生面(韻)，〔合〕兼寫出恨綿綿(韻)，兼寫出恨綿綿(疊)。〔文姬吟科〕《第十二拍》東風應律兮暖氣多，知是漢家天子兮布陽和。羌人蹈舞兮共謳歌，兩國交懽兮罷兵戈。忽遇漢使兮稱近詔，貴千金兮贖妾身。喜得生還兮逢聖君，嗟別稚子兮會無因。十有二拍兮哀樂均。〔董祀白〕夫人，我們散一散罷。〔作出席坐科。阿狗發諢唱，背弓曲。文姬唱〕《第十八拍》笳聲本出龍沙中，緣琴翻出音律同。十八拍兮曲雖終，響有餘兮思無窮。是知絲竹微妙兮，均造化之功。哀樂各隨人心兮，有變則通。塞與漢兮異域殊風，天與地隔兮子西母東。苦我怨氣兮浩於長空，六合雖廣兮受之應不容。〔阿狗白〕曲畢。〔董祀白〕俱各有賞。〔阿

① 「空斷」二字原爲留空，據《胡笳十八拍》文補。

狗、衆家童下。〔董祀白〕塞垣之事，羈旅之情，盡在十八拍中矣。〔文姬白〕妾身不才，豈敢妄翻新譜，不過借此笳聲，自寫失身之恨耳。〔淚介。董祀白〕啊呀，夫人嗄，〔唱〕

【仙吕宮正曲・川撥棹】休悲怨(韻)，是前生積下愆(韻)。〔文姬唱〕可憐我宛馬猶韉(韻)，可憐我宛馬猶韉(疊)，出長城一十二年(韻)。〔董祀唱：合〕幸今朝返故園(韻)。〔文姬唱〕到今朝羞故園(韻)。〔同唱〕

【尾聲】同心重綰雙飛燕(韻)。恰便是並頭蓮風摇露顫(韻)，再没有五夜悲笳到枕邊(韻)。〔同下〕

第十九齣　請伐號舊計新施

〔雜扮將官、衆將，小生扮周瑜上，唱〕

【小石調引・撻破歌】憑咱威武鎮江城(韻)，取曹劉遂吾平生(韻)。〔白〕俺周瑜前曾上疏與我主，令魯肅去取荆州。我想劉備乃梟雄之輩，諸葛乃狡滑之徒，子敬誠實篤厚之人，焉能取得荆州回來，此去恐成畫餅了。〔末扮魯肅上，唱〕

【小石調引・粉蛾兒】船返江東(韻)，來音傳示周公(韻)。〔周瑜白〕子敬回來了，取荆州一事如何？〔魯肅白〕下官一到荆州，言奉吴侯鈞旨，專爲荆州一事而來。那玄德呵，〔唱〕

【南呂宫正曲・紅納襖】未開言先淚傾(韻)，哭啼啼多悲哽(韻)。〔白〕彼時問起緣故，玄德搥胸頓足，哭聲不絶。孔明説當初我主借荆州時，許下取了西川便還，想益州劉璋呵，〔唱〕他本是漢朝中骨肉皆同姓(韻)，何忍的弟兄間一旦便争城(韻)。〔白〕若不取西川還了荆州呵，〔唱〕那裏有容膝地得安生(韻)。〔白〕若不還時，〔唱〕又恐怕背前言慚往行(韻)。〔白〕實是兩難，教我多多懇告主公與都督，再容幾日。下官呵，〔唱〕因此上展轉心中(讀)，難爲催逼也(格)，望都督鑒此情(韻)。〔周瑜白〕子敬又中諸葛之計了。〔魯肅白〕都督，怎見得？〔周瑜白〕當初劉備依劉表，常有吞併之意，何況西川劉璋乎？以此推調，未免累及老兄。〔魯肅白〕這等如何是好？〔周瑜白〕吾有一計，使諸葛不出吾手。〔魯肅白〕願聞妙策。〔周瑜白〕子敬不必去見吴侯，再往荆州去説。既然孫劉結爲親眷，便是一家，玄德若不忍去取西川，我東吴起兵伐取。取得西川以爲嫁資，却把荆州還交東吴，你道如何？〔魯肅白〕西川迢遞，取之非易，都督此計不可。〔周瑜白〕子敬真長者也。你道真個去取西川與他麽？非也，以此爲名，實取荆州，且教他不作準備。東吴兵馬收川路過荆州，劉備必然出來勞軍，兵馬到城下，一鼓平收，雪吾之恨，解足下之禍，此計如何？〔魯肅白〕都督真奇謀也，下官就此告别。收拾窩弓擒猛虎，〔周瑜白〕安排香餌釣鰲魚。〔下〕

第二十齣　告伐川假言真聽

〔雜扮軍卒，小生扮趙雲，净扮關公、張飛、黄忠、魏延，引生扮劉備上，唱〕

【黄鐘宫引·疏仙燈】堪笑兒曹韻，羞見江東父老韻。〔生扮孔明上，唱〕草廬三顧出衡茅韻，羽扇綸巾侍聖朝韻。〔劉備白〕子敬回見吴侯，不知如何。〔孔明白〕必是不曾見吴侯，只到柴桑和周瑜商量甚麽詭計，只恐又來。〔雜扮手下，引末扮魯肅上，唱〕

【又一體】公瑾英豪韻，威名宦振劉曹韻。〔白〕通報江東魯肅謁見皇叔。〔卒報科，孔明白〕主公，魯肅來時，只看我點頭，滿口應承，事必諧矣。〔劉備白〕軍師之言，敢不依從。道有請。〔卒應，請科。魯肅進科。劉備白〕請坐。〔魯肅白〕告坐。吴侯甚是稱讚皇叔盛德，遂同諸將商議，起兵替皇叔收川，取了西川，却换荆州，想念愛親之故，以此爲粧奩。但軍馬經過，却望應些錢糧。〔孔明白〕非親不解其禍，難得吴侯好心也。〔唱〕

【中吕宫正曲·駐馬聽】親串情叨韻，足仞恩光天樣高韻。〔劉備白〕此皆子敬之贈，一言稱謝不盡。〔唱〕全仗帡幪句，多承披拂讀，不愧深交韻。〔孔明白〕如雄師到日，即遠遠犒勞。〔唱〕西川前去路

途遥(韻)，椎牛宰馬將師犒(韻)。〔同唱〕〔合〕信義堪褒(韻)。從此相依唇齒(讀)，兩國顯英豪(韻)。〔魯肅唱〕

【又一體】不往今朝(韻)，上達明公大德昭(韻)。一則皇叔應承(句)，二則軍師允諾(讀)，報逾瓊瑶(韻)。荊州換取信非遥(韻)，親情永佩朱陳好(韻)。〔白〕下官告辭。兩國合秦晉，仇言不用提。〔同唱：合〕信義堪褒(韻)。從此相依唇齒(讀)，兩國顯英豪(韻)，〔下。劉備白〕請問軍師，此來何意？〔孔明白〕周郎死日近矣。這等計策，小兒也瞞不過。〔劉備白〕又設何計？〔孔明白〕此乃假途滅虢之計。虚名收川，寔取荊州。〔劉備白〕如之奈何？〔孔明白〕主公放心。待周瑜來時，他便不死也九分無氣。趙雲聽令：與汝柬帖一個，按上面行事。〔趙雲應科，孔明白〕關公、黄忠、魏延聽令：你三人各帶精兵一千，分三路荊州城外埋伏。〔三將應科，孔明白〕張飛聽令：你領三千人馬，掩在蘆花深處，將周瑜活擒下馬，不要傷他性命。〔張飛應科，劉備白〕周瑜決策取荊州，〔孔明白〕諸葛先知第一籌。〔劉備白〕指望長江香餌穩，〔合白〕豈知暗裏釣魚鈎。〔下〕

第廿一齣　荆州城諸葛謀長

〔雜扮衆小軍、衆將官、四將、健將，引小生扮周瑜上，唱〕

【小石調引・撻破歌】終朝使我悶憂憂(韻)，今日裏機謀成就(韻)。〔白〕某周瑜設下假途滅虢之計，着子敬去賺劉備、孔明。我想此計必然瞞過他們，待子敬回來，便知分曉。〔末扮魯肅上，白〕擎天碧玉柱，架海紫金梁。三分誇俊傑，四海識周郎。〔進見科，周瑜〕子敬回來了，劉備、孔明如何説來？〔魯肅白〕去到那邊，將都督那篇話道出，玄德、孔明甚是歡喜，候都督兵到，準備出城勞軍。〔周瑜白〕原來今番也中吾的牢籠。子敬速稟吴侯，差人交割城池，并遣程普引軍接應。〔魯肅白〕領命。〔下。周瑜白〕衆將官，與我架船，速過江去。〔衆應科，下。衆扮水雲，中地井上，擺科。衆將乘船科，上，同唱〕

【越調正曲・豹子令】令出軍情不可違(韻)，不可違(疊)。荆州掠取凱歌回(韻)，凱歌回(疊)。揚帆飛渡分前隊(韻)，管教此去收劉備(韻)。衆將齊心協力追(韻)。〔周瑜白〕來此甚麽所在？〔小軍白〕公安了。〔周瑜白〕可有遠接之人？〔小軍白〕並無軍船，又無人接。〔周瑜白〕此去到荆州多遠？〔小軍白〕十里。〔周瑜白〕將船傍岸。〔船下，水雲隨下。衆小軍、將官、周瑜同上。徐盛、丁奉等上，迎接科。周瑜白〕衆將上馬，

隨我往荆州進發。〔衆應科，同唱〕

【越調正曲・水底魚兒】鼙鼓前催(韻)，戰馬似雲飛(韻)。〔合〕今朝一戰(句)，刻日定邊陲(韻)，刻日定邊陲(疊)。〔健將白〕已到荆州城下，並不見動静。〔周瑜白〕軍士，上前叫門。〔健將白〕城上的，快開城門。〔小生扮趙雲上城立科，白〕是誰？〔健將白〕東吴周都督兵到，快開城門。〔趙雲白〕都督請了，此行端的爲何？〔周瑜白〕吾替汝主取西川，何故相問？〔趙雲白〕軍師已知都督假途滅虢之計，故留趙雲在此等候。吾主公有言，劉某乃漢朝皇叔，忍背義而取西川乎？汝若果取川時，吾當披髮入山，決不失信天下。請了。〔下。周瑜白〕罷了罷了！又被孔明參破，城内必有埋伏，傳令回兵。〔同唱〕

【仙吕宫正曲・縷縷金】撤軍馬(句)，急奔馳(韻)。牢籠空自設(句)，被他知(韻)。遥望巴丘略(句)，軍聲動地(韻)。〔雜扮報子上，唱合〕能行快騎似星飛(韻)，前來報消息(韻)，前來報消息(疊)。〔白〕稟都督，四路軍馬一齊殺到。〔周瑜白〕誰人領兵？從何處殺來？快快的講。〔報子白〕關公、張飛、黄忠、魏延四路殺來，不知有多少人馬，皆言要捉都督，特來報知。〔内吶喊。軍士引關公、黄忠、魏延上，繞場下。周瑜白〕罷了罷了！來此甚麽所在？〔卒白〕巴丘。〔周瑜白〕取紙筆來。〔唱〕

【又一體】瑜頓首(句)，血書賫(韻)，致于明公下(句)，細詳推(韻)。魯肅忠烈輩(韻)，將瑜可替(韻)。吾今一死不朽矣(韻)，臨風痛烏邑(韻)，臨風痛烏邑(疊)。〔白〕二將過來，殺出重圍，將這書飛報主公，快去。〔二將應下，周瑜白〕衆將官，就此殺向前去。〔衆應，唱合〕吾今一死不朽矣(韻)，臨風痛烏邑(韻)，臨風痛烏邑(疊)。〔同下〕

第廿二齣　蘆花蕩周郎命短

〔雜扮衆小軍，引浄扮張飛上，白〕草笠芒鞋漁父裝，豹頭環眼氣軒昂。坐下烏騅千里馬，蛇矛丈八世無雙。俺張飛奉軍師將令，着我帶領三千人馬，掩在蘆花深處，擒捉周瑜。只教俺活活的擒他下馬，不教傷他性命。哎，你道爲何？只因他在那三江夏口、赤壁之間，也有這麼些須的功勞，所以不忍傷他性命。小校，須索走遭也。〔衆應，繞場科，唱〕

【越調隻曲·鬭鵪鶉】俺將這環眼圓睜(句)，虎鬚兒乍開(韻)。騎一匹豹劣烏越嶺個爬山(句)，只我這丈八矛翻江也那攪海(韻)。覷着那下邳城似紙罩兒般囂虛(句)，那虎牢關粉牆兒似這般樣矮(韻)。憑着俺斬黃巾威風抖搜(句)，戰吕布其實個軒昂(句)，殺袁將膽量沖懷(韻)，覷周瑜如癬疥(韻)。

【越調隻曲·雪裏梅】那魯肅他一似蝦蟆(韻)，若還逢咱，向垓心將那廝轻轻的摔下了馬(韻)，只教他夢魂中見張飛也怕(韻)。當日個火燒了華容(句)，今日裏水淹了長沙(韻)。〔白〕抬鎗。〔衆應科。雜扮衆小軍，引小生扮周瑜上，白〕呔！張飛，擅自提兵在此，是何道理？〔張飛白〕呔！周瑜，我的兒，你道俺張爺爺非奉軍師將令，你且聽着。〔唱〕

【越調隻曲・調笑令】奉軍師令咱(韻),奉軍師令咱(疊),把人馬掩在蘆花(韻)。呀(格),只聽得吶喊搖旗大戰伐(韻),向垓心(讀)掩映偷睛罵(韻),支支的咬啐剛牙(韻)。你在那黃鶴樓上將俺大哥謀害殺(韻),今日可便在此活挐(韻)。揪揪住你青銅鎧甲(韻),揉碎你玉帶鈴花(韻)。呀(格),只見他盔纓歪斜力困乏(韻)。〔白〕周瑜,我的兒,〔唱〕你武藝又不精(韻),鎗法也不交加(韻)。也不用刀去砍鞭來打(韻),只我這丈八矛(讀),鑽得你滿身麻(韻)。〔周瑜白〕張飛,你還是當真,還是當假?〔張飛白〕呔!周瑜,〔唱〕恁道俺休當真(句)。〔白〕呔!〔笑科,唱〕俺可也不是個假。(韻)。不比你黃鶴樓上(讀),痛飲醉喧嘩(韻)。休休休休道是(讀),沉醉染黃沙(韻)。〔戰科。擒周瑜下馬科。衆小軍扶周瑜下。衆小軍白〕啟爺:既然擒他下馬,爲何不殺。〔張飛白〕爾等不知,起過一邊。〔唱〕

【煞尾】只因他三江夏口的功勞大(韻),赤壁鏖兵(讀),是俺軍師的戰法(韻)。若不是黃蓋有深思(句),休想俺張爺爺把那周瑜輕輕的放下了馬(韻)。〔下。衆小軍將官抬周瑜急上,白〕元帥甦醒。〔周瑜作甦醒科,白〕哎,我周瑜有負國恩,縱死何益於國。〔衆小軍引關公、張飛、黃忠、魏延上,白〕不要放走周瑜。〔衆應,圍繞下。衆小軍白〕啟元帥,無數軍馬圍困營寨。〔周瑜白〕罷了!三國英雄我獨超,風流運略佐皇朝。老天老天,既生瑜而何生亮。罷,就死沙場氣不消。〔作氣死倒科。四路蜀兵上,作鬭進營分科。關公白〕周瑜已死,看親眷分上,令東吳官兒領屍回去。〔張飛白〕有理。〔關公白〕吳軍過來,你把周瑜抬回,說與子敬。若見吳侯,善言伸意,休生妄想。若再攪擾,俺這裏反了面皮,連八十一州都要奪了,去罷。〔衆

將抬周瑜下。關公白〕衆將官，就此收兵。〔衆應科，同唱〕

【中吕宫正曲·四邊静】周瑜枉自勞心力韻，反落吾手裏韻。一命喪須臾韻，何苦成仇隙韻。

〔合〕軍師神智韻，兒曹怎識韻。三計總無成句，氣死巴丘地韻。〔同下〕

第廿三齣　哀動吴員皆服罪

〔雜扮徐盛、丁奉、凌統、韓當、呂蒙、陸績、虞翻、周魴上，白〕世間好物不堅牢，年少英雄没下梢。可恨孔明無道理，今來作弔把人嘲。我等東吴文臣武將是也，周都督赤壁鏖兵，功勞不小，却被孔明設計，得了荆襄九郡。都督一氣而亡。奉主公之命，着魯子敬主喪設祭。〔武將白〕誰想孔明又差人來説，今日親來祭奠。我等心中不忿，待他來時，將他剁爲肉泥，與都督報仇。〔衆白〕説得有理。饒你神仙變化，難脱今日災殃。〔雜扮水手。孔明乘船上，白〕争雄角智幾經春，赤壁鏖兵迹已陳。惟有大江東去浪，滔滔淘盡古今人。山人諸葛亮，今日過江與周都督弔喪，須索走遭也。〔唱〕

【高宫套曲・端正好】一帆風(句)，扁舟蕩(韻)，過烟波萬頃長江(韻)。可憐那英英俊俊周郎喪(韻)，却不道爲國事遭骯髒(韻)。〔船夫白〕到了。〔孔明白〕通報。搭扶手。〔船夫作報科，魯肅上接科，白〕先生一别經年，使人常縈夢寐。〔孔明白〕久别賢公，時深渴想。〔魯肅白〕今蒙遠涉致祭，足感舊誼。〔孔明白〕大夫，山人聊獻生芻一束，以表交情。〔魯肅白〕多謝。〔孔明白〕看香來。公瑾先生，南陽諸葛亮今日泣拜靈前。〔唱〕

【高宮套曲·滾繡球】望音容一柱香(韻)，獻生芻表寸腸(韻)。嘆人生滴溜溜兔疾烏忙(韻)，天不佑先去伊行(韻)。雖是鷄黍信音伸(句)，范邀張(韻)，空説道嗚呼尚饗(韻)，早失了東吴玉柱金樑(韻)。可傷伊兄澤鍾人傑(句)，竟作了三閭弔國殤(韻)。哭得俺淚湧湘江(韻)。〔白〕周郎周郎，俺諸葛亮想起你英雄蓋世，一代風流，貫精忠於日月，竭赤膽於孫吴，不想一旦夭亡，未遂胸中素志也。〔唱〕

【高宮套曲·叨叨令】恁是個鎮江東(韻)，是少雙(韻)。恁是個輔孫吴(讀)，推良將(韻)。恁是個(讀)開創的張子房(韻)，恁是個霸秦君的(讀)百里由余壯(韻)。兀的不是痛傷心也麽哥(韻)，兀的不是痛傷心也麽哥(疊)。望英魂鑒諸葛亮今日裏(讀)，泣一點孤忠喪(韻)。〔魯肅白〕先生，那日若無周公破曹，只恐奸雄竊起，掠地争城，孱弱劉君，料無立身之處也。〔孔明白〕大夫，俺想那時周郎呵，〔唱〕

【高宮套曲·脱布衫】惶惶①的英雄氣昂(韻)，誓奮師滅賊興邦(韻)。暗神謀使奸曹殺蔡瑁身亡(韻)，血淋淋行苦肉計遣先鋒上將(韻)。〔魯肅白〕俺想周公英武，真神人也。争奈天不與壽，好苦痛哀哉也。〔孔明白〕大夫，那日周郎計好狠也，〔唱〕

【高宮套曲·小梁州】疾忙使龐統假獻連環樣(韻)，把百萬兵牢鎖長江(韻)，却瞞過了曹丞相(韻)。功難量(韻)，怎敵得東吴將(韻)。〔白〕那時節周公諸計已定，只少東風。〔唱〕

① 「惶惶」，疑當爲「皇皇」。

【高宮套曲・快活三】難擺劃苦腸韻，瘦損了周郎韻。若不是卧龍巧借東風降韻，怎能彀殺曹瞞讀，百萬兵和將韻。〔衆白〕列位，你看孔明哭得傷情，説來的話一句不差。算來原是都督量窄，致使兩下相争，我等上前備揖。孔明先生，聽你一番説話，使我等欽心敬服。適纔甚有加害之心，我等武夫，那識先生高見，多多有罪。〔孔明白〕咳，此皆周公自取滅亡耳。〔魯肅白〕多蒙先生賜祭，存亡深領。〔孔明白〕大夫，公瑾雖亡，孫劉永好。今難得魯公職掌，孔明決不肯負。望公善致吴主，共滅奸曹。〔魯肅白〕下官一一領諾。但周公之死，實爲荆州，望先生回去，當爲留心。〔孔明白〕領教。山人意欲與公握手談心，少伸離緒，奈王命在身，不敢久羈。〔魯肅白〕荷蒙降臨，本欲屈敘，奈先生歸心甚急，不敢滯阻。草草小席，已送寶舟，望勿見棄。〔孔明白〕多謝厚儀，就此告别，他日再會請了。〔作别科，魯肅下。孔明白〕咳，周郎，嗄，周郎，可惜你一世英雄，皆成畫餅，深爲可嘆。分付開船。〔唱〕

【高宮套曲・朝天子】痛青年夭亡韻，歎黄粱夢忙韻。看一泒溝湧長江浪韻，想浮生七尺總無常韻。俺只爲三顧恩難忘韻，致令得鬬智争强韻，斷送周郎韻。端只爲扶漢安劉繼子房韻。〔小生扮趙雲，雜扮水手隨上。白〕來船可是軍師？趙雲奉主公之命，在此迎接。〔孔明白〕將軍請了。〔趙雲白〕軍師，主公與衆將甚不放心，故遣小將飛艇來迎。〔孔明白〕昔周郎在日，尚爾不懼，今何憂哉，快些趲行。〔唱〕今日呵弔喪韻，怎識我行藏韻，只教他錯機關空自勞思想韻。〔下〕

第廿四齣　思圖蜀地大興妖

〔凈扮張衛、楊昂、楊任，正生扮閻圃、楊松，副扮昌奇、楊柏、孫綱，衆扮二治頭祭酒、二姦令祭酒、二左祭酒、二右祭酒上，分白〕胸藏驅鬼術，治病顯神通。米賊名休笑，能成唾手功。某將軍張衛是也。某大將楊昂是也。某大將楊任是也。某參謀閻圃是也。某謀士楊松是也。某首將昌奇是也。某鬼將楊柏是也。某鬼將孫綱是也。某治頭祭酒陸雄是也。某治頭祭酒沈豹是也。某姦令祭酒許唐是也。某姦令祭酒陳英是也。某左祭酒王勇是也。某右祭酒李彪是也。今日主公陞帳恭謹伺候。〔雜扮衆軍卒，引凈扮張魯上，唱〕

【中呂宫正曲·點絳唇】法力高强㊞，東川開創㊞。胸襟曠㊞，神鬼包藏㊞，定把山河掌㊞。〔白〕全憑邪術惑愚民，三世相傳事鬼神。學道登門隨祭酒，求方治病告師君。某張魯，乃沛國豐城人也。祖張陵在西川鵠鳴山中造作道書，人皆敬信。父張衡廣行左道，百姓多歸。凡有學道者，助米五斗以代束脩，人皆歸服。某尊守祖父之業，得據漢中之地，設立教門，另行法令。自號師君。來學道者，皆稱鬼卒，爲首者稱爲祭酒，治病者稱爲姦令，祭酒總領衆人者稱爲治頭大祭酒。不設官長，一應事體都屬大祭酒所管，境内有犯法者，必恕三次，然後加刑，因此人人向化，個個傾心。近來將那些鬼卒俱已訓練精熟，又兼助米者甚多，真個是兵精糧足，人强馬壯，這也不在話下。我看益州劉璋昏庸暗弱，我今先取西川以爲根本，然後大舉以圖中原，有何不可。我如今自稱漢寧王，然後興兵取川便了。〔衆將參見科，白〕師君在上，某等參見。〔張魯白〕孤家方纔擬定，自稱漢寧，今後莫稱師君了。〔衆白〕是，大王在上，臣等參見。〔張魯白〕衆卿平身。〔衆白〕千歲。〔張魯笑科，白〕孤欲親領大兵十萬，去取西川，衆卿意下如何？〔衆白〕大王之言甚妙。〔張魯唱〕

【中吕宫正曲·好事近】士馬盡康强(韻)，要把西川開創(韻)。諸卿神智(句)，况兵行速如影響(韻)。料能全勝(句)，論吾軍(讀)，莫道神靈爽(韻)。〔衆唱合〕把幾個鬼卒端詳(韻)，煞强似魑魅魍魎(韻)。〔衆白〕大王高見極是，俺等奉令訓練人馬，陣圖俱已精熟，專聽鈞旨。〔張魯白〕傳令操演一番。〔二鬼將白〕大王有令，操演一番。〔内應科。衆扮八黄髮鬼兵持金錘八、紅髮鬼兵持銀錘八、緑髮鬼兵持杵八、黑髮鬼兵持雙刀上，作合舞科，同唱〕

【又一體】吾王(句)道法甚高强(韻)，端的是役鬼驅神伎倆(韻)。呼風唤雨(句)，起死回生不爽(韻)。今朝聽講(韻)，仗神機妙算(讀)，無虚往(韻)。〔衆唱合〕一任他萬馬千軍(句)，怎當俺策神兵横衝直撞(韻)。〔張魯白〕妙嗄，果然好猛勇鬼兵也。衆卿，今乃黄道吉日，與孤點齊人馬，就此起兵。〔衆應科，張魯白〕大小鬼卒，聽吾號令。〔衆應科，張魯白〕爾等既歸吾教，應尊吾法，今取西川，須要齊心共力，以立功勳。聞鼓則進，聞金則退，有功則賞，有罪則罰。須向前走，勿貽後悔。〔衆應科，張魯白〕治頭祭酒聽令：命爾爲前部先鋒，聽吾號令。〔祭酒治頭應科，張魯唱〕

【中呂宫正曲·千秋歲】整戎行韻，奮勇須前往韻。一事事都要循環相向韻。法術高强韻，法術高强疊，須知道讀，生死陰陽升降韻。〔衆唱合〕貔貅擁讀，旌旗颺韻。鬼兵衆讀，靈符壯韻。個個天神樣韻。號令初申讀，殺伐相當韻。〔張魯白〕左右祭酒聽令：〔左右應科，張魯白〕命爾等領左右隊，須要護衛中營。〔左右應科，張魯唱〕

【又一體】仗相幫韻，拱護中軍帳韻。一件件鬼欽神仰韻。那敵人怎當韻，那敵人怎當疊。好看俺讀，鬼卒奇兵千狀韻。〔衆唱合〕刀鎗隊讀，邪魔樣韻。兵家策讀，仙書上韻。那怕英雄將韻。看平吞川隴讀，法術精强韻。〔張魯白〕姦令祭酒，爾可保駕前行，隨軍聽用。〔姦令白〕得令。〔張魯唱〕

【中呂宫正曲·越恁好】安排兵馬句，安排兵馬疊，拓土共開疆韻。説甚邪魔伎倆韻，全仗着鬼和神逞强梁韻。把五行生尅細端詳韻，陰陽不爽韻。〔衆唱合〕他那裏讀見了些猙獰狀韻，我這裏讀受了些神靈貺韻。〔白〕衆將官，就此起兵前去。〔衆應科，行唱〕

【尾聲】驅神練鬼奇形狀韻，料敵兵斷難抵當韻。看一戰功成就蜀邦韻。〔同下〕

第七本卷上

第一齣　遣張松許都説曹

〔雜扮小軍，小生扮劉璋，雜扮衆官上，劉璋唱〕

【雙調引・海棠嬌】兵甲洗天河(韻)，要把中原安妥(韻)。有意伐群雄(句)，且待天時助(韻)。〔白〕一聲長嘯劍門關，欲展鴻圖剪暴殘。米賊不除終有害，枕戈只恐夢難安。某劉璋，字季玉，乃漢魯恭王之後，章帝元和中徙封竟陵，因居於此。官拜益州牧。曾殺張魯母弟，因此有仇，使龐義爲巴西太守，以拒張魯之兵。今日天氣融和，與衆官痛飲一番，消遣則個。看酒來。〔合唱〕

【黄鐘宫正曲・畫眉序】花萼釀茶酥(韻)，醉倒金樽捧玉壺(韻)。見山珍海錯(讀)美酒佳蔬(韻)。舞春風一曲鷓鴣(韻)，看夜月成回鸜鵒(韻)。〔合〕留人看取玉山頹(句)，今日裏翠袖相扶(韻)。〔雜扮報子上，白〕報張魯無故領十萬雄兵，前來討戰。〔劉璋白〕再去打聽。〔報子白〕嗄。〔下。劉璋唱〕

【仙吕宫正曲・不是路】聽説端詳(韻)，不由人心中(讀)，怒發揚(韻)。如何向(韻)，無端横禍起蕭牆(韻)。

〔張松唱〕莫慌忙韻，無知小輩來欺誑韻，我暗設牢籠他怎防韻。〔劉璋白〕別駕有何高見？〔張松白〕主公放心，某雖不才，憑三寸不爛之舌，使張魯不敢正視。〔劉璋白〕別駕有何妙策，乞賜見教。〔張松白〕某聞曹操掃蕩中原，吕布、二袁皆被滅之，南抵江漢，北至幽燕，天下無敵。主公可備進獻之物，松親往許都，說曹興兵取漢中以圖張魯，則張魯豈敢望蜀中耶？〔劉璋白〕如此，就煩別駕前去走一遭。〔張松白〕行程望韻，川圖繫繫暗收藏韻。〔劉璋白〕必須還得一人作伴。〔張松白〕不消。〔唱〕只好我一人便往韻，一人便往疊。〔劉璋白〕別駕之計甚妙，收拾進獻之物，明日起程。若到許昌，相機行事便了。〔張松白〕領命。不殫迢遥千里程，〔劉璋白〕急需歸國莫留停。〔張松白〕曹兵管使來相助，〔劉璋白〕休負區區一片情。〔同下〕

第二齣　屈龐統耒陽蒞任

〔雜扮小軍、糜竺、糜芳、鞏固、劉封，引生扮劉備上，唱〕

【小石調引・粉蛾兒】井底潛藏韻，那識乾坤浩蕩韻。〔白〕紛紛四海亂如麻，多少英雄未有家。何日三分歸一統，垂裳政治樂重華。我劉備飄零四海，征伐多年，仗軍師謀略之神，關張扶助之力，得據荆州。然此小小城池，豈能久安。日來軍師安插四郡未回，左右，若有緊急軍情，速來回報。〔小軍應科。小生扮龐統上，唱〕

【小石調引・憶故鄉】遠步涉風塵韻，辛苦寧勞頓韻。〔白〕我龐統自别了子敬，今日得到荆州，果然好興隆地面也。此間已是門上，有人麽？〔小軍白〕甚麽人？〔龐統白〕江南名士龐統，特來求見。〔小軍白〕住着。啟爺，江南名士龐統特來投見。〔劉備白〕龐統此人，聞之久矣。道有請。〔小軍請進見科。龐統白〕皇叔在上，容某一拜。〔劉備白〕常禮。〔龐統白〕久聞皇叔仁德，名播海宇，今日得遇，三生有幸。〔劉備白〕先生請坐。〔龐統白〕告坐了。〔劉備白〕足下從東吴遠來，欲爲何也？〔龐統白〕聞皇叔招賢納士，特來相投。〔唱〕

【仙呂宮正曲・桂枝香】嘆萍蹤流落(韻)，倚空長嘯(韻)。胸藏着緯地經天(句)，學貫了六韜三略(韻)。笑東吳怎識(句)，東吳怎識(疊)，將人輕眇(韻)，把英雄顛倒(韻)。〔合〕因此上棄伊曹(韻)。不遠迢遙路(句)，來供慕府招(韻)。〔劉備背唱〕

【又一體】聽他相告(韻)，教人輕笑(韻)。試看他古怪形容(句)，那裏是危邦懷寶(韻)。〔向龐統科，唱〕你今朝到此(句)，今朝到此(疊)，牛刀須効(韻)，膺功宜早(韻)。〔合〕休得要費推敲(韻)。且向那縣治膺民社(句)，不負你居恒志願高(韻)。〔白〕先生，荊楚稍定，苦無閒職可任，此去東北一百三十里，有一耒陽縣，缺少一縣宰，公且任之。待日後有缺，自然重用。〔龐統白〕領命。〔劉備白〕人來。着隸役人等，送先生到耒陽上任。〔一將應科。劉備白〕休戀故鄉生處好，〔龐統白〕受恩深處便爲家。〔劉備下。龐統轉白〕我聞劉玄德仁義寬厚，今待吾何薄也。我本當以才動之，況且孔明不在，只得權往，待日後自然知曉。〔一將帶隸役等上，一將白〕隨從們，請先生赴任。〔龐統白〕帶馬。〔將下。龐統白〕爲人總有沖天志，不遇時來也是難。〔下〕

第三齣 嫉賢能曹操焚書

〔雜扮將校，雜扮楊修，引净扮曹操上，唱〕

【雙調引・賀聖朝】威名久壓群僚(韻)，四海紛紛相擾(韻)。孫劉鼎足逞雄梟(韻)，要把欃槍掃(韻)。〔白〕獨立當朝掌殺生，聲名赫赫萬人驚。貔貅濟濟歸吾下，一統山河指日早。〔坐科。楊修白〕西川劉璋差官進獻。〔曹操白〕着他進來。〔楊修應科。丑扮張松上，唱〕

【小石調引・粉蛾兒】戴月披星(韻)，晝夜奔馳不定(韻)。〔楊修白〕丞相唤。〔張松白〕曉得。〔進見科。張松白〕丞相在上，張松見。〔曹操白〕汝主劉璋，數年不來進貢，何也？〔張松白〕爲途路艱難，盜賊竊發，不能通達。〔曹操白〕吾掃清中原，有何盜賊？〔張松白〕南有孫權，北有張魯，中有劉備，帶甲數十萬，縱横無敵，豈得爲太平耶？〔曹操白〕這厮巧言舌辨，趕出去。〔曹操衆下。楊修白〕汝爲使命，不會趨奉丞相之意，一味沖撞。幸得丞相看汝遠來之面，不加罪責，汝可急急回去罷。〔張松白〕吾川中無諂佞之人。〔楊修白〕住了。你川中無諂佞之人，吾中原豈有諂佞之輩乎？〔張松白〕呀，原來是楊先生。〔楊修白〕張先生，此處不是講話之所，請到館舍少坐。〔張松白〕使得。〔楊修白〕共君一席話，勝讀

十年書。蜀道崎嶇，遠來勞苦。〔張松白〕松承劉益州之命，不辭千里，特來進獻。雖然是以小事大，只恐有失懷遠之意。〔唱〕

【中呂宮正曲・駐馬聽】容訴根芽(韻)，奉命前來進款納(韻)。因此上不辭勞頓(句)，渡水登山(讀)，遠涉天涯(韻)。今朝相遇又虛花(韻)，殷勤反被人欺壓(韻)。〔合〕堪笑奸滑(韻)，那識我經綸滿腹(讀)，貨與王家(韻)。

〔楊修白〕先生，方今劉季玉手下，如公者幾人？〔張松白〕文武全才、智勇足備之士何止百數。如松不才之輩，車載斗量。〔楊修白〕公居何職？〔張松白〕別駕之任。敢問公居何官？〔楊修白〕現爲丞相府主簿。〔張松白〕松聞公世代簪纓，祖宗相傳，應立于廟堂，輔佐天子，何戀區區相府之一吏乎？〔楊修白〕雖居下僚，丞相委以錢糧，早晚得親承指教，故就此職。〔張松白〕吾聞曹相文不 明孔孟之道，武不達孫吴之機，專以强霸而居大位，豈能教誨足下？〔楊修白〕公居邊隅，安知丞相大才，吾今與汝觀之。〔遞書科，白〕請看。〔張松接看科，白〕孟德新書。〔細看科，白〕公以爲此何等書耶？〔楊修白〕此係丞相酌古準今，體孫子十三篇所作，名曰「孟德新書」。汝敢欺丞相無才？此書堪以傳世否？〔張松白〕此書吾蜀中三尺小童，亦能背誦，何爲新書？此是戰國無名氏所作，曹相竊爲己能，只好瞞足下耳。〔楊修白〕丞相秘藏之書，未傳于世。汝言蜀中小兒背誦，何相欺乎？〔張松白〕公若不信，聽吾誦之。〔楊修白〕願聞。〔張松唱〕

【中呂宮正曲・駐雲飛】親授奇法(韻)，練將分兵實可誇(韻)。韓信背水詐(韻)，管樂奇兵訝(韻)。嗏格，呂望六韜法(韻)，黄公不下(韻)。進退功成(讀)，難辨其中詑(韻)。〔合〕神鬼難明將帥家(韻)。〔楊修白〕先生一覽無遺，世之罕有。公且暫居館舍，容某再去禀丞相，令公面君便了。〔張松白〕多謝。〔下。楊修白〕原來張松乃天下名士，不免禀知丞相便了。丞相有請。〔衆隨曹操上，白〕清談逢客至，小飲報花開。甚麽事？〔楊修白〕蜀中張松，丞相何慢耶？〔曹操白〕容貌不堪，出言不遜，吾故慢之。〔楊修白〕若以貌取人，恐失天下之士。丞相尚容一禰衡，何不容一張松乎？〔曹操白〕禰衡文華播于當時，吾不忍殺之。張松有何能處？〔楊修白〕且休言張松有倒海翻江之辨，迴天轉日之才。適將丞相新書示彼，彼觀一遍，即背誦如流，世之罕有。松言此書乃戰國無名士所作，他蜀中小兒皆能背誦。〔曹操白〕莫非古人與吾暗合乎？如此不用。〔作扯科，白〕將此書焚之。〔楊修白〕此人可使面君，叫他觀大國氣象。〔曹操白〕此人不知吾用兵。來日教場演武，汝可帶他來，看吾用兵之雄，使他到蜀中去説，震動其心。待吾下了江南，然後取川未遲。〔曹操白〕堪笑狂生志不如，〔楊修白〕心中强記背新書。〔曹操白〕不施萬丈深潭計，〔楊修白〕怎得驪龍頷下珠。〔下〕

第四齣　示威武張松肆謗

〔衆扮曹仁、于禁、徐晃、曹洪、夏侯淵、夏侯惇、樂進、張郃上，白〕凜凜威風起斗南，昂昂志氣出雲端。戰馬飲乾三峽水，剛刀磨損太行山。〔各通名科〕今有西川劉璋，遣使張松進貢。許都丞相要顯軍威與張松觀看，命我等在教場中操演，只得在此伺候。〔衆白〕道猶未了，丞相來也。正是：軍容坐振山川動，殺氣横衝草木號。〔下。雜扮小軍、將官，副扮許褚，生扮張遼，引浄扮曹操上，唱〕

【南吕宫集曲・梁州新郎】【梁州序】（首至合）中原天塹句，皇畿形勝韻，地利天時相應韻。金湯百二句，崇墉雉堞如星韻。乃是一方保障句，四路咽喉讀，入障風雲盛韻。雄圖堪據也讀，盡心傾韻，航海梯山達帝京韻。〔合〕【賀新郎】（合至末）刁斗列讀，旌旗整韻，功成談笑須臾頃韻。威遠近句，賀昇平韻。〔雜扮楊修、丑扮張松上，衆將上，作迎接科。曹操下轎，衆將白〕衆將打恭。〔曹操白〕侍立兩傍。〔衆應科。張松、楊修白〕丞相在上，張松、楊修參見。〔曹操白〕一旁侍立。吩咐將隊伍排開。〔衆應，下。領衆軍上，擺陣科，同唱〕

【又一體】看軍容步伐嚴明韻，中號令後先馳騁韻。兩分開隊伍句，鼓擂金鳴韻。真個是六花奇出(句)，八卦營屯(讀)，羅列標全勝(韻)。三軍閑進退(讀)，協師貞(韻)，果是胸中有甲兵(韻)。〔合前。衆下。曹操白〕張松，你川中曾見此英雄人物麼？〔張松白〕我川中不曾見此兵革，但以仁義治民。〔曹操白〕許褚，吩咐射箭。〔應傳科。衆上，唱〕

【南吕宫正曲·節節高】弓彎月滿形(韻)，激鵰翎(韻)。麟膠霜重還添硬(韻)，多雄猛(韻)。后羿能(韻)，休思並(韻)，穿楊妙技全難勝(韻)，發無不中金鎞勁(韻)。〔合〕果是英風貫百王(句)，烟塵那怕不寧靖(韻)。〔曹操白〕張松，吾視天下鼠輩，猶如草芥耳。大軍到處，戰無不勝，攻無不克，順吾者生，逆吾者死，非只能令人榮達，亦能令人滅族，汝可知否？〔張松白〕丞相神威，戰無不勝，攻無不克，松已素知。〔曹操白〕汝既知之，如何不早來歸服？〔張松白〕丞相昔日濮陽攻吕布，宛城戰張綉，赤壁遇周郎，華容逢關公，割鬚棄袍於潼關，此皆丞相無敵於天下也。〔曹操白〕豎儒，怎敢謗吾！衆將官，與我趕出去。〔衆應，趕科。張松白〕好個無謀奸賊。〔下。曹操白〕吩咐撤隊回營。〔合唱〕

【尾聲】無端豎子多强横(韻)，頓令人心中怒增(韻)。指日興師把西蜀平(韻)。〔同下。張松上，白〕可笑無謀奸賊，反將吾趕出來。且住，來時在劉璋前誇了大口，今日空回，須被川中人恥笑。有了，吾聞荆州劉玄德，仁義遠播久矣，不免竟由荆州回去，試看此人如何，自有主見。曹操曹操，總伊空有重瞳目，眼内何曾識好人。〔下〕

第五齣　片言折獄服張飛

〔雜扮書吏上，白〕簿書勞鞅。掌刀筆，苦匆忙。相逢這縣主，日日醉顛狂。我乃耒陽縣書吏是也。我家這位老爺，自到任以來，飲酒爲樂，終日醺醺不醒。民間狀子已有百十餘張，我再三催逼，只説些少之事，有何難處。只是一件，倘主公、軍師聞之，差官到來查看，連我也有些不便，這却怎麼處？〔想科〕也罷，今日只得再將他苦勸一番便了。你看悄無動静，想是又在後堂吃酒了。待我進去。老爺有請。〔連叫科。小生扮龐統上，丑扮童兒扶科。龐統唱〕

【南北套曲·醉花陰】今日裏寄興村醪自瀟灑（韻），一任俺優游自在（韻）。用不着喧頭踏掛門牌（韻），峻峩峩着意鋪排（韻），喬作那官衙派（韻）。〔書吏白〕老爺在上，書吏參見。〔龐統白〕哇！你這蠢才，大驚小怪。〔書吏白〕請老爺升堂理事。〔龐統白〕嗳，〔唱〕俺安用坐琴臺（韻）。可知道（讀），醉鄉比天更大（韻）。〔書吏白〕酒固然要吃的，公事也是該辦的。〔龐統白〕這様些小事情，也放在你老爺心上？〔書吏白〕自老爺到任以來，接得民間狀詞有百十餘張，還不發落，那民人怨望。倘然主公知道，老爺免不了要坐罪，連書吏也要責罰了。〔龐統白〕滿口胡説，不許多講。〔書吏跪叩頭科，白〕求老爺把這些狀詞批判批判，以慰民心，幸甚幸甚！〔龐統白〕你這狗才，絮絮叨叨，敢來小覷我麽！童兒，看酒來。〔童兒遞酒，龐統飲科。書吏連叩頭，哭科，白〕只求老爺判斷事情要緊。〔龐統白〕狗才，諒此小縣，有甚要緊！〔書吏白〕豈不聞聖人有云：曾爲委吏矣，曰會計當而已矣；曾爲乘田矣，曰牛羊茁壯長而已矣。今老爺荒廢縣事，豈不有玷官箴乎？老爺要執意如此，則我書吏敢請告退，不便在此伺候。〔龐統怒科，白〕這等放肆，還不快去。〔欲打科，書吏白〕老爺老爺，我一片熱心腸，反遭你千般冷面孔。〔下。龐統白〕童兒，我醉也，待我盹睡片時。〔睡科。雜扮軍校，引浄扮張飛上，唱〕

【南北合套・畫眉序】特地向前來㊐韻，只爲酕醄劣縣宰韻。〔白〕俺張飛奉大哥命令，來查看龐統這厮，不免竟入。〔童兒作驚叫科，白〕老爺醒來！老爺醒來！〔龐統白〕斟酒來。〔童兒白〕哎，老爺，三將軍到了，還不快些迎接。〔龐統白〕好，正要他來。〔相見科。張飛怒科，白〕哇！你這厮好生可惡。〔唱〕你看他醉矇矓雙眼讀，有甚奇才韻。不過是食肉嘗糟句，空負了吾兄恩賚韻。〔龐統白〕三將軍，你且不必着惱。我龐士元不曾遠迎，多有得罪。〔張飛唱。合〕誰爲你不曾倒履相迎候句，只問你官箴安在韻。〔龐統白〕量這百里小縣，有甚大事？〔張飛白〕你到任以來，接得狀詞百十餘張，不與民間分判，終日飲酒。今朝三將軍到此，還不叩頭請罪。口出大言，説有甚大事！〔龐統白〕原來爲此。三將軍，你且少坐，待我把這民間狀詞，判斷明白你看。吏典吩咐，傳鼓開門。〔吏典白〕吩咐傳鼓開門。〔衆扮隷役兩場門上，龐統白〕取狀詞上來。〔吏典作送狀科。龐統看科，白〕一起人命事。告狀婦人賈氏，親夫周五黑夜被人殺死，鄰居柳青親見。〔龐統白〕好淫婦，分明是謀殺親夫，還要抵賴。吏典，將這一起人犯帶上來。〔吏典應喚科。二役帶旦扮賈氏、丑扮柳青上，賈氏白〕爺爺嗄，我丈夫黑夜被人殺死，現有鄰人可證。〔柳青白〕是小人親眼見的。〔龐統喝科，白〕唗！他與你鄰居，你黑夜之間在他家，必與賈氏通姦，分明是你與他謀殺周五，你還要强辨。左右，看夾棍伺候。〔衆應。龐統白〕

【南北合套·喜遷鶯】你休得要巧言令色(韻)，嘴喳喳鬼弄喬才(韻)。〔柳青白〕小人怎敢，只是人命大事，小人怎生屈招，還求老爺詳察。〔龐統白〕由你說得天花亂墜，我也不信。左右，將這厮夾起來。〔衆應，拿柳青。龐統唱〕唉也波唉(韻)，可不道冤家路窄(韻)。〔白〕夾起來。〔衆應。柳青白〕老爺不必動刑，待小人招上來。〔龐統白〕左右放他招上來。〔柳青白〕周五原是小人所殺，着賈氏前來控告。與賈氏通姦，有是有的，只不多幾遭。〔龐統白〕我曉得你，〔唱〕端只爲迷戀那裙釵，因此上起禍胎(韻)。到今朝誰容抵賴(韻)，頃刻裏皂白分開(韻)。〔白〕賈氏，你還有甚麼强辨麼？〔賈氏叩頭科，白〕只求爺爺饒個初犯罷。〔龐統白〕唗！左右，將他二人重責四十。〔衆應，打科。龐統白〕帶去收監，依律立斬。〔左右帶賈氏、柳青下。張飛點頭科，白〕好，判得好，判得好。〔吏典送狀科。龐統白〕一起盜賊事。正犯一名胡徒，帶上來。〔左右應科，帶雜扮胡徒上，白〕老爺，小人乃本分良民，被人屈陷，望老爺昭雪。〔龐統白〕豈有良民爲盜之理？〔胡徒白〕實是冤陷的。〔龐統白〕當場現獲，贓證分明，尚敢强辨麼？左右，將他重打三十。〔衆應，打科。胡徒白〕老爺，願招。〔龐統白〕着他畫供上來。〔胡徒畫供科，唱〕

【南北合套・畫眉序】只爲嗇於財(韻)，穿壁窬垣趁無賴(韻)。況真贓現獲(讀)，有口難開(韻)。更當前鏡朗秦臺(韻)，悉照出幺麽情態(韻)。〔合〕實曾黑夜將人盜(句)，死生一聽鈞裁(韻)。〔龐統白〕贓還失主。將這厮按律治罪，帶去收監。〔左右應，帶胡徒下。吏典送狀科，龐統白〕一起抵賴婚姻事，帶上來。〔左右帶雜扮錢廣、小生扮吴文上，白〕老父母，學生拜揖。〔龐統白〕你告錢廣抵賴你親事，可是真情麽？〔吴文白〕學生口誦周孔之書，身履夷齊之行，豈有捏告之理。錢廣與家父指腹爲婚，今見學生一貧如洗，頓起賴婚之心，幸伊女守志不移，毁容可證，望老父母鑒察。〔龐統唱〕

【南北合套・出隊子】他説是家貧落魄(韻)，要把他錦鴛鴦兩拆開(韻)。〔白〕他那聘妻呵，〔唱〕碎花容桃片點粧臺(韻)，可知道原有婚姻期約來(韻)。〔白〕錢廣，〔錢廣應科。龐統唱〕只駡你個無耻貪錢老殺才(韻)〔白〕你這厮，把賴婚情節從實招來。〔錢廣白〕青天爺爺，念小人呵，〔唱〕

【南北合套・滴溜子】只爲着交情上(句)，交情上(疊)，了無干礙(韻)。何曾有(句)，何曾有(疊)，通媒納采(韻)。〔白〕那裏曾見他家什麽聘禮來。〔龐統白〕一言爲定，豈在聘禮？〔錢廣唱〕平空(讀)把人厮賴(韻)。窮酸窮酸，〔唱。合〕你無端進謊詞(句)，思量貽害(韻)。你可想詩禮人家(讀)，不顧罪責(韻)。〔龐統白〕唗！這厮還要抵賴。你與吴文之父指腹爲婚，還要甚麽媒妁？還要甚麽聘禮？況你女兒堅貞不移，你又何必作此等傷風敗俗之事。吏典，着錢廣招贅那生，即日完婚。姑念伊女貞節可嘉，免其處究。〔下。張飛白〕好嗄！好嗄！〔吏典送狀科，龐統白〕一件淫僧被獲事。僧人一名静空，尼姑一名定虛，左右帶上來。〔左右應，帶副扮浄空、小旦扮定虚上，白〕老爺，我等清浄焚修，並無過犯，被公差無端拿來，望老爺不看僧面看佛面，昭雪冤情。〔龐統白〕你不遵戒行，淫慾存心，敗壞法門，還敢强飾。左右，重打二十。〔左右應，打科。龐統唱〕

【南北合套·刮地風】憑着你滿口蓮花胡亂開(韻)，用不着這謎語教猜(韻)。則問這兩人比翼風流債(韻)，可怎生般魚水和諧(韻)。卸却毘盧(句)，恣意開懷(韻)，把絲絲(句)權做了(句)同心鸞帶(韻)。一心心(句)，是塵凡(句)，把清浄地陡作陽臺(韻)。〔浄空、定虚白〕老爺，怨女曠夫，王政所先。和尚無妻，尼姑無夫，求老爺方便。〔龐統白〕你這厮罪在不赦，還敢胡言亂語麽？〔唱〕你只思並蒂花(句)，連理枝(句)，雙情堪愛(韻)。戀歡娱(讀)，無端惹禍胎(韻)。怎瞞得我湛青天風憲官階(韻)。〔白〕將這奸僧、淫尼枷號示衆。〔衆應，取枷號科，帶下。吏典送呈科，龐統白〕一起拐帶逃走事。左右，帶上來。〔左右應科，帶王恩、小生扮成兒上。王恩白〕老爺，小人在途路之間，遇見這小孩子，憐他孤苦，有心收養，何嘗拐帶。他父親反告小人，天理昭彰嗄，老爺。〔龐統白〕成兒，訴上來。〔成兒白〕爺爺，我父親着我買菜，到街市上，不知被這厮用甚麽法兒，迷惑小人。小人不知不覺隨他走去，到他家中，百苦備嘗。〔唱〕

【南北合套·滴滴金】是他悄地將人拐(韻)，我信步隨行不自解(韻)。〔白〕一進他門呵〔唱〕，百般凌偪深堪駭(韻)。要作羹(句)，還作醢(韻)，盡情佈擺(韻)。可憐我有淚惟偷灑(韻)。〔龐統白〕王恩還有何説？〔王恩唱。合〕只望青天(讀)，貴手高抬(韻)。〔龐統白〕左右，將他重打四十。〔衆打科。龐統白〕成兒釋放還家，將王恩這廝監候處決。〔左右應，帶下。吏典送狀科，龐統白〕一起爲賭博事，帶上來。〔左右應科，帶扮一秀士、一村老、一財主、一俊公子上，龐統白〕你等士農工商，各共乃事，敢於賭博，大干法紀，從實供來。〔四人白〕老爺聽稟，小人們都是至親好友，原做了一個千金義會，正當摇會之時，却被官差打進門來，拿做賭博，求老爺詳情超豁。〔龐統白〕謊也。你們説是做會，這一副齊全賭俱，是那裏用的？況摇會也是常事，又何必關門閉户？〔唱〕

【南北合套·四門子】呀(格)，分明是伊行聚衆將盧賽(韻)，這賭場兒是久慣開(韻)。生生硬把公差賴(韻)，道將伊錯鎖來(韻)。你只好騙痴騃(韻)，和小孩(韻)，怎敢在醉爺爺跟前使惡才(韻)。〔四人白〕小人們知罪了，只求寬典罷。〔龐統唱〕你貪圖非義財(韻)，惹下災(韻)，却叫俺如何輕貸(韻)。〔白〕左右，將這四名犯人重打二十，枷號縣前兩月，釋放還家便了。〔左右應，犯四名白〕多謝爺爺。〔下。龐統白〕吏典，還有何事？〔吏典白〕不過有往返公文數角，呈老爺批發。〔龐統白〕這是什麽？〔吏典唱〕

【南北合套·鮑老催】是遇荒避災(韻)，嗷嗷中澤鴻鴈哀(韻)。〔龐統白〕這是什麽？〔吏典唱〕是遵奉明文行保甲牌(韻)。〔龐統白〕這兩件交該地方去。〔吏典白〕是。〔龐統白〕這又是什麽？〔吏典唱〕是治道路(句)，通商賈(句)，開樵採(韻)。是僧尼度牒當查汰(韻)。〔龐統白〕還有麽？〔吏典白〕一百日的事情都判完了。〔跪唱〕並無有鼠牙雀角相拖帶(韻)。〔合〕今朝始信君大才(韻)。〔龐統唱〕

【南北合套·古水仙子】呀呀呀(格)，您好歹(韻)，説説説(格)，説甚麽始信耒陽有大才(韻)。有有有(格)，有一個潘河陽但把花栽(韻)。又又又(格)，又有個陶潛瀟灑(韻)，在在在(格)，在籬邊待酒來(韻)。俺俺俺(格)，俺一行兒來作宰(韻)，賺賺賺(格)，賺得個百日青天核内埋(韻)。那那那(格)，那裏有手批口斷無停待(韻)。學學學(格)，學不得范史雲當日冷治菜(韻)。〔張飛白〕好才調也。俺老張是個粗鹵漢子，不知先生大才，適纔冒犯。〔揖科〕望乞先生恕罪。〔龐統白〕三將軍，某一介庸愚，叨蒙謬譽，惶恐惶恐。〔張飛白〕左右快備馬，待我與先生同去見大哥便了。〔龐統白書科，白〕這是魯子敬薦書。〔張飛白〕既有子敬薦書，初見吾兄，何不將出？〔龐統白〕吾意當自識耳。〔張飛白〕只是老張今日冒犯，這却怎麼處？也罷，到荆州時俺擺這麼大大的一席酒，請你老人家罷。〔龐統白〕不敢。〔張飛唱〕

【南北合套・雙聲子】才情大(韻)，才情大(疊)，在牝壯驪黄外(韻)。糟丘愛(韻)，糟丘愛(疊)，欠不下琴堂債(韻)。〔吏典跪唱。合〕是我乖(韻)，應痛責(韻)。眇視了英雄俊彥(讀)，滿口胡柴(韻)。〔龐統白〕你也是良言相勸，不計較你。〔吏典叩頭科，白〕多謝老爺。〔張飛白〕衆軍校，就此起程。〔衆應，行科。同唱〕

【煞尾】看取今朝多歡快(韻)，遇扶搖鵬奮天街(韻)。好看取(讀)，煥龍章騰鳳彩(韻)。〔同下〕

第六齣　屈己下賢尊龐統

〔雜扮衆軍、糜竺、糜芳、鞏固、劉封，引生扮劉備上，唱〕

【仙呂宮引・夜行船】軍師撫視荆南道(韻)，未歸來念切連朝(韻)。王事勤勞(韻)，豐功初造(韻)，四郡想應安好(韻)。〔白〕四郡初收稍奠安，英雄各自想登壇。耒陽劣政真堪惡，終日醺醺夢未闌。某劉備自軍師巡察四郡去後，因龐統自江東而來，授以耒陽縣令。誰知終日醉卧，荒廢縣事。昨日着三弟前往驗視，怎的不見回報？左右，三將軍到時，即忙通報。〔軍卒應科。雜扮衆軍卒，引净扮張飛、小生扮龐統上，白〕但得賢豪來輔佐，何愁事業不興隆。〔張飛白〕先生少待，某稟大哥，即來相請。〔龐統暗下。卒白〕啟上主公，三爺到。〔衆下。劉備白〕三弟去到那裏，怎麽樣？〔張飛白〕大哥聽稟，小弟到那裏呵，〔唱〕

【仙呂宮正曲・園林好】只見醉昏昏酣眠正豪(韻)，文移案堆來不少(韻)。〔劉備白〕如此，果廢縣務了。〔張飛白〕大哥，小弟只見他，〔唱〕頃刻裏把奇冤盡掃(韻)。端的是大英豪(韻)，端的是大英豪(疊)。〔白〕大哥，有魯子敬薦書一封呈上。〔劉備白〕子敬有書？〔張飛白〕是。望大哥早加重用，恐失賢豪。〔劉備白〕如此，到是劉備不識大才。若非三弟巨眼，幾悮大事。〔雜扮卒上，白〕啟上主公，軍師到。〔劉備白〕快請。〔生扮孔明上，白〕撫綏都盡職，富庶讓荆南。〔見科。劉備白〕軍師鞍馬勞頓。〔孔明白〕不敢。〔劉備白〕軍師巡視四郡，吏民何如？〔孔明白〕主公聽禀，〔唱〕

【仙呂宮正曲·江兒水】四郡巡察遍(句)，人民盡富饒(韻)。野多滯穟農祥兆(韻)，兵皆諳練功能效(韻)，城垣修葺皆堪保(韻)。〔劉備白〕軍師一去許久，正在疑望之際。〔孔明白〕亮呵，〔唱〕只爲干戈載道(韻)，〔合〕敢憚勤勞(韻)，因此束裝歸早(韻)。〔劉備白〕四郡富饒，這也可喜。〔孔明白〕龐士元到此，怎生不見。〔劉備白〕軍師，那龐統呵，〔唱〕

【又一體】特地來干謁(句)，誰知是草茅(韻)。〔白〕他一到荆州，即着他治耒陽縣事。他却是終日醉卧，不理民情。〔唱〕終朝醉卧多顛倒(韻)，把百日民情荒廢了(韻)。素餐尸位愆非小(韻)，教我如何不惱(韻)。〔合〕簡看伊曹(韻)，三弟親臨分曉(韻)。〔孔明笑科，白〕鳳雛非百里才也。三將軍去到那裏，怎麽樣？〔張飛白〕軍師，俺到那裏呵，〔唱〕

【仙呂宮正曲·五供養】見他醉倒(韻)。急得俺(讀)，轟轟怒氣難消(韻)。〔白〕把他搶白一場。他説三將軍你且少待，只見他把狀詞批判，〔唱〕才高還智廣(句)，理裕更文饒(韻)。教人看了(韻)，不由的欽遵師表(韻)。説甚麽平反張京兆(韻)，空許吏才高(韻)。〔合〕端的是大器瑚璉掩草茅(韻)。〔孔明白〕三將軍，你能識此人，足見英雄俊眼。〔張飛白〕不敢。〔孔明白〕主公，此人素居襄陽，別號鳳雛，胸中所學，勝亮十倍。

亮已有薦書在士元處，主公見否？〔劉備白〕不曾。今日三弟回來，初得子敬薦書。〔孔明白〕大才小就，將酒陶情。〔張飛白〕這先生的酒，却飲的比別個不同。〔孔明白〕現在何處？〔張飛白〕現在外廂。〔孔明白〕快請。〔張飛請科。龐統上，白〕壯志起凡品，高懷倚太虛。〔見科。劉備白〕劉備不識大賢，望乞恕罪。〔龐統白〕統乃山野庸愚，得遇明公，自當涓埃圖取。〔劉備白〕不敢。〔孔明白〕士元兄請了。〔龐統白〕軍師東吴一別，又是數月矣。〔孔明白〕亮因王事在身，不能專候，致屈先生，有罪有罪。〔龐統白〕不敢。〔劉備笑科，張飛白〕大哥所笑何來？〔劉備白〕昔日水鏡先生道，卧龍、鳳雛，得一人可安天下。今吾二人皆得，漢室可興矣。龐先生借重參贊軍務，爲副軍師，與孔明軍師協力，訓練軍士，以圖進取。〔龐統白〕多謝主公。〔劉備白〕不敢。看酒來，以爲先生接風。〔衆應，擺酒席科。各坐，同唱〕

【仙吕宫正曲・川撥棹】明良好(韻)，樂人和天定保(韻)。指日間扶漢除曹(韻)，指日間扶漢除曹(疊)。羡先生功高志高(韻)。〔合〕喜今朝際泰交(韻)，這英風萬里昭(韻)。〔同〕

【尾聲】天緣奇會相逢巧(韻)，卧龍鳳雛多才抱(韻)。指日裏談笑功成麟閣標(韻)。〔同下〕

第七齣　禮别駕誠心獻圖

〔雜扮衆卒，小生扮趙雲上。白〕欲求入蜀收川計，且候張松指引成。某趙雲奉軍師將令，令我前來迎接張永年，同到荆州。左右，帶馬來。〔下。丑扮張松上，唱〕

【南吕宫正曲·一江風】意慌忙㊞，躍馬趨前向㊞，竟取荆州往㊞。到他行㊞，試看行藏㊞，果是英雄將㊞。我心中自忖量㊞，我心中自忖量㊂，川圖繫收藏㊞。〔合〕隨機應變相親傍㊞。〔衆卒隨趙雲上，白〕來者莫非别駕張先生？〔張松白〕然也。〔趙雲白〕末將趙雲，等候多時了。〔張松白〕莫非常山趙將軍麽？〔趙雲白〕然也。〔張松白〕久聞大名，如雷貫耳。今日一會，三生有幸了。〔趙雲白〕好説。某奉主公之命，爲大夫遠涉路途，鞍馬勞頓，特命小將迎接大夫。〔張松白〕某有何德，能承玄德公美意，又勞將軍遠來，何以克當。〔趙雲白〕不敢，就請同行。〔唱〕

【又一體】候迎將㊞，並轡情歡暢㊞，幸辱高軒降㊞。〔張松唱〕喜悠揚㊞，萍水相逢㊒，深感相親傍㊞。〔趙雲唱〕今朝沐寵光㊞，今朝沐寵光㊂。轉盼到荆襄㊞，〔合〕管使君把眉兒放㊞。〔下。雜扮將校、生扮劉備，生扮孔明上，唱〕

【又一體】住荆襄(韻)，暫借他方向(韻)，心下多惆悵(韻)。還凝望(韻)，地闊民豐(句)，險峻堪屏障(韻)。〔衆卒引張松、趙雲上，唱〕奔馳一騎忙(韻)，奔馳一騎忙(疊)。〔同唱〕遠客賁江鄉(韻)，倒屣相迎趨塵上(韻)。〔趙雲白〕請少待。主公，張永年到了。〔劉備白〕道有請。〔趙雲應，請科。趙雲、衆卒下。張松作見劉備科，白〕皇叔在上，容張松參拜。〔劉備白〕先生常禮。〔張松白〕軍師有禮。〔孔明白〕有失遠迎，多有得罪。〔張松白〕皇叔名聞四海，聲重如山。賴衆位將軍輔佐，軍師神算，又得荆州，可喜可賀。〔劉備白〕孤家飄零，四海無依，今在荆州，不過暫借，何以爲實。今會先生尊顔，幸甚幸甚。〔孔明白〕聞得先生進貢許都，爲何歸來太早？〔張松白〕一言難盡。〔唱〕

【又一體】浪分張(韻)，枉把丹心向(韻)，傲慢難言講(韻)。空標榜(韻)，豈是英雄(句)，不足相依仗(韻)。徒然到許昌(韻)，徒然到許昌(疊)。特地赴三湘(句)，威德咸孚胥欽仰(韻)。〔白〕可笑曹操，不知天時，目若無人，若不早除，必爲後患。〔劉備白〕正是。〔張松白〕請問皇叔，今守荆州，還有幾郡？〔孔明白〕荆州乃暫借東吴的，每每使人來討。今吾主因是東吴女婿，故權且安身。〔張松白〕東吴據六郡八十一州，民强國富，猶不足耶？〔孔明白〕吾主漢朝皇叔，反不能占據州郡。他乃漢朝之臣，以霸道居之，惟智者不平焉。〔劉備白〕二公休言。吾有何德能，豈敢望居高位而守城池乎？〔張松白〕不然。天下者非一人之天下，乃天下人之天下也，惟有德者居之。何況明公乃漢室宗親，仁義沖塞乎四海，休道占據州郡，便代正統而居大位，亦非分外。〔劉備白〕惶恐惶恐。〔張松背科，白〕且住。我觀劉玄德真有堯舜之風，不免真説。〔轉科，白〕我張松亦思朝暮趨侍，恨未有便。今觀荆州，東有孫權，北有曹操，每欲鯨吞，亦非久戀之地也。〔劉備白〕固知如此，但未有容身之所耳。〔張松白〕益州險固，沃野千里，民殷國富，地靈人傑，帶甲十萬，智能之士久慕皇叔之德。若起荆州之衆，長驅而進，霸業可成，漢室可興矣。〔劉備白〕備安敢當此。劉益州亦帝室宗親，恩澤布于蜀中久矣，他人豈可得而摇動乎？〔張松白〕某非賣主求榮，今遇明公，安敢不披肝瀝膽。劉季玉雖有益州之地，禀性暗弱，不能用賢任能。加之張魯在北，時思侵犯，人心離散，思得明主。松此一行，原欲納款于曹，何期逆賊恣逞奸威，欺君罔上，傲賢慢士，終爲漢朝大禍。明公先取西川爲基，然後北圖漢中，次取中原，匡政天下，名垂青史。明公果有收川之意，松願施犬馬之勞，以爲内應，未知明公尊意如何？〔劉備白〕深感君恩。但劉季玉與備同宗，若相争奪，恐天下唾駡。〔張松白〕明公知天下人事乎？若以人事而背天時，恐日月逝矣。大丈夫處世，當努力建功立業，着鞭在先。今若不取，後爲他人所有，則悔之晚矣。〔劉備白〕吾聞蜀道崎嶇，千山萬水，取之用何良策？〔張松出圖科，白〕松感明公仁德，故獻此圖，上報明公知遇之恩。但將此圖觀看，便知川中之路。〔遞科。劉備看科，白〕果然甚妙。〔張松白〕明公可速圖之。我有心腹契友二人，法正、孟達，得此二人到荆州，可以同心共議，大事可成矣。〔劉備白〕青山不老，緑水長存，他日相逢必當重報。看酒來。〔合唱〕

【仙吕宫正曲·皂羅袍】也是前緣非狂㊞，將川圖一副㊗，持贈吾行㊞。神出鬼没難思想㊞，吉人皆自有天相㊀。〔合〕感君德厚㊁，難于報償㊀。請君審視㊁，藏之莫忘㊀。歡娛又恐雞聲唱㊀。〔張松白〕啟皇叔，松明日就告辭歸國。〔劉備白〕再請寬住幾日，怎麼去之太速？〔張松白〕事急在邇，不可羈遲。〔劉備白〕明日長亭送别便了。〔張松白〕多謝。〔唱〕

【尾聲】恩深德厚如天樣㊀，各把衷情訴一場㊀。來日登程返蜀邦㊀。〔下〕

第八齣　見同僚私意謀主

〔末扮法正上，唱〕

【商調引・接雲鶴】五馬新爲淮海郡(句)，三臺舊署度支郎(韻)。〔白〕蜀中暫寄一官輕，擇木依棲志未行。闇弱終難圖大計，只教搔首嘆無成。下官姓法名正字孝直，祖貫右扶風人也，與同窗故友孟達同扶劉璋。這益州地面，城闊民富，劉璋闇弱，大業難成。前日張別駕到許昌探聽虛實，未知事體如何，等他回國，再作道理。〔丑扮張松上，白〕賦就自堪生顧盼，才高豈合老風塵。我張松自別劉皇叔，今已得到本國，不免先見法正，看他言語如何。〔見科。法正白〕張兄返國了，路途風霜，多有勞苦。〔張松白〕不敢。〔法正白〕兄到許昌，大事若何？〔張松白〕可恨曹賊，輕賢傲士，因此竟投荆州，已將益州獻與劉皇叔，不知賢弟意下如何？〔法正白〕兄長高見，正順天心。且待孟賢弟到來，共同商議。〔雜扮孟達上，唱〕

【又一體】摇落高樓此對君(韻)，天涯不復有離群(韻)。〔張松、法正白〕孟賢弟來了，請坐。〔孟達白〕別駕兄長路途勞苦。〔張松白〕好說。〔孟達白〕吾觀二兄，將欲獻益州耶？〔張松白〕果欲如此，賢弟猜之，可獻與誰？〔孟達白〕非劉玄德不可也。〔各笑科。張松白〕正是。〔法正白〕汝明日見劉璋如何？

〔張松白〕自有説話。吾只薦二公爲使，先往荆州，于中取事。〔法正、孟達白〕領命。〔合唱〕

【仙吕宫正曲・玉胞肚】同心獻策㊀，這機關須要周折㊀。休使的外人聞知㊁，若洩露合衆盡絶

㊀。今朝畫定獻川策㊀，看他來日怎安迭㊀。〔張松白〕三人同意獻西川，〔法正白〕此事休將作等閒。

〔孟達白〕雖有人謀賴天定，〔合白〕好教漢室復中原。〔下〕

第九齣　入西川情同雁序

〔雜扮軍卒，引净扮黄忠、魏延上。黄忠白〕明星當户動征鞍，〔魏延白〕統領雄兵入漢川。〔黄忠白〕三秋戰伐論才志，〔魏延白〕一陣成功定不難。〔黄忠白〕某黄忠是也。〔魏延白〕某魏延是也。〔黄忠白〕前者張松獻圖之後，隨即入川，慫動劉璋。劉璋即差法正前來，相約主公拒魯破曹，以爲外應。〔魏延白〕因此軍師傳下令來，命你我挑選精兵五萬，壯士三千，護從而行，隨機應變，以便取川。前面涪城將近，只得在此伺候。道言未了，主公來也。〔雜扮將校、生扮劉備上，唱〕

【商調引·接雲鶴】同宗有義勝芝蘭(韻)，江山錦繡可求安(韻)。〔白〕前者宗弟劉季玉，差法正來下書，道張魯侵犯西川，曹操意欲興兵，特來邀我前去，以爲外助相扶。爲此把荆州托與孔明軍師，我同龐軍師分作兩隊，前後而行。在路行程數日，相近涪城，吩咐衆將官，趲行一程。〔衆應科，合唱〕

【黄鐘宫正曲·出隊子】提兵前近(句)，躍馬揚鞭不暫停(韻)。登山越水過郵亭(韻)，行過一程又一程(韻)。〔合〕策騎奔馳(讀)，將到涪城(韻)。〔雜扮小軍，小生扮劉璋，雜扮張任、冷苞上，唱〕

【又一體】忙忙趲趁(句)，棨戟遥臨合遠迎(韻)。相逢痛苦訴衷情(韻)，遥望旌旗耀日明(韻)。〔合〕定霸圖王(讀)，自此興兵(韻)。〔小軍白〕來者甚麼人？〔將校白〕皇叔爺。〔小軍白〕啟主公，皇叔爺到了。〔劉璋白〕仁兄。〔劉備白〕賢弟。〔見科。劉璋白〕請仁兄一同進城。〔劉備白〕請。〔作進城科。各坐科。劉璋白〕久慕尊顏，如渴思飲，今日相會，萬幸萬幸。〔劉備白〕不敢。半世飄零，四海爲家，久慕賢宗弟之德，奈因道路崎嶇，一時難至，今日得逢，三生有幸。請問賢弟，近來蜀中光景何如？〔劉璋白〕此地國富民安，光景固好，只是張魯無故發兵十萬來伐西川，曹操亦有寇蜀之意，爲此特請恩兄到此相助。〔劉備白〕賢宗弟只管放心，那曹操目無天下之人，其意自大不過是奸雄之道，何足爲介。漢中張魯乃是井底之蛙，一發不在話下。〔劉璋白〕兄長之言，見得甚是。今日有宗兄來此相伴，吾何懼哉。看酒來。〔合唱〕

【中呂宮正曲·山花子】今朝天賜相逢巧(韻)，喜前來協力誅曹(韻)，設華筵共飲香醪(韻)。净聽處一派笙簫(韻)，看笙前坐上英豪(韻)。漳河雪泡捲飛濤(韻)，跋涉風塵莫憚勞(韻)。〔合〕此日相親(句)，寔勝同胞(韻)。〔劉備白〕愚兄不勝酒力，告辭了。〔同唱〕

【尾聲】今日裏齊觀笑(韻)，回首西山日已遥(韻)。試看取海底冰輪漸漸高(韻)。〔衆引劉備下。劉璋白〕可笑黃權、王累等，他不知我宗兄之心，胡亂猜疑。吾今日見之，真仁義之兄也。吾得外助，又何慮曹操、張魯耶。吩咐將錦緞五端，白銀三百兩，送往城都與張松去。〔張任、冷苞白〕主公且休爲喜，劉備之心難測，倘一時有變，不可料也。〔劉璋白〕汝等心術之人，不可亂道。來日大排筵宴，與吾兄洗塵，不得有悞。正是：渾濁不分鰱共鯉，水清方見兩般魚。〔下〕

第十齣　開東閣宴比鴻門

〔小生扮龐統上，唱〕

【商調引・接雲鶴】便酌貪泉知不變㊁，期君更有濟川才㊅。〔白〕我龐統相隨主公，來到川中涪城，今此一舉，定要立成三業。怎不見張松消息。若有信來，成事就在明日了。〔末扮法正上，白〕搖筆江南開雨露，揮鞭海外捲紅霓。來此已是涪城，不免先見龐士元。〔見科，白〕先生在此。〔龐統白〕孝直到了。〔法正白〕張別駕秘書到了，今日酒席筵前，即便圖之，機會且不可錯過。〔龐統白〕此意且不可言，待二人相見了，方盡言之。若是走漏，于中有變矣。〔法正白〕謹領指教。〔净扮黃忠、魏延上。黃忠白〕今朝筵會展機謀，莫效鴻門讓一籌。〔魏延白〕人主幾番存厚道，英雄各自建才猷。〔見科。龐統白〕列位，今日意公與劉璋宴會，就筵上圖之，大事可定。少停酒酣之際，黃、魏二位將軍登堂舞劍，乘勢殺却劉璋便了。〔法正白〕如此甚妙。〔龐統白〕二位將軍。〔黃忠、魏延白〕軍師。〔龐統白〕須要相機下手，不可當面錯過。〔黃忠、魏延白〕得令。〔下。龐統白〕孝直，你我且在外廂，只待舞劍時，帶領衆軍士接應便了。〔法正白〕軍師言之有理，請。計就月中擒玉兔，謀成日裏捉金烏。〔下。衆卒引生扮劉備，

小生扮劉璋、黄忠、魏延、張任、冷苞隨上。〔劉備唱〕

【中呂宫引・好事近】兄弟奠諸方(韻),〔劉璋唱〕方顯英雄氣象(韻)。〔劉備白〕賢弟,備以菲才,過蒙厚遇,何以爲報。〔劉璋白〕仁兄辱臨敝邑,無以爲敬,聊設小酌,盡醉爲幸。〔劉備白〕不敢。連朝飽德,敢不盡醉。〔定席科。劉璋唱〕

【中呂宫正曲・粉孩兒】凛凛的(讀),起雄師來扶助(韻)。喜吾兄英名(讀),能振東吴(韻)。〔白〕取大盃來,恩兄先飲一大盃。〔唱〕今將金谷酬大福(韻),進瓊漿香泛醽醁(韻)。〔劉備唱。合〕念孤窮一介寒微(句),何幸受三臺相輔(韻)。〔劉璋白〕過來,换大金斗上來。〔劉備唱〕

【中呂宫正曲・紅芍藥】身臨了(句),瑶島蓬壺(韻)。錦簇簇珠淵玉谷(韻)。喜得今朝相共扶(韻),深愧我何德相助(韻)。吾儕(句)今朝樂自娱(韻),頓令人心滿意足(韻)。〔合〕看兩旁海錯山珍(句),伴群英常住金屋(韻)。〔白〕待我回敬一盃。〔劉備飲科。衆合唱〕

【正宫正曲・福馬郎】月照高樓響漏壺(韻)。猶恐花欲睡(句),醉沉沉燒紅燭(韻)。歌聲促(韻),斜陽暮(韻)。春衫演舞新粧助(韻),真個是人如玉(韻)。〔黄忠、魏延白〕筵前無樂不成歡,末將二人舞劍奉酒。〔劉璋白〕如此甚好。〔黄忠、魏延舞劍,唱〕

【中呂宫正曲・會河陽】試看吾曹(讀),且將劍舞(韻),逢場作樂休拘束(韻)。粗疏(韻),侑酒當筵(讀),今日欲圖(韻)，按不住心中怒(韻)。〔張任、冷苞白〕住了。舞劍必須有對，某當伴之。〔唱。合〕今番(句)，且待俺相扶助(韻)。今朝(韻)，却似向鴻門赴(韻)。〔劉備白〕住了。我弟兄乃漢室宗親，今日相逢痛飲，並無疑忌，又非鴻門會上，何用舞劍。不棄劍者，立斬。〔唱〕

【中呂宮正曲・縷縷金】吾軍令(句)，須拱扶(韻)。此非鴻門宴(句)，莫行粗(韻)。今日同相飲(句)，千年莫負(韻)。〔合〕那時伐曹破東吴(韻)，勝彼標銅柱(韻)，勝彼標銅柱(疊)。〔白〕諸將一齊上堂，立飲三盃。〔衆將飲酒科，同唱〕

【中呂宮正曲・越恁好】君恩莫負(韻)，君恩莫負(疊)，群雄志不孤(韻)。同心協力(句)，除奸黨把國扶(韻)。那時一統立華夷(句)，重整西蜀(韻)。〔合〕男兒志(讀)，休把前程悞(韻)。若遲捱(讀)，江心裏愁難渡(韻)。〔雜扮報子上，白〕兩脚流星不踏地，猶如弩箭乍離絃。報子進，啟上主公：張魯領十萬雄兵，今犯葭萌關，事在緊急。〔劉璋、劉備白〕汝可細細説來。〔報子白〕是。〔唱〕

【中呂宮正曲・紅繡鞋】那雄兵擾諸道途(韻)，道途(格)。州城府縣皆服(韻)，皆服(格)。成血海(句)，鬼嚎哭(韻)。男和女(句)，盡皆無(韻)。〔合〕發雄兵(句)，及早圖(韻)。〔劉璋白〕賞他銀牌一面，再去打聽。〔報子應，下。劉璋白〕張魯兵來，如何抵擋？〔劉備白〕賢弟只管放心，有愚兄在此，料張魯幹得甚事。待劣兄親往葭萌關走一遭也。〔向黄忠、魏延白〕二位將軍，來早點本部人馬，隨我到葭萌關，抵擋張魯去也。

〔劉璋白〕若得兄長同二位將軍前往，小弟之幸也。〔劉備白〕賢弟，你眼望旌捷旗，〔劉璋白〕耳聽好消息。〔劉備、衆將下。張任、冷苞白〕主公今日可見席上光景乎？不如早回成都，免生後患。〔劉璋白〕吾兄非比他人。〔衆白〕雖然劉備無此心，那手下的將士，一個個皆有吞併之意。〔劉璋白〕既如此，就命白水都督楊懷、高沛二人把守涪水關，明早吾當回川。〔衆應，同唱〕

【尾聲】來朝準備行程路㊞，看破行藏不負吾㊞。掃盡群雄定帝圖㊞。〔同下〕

第十一齣　趙子龍奮身救主

〔雜扮衆宫女、内侍、奶娘，領阿斗隨小旦扮新月上，唱〕

【小石調引·撻破歌】君侯返斾聽同跨㊅，久離迢遥白下㊅。〔白〕奴家新月公主是也，自從與玄德賺了母兄，來到荆州，不覺光陰迅速，歲月蹉跎。一向不知母親安否如何，好生放心不下。〔唱〕

【仙吕宫正曲·醉扶歸】憶當年㊆，膝下多瀟灑㊅。到今朝㊆，閨中獨自嗟呀㊅。未知他㊆，懷女淚如麻㊅。未知我也難撇下㊅。還只怕西山日落暗萱花㊅，好叫我瞻烏情切時牽掛㊅。〔雜扮周虚善上，白〕家信忙傳報，青鸞天外來。俺周虚善奉主公之命①，前來迎接公主。此間已是，有人麽？〔内侍白〕那個？〔周虚善白〕周虚善求見公主。〔内侍禀科，新月白〕着他進來。〔周虚善白〕公主在上，周虚善叩頭。〔新月白〕到此何事？〔周虚善白〕國太娘娘病勢危篤，只要見公主一面，特差小人前來迎接。又説將小主阿斗帶了同去。〔新月白〕怎麽？國太娘娘病重了？娘嗄！〔周虚善白〕公主且免愁煩，

①「命」字原脱。

作速起身要緊。〔新月白〕只是主公不在，如何去得？〔内侍白〕奴婢啟知娘娘：周虚善到此，未知虚實，娘娘不可輕動。倘有差遲，奴婢們多有不便。〔新月白〕事已至此，只得要走一遭。你們快去報與軍師知道。〔内侍白〕既如此，待奴婢啟知軍師，再請娘娘起程未遲。〔新月白〕知道了。〔内侍下。周虚善白〕公主，若與軍師知道，必待主公之命，方許下船，那時如之奈何？〔新月白〕不辭而去，恐有阻擋。〔周虚善白〕江中已備下船隻，快請公主起身。〔新月白〕這等便與阿斗同去。〔雜扮糜竺、糜芳上，白〕請問娘娘往何處去？〔新月白〕我母病重，故此要回去。〔二將白〕主公不在，如何去得？必須禀過軍師，方可去得。〔新月白〕我已差人報知軍師去了。孔明做得主，難道我做不得主麽？〔糜芳白〕就是夫人要去，待小將等撥兵護從。〔新月白〕東吴與吾主原是一家，何用撥兵護從？不用。〔周虚善白〕我已帶得隨從人役在此，不用什麽護從兵將。就請夫人起程。〔糜竺、糜芳白〕我等速速報與軍師、三將軍知道便了。〔下。二太監虚白隨去科。雜扮内侍推車上。新月同宫女上車行科，唱〕

【仙吕宫正曲·小措大】北堂晚景㊀句，瞻屺每自嗟呀㊀韻。誰料一朝㊀讀，雨打萱花㊀韻。怎禁得㊀讀，痛傷心淚似麻㊀韻。〔周虚善白〕請公主下船。〔新月衆作下車。衆水雲上，大船上。新月衆作上船科，唱〕一片風帆早掛㊀韻。猛回首㊀讀，愁懷難撇下㊀韻。未別他㊀韻，只想孤身直到家㊀韻。〔合〕也只爲病伶仃高堂白髮㊀句，須臾共載嬌娃㊀韻。〔小生扮趙雲，雜扮船家隨上。唱〕

【仙吕宫正曲·不是路】棹過平沙㊀韻，特地追還上漢家㊀韻。〔白〕夫人慢行，趙雲有話，特來禀知。

〔周虛善白〕不要睬他，快搖船前去。〔趙雲唱〕停鸞駕韻，臨流餞別賦蒹葭韻。〔白〕任主母自去，只有句話拜稟。〔唱〕任征遐韻，只待我登舟聊訴家常話韻。〔白〕你看大船乘風，我這小船如何趕得上。〔唱〕恨不得插翅飛騰挽浪華韻。但得天緣假韻，輕舟一葉隨流下韻。〔作跳上新月船。周虛善唱〕你敢來驚駕韻，敢來驚駕疊。〔新月白〕趙雲怎敢無禮？〔趙雲白〕夫人何故不與軍師説知，私自歸家？〔新月白〕我母病危，無暇報知。〔趙雲白〕夫人差矣。主公一生只有這點骨血，小將在當陽長坂，百萬軍中抱出，今日帶去，是何道理？〔新月白〕你不過是帳前一武士，敢管我家事麼？〔趙雲白〕夫人説那裏話來。〔唱〕

【仙吕宫正曲・掉角兒序】你既相隨荆州作韻，俺念岐嶷豈能割捨韻。仗他年箕裘可嘉韻，忍今朝流離草野。〔新月白〕你拉入舟中，必有歹意。〔趙雲白〕夫人，趙雲縱然萬死，也不敢放小主去。〔唱〕一任伊讀，言相駡韻，怒相加讀，聲相咤韻，死而無那韻。〔浄扮張飛乘船上，唱。合〕放還龍種句，行留玉華韻。那時節句，扁舟常往讀，亦無牽掛韻。〔趙雲白〕三將軍來了。〔新月白〕叔叔何太無禮？〔張飛白〕嫂嫂不以哥哥爲重，私自逃歸，是何道理？〔新月白〕叔叔你兀自不知，〔唱〕

【仙吕宫正曲・掉角兒序】只爲母臨危聞言痛嗟韻，因此艇横江遣人迎迓韻。忍撇下嫩娃娃急忙離家韻，直恁怪嚷嚷共來攔駕韻。雖是我讀，心難忍句，氣難遮讀，情難話韻，拚將身捨韻。〔張飛白〕嫂嫂，我哥哥是大漢皇叔，也不辱没了嫂嫂，若念我哥哥，必須早早回來。〔新月白〕待母親病愈，即便回來。阿斗，你們好好抱去。〔張飛白〕這也不勞囑咐，架舡回去。〔趙雲唱。合〕放還龍種句，行留玉華韻。那時節句，扁舟常往韻，亦無牽掛韻。〔下。周虛善虛白發科諢。舡家答白。新月白〕快些開舡。〔周虛善白〕舡家快些趲行。〔衆應科。新月唱〕

【尾聲】歸心似箭思親切句，且掛風帆一片霞韻。惟願取母病安然再返家韻。〔同下〕

第十二齣　龐士元定計圖川

〔雜扮小軍，引生扮劉備上，唱〕

【商調引·接雲鶴】一夕孤城落葉分韻，〔小生扮龐統上，唱〕經年明月悵離群韻。〔劉備白〕匹馬蕭蕭向益州，北風吹雪滿貂裘。〔龐統白〕棄儒自許終逢主，抱璧何須晚拜侯。〔劉備白〕我劉備自領兵到此，兩月有餘，且喜民心歸順。前日已曾着人去成都宗弟處借發錢糧，一去許久，怎還不見到來？〔龐統白〕想目下就到了。〔雜扮將官上，白〕特將奇異事，回報主人知。小將回來了。〔劉備白〕差你到成都催促兵餉如何？〔將官白〕小將奉主公之命，去到西川劉使君處催餉。劉爺意欲發來，旁有楊懷、高沛上言，説主公假行仁慈，待人多奸多佞，若留在川，却是養虎一般，不如早除，免生後患。那劉爺説道，事已至此，只將老弱軍錢糧一半前去，各處隘口，都着人馬把守，以防不測。〔劉備白〕吾爲汝破敵，費力勞心，汝今惜財吝賞，何以使將士死戰乎？吾意欲回兵，不知軍師意下何如？〔龐統白〕某有三計，主公請擇而行。〔劉備白〕那三條妙計？〔龐統白〕選精兵今日起程，竟襲成都，一舉而下，此爲上計。楊懷、高沛與蜀中名將，仗强兵，拒隘口。主公假言回荆州，高、楊二將聞知，必來與主公送行，那時擒而殺之，得關先取涪城，然後却向成都，此爲中計。退還白帝，連夜回荆州，徐圖進取，此爲下計。〔劉備白〕上計太急，下計太緩，中計可行。〔龐統白〕主公可作書辭劉璋，虚言曹操領兵在青泥鎮，關、張抵敵不住，吾當親去相助，不及面辭。〔劉備白〕待我作書。〔唱〕

【黄鐘宫正曲・畫眉序】備札達台端(句)，遵命出川守葭關(韻)。因師迎張魯(讀)，代暴除殘(韻)。青泥鎮大戰交兵(句)，眼見得禍延江漢(韻)。〔合〕爲此回兵親相助(句)，奉書瞻依無限(韻)。〔白〕書已寫完，你可將此書到西川劉爺處，不可有悮。〔將官應，下。劉備白〕吩咐來日回兵。孤鴻不到海門烟，〔龐統白〕别後音書動隔年。〔劉備白〕江上暮雲空復好，〔龐統白〕湖南新月爲誰圓。〔同下〕

第七本卷下

第十三齣 葭萌關蜀將遭誅

〔雜扮衆軍卒，雜扮懷光、高沛上。楊懷唱〕

【商調引・接雲鶴】昨聞劉備轉回程㊙韻，〔高沛唱〕不殺强良枉自生㊙韻。〔楊懷白〕兄弟，可恨劉備要占奪西川，奉主之命，防守涪城關口，以拒劉備。聞他要還荆州，我二人前去，只説與他送行，酒筵前將劉備殺了，以絶後患。〔高沛白〕兄長言之有理。〔楊懷白〕左右，待劉皇叔到來，將我帖兒去請，説高、楊二位將軍送行。〔卒應科，下。楊懷白〕不施萬丈深潭計，〔高沛白〕怎得驪龍頷下珠。〔同下。雜扮小軍，小生扮龐統，净扮黄忠、魏延，生扮劉備上，同唱〕

【黄鐘宫正曲・出隊子】催軍趲趁㊙句，日夜奔馳不暫停㊙韻。加鞭躍馬疾如星㊙韻，不憚風塵苦戰争

(韻)。〔合〕若到涪城(讀)，大事大①成(韻)。〔雜扮二軍卒上，白〕高、楊二位將軍聞得皇叔回兵，特備筵席，出城送行。〔劉備白〕知道了。〔卒下。劉備白〕吩咐此處扎營。〔雜扮報子上，白〕啟爺，大風刮倒帥字旗。〔劉備白〕大風刮倒帥字旗，主何吉凶？〔龐統白〕此風主刺客。少刻高沛、楊懷到來，必要行刺，主公可備兵防之。〔劉備白〕就命黃忠、魏延二人，將他的來軍把住，不許放入。〔黃忠、魏延白〕得令。〔衆軍卒引高沛、楊懷上，唱〕

【又一體】爲承恩命(韻)，來與皇叔餞行程(韻)。忙忙促促出涪城(韻)，攜酒擔羊至行營(韻)。〔合〕天賜奇緣(讀)，大事可成(韻)。〔卒白〕二位將軍到了。〔黃忠、魏延白〕主公相請，衆人不得進營。〔同衆軍卒下。劉備白〕孤家有何得能，敢勞二位將軍厚誼？〔高沛、楊懷白〕我等聞皇叔欲回荆州，奉主之命，特來一餞。〔劉備白〕好説。〔高沛、楊懷白〕看酒來。〔唱〕

【黃鐘宮正曲·畫眉序】盃酒餞行程(韻)，聊表主公一點情(韻)。少山珍海錯(讀)，異味佳馨(韻)。今日個共席高談(句)，明日裏分鑣異境(韻)。〔合〕大家接飲休辭晚(句)，不負氣求聲應(韻)。〔劉備白〕我有一宗大事，要與二位將軍商議。〔高沛、楊懷白〕皇叔有何事與小將商議？〔劉備白〕衆將官，將楊懷、高沛拿下。〔高沛、楊懷白〕我二人好意餞行，爲何反拿我二人？〔劉備白〕衆將官搜來。〔卒白〕啟爺，利刃兩

① 「大」，疑當作「可」或「必」。

口。〔劉備白〕我把你這賊子！ 吾與你並無仇恨，爲何前來害我？〔高沛、楊懷白〕皇叔爺，待我二人實説，這都是劉益州恐怕皇叔占了他西川，故此叫我二人前來行刺。〔龐統白〕主公不要聽他二人之言，即便斬之，不可饒他。〔劉備白〕推出斬了。〔卒應，綁科，下即上，白〕獻首級。〔劉備白〕號令營門。〔黄忠、魏延上，白〕啟上主公，隨來二百軍卒，並皆拿下。〔劉備白〕唤進來。〔帶衆卒進科。衆白〕不與小人等相干，都是他二人之罪，望皇叔爺饒命。〔劉備白〕楊懷、高沛離間我兄弟二人，又前來行刺，理合當誅，却與爾等無干。〔卒白〕多謝爺爺。〔龐統白〕今夜用汝等引我前去叫關，自有重賞。〔卒白〕我等情願効力。〔劉備白〕就此前去。〔衆同唱〕

【越調正曲・水底魚兒】可恨奸人㊖，前來害使君㊖。〔合〕今朝事露㊀，快去叫關門㊖，快去叫關門㊂。〔卒白〕來此已是涪城。〔龐統白〕叫關。〔卒白〕開門。〔雜扮守關兵將上，白〕甚麽人？〔卒白〕我們是高、楊二位將軍的軍兵，回來了。〔守關兵將白〕果是自家兵馬回來了，吩咐開關。〔衆進關科。趕殺守關兵將作降科。龐統白〕衆將軍，且喜已進涪城，吩咐前後把守，明日進兵，不得有違。〔劉備白〕軍師，西去崎嶇蜀道難，〔龐統白〕此行一戰定天山。〔劉備白〕若逢險路須迴避，〔龐統白〕那怕雄兵擋住關。〔同下〕

第十四齣　落鳳坡軍師着箭

〔雜扮衆軍，引小生扮劉璋，雜扮張任、冷苞上。劉璋唱〕

【小石引・撻破歌】宗兄一去信音稀(韻)，風塵滿目淒其(韻)。〔白〕遥望涪城殺氣殘，逢君落日且留歡。荆臺徒倚黄雲過，楚客悲歌白雲寒。只因張魯無故興兵侵犯西川，承我宗兄玄德前去葭萌關守禦，已去許久，不見音信，使我放心不下。〔雜扮報子上，唱〕

【仙吕宫正曲・不是路】急走如飛(韻)，特地前來報信息(韻)。〔白〕主公，不好了。〔劉璋白〕甚麽事情，這等荒張？〔報子唱〕那劉備——(韻)高楊二將禍難提(韻)。〔劉璋白〕爲何？〔報子唱〕劉備打從葭萌關來，高、楊二將前去送行，不知何故，將二人殺在營中，破了涪城，就要取成都來了。〔唱〕破城池(韻)，防他旦晚掠邦畿(韻)，須準備分兵截殺伊(韻)。〔張任、冷苞白〕再去打聽。〔報子應，下。劉璋白〕聽因伊(韻)，唬的我魂飛不着體(韻)。〔張任、冷苞接唱〕從長商議(韻)，從長商議(疊)。〔白〕主公不必推遲，可命諸將繫守要路，再着一將拒住雒城。劉備縱有精兵猛將，不能過去。〔劉璋白〕如此，就着你二人點兵五萬，到雒城守住劉備便了。當初實想勝同胞，誰料今朝没下稍。不結子花休要種，急須斬伐莫辭勞。〔下。張任白〕冷賢弟，雒城山北有一條大路，你可領兵二萬拒住劉備。山路有一條小路，車馬難行，若劉備從這條路來，不用交戰，只埋伏二千弓弩手，亂箭射死劉備，有何不可？〔冷苞白〕亂軍之中，如何認得劉備。〔張任白〕劉備騎的乃是的盧馬，若遇騎的盧馬的，不可放過。〔冷苞白〕有理。〔張任白〕準備窩弓擒猛虎，〔冷苞白〕安排香餌釣鰲魚。〔下。雜扮軍卒、八偏將、關平、劉封、黃忠、魏延，引生扮劉備上，唱〕

【商調引·接雲鶴】攬轡江胡萬里情韻，〔小生扮龐統上，唱〕使君三顧舊知名韻。〔白〕主公，且喜破了涪城，成都已在掌中，明日分兵進去便了。〔雜扮馬良上，接科〕南北相看萬里程，中原多事盛談兵。〔白〕來此已是涪城，守營的那個在？〔卒白〕甚麼人？〔馬良白〕荆州馬良下書。〔卒白〕少待。啟爺，荆州馬良下書。〔劉備白〕令他進來。〔卒應，傳介。馬良進見科，白〕主公在上，馬良參見。〔劉備白〕將軍到此何故？〔馬良白〕軍師有書。〔遞書科。劉備看科，白〕「亮夜算太乙數，今年歲次癸巳，罡星在西方，又觀乾象，太白臨于雒城之分，主于將帥身上多凶少吉，宜加謹慎。」知道了，汝先回，我隨後就回荆州便了。〔馬良應科，下。龐統背科白〕孔明怕我取了西川，故意將此書來阻我，命在天，豈在人乎？〔轉科白〕主公，我亦算太乙數，已知罡星在西，應主公合得西川，並不主何凶事。主公可進兵，不可疑心。〔劉備白〕取圖本看之。〔作看科〕好，並無差錯。山北有大路正取雒城東門，山南有小路却取雒城西門，兩條路皆可進兵。〔龐統白〕我令魏延作先鋒，取山南小路，主公可令黃忠作先鋒，取山北大路，並到雒城東門取齊。〔劉備白〕我自幼熟于弓馬，可走小路，軍師可從大路取東門，我與黄忠取西門。〔龐統白〕大路必有人馬阻擋，主公引兵擋之，我走小路。〔劉備白〕我夜夢一神人，手執鐵棒擊我右臂，覺來猶自臂痛，此行莫非不佳？〔龐統白〕壯士臨陣，不死帶傷，理之自然，何以夢中之事爲念。〔劉備白〕吾所疑者，孔明之書，軍師還守涪城如何？〔龐統笑科，白〕主公被孔明相惑，不令統立功名，故有此言。我龐統就此以報主公，再勿多言，就此前去。〔劉備白〕如此，衆將官就此殺上前去。〔衆應科，合唱〕

【正宫正曲·普天樂】立功名從天命(韻)，夢中機無憑證(韻)。何須論少吉多凶(句)，跨高鬟奮勇前行(韻)。〔龐統馬倒介。劉備白〕軍師爲何跌下馬來？〔龐統白〕此馬乘人，從不曾如此，今日不知何故。〔劉備白〕臨陣恨生，誤人性命，待我與軍師换了。此馬名爲的盧，當日曾跳檀溪。〔龐統白〕多謝主公厚恩，我龐便効死疆場，亦所甘心。〔劉備作皺眉科，龐統白〕主公不必疑心，就此分兵前去便了。〔劉備白〕衆將官，就此分兵前去。〔衆應科，同唱。合〕呀(格)，看吾兵勇猛(韻)，森森戈戟明(韻)。任他耀武揚威(讀)，萬騎連營(韻)。〔分下。雜扮弓弩手，引雜扮張任上，同唱〕

【中呂宫隻曲·朝天子】挽雕弓不鳴(韻)，伏勁努雕翎(韻)，管教伊到此難逃命(韻)。〔張任白〕衆將官，那劉備正打這小路上來了。汝等只看騎的盧馬的，就是劉備，待他來時，弓弩齊發，休要放走了。〔衆應科，下。雜扮小軍，净扮魏延上，同唱〕紛紛兵馬(句)，耀旌旗行(韻)。魏先鋒軍威盛(韻)，管教他魂驚(韻)。

休違了軍令(韻)。猛聽(韻)，静悄悄無個人影(韻)，無個人影(疊)。冥子裏穿山徑(韻)，冥子裏穿山徑(疊)。〔下。張任領小軍、弓箭手上。張任白〕在此埋伏等候便了。〔衆應，作埋伏科。小軍、偏將引龐統上，同唱〕

【正宫正曲・普天樂】古道路羊腸徑(韻)，山偪仄車難並(韻)。頓令人心下疑驚(韻)，又聽得樹吼風聲(韻)。〔龐統白〕且住。行到此處，只見兩山逼窄，樹木叢雜，風聲亂吼。左右，是甚麽所在？〔卒白〕落鳳①坡。〔龐統白〕此地名落鳳坡，犯吾之名，不祥之兆，分付回兵。〔張任上，白〕劉備已到，還不下手。〔衆作射箭科，龐統死科，下。衆白〕啟將軍，劉備、的盧馬，都被亂箭射死于落鳳坡下了。〔張任白〕回兵，殺奔大路接應便了。〔同唱。合〕呀(格)，看吾軍簇擁(韻)，森森飛佽盈(韻)。不道劉備今日(讀)，此地捐生(韻)。〔下。小軍引魏延上，同唱〕

【中吕宫隻曲・朝天子】兵與將兩路行(韻)，州和郡一鼓平(韻)，指日裏要把西川定(韻)。〔雜扮報子上，白〕啟將軍，龐軍師被亂箭射死落鳳坡下了。〔魏延白〕再去打聽。〔報子下。魏延白〕唬死吾也！軍師已死，這怎麽處？少不得回兵殺上大路去也。〔同唱〕聽伊説罷(句)，魂飛待怎生(韻)。痛軍師遭坑穽(韻)，好教吾頓驚(韻)。恨殺他梟獍(韻)。回兵(韻)，盡誅除無剩，只教他望風引領，引領(疊)。〔衆引張任上。魏延、張任殺科。張任敗下，魏延追下。小軍、偏將、關平、劉封、黄忠、劉備上，同唱〕

---

①「鳳」，原作「風」，本齣内統改。

【正宫正曲·普天樂】統三軍臨敵境(韻)，奮雄威誅强横(韻)。笑兒曹皆未知兵(韻)，忙追逐敗北潛行(韻)。〔合〕呀(格)，策驊騮馳騁(韻)，蕭蕭金鼓鳴(韻)。接應軍師(讀)，一路併力前程(韻)。〔冷苞上，同黄忠殺科，白〕匹夫休得無禮，有殺人的爺爺在此。〔冷苞敗下，黄忠追下。魏延追張任上。黄忠復上。三人殺科。張任敗下。劉備白〕不要追趕，且由他去，將人馬權且回城，再作道理。〔衆應科，唱。合前〕呀(格)，策驊騮馳騁(韻)，蕭蕭金鼓鳴(韻)。接應軍師(讀)，一路併力前程(韻)。〔作進城科。劉備白〕今番好一場惡戰也，軍師那裏去了？〔魏延白〕啟主公，龐軍師行至落鳳坡，被張任亂箭，連人帶馬射死了。〔劉備白〕怎麼説？射死了？苦殺我也！〔哭倒科，衆扶科。劉備白〕我那苦命的軍師，不聽吾言，以到如此。汝今一死，失了劉備一臂了。〔雜扮報子上，白〕啟爺：張魯與孫權結搆，來攻打葭萌關。〔下。劉備白〕張魯攻此關，使我進退兩難，如何是好？〔黄忠白〕現有孟達、法正、霍峻，可以計拒。〔劉備白〕就命霍峻、孟達前去拒守便了。〔偏將應，下。黄忠白〕龐軍師已死，張任必定來攻城池。主公何不差人速到荆州，請諸葛軍師商議破賊之策？〔劉備白〕言之有理。就命關平到荆州報知便了。〔關平應，下。劉備白〕魏延，你到落鳳坡尋覓骸骨收殮，不得有違。〔魏延應，下。劉備白〕阿呀，軍師嗄。〔同下〕

第十五齣　一夜觀星哭鳳雛

〔雜扮小軍、中軍，生扮孔明上，唱〕

【仙吕宫引·天下樂】十載悠然卧草廬韻，忽從天上見徵書韻。歸如圓月終難憶句，出似浮雲偶自舒韻。〔白〕誰想平陽第一勳，五陵裘馬盡輸君。但願早把雕弓掛，一統山河日月親。自從主公與龐士元去取西川，未見成功。前者着馬良到涪城，囑主公緊防不測，不知近日如何。且喜荆州各鎮隘口，俱已稍安，曾着人去請衆位將軍。中軍，可曾請到？〔中軍白〕俱已請到。〔净扮關公、張飛，小生扮趙雲，雜扮簡雍、蔣琬上。白〕春酒别同胞，風塵解佩刀。〔關公白〕軍師着人相請，不知有何事故。〔張飛白〕二哥，一定是大哥得了西川，軍師與我等賀喜。〔趙雲白〕也未見得。〔關公白〕大家前去。〔到科。中軍白〕衆位將軍到。〔孔明白〕有請。〔見科。衆白〕不知軍師有何事情？〔孔明白〕衆位將軍，且喜東吴不侵，中原無事。今日中秋佳節，欲與衆位將軍同賞佳月，故此相邀。〔衆白〕當得奉陪。〔孔明白〕看酒。〔同唱〕

【南吕宫集曲·梁州新郎】中秋佳節句，清光堪賞韻，素娥點綴新粧句。霓裳飛舞讀，桂子月裏飄香韻。遥望碧天皎潔句，萬里無雲讀，明鏡懸天上韻。人間此日也讀，展歡場韻，换盞傳杯樂徜徉

(韻)。〔作星墜科。孔明唱〕見罡星(讀)，墜西向(韻)，唬得我一時失措魂飄蕩(韻)。正應着(句)，賢人喪(韻)。〔作落杯科。衆白〕軍師爲何將杯擲地？〔孔明哭科，白〕我前者算今年見罡星在西方，不利于軍師。天狗犯于吾軍，太白臨于雒城。吾曾有書去教主公緊防，誰想今夕西方星墜，龐士元命必休矣。今吾主失一臂矣。〔張飛白〕軍師取笑了，那龐軍師與大哥在西川，好好的一個人，就來咒他死。〔孔明白〕張將軍，你若不信，目下就有人來。〔雜扮關平上，唱〕

【南吕宫正曲·節節高】奔馳似箭忙(韻)，冒風霜(韻)，持書早把荆州上(句)。凝眸望(韻)，近湘江(韻)，開言講(韻)。〔白〕來此已是，不免逕入。〔作進科〕軍師在上，關平打恭。〔孔明白〕小將軍，你打涪城而來，龐軍師可好？〔關平白〕軍師，不好了。〔唱〕那鳳雛此日將身喪(韻)，特請急赴涪城傍(韻)。〔合〕須待軍師這奇功(句)，神謀一展妖氛蕩(韻)。〔孔明白〕怎麼講？〔關平白〕龐軍師過落鳳坡，被張任亂箭射死。奉主公之命來請軍師。〔孔明白〕我那士元先生呵，死得好苦也。〔張飛白〕軍師真神人也。〔孔明白〕小將軍後營安歇。〔關平應，下。孔明白〕既是主公進退兩難，亮只得前去。三將軍，領精兵一萬，取大路殺奔巴州、雒城之西。子龍爲先鋒，領兵一萬，沿江而上，會于雒城，先到者爲頭功。〔張飛、趙雲下〕簡雍、蔣琬引兵一萬五千同行便了。〔關公白〕軍師何獨不用關某？〔孔明白〕這荆州要地，非將軍不能鎮守，待明日交付印信便了。〔關公白〕關某無才，恐不能當此重任。〔孔明白〕休得過遜。〔同唱〕

【尾聲】奇謀神算人難量(韻)，試看英雄鬧戰場(韻)，定霸圖王興帝邦(韻)。〔同下〕

第十六齣　詰朝解印辭荆土

〔雜扮關平上，白〕奔走天涯道路窮，鳳雛鎩羽召人龍。某關平是也，因主公困守涪城，特請軍師往救，是以軍師星夜前去。軍師即刻起程，只得在此伺候。〔衆小軍引浄扮關公上，唱〕

【中呂宫引·菊花新】轅門鼓角不須雄(韻)，眼底何曾有落虹(韻)。麟閣豈圖功(韻)，只討個此心不恐(韻)。〔白〕大哥兵到雒城，被張任那厮埋伏勁弩於落鳳坡前，竟把龐軍師亂箭射死。現今困守涪城，特請軍師前往。某奉軍師將令，鎮守荆州。今日軍師起程交印，只得在此伺候。〔内吹打開門科。雜扮將校、生扮孔明上，唱〕

【又一體】南陽高卧老于農(韻)，可事頻來迫我從(韻)。三顧感劉公(韻)，盡吾誠血心陪奉(韻)。〔關公白〕關某參見。〔孔明白〕二將軍少禮。二將軍，我往涪城料理軍務，這荆州襄地全在將軍，須索小心留意。速取印綬旗牌過來，即刻交待。〔衆應科。孔明白〕雲長公呵，〔唱〕

【中呂宫正曲·好事近】只這天將下三宫(韻)，長江萬里空濛(韻)。柔懷撫卹(句)，須當戒慎温恭(韻)。你莫矜有勇(韻)，看機宜算定(讀)，休匆冗(韻)。〔合〕計安閒不動如山(句)，變非常正奇迭用(韻)。〔吹打交印科。

關公白〕還望軍師指授方略。〔孔明白〕我有八個字兒，將軍須要牢記。〔關公白〕是那八個字呢？〔孔明白〕東和孫權，北拒曹操。〔關公白〕軍師金石之言，自當銘勒肺腑。〔孔明白〕雲長公，〔各拜科。孔明唱〕

【又一體】江東義氣可能通(韻)，唇齒相依休鬨(韻)。親賢下士(句)，莫教侮慢群雄(韻)。①阿瞞勢勇(韻)，挾天王(讀)，妄自虛脾弄(韻)。〔合〕跨荆襄要闢黔滇(句)，霸中原不忘川隴(韻)。〔關公白〕多謝軍師指教。〔唱〕

【中呂宫正曲·千秋歲】措靡躬(韻)，拜别心兒悚(韻)。看疊浪層波洶湧(韻)。南北衝邊(句)，南北衝邊(疊)，當不過勁敵(讀)，兩相交横(韻)。〔合〕濟軍糈(讀)，資屯種(韻)，集哀鴻(讀)，群聲頌(韻)。還望多珍重(韻)。願風恬浪静(讀)，放馬安農(韻)。〔孔明白〕山人告别。〔關公白〕衆將擺齊隊伍，遠送一程。〔孔明白〕不勞遠送，就此請回。〔關公應科，引衆下。孔明衆同唱〕

【又一體】驟花驄(韻)，鞭策雕鞍鞚(韻)，高聳旌旆颺擁(韻)。一派簫韶(句)，一派簫韶(疊)，聽遐邇百姓(韻)，歡聲雷動(韻)。〔合〕欲攀留(讀)，軍機重(韻)。嘆分離(讀)，難輕縱(韻)。遥望川途迥(韻)，望九天雨露(韻)，遍灑蒼穹(韻)。

【尾聲】從教此去皇圖鞏(韻)，輔佐炎劉國祚隆(韻)。早看取一統山河四海通(韻)。〔合下〕

---

①「侮」，原作「悔」。

第十七齣　釋嚴顏大得其力

〔雜扮衆將，隨净扮嚴顏上，唱〕

【仙吕宫引・探春令】叵耐强鄰擅弄戈(韻)，無計驅强虜(韻)。〔白〕老夫巴西太守嚴顏是也。叵耐劉備拜孔明爲軍師，分兵五路下川，各處關隘告急。今張飛逼戰難退，只得緊守以候救兵。適來投降小卒道，張飛連日酗酒，鞭打士卒，個個怨恨，説今日親自爲頭，前來偷營。爲此埋伏，待其過半截殺，張飛一鼓可擒矣。衆將官，就此起兵前去。〔衆應科，同唱〕

【越調正曲・水底魚兒】暗裏藏科(韻)，伏兵似網羅(韻)。〔合〕用心擒獲(句)，英雄奈我何(韻)，英雄奈我何(疊)。〔白〕軍士們，你看爲頭的正是張飛，他不識路逕。兵卒向前，此時不拿，等待何時？〔丑扮假張飛，領雜扮小軍虛白發諢科，上，同唱〕

【又一體】刼寨偷窩(韻)，揚鈴急似梭(韻)。〔合〕嚴顏中計(句)，管教命難活(韻)，管教命難活(疊)。〔嚴顏白〕張飛輕入重地，擅來偷營，今首尾截殺，正中吾計，你若不早降，盡皆屠滅。〔假張飛白〕老賊，你死在頭上，反説中計。〔净扮張飛上，白〕休動手！用妙計的張爺爺在此。〔殺科。作擒住科，白〕綁了，帶到帳中來。〔轉場唱。合〕嚴顏中計(句)，管教命難活(韻)，管教命難活(疊)。〔到科，張飛白〕嚴顏，你也有今日麼！見我怎麼不跪？〔嚴顏白〕哇！我乃蜀中大將，怎肯跪你這匹夫！〔張飛白〕老賊不知天時，還不投降？〔嚴顏白〕你劉備用孔明詭計，無故侵界，我嚴顏肯屈膝於鼠輩？〔張飛白〕你命在頃刻，尚兀自大言傷人。〔唱〕

【仙呂宮正曲·八聲甘州】擅敢觸我(韻)。藐神威巧語(讀)，冒虎强羅(韻)。列兩行金刀銀斧(韻)，咤叱處教你老命消磨(韻)。〔嚴顏白〕匹夫，更不知我嚴顏呵，〔唱〕我平生忠義鬢雖皤(韻)，視死如歸志不他(韻)。〔張飛白〕老賊，你真不降麼？〔嚴顏白〕匹夫，你擅敢諢講。〔張飛白〕哇！老賊。〔嚴顏白〕匹夫！〔張飛白〕老賊，你還不知張爺爺的性兒。〔嚴顏白〕你可知我嚴將軍的氣概。〔張飛白〕哇！氣死我也。〔唱。合〕摩挲(韻)，按龍泉怒氣偏多(韻)。〔嚴顏白〕哎，大丈夫失勢，唯有一死而已。〔唱〕

【又一體】思索(韻)，英雄是我(韻)。俺焉肯背主(讀)，屈膝求和(韻)。〔張飛白〕你不降，我就砍。〔嚴顏白〕匹夫要砍就砍，何必怒焉。〔張飛白〕你再不降，我就剮。〔嚴顏白〕誰叫你不剮，我嚴顏豈怕死乎？〔張飛白〕好一個嚴將軍。軍校，快些放了綁。〔軍校作放科。張飛白〕將軍，〔唱〕你忠誠不挫(韻)，恕張飛魯莽譏呵(韻)。〔白〕呵呀，軍師之言，信非謬矣，我張飛敬服也。將軍請上，容張飛拜見。適纔言語，冒犯虎威。〔嚴顏白〕囚擄之輩，何敢當此。〔張飛白〕將軍何出此言。將軍乃當世虎將，忠義包天，何幸張飛今日，得會將軍。〔唱〕正是渴時思飲臨泉坐(韻)。〔白〕惟望將軍息怒。我主寬洪，今得將軍，〔唱〕管教開拓江山直甚麽㊞。〔嚴顔白〕老夫被縛，荷蒙不殺，又承將軍如此之待，敢不欽遵。〔張飛白〕久慕將軍威名，恨相會之晚。衆軍士，傳令排宴，與嚴將軍暢飲。〔嚴顔白〕我聞玄德仁義，況又承將軍如此之恩，請上。〔唱。合〕多謝爾恩多㊞，當銜結仰報如何㊞。〔張飛白〕豈敢。老將軍肯効一力，我主自當重用。今某欲煩將軍作一嚮導，未知可否？〔嚴顔白〕既承相愛，敢不盡心。那巴丘西至成都，關隘寨柵，共有四十五處，皆重兵把守，俱是老夫提調。既蒙將軍款待之恩，老夫一一喚來投降，指日便抵成都。〔張飛白〕妙哉，真天賜我主也。〔軍卒白〕酒筵齊備。〔張飛白〕請老將軍上席，嚴將軍請。〔嚴顔白〕不敢。〔張飛白〕明日興兵向蜀都，〔嚴顔白〕願當犬馬報恩殊。〔張飛白〕今朝得遂平生願，天賜將軍來助吾。請。〔下〕

第十八齣　殺張任聿成厥名

〔雜扮軍校，净扮黄忠、魏延，引生扮劉備上，唱〕

【仙吕宫引・卜算子】浩氣捲長江(韻)，西蜀多名將(韻)。〔白〕一自龐士元身故，使我日夜不安。已曾着關平去荆州請孔明，已去數日，還不見回來。張任每日來攻，不曾交戰，只等軍師到來，方可用計擒之。〔小軍引净扮張飛上，唱〕大戰疆場數十霜(韻)，一味多鹵莽(韻)。〔軍校白〕三將軍到。〔見科。劉備唱〕三弟路途勞苦。〔張飛白〕大哥受驚了。前在荆州，與軍師賞玩中秋，忽然落下斗大一星，軍師就說龐士元命必休矣，今果應其言。〔劉備白〕軍師真神人也。三弟，一路伏兵甚多，怎得先到？軍師却在那裏？〔張飛白〕軍師與我人馬一萬，殺入巴州。誰知巴州名將，却是嚴顔，被我設計拿了，不忍殺害。一路關隘四十五處，皆是老將之功。軍師泝江而來，尚然未到，反被我占了頭功。〔劉備白〕如今老將軍現在何處？〔張飛白〕現在外廂。〔劉備白〕快請。〔净扮嚴顔上，見科。劉備白〕若非老將軍相助之力，則吾弟安能到此？看我的黄金甲來，從與老將軍，權爲酬謝。〔嚴顔白〕多謝主公恩賜。〔小軍引生扮孔明、小生扮趙雲上，孔明唱〕

【小石調引・憶故鄉】一戰定功城(韻)，四海妖氛靖(韻)。〔趙雲白〕軍師到。〔見科。劉備白〕軍師途路風霜，多有勞苦。〔孔明白〕主公受驚。張將軍如何先到？〔劉備白〕老將軍，見了軍師。〔嚴顏白〕軍師在上，容末將嚴顏參拜。〔孔明白〕吾主得了老將軍，如龍得水，如虎登山。〔嚴顏白〕不敢。〔坐科。劉備白〕三弟一路而來，險阻關隘四十五處，不費分毫之力，皆賴老將軍之功也。〔孔明白〕老將軍真乃漢家柱石。〔嚴顏白〕軍師過獎。〔孔明白〕亮前有書來，着主公緊防，説不利于軍師。〔劉備白〕可恨張任這賊詭計，以至失吾柱石。〔孔明白〕我來日定然捉此賊，以消主恨。〔劉備白〕看酒來，與軍洗塵，再與老將軍、三弟慶功。〔軍校白〕俱已齊備。〔衆合唱〕

【中呂宮正曲・駐雲飛】此計難猜(韻)，定下牢籠數合該(韻)。張任如蜂蠆(韻)，鳳雛遭他害(韻)。嗏(格)，將伊碎屍骸(韻)，此仇難解(韻)。佈下天羅(讀)，收捕誰能代(韻)。〔合〕相報冤冤方稱懷(韻)。〔雜扮報子上，白〕報，張任討戰。〔孔明白〕知道了。〔報子下。孔明白〕城東這座橋，叫甚名字？〔嚴顏白〕金雁橋。〔孔明白〕要拿張任，就在明日了。衆將聽令：離金雁橋南五里之地，兩岸都是蘆花叢雜，可以埋伏。魏延領一千長鎗手在左邊，單刴馬上人；黄忠領一千大刀手在右邊，單砍坐下馬。殺開士卒，張任必投東山小路而去。趙雲領一千兵，就在那裏埋伏，張任必被擒矣。三將軍領一千兵伏於金雁橋北，待張任過橋，可將橋梁拆斷，立於橋北，以爲犄角之勢，使張任不敢北走，必投南去，正好擒他。老將軍引陣，看拆橋爲號，就立於橋北，不可有誤。〔衆白〕得令。〔分白〕今朝衆將早安排，神鬼奇謀不

可猜。張任總有騰雲翅，難脱天羅地網災。〔下。雜扮衆軍將，引雜扮張任上，同唱〕

【越調正曲・水底魚兒】鐵騎金鎗(韻)，英雄不可當(韻)。〔合〕天兵到此(句)，叫他一命亡(韻)，叫他一命亡(疊)。〔白〕某張任是也。可恨劉備來奪吾主疆土，被俺連敗數陣，昨日挑戰不出，説今日決一死戰。軍士們，殺向前去。〔衆應科，唱。合〕天兵到此(句)，叫他一命亡(韻)，叫他一命亡(疊)。〔下。衆小軍引孔明、嚴顔隨上。孔明唱〕

【中呂調套曲・粉蝶兒】設立疆場(韻)，擺列着旗旛如陣(韻)。試看那隊裏兒郎(韻)，一個個(句)，按軍令(句)，東投西撞(韻)，勝韓侯十里埋藏(韻)。今日個立功名在凌烟閣上(韻)。〔白〕氣吐虹霓萬丈雄，精兵百萬敢争鋒。饒他總有千般計，難脱吾曹一掌中。叵耐張任不知天時，今日佈下奇兵捉他便了。〔張任内白〕軍士們，殺上前去。〔衆應科，上。張任白〕何人擋我去路？〔孔明白〕我乃卧龍先生。張任，你豈不知曹操百萬之衆，聞吾名望風而走。你今到此，爲何不降？〔張任白〕諸葛亮，你難道不知龐統落鳳坡死在我手，何況爾等。看鎗取你。〔孔明白〕老將軍出馬。〔嚴顔、張任對殺科。黄忠上，白〕呔！張任，俺黄忠在此等候多時。〔殺科，敗下，張任追下。孔明白〕你看今番好一場厮殺也。〔唱〕

【中呂調套曲・鬭鵪鶉】嚴顔呵筋力昂藏(韻)，張任呵掙擰模樣(韻)。一個是英勇誇張(韻)，一個是老當益壯(韻)。則見他戰馬身騎來往忙(韻)，兵和將各逞强(韻)。一心要宇宙清寧(句)，定把那邊疆掃蕩(韻)。〔黄忠、張任上，戰科。黄忠敗。魏延上，接戰科，敗下。兩軍對殺。場上設橋科。張飛上，白〕軍士們，將橋梁拆斷。

〔張任上，白〕你看這廝，拆斷橋梁，使我歸無去路。有了，我如今竟投南山小路而走。〔魏延上，殺科，追張任敗下。孔明白〕你看這廝，果投南山小路而去，吾計成矣。衆將官就此回營，候待便了。〔衆應科，同唱〕

【中呂調套曲·上小樓】俺可也籌運精詳韻，全憑俺精兵良將韻。因此上離却荆襄韻，意圖西蜀句，日夜奔忙韻。今日裏立奇功句，定西川句，齊聲歡暢韻。待破孫曹乾坤清朗韻。〔下。張任上，白〕且喜南山四面静悄，不免投小路而去。〔衆小軍引趙雲上，白〕賊子那走，爺爺在此等候多時了。〔殺科，擒住科。趙雲白〕帶回營中見主公去。〔同下。衆小軍引劉備上，白〕當年白水起英雄，今日西川備建功。〔張飛、嚴顔、黄忠、魏延、孔明上，白〕三顧恩深無可報，要扶漢室再興隆。〔劉備白〕恭喜軍師，旗開得勝，馬到成功。〔孔明白〕皆賴主公洪福。〔張飛白〕到底還是這個軍師。〔孔明白〕想張任此時，必擒獲矣。〔小軍綁張任，引趙雲上，白〕張任拿到。〔劉備白〕張任，汝川中名將，望風而逃，汝何不早降？〔張任白〕忠臣豈事二主乎？〔劉備白〕汝不識天時，降即免死。〔張任白〕今日便降，久後也不降，願早賜一刀。〔孔明白〕既然不降，推出斬首，以全其名。〔殺張任下。卒白〕獻首級。〔劉備白〕將他屍首葬於金雁橋邊，以表其忠。〔孔明白〕衆將官，就此收兵。〔同唱〕

【煞尾】風塵千里受驅馳句，海門烽色空中望韻。柳營列戟繞秋霜韻，幕擁雙戈赤日朗◯韻。〔同下〕

第十九齣　錦馬超失水暗投

〔雜扮小軍，引小生扮馬超上，唱〕

【中呂宮引・定風波】白袍素鎧逞英豪(韻)，堂堂的五陵年少(韻)。胸藏豹略與龍韜(韻)，不讓當日(句)，前漢霍嫖姚(韻)。〔白〕白馬神鎗膽氣粗，昂藏志氣展洪圖。一聲長嘯山川動，果是人間大丈夫。俺馬超是也。表字孟起，世守西涼，威揚寧夏。只因吾父遇害，是我與兄弟起兵報仇，渭橋一戰，殺得曹瞞割鬚棄袍而逃。前日與楊阜交戰，偶失軍機，以致敗績。今日只得逕往漢中，去投張魯，借他兵威，攻打隴西，以圖西涼，再報前仇。且待兄弟到來商議便了。〔小生扮馬岱上，唱〕

【雙調引・玉井蓮】浩氣沖霄(韻)，真個是桓桓相貌(韻)。〔見科，白〕哥哥。〔馬超白〕兄弟少禮。賢弟，如今你我進無破敵之兵，退無可守之地。吾欲往投張魯，以爲後舉，賢弟意下何如？〔馬岱白〕哥哥在上。張魯世居漢中，土沃兵精，民殷國富，與吾鄰近，今不往投之，更待何時。〔馬超白〕所言正合吾意。衆將官，就此起程。〔衆應科，合唱〕

【仙呂宮集曲・玉環清江引】【對玉環】（首至合）浩氣天高(韻)，曾經百戰勞(韻)。埋没英豪(韻)，淒慘似蓬飄(韻)。遭逢時不造(韻)，失機敗北逃(韻)。難按雄心(韻)，雄心惟怎消(韻)。【清江引】〔仝〕何年鵬化接扶摇(韻)，再把前仇報(韻)。泥蟠北海蛟(韻)，霧隱南山豹(韻)。終有日(讀)，把曹瞞擒住了(韻)。〔下。雜扮衆軍校、副扮楊柏，引净扮張魯上，唱〕

【中呂宫引・天下樂】漢宣寢衰各逞强(韻)，紛紛圖霸與稱王(韻)。男兒俱有安邦志(句)，四海常瞻日月光(韻)。〔白〕自家漢寧王張魯是也。方今漢君軟弱，曹操欺孤，以致四方英雄蜂起，各有圖霸興王之志。吾今據有漢中，兵糧足備，意欲圖謀大業。不想天從人願，西涼馬超與弟馬岱投吾麾下。久聞馬超當世之英雄，今得他歸順，西可以併吞益州，東可以虎踞曹操；保守漢中，以取興王，是如反掌也。今日馬超來參見，左右的伺候了。〔生扮馬超上，唱〕

【商調引・接雲鶴】今朝事急且相隨(句)，暫安身相時而動(韻)。〔白〕明公在上，馬超參見。〔張魯白〕將軍遠來，只行常禮。〔馬超白〕末將乃敗北之徒，無容身之地，賴明公容納，願効犬馬微勞。〔張魯白〕俺慕將軍之名，如大旱之望雲霓也。不嫌涼德，于心足矣。請問將軍，爲何狼狽如此？〔馬超白〕容禀。〔唱〕

【中呂宫正曲・駐雲飛】提起心慵(韻)，怎不教人怨氣沖(韻)。俺本圖大用(韻)，反被人欺弄(韻)。嗏(格)，力戰想成功(韻)，恨匆匆(韻)。楊阜忘恩(讀)，姜敘加兵重(韻)。〔合〕伏望明公似海容(韻)。〔張魯唱〕

【又一體】堪嘆英雄(韻)，國破家亡一旦中(韻)。在此聊相共(韻)，以後終須用(韻)。嗏(格)，隱忍且從容

(韻)，待時通(韻)。龍潛大海(讀)，枳棘棲鸞鳳(韻)。〔合〕有日飛騰上九重(韻)。〔白〕請歸館驛安歇。〔馬超白〕多謝明公。休戀故鄉生處好，受息深處便爲家。〔下。張魯白〕西涼馬超，世之虎將，今歸吾帳下，是天賜一良將也。他已新喪其偶，意欲招他爲婿，聯成骨肉之親，西可以吞併益州，東可以虎踞曹操，漢中基業，可以常保矣。〔楊柏白〕馬超爲人，性如鷹鸇，饑則依人，飽則飛去，明公不可留他。〔張魯白〕爲今之計，何以處之？〔楊柏唱〕

【中呂宮正曲·駐馬聽】上告明公(韻)，他性似鴟鴞蜇似蜂(韻)。可同患難(句)，難同歡樂(讀)，切莫相容(韻)。〔白〕明公招他爲婿，他父母、前妻，尚不顧戀，肯愛他人乎？〔唱〕抛棄骨肉影隨風(韻)，總有恩愛如春夢(韻)。〔合〕辭去孤蹤(韻)，莫教後患(句)，蕭牆禍動(韻)。〔張魯白〕他今既來，怎生遣去？〔楊柏白〕末將有一計。目今劉備兵下西川。劉璋遣黄權求救于我，願以二十州相謝，何不遣他取葭萌關去？〔張魯白〕吾與劉璋有不世之仇，怎肯救他！〔楊柏白〕明公差矣。他與我爲唇齒之邦，西川一失，東川更難保了，爲何因小忿而失大義也？〔唱〕

【又一體】餓虎饑熊(韻)，舞爪張牙果是凶(韻)。今遣他去(句)，鏖戰張飛(讀)，二虎爭雄(韻)。〔白〕他若擒了劉備，穩得西川二十州之利；若殺了馬超，除了心腹之患，一舉而兩得矣。〔唱〕莫因小忿喪豐功(韻)，無常暗算神通用(韻)。〔合〕遠去交鋒(韻)，使離此地(句)，免主蠢動(韻)。〔張魯白〕依計而行，來日便遣他去便了。迨天未雨早綢繆，莫使臨期嘆不周。〔楊柏白〕鷸蚌相爭漁得利，運籌妙計把功收。〔同下〕

第二十齣　莽張飛然火夜戰

〔雜扮小軍，生扮劉備上。唱〕

【高大石調·窣地錦襠】千里風塵攬轡來(韻)，海門烽色望中開(韻)。〔生扮孔明，净扮張飛、黄忠、魏延，生扮趙雲上，唱〕營門列戟秋虹繞(句)，幙擁雙戈赤日排(韻)。〔雜扮報子上，白〕報啟爺：孟達、霍峻守葭萌關，今張魯遣馬超領兵，攻打甚急，救遲則關隘失矣。〔劉備白〕知道了。〔報子下。劉備白〕這却如何是好？〔孔明白〕不妨，自有定奪。〔張飛白〕妙哉，辭了哥哥，去戰馬超也。〔孔明白〕今馬超侵犯關隘，無人可敵，除非往荆州取關將軍方好。〔張飛白〕軍師好小覷吾也。俺也曾獨拒曹兵百萬，豈懼馬超一匹夫乎？〔孔明白〕張將軍拒水斷橋，那曹操不知虚實，若知虚實，將軍豈獨無事乎？況馬超有吕布之勇，天下皆知，渭橋大戰，殺得曹操割鬚棄袍，幾乎喪命，非等閑之輩。就是關公，尚恐未能取勝，何況于將軍乎？〔張飛白〕今番要去，若不能勝馬超，願立軍令狀。〔孔明白〕既然如此，汝便爲先鋒，請主公親去走遭，亮在此守寨。〔魏延白〕某亦願往。〔孔明白〕就令魏延帶領精兵二千，哨馬先行。〔合〕但願應時還得見，果然勝似岳陽金。〔同下。雜扮中軍校，小生扮馬岱，生扮馬超上，同唱〕

【中呂宫正曲・粉孩兒】紛紛的(讀)，列旌旗龍蛇隱(韻)。擺戈矛烱爍(讀)，鳴金前進(韻)。全憑勇略冠三軍(韻)，那怕他萬騎雲屯(韻)。〔白〕俺馬超奉漢寧王命令，領兵來取葭萌關。此地離關不遠，兄弟，我到關前索戰，先擒張飛便了。衆將官，就此殺上前去。〔唱。合〕取葭萌關勢先鋒(句)，方顯俺馬超英俊(韻)。〔同下。張飛衆上，白〕衆將官，就此殺上前去。〔唱〕

【正宫正曲・福馬郎】一派鑼聲催又緊(韻)，耳邊廂喊聲如雷震(韻)。心懷憤(韻)，急離葭萌關口(句)，前途上奔(韻)。〔白〕我張飛同大哥、軍師來取西川，已占了葭萌關隘。不想張魯遣馬超來救，軍師言馬超有吕布之勇，是俺不伏，奉軍師將令，出關來戰馬超。大小三軍，殺上前去。〔唱。合〕殺他亂紛紛(韻)，身難保命難存(韻)。〔馬超衆上，圍科。張飛白〕那來者莫非是馬超麼？〔馬超白〕張飛聽者，〔唱〕

【中呂宫正曲・紅芍藥】簪纓胄(句)，累代高門(韻)，守西涼遠近皆聞(韻)。今日裏特地除奸佞(韻)。〔戰科，張飛白〕馬超，無父無君賊子，還有面目立天地間麼？〔唱〕笑你個有家難奔(韻)，一身(韻)吃盡苦共辛(韻)，似喪家犬胡廝亂混(韻)。〔合〕一任丈八矛眼下損生(句)，只叫你把咱廝認(韻)。〔戰科，下。先設布城。劉備、孔明上，白〕鳴金收兵。〔唱〕

【中呂宫正曲・會河陽】捲旗息鼓(句)，各自收軍(韻)，羨他英雄果出群(韻)。〔張飛上，白〕正要擒拿馬超，軍師爲何收兵？〔劉備白〕馬超勇不可當，人言錦馬超，信不誣也。〔張飛白〕大哥好没志氣，我張飛不殺了他，也不顯手段。〔唱〕斯人(韻)逢着弔客(句)，又遇着喪門(韻)。〔劉備白〕今日天色已晚，不可戰矣。〔張飛白〕多點火把，安排夜戰。〔衆小軍引馬超上，唱〕把軍馬兩下分(韻)。〔合〕除非(句)殺却伊心無恨(韻)。管教(句)把片甲無餘剩(叶)。〔白〕張飛，敢與我夜戰麽？〔張飛白〕俺老張正要夜戰哩。吩咐點起火把，殺個痛快。今日不殺馬超，誓不入關。〔馬超白〕今夜不斬張飛，誓不回營。傳令，點起火把。〔張飛、馬超下。衆軍分下，背燈執火把上，分走，衆唱〕

【中呂宫正曲·縷縷金】點火把(句)，照黄昏(韻)。照曜如白晝(句)，逞精神(韻)。各自顯手段(句)，五花八陣(韻)，殺來只見捲埃塵(韻)。〔合〕要把威風振(韻)，要把威風振(疊)。〔兩軍作對科。張飛、馬超分上，白〕衆將官站過一邊，待俺單擒馬超。〔衆分殺科，唱〕

【中呂宫正曲·越恁好】精神抖擻(句)，精神抖擻(疊)，地黑與天昏(韻)。摇旗吶喊(句)，鎗到處(讀)，叫你命難存(韻)。仇人相對眼倍瞋(韻)，心頭難忍(韻)。〔合〕手中鎗(讀)，片片梨花滚(韻)。坐下馬(讀)，聲聲如雷繫(韻)。〔戰科，劉備白〕馬孟起聽者，我劉備仁義待天下之士，不行詭詐。你且收兵歇息，我不來乘勢追趕，來日再見勝負。〔馬超白〕張飛怯戰了。〔張飛白〕馬超，便宜你了。〔合唱〕

【中呂宫正曲·紅繡鞋】兩家各自收軍(韻)，收軍(格)。捲旗息鼓營門(韻)，營門(格)。養鋭氣(句)，待明晨(韻)。再接戰(句)，勝敗分(韻)。〔合〕今月下(句)，散征雲(韻)。〔馬超引衆下。張飛衆進城科，張飛白〕軍師，老張正殺得萬興，①爲何收兵？〔孔明白〕馬超英勇非常，二虎相争，必有一損。待山人略施小計，令馬超歸于帳下。〔劉備白〕馬超吾心甚愛，怎肯輕易降我？〔孔明白〕東川張魯意欲自立爲漢寧王，手下謀士楊柏，其人貪酷好利。先差一人，用金帛以買其心，再致書張魯，言吾與劉璋争者，爲爾報仇也，不可聽信離間之言，事定之後，保你爲漢寧王，有何難哉。張魯乃無謀小輩，自然令馬超罷兵矣。〔劉備白〕他總罷兵，怎肯來降？〔孔明白〕我自着楊柏難他。待進退兩難之際，着人去説，再無不降之理。〔劉備白〕全仗軍師妙用。〔同唱〕

【尾聲】一條妙計將他窘㊐，管教拱手投順㊐，方顯南陽有異人㊐。〔下〕

① 「萬」字疑當作「高」。

第廿一齣　馬氏一心歸漢室

〔雜扮手下，引李恢上，唱〕

【南呂宫引·生查子】胸富五車書句，意氣同高厚韻。珠肯暗中投韻，待價逢人售韻。〔白〕自家李恢，乃建寧俞元人也。向日苦諫劉璋，不納吾言，今見劉皇叔仁德布于四海，必成帝業，因此歸命相投，待以上賓之禮。昔在隴西，與馬超有一面之交，孔明托我前去説他，須索走遭也。正是：口中三寸劍，勝彼百千兵。〔下。雜扮小軍，隨生扮馬超上，唱〕

【南呂宫正曲·紅納襖】俺本學秦孟明火焚舟韻，俺本學會孟津滅殷紂韻。誰承望越勾踐及貽下醜韻，又如那魯曹沫有三敗羞韻。〔白〕我馬超指望取了葭萌關，依傍漢中，以洗舊恨，不料張魯有眼無珠，聽信楊柏讒言，連發三道令諭，着我罷兵回去。我仔細想來，欲待罷兵，前功盡棄，欲待回去，又恐楊柏加害于我，如今勢出兩難了。〔唱〕這恨兒教我怎休韻，這事兒越猜不透韻。似這等進退無門讀，定有個奸宄人兒也格，一心心做敵頭韻。〔雜扮手下，引差官上，唱〕

【高大石調·窣地錦襠】驅馳跋涉到邊州韻，召取將軍兵且收韻。〔白〕令諭到。諭曰：窮兵瀆武，古來有忌。連取三次，竟不回兵，勢屬違抗。爾既要立功，當限以一月之内，要成三功。一要取西川，二要劉璋首級，三要退荆州人馬。三事俱成有賞，缺一有罰。爾其思之，無貽後悔。〔唱。合〕如何三次恁淹留(韻)，禍到臨頭滿面羞(韻)。〔同下。馬超白〕這場禍事怎了？〔唱〕

【南吕宫正曲·紅納襖】俺好似大江中失舵舟(韻)，俺好似獻孤忠違了昏殷紂(韻)，俺好似被讒言作了一楚囚(韻)，俺好似馬臨崖叫我韁怎收(韻)。〔白〕楊柏奸賊，我馬超與你有何冤仇，如此加害于我？〔唱〕這事兒教人暗愁(韻)，這竟兒教人怎救(韻)？致令得進退無門(讀)，好教我有家難奔也(格)，恨悠悠無盡休(韻)。〔手下引李恢上，白〕此來全仗三寸舌，打動將軍一片心。通報，隴西故人李恢要見。〔卒白〕啟將軍：有隴西故人李恢，要見將軍。〔馬超白〕李恢爲人，善于詞令，此來必作説客。吩咐帳後埋伏刀斧手二十名，聽吾號令，即刻將他砍爲肉泥。軍校，令他進來見我。〔進科。馬超不起，不理。李恢白〕孟起，自古故友相見，分外眼明，你我間别多年，今得一晤，何倨傲之甚也？〔馬超白〕我且問你，此來爲何？〔李恢白〕做説客。〔馬超白〕好個説客！你且講來我聽，倘不合理，我有新磨寶劍，當試汝之頭。〔李恢笑白〕孟起，你的禍不遠了。〔馬超白〕我禍從何來？〔李恢白〕越之西子，雖有善毁者不能掩其美；齊之無鹽，雖有善繪者不能蔽其醜。日中必昃，月滿必虧，此天下之定理也。曹操與足下有殺父之仇，屍骸未冷，隴西有屠妻之恨，血污猶腥，焉得爲大丈夫乎？今日一旦歸于東川，進不能救劉璋而退荆州之兵，退不能制楊柏而見張魯之面，一朝復有渭橋之敗，有何面目以見天下之人哉？我

恐新磨寶劍不能試我之頭，只恐目下將以自試耳。〔馬超驚白〕今聞足下高談，我馬超如醉方醒，似睡方覺，不知何以教我？〔唱〕

【仙呂宫正曲·皂羅袍】愧我(句)胸中昏謬(韻)，想從前冤恨(讀)，切齒難休(韻)。今朝又是禍臨頭(韻)，睁睁兩眼無方救(韻)。〔李恢白〕當今劉皇叔，仁德布于天下，恩惠洽于臣民，將來必成帝業，何不竟往投之，建功立業，以圖報怨，豈不是美麽。〔同唱〕良禽擇木(句)，魚水相投(韻)。伊尹受聘(句)，姜公相周(韻)。〔合〕失身匪類堪貽臭(韻)。〔馬超白〕德昂之言，甚是有理。且請先行，我同舍弟馬岱隨後便去。〔李恢白〕告别了。良言唤醒夢中身，免使他年禍患侵。〔馬超白〕自古良禽須擇木，從今去暗往投明。〔下。雜扮軍校、張飛、趙雲、黄忠、魏延、劉封，引劉備上，唱〕

【黄鐘宫引·翫仙燈】欲下西川(韻)，待想敉寧周甸(韻)。〔生扮孔明上，唱〕深愧着帷幄運籌(句)，決勝千里(句)，行軍事須遜前賢(韻)，飄然也綸巾羽扇(韻)。〔劉備白〕軍師，李恢去説馬超，怎麽不見回來？〔孔明〕李恢善于詞令，料馬超不能出其範圍，目下定有好音來也。〔手下引李恢上，唱〕

【又一體】投明棄暗(押)，全憑舌辨回天(韻)。〔見科。孔明白〕德昂此來，事必諧矣。〔李恢白〕我奉軍師命令、主公洪福，去説馬超，陳説利害。他便欣然允諾，現在轅門外。〔劉備白〕道有請。〔馬超、馬岱上，衆小軍隨上。唱〕單鎗匹夫愁雲亂(句)，怎肯讓着先鞭(韻)。〔白〕皇叔、軍師在上，末將馬超、馬岱參見。〔劉備白〕備得孟起賢昆玉，如虎生翼，如魚得水，興王定霸，可拭目而待也。〔馬超、馬岱白〕喪家亡命之輩，幸蒙不棄，當効犬馬。〔張飛白〕昨日關外好一場厮殺。〔馬超白〕那時是各爲其主，不得不然耳。〔劉備白〕看酒來，與賢昆玉洗塵。〔合唱〕

【黄鐘宫正曲・畫眉序】殄滅靖烽烟(韻)，賀喜稱功大開筵(韻)。羡二難並美(讀)，雙鳳聯翩(韻)。齊列着珍羞娱賓(韻)，滿斟着葡萄相歡(韻)。〔馬超、馬岱唱。合〕今朝末弁初投主(句)，全仗福庇成全(韻)。〔雜扮報子上，白〕報子叩頭。〔劉備白〕喘息定了，慢慢報上來。〔報子唱〕

【黄鐘宫正曲・滴溜子】西川的(韻)，西川的(疊)，劉璋差遣(韻)。引軍馬(句)，引軍馬(疊)，關中列剪(韻)。〔孔明白〕何人領兵？〔報子白〕劉晙、馬漢二員勇將，領兵殺來了。〔劉備白〕誰可迎敵？〔馬超、馬岱同白〕末將等願往，擒此二賊。〔劉備白〕若得孟起前去，吾無憂矣。〔唱〕將軍(讀)如能一戰(韻)，斬將與搴旗(句)，膚功立建(韻)。〔合〕速把捷音(讀)，報到席前(韻)。〔衆引馬超、馬岱下。劉備衆合唱〕

【鮑老催】英雄才彦(韻)，天教會合在筵前(韻)，笑談頃刻掃狼烟(韻)。人似龍(句)，刀比霜(句)，旗如電(韻)。管教指掌定西川(韻)，虎將名兒從今顯(韻)。〔合〕酒沉醉(讀)，燭徐剪(韻)。〔衆引馬超、馬岱提首級上，唱〕

【雙聲子】忙回轉(韻)，忙回轉(疊)，把二將頭顱獻(韻)。旌旗展(韻)，旌旗展(疊)，這功勞人争羡(韻)。席未散(句)，增懽忭(韻)。〔合〕諒麽麽小輩(讀)，怎當屠剪(韻)。〔白〕皇叔、軍師在上，小將等斬將回來，獻上首級二顆侑酒。〔劉備、孔明白〕孟起賢昆玉真英雄也。〔孔明白〕主公，劉晙、馬漢已死，成都可一鼓而得。一面差將，分兵五路，竟取成都；一面差法正前去作説，不怕劉璋不親捧版圖，降與麾下也。〔劉備白〕軍師言之有理。張飛、趙雲、黄忠、馬超、魏延聽令：〔衆應科〕爾等各引兵五萬，五路而行，在成都城外取齊，不得有悮。〔衆應科〕得令。〔下。劉備白〕軍師作速差法正到城都便了。〔應科，合唱〕

【尾聲】葭萌關内排筵宴㊞，馬戰還須舌戰㊞。行看指日定西川㊞。〔下〕

第廿二齣　劉家五虎下西川

〔雜扮衆小軍，引净扮張飛上，唱〕

【南北合套・粉蝶兒】試展經綸(韻)，俺可也試展經綸(叠)，似穰苴晉燕威信(韻)。〔净扮黄忠上，唱〕報君恩席捲妖氛(韻)。〔生扮馬超上，唱〕展雄謀(句)，平川漢(句)，龍驤虎賁(韻)。〔小生扮趙雲上，唱〕全仗着智勇包身(韻)，〔净扮魏延上，唱〕奮雄威揮兵前進(韻)。〔張飛白〕群虎收川日，劉璋自喪魂。〔黄忠白〕英雄誇老健，入蜀建奇勳。〔馬超白〕赤心昭白雪，〔趙雲白〕浩氣壯青雲。〔魏延白〕竹帛垂名遠，〔合〕千秋説漢君。〔張飛白〕某等奉軍師將令，分兵五路，直取成都。今乃吉期，衆將官，就此發兵前去。〔同唱〕

【南北合套・好事近】奉令帥三軍(韻)，八陣擺列風雲(韻)。龍吟虎嘯(句)，角聲吹撥霧除氛(韻)。甲兵令閫(韻)，展旌旗(讀)萬丈金光引(韻)。〔合〕壯男兒弄武持戈(句)，建威名齊舒忠藎(韻)。〔張飛白〕衆將官，來此是那裏了？〔軍卒白〕漢津了。〔張飛白〕來此已是漢津，某等各自分兵。〔衆白〕説得有理。衆將官，與我各自分兵。〔趙雲、黄忠、魏延、馬超各分下。張飛衆同唱〕

【南北合套・石榴花】俺則見山川帶礪勢嶙峋(韻)，端的是形勝藉鴻鈞(韻)。那漢津隘口(讀)，錦繡營屯

(韻)。旗旄分近遠(句)，封堠列紛紜(韻)。須索要急忙忙(句)，須索要急忙忙(疊)，猛驅兵(讀)，直向前途進(韻)。齊奮力行行陣陣(韻)，厮對着左右三軍(句)，厮對着左右三軍(疊)。如風偃草雷霆迅(韻)，一個個志氣可凌雲(韻)。〔下。魏延領衆上，白〕衆將官，就此殺上前去。〔衆應，同唱〕

【南北合套・好事近】分兵(句)，逐隊把威申(韻)，須索要揚鞭前進(韻)。沖鋒對壘(句)，任他驀地天神(韻)。弓刀矢石(句)，仗白旄黄鉞(讀)，精神奮(韻)。〔合〕把軍師妙計施行(句)，五虎將人人英俊(韻)。〔下。趙雲領衆軍上，白〕衆將官，〔同唱〕

【南北合套・鬬鵪鶉】統一隊烈烈猙獰(句)，統一隊烈烈猙獰(疊)，望前途成都將近(韻)。一心要扶漢興劉(句)，一心要扶漢興劉(疊)，似當年定齊韓信(韻)。只看俺五虎分兵過漢津(韻)，路路的軍威振(韻)。那其間列土分茅(句)，那其間列土分茅(疊)，方顯得常山趙雲(韻)。〔下。黄忠領衆軍上，白〕衆將官，〔合唱〕

【南北合套・撲燈蛾】整軍威(讀)，飛臨白帝城(句)。誇迅速(讀)，飲馬錦江濱(韻)。行過了(讀)，萬里連雲棧(句)，早則向(讀)，錦關忙前進(韻)。明晃晃刀寒秋水(句)，須認某(讀)，老將立功勳(韻)。多矍鑠威風難近(韻)，〔合〕今日裏江山開拓護劉君(韻)。〔下。馬超領衆軍上，同唱〕

【南北合套・上小樓】俺本是關西將(句)，休覷等倫(韻)。伏波裔漢室勳臣(韻)，伏波裔漢室勳臣(疊)，得會風雲(韻)，齊舒忠藎(韻)。疾駕着逐電追雲(韻)，疾駕着逐電追雲(疊)。成都將近(韻)，軍聲大震(韻)，纔顯得馬

超雄奮(韻)。〔白〕衆將官，就此前去，前去。〔衆應，下。雜扮小軍、生扮劉備、生扮孔明上，同唱〕

【南北合套·撲燈蛾】爍爍明明戈劍(句)，白白青青旗振(韻)。隊隊的高下分(韻)，簇簇的馬步巡(韻)。糾糾雄雄(句)，軍威雷震(韻)。聳矗矗成都隱隱(韻)，巍巍的雉堞連雲(韻)。可知俺孫吳妙略(句)，智術通神(韻)。〔合〕今日裏西川鼎足説三分(韻)。〔衆軍、五虎將同上，白〕啟將軍，前面已是成都。〔孔明白〕衆將官，與我把成都圍住，架起雲梯者。〔五虎將白〕得令。衆將官，就此圍城者。〔衆應科，同唱〕

【煞尾】今朝蜀地遭顛運(韻)，把俺這炎劉志少伸(韻)，教他及早投降免害民(韻)。〔下〕

第廿三齣　知時歸命求安逸

〔生扮譙周上，唱〕

【黄鐘宫引・點絳唇】四海分囂(句)，群雄並起(句)，兵和將(韻)，較勝争强(韻)，若個能安壤(韻)。〔白〕天心歸有德，臣誼肯無君。世亂推英烈，雲成五色雯。自家譙周是也。故主闇弱，難與天下争衡；玄德仁威，豈僅西南半壁。更文武齊心，英雄効命，今日兵臨城下，命法孝直入城招降。恐主公遲疑不決，須索引孝直去見主公，一力勸降便了。〔下。雜扮小軍，引小生扮劉璋上，唱〕

【又一體】百結愁腸(韻)，血淚添悲愴(韻)。空惆悵(韻)，正正堂堂(韻)，大義平如掌(韻)。〔譙周上，白〕啟上主公，法正求見。〔劉璋白〕法正已降劉備，却來則甚？〔譙周白〕玄德公特差法正招降。〔劉璋白〕吾之不明，悔亦何足。吾父子居蜀地二十餘年，無恩德以加百姓，攻戰三年，血肉捐於草野，皆我之罪也，不如投降，以安百姓。〔譙周白〕主公所見，應天順人，敢不景從。〔劉璋白〕且看法正進來。〔譙周應科，白〕孝直那裏？〔末扮法正上，白〕欲得西川成大業，來探彼意是何如。〔譙周白〕主公有請。〔法正進見科，白〕皇叔特遣小臣致意，望主公以百姓爲念，早早出降。〔劉璋白〕我意已決，一同出降便了。譙

周可將印綬圖籍隨行。①〔唱〕

【黄鐘宫正曲・出隊子】傾心前向(韻),印册隨移到彼行(韻)。未知皇叔甚行藏(韻),會面其間慢酌量(韻)。〔合〕事在人謀(句),由天主張(韻)。〔下。雜扮衆小軍、將官,引净扮張飛、黄忠、魏延,生扮馬超,小生扮趙雲,生扮孔明,生扮劉備上。唱〕

【又一體】兵談虎帳(韻),進退乘機有智囊(韻)。昨朝遣使説他降(韻),願得來歸天意將(韻)。〔合〕大業垂成(句),易如反掌(韻)。〔劉璋、法正、譙周上,白〕明知不是伴,事急且相隨。〔法正白〕已到營門,請少待。待我通報。〔進見科,白〕啟主公:季玉親捧版圖、册籍已到營門。〔劉備白〕快請相見。〔法正白〕主公,皇叔出迎。〔劉璋跪科,白〕恩兄在上,罪弟劉璋恭捧印綬版圖册籍獻上。〔劉備答,跪科,白〕不敢,賢弟請起。哎,賢弟,非吾不行仁義,奈不得已也。〔譙周白〕罪臣參見。〔劉備白〕譙允南請起。〔孔明白〕今西川平定,難容二主,可將季玉送到巴西。〔劉備白〕軍師,吾方得蜀郡,未可令季玉遠去。〔孔明白〕劉璋失基業,皆因太弱,主公若以婦人之仁,臨事不決,恐此土難以長久。〔劉璋白〕恩兄使小弟豐衣足食足矣,不必爲弟過慮。今日且請恩兄進城,安堵百姓,小弟即日起身,往巴西去也。〔孔明白〕②季玉所言極是,主公不必多疑。〔劉備白〕既季玉堅辭請行,即當奉錢便了。〔劉璋白〕就請進城。〔劉備

---

① 「圖」字原無,今補。

② 「孔」,原作「唱」。

白〕請。〔衆行科，同唱〕

【黄鐘宫正曲・降黄龍】喜氣非常(韻)，掃却陰霾(讀)，陡現祥光(韻)。〔白〕今日呵，〔唱〕我的天心肯忘(韻)，端只要暢洽輿情(讀)，暫時裏借此維韁(韻)。心傷(韻)，覩此周官禮樂(韻)，難教我肆然安享(韻)。〔合〕要思量(句)，卧薪嘗膽(句)，暑炎冬涼(韻)。〔雜扮文武官上，迎接科。劉備等進城科，下。雜扮父老、士農工商、童男女，各持香花上，唱〕

【又一體】危疆(韻)，此日安康(韻)。大旱雲霓(讀)，風從景仰(讀)。看師雄勢勇(句)，願把那吴魏全平(讀)，皇圖開創(韻)。蜀邦(韻)，白叟黄童(句)，簞食壺漿相望(韻)。〔合〕爇名香(韻)，四民遮道(句)，拜首朝王(韻)。〔劉備衆上，唱〕軍師，好富饒氣象也。〔孔明衆白〕正是。〔衆百姓跪接，白〕成都父老百姓，簞食壺漿以迎王師，願吾主平吴滅魏，永享太平。〔劉備白〕多謝爾等美意。人來。〔衆應科，白〕有。〔劉備白〕父老百姓等，各給花紅羊酒寧家。〔衆白〕多謝主公。〔衆父老百姓白〕好主公，我川中大家好造化也。〔行科。劉備衆同唱〕

【黄鐘宫正曲・歸朝歡】今日裏(句)，今日裏(疊)，漢中興旺(韻)。看祥雲九霄飄颺(韻)。吴與魏(句)，吴與魏(疊)，逆天逞狂(韻)。怎禁我動雷霆(讀)，要剪除掃蕩(韻)。只看這人歸天與神明諒(韻)，辭嚴義正群情向(韻)。〔合〕也只是曹賊深仇(句)，不能相讓(韻)。

【尾聲】元良此日堪希望(韻)，顧不得權宜誹謗(韻)，直待得漢賊平時定短長(韻)。〔同下〕

第廿四齣　溯舊盟關公訓子

〔雜扮馬良、伊籍、趙累、王甫、潘濬、糜芳、糜竺、傅士仁上，白〕開疆施妙略，拓土運良謀。功蓋蕭曹上，英雄敵萬夫。某馬良。某伊籍。某趙累。某王甫。某潘濬。某糜芳。某糜竺。某傅士仁。將軍升帳，在此伺候。〔净扮關公，净扮周倉，雜扮關興，雜扮廖化上，隨關公白〕忠勇聲聞宇宙間，英雄武略震江山。絶代貞仁誰能及，華夏威名萬古傳。〔衆作參見科，白〕將軍在上，我等參見。〔關公白〕某盪寇將軍、漢壽亭侯關某是也，奉勅保守荆州，威震華夏。且喜民安物阜，歲稔時和。關興，某授汝《孫子兵法》，可曾諳練？〔關興白〕謹遵父訓，日夜熟習。聞得漢有三傑，何以遂平天下，孩兒不知，求爹爹説與孩兒知道。〔關公白〕吾兒聽者。高祖仁義，用三傑；霸王英雄，憑一勇。三傑者，蕭何、韓信、張良。一勇者，霸王喑嗚叱咤之聲，舉鼎拔山之力，被韓信大小七十二陣，追至烏江，自刎而死。想漢高祖登基，非同容易也。〔唱〕

【中吕宫套曲·粉蝶兒】那時節楚漢争强(韻)。嘆周秦早屬劉項(韻)，公君臣先到先陽(韻)。一個兒力拔山(句)，一個兒量吞海(句)，他兩人一時開創(韻)。〔關興白〕既是同時開創，各有何人輔佐？〔關公唱〕想當日鴻溝、烏江(韻)，一個兒用了三傑(讀)，一個兒力誅了八將(韻)。

【中呂宮套曲・醉春風】一個兒短劍一身亡(韻)，一個兒浄鞭三下響(韻)。這的是祖宗傳下與兒孫(句)，到如今享(韻)，享(格)。漢獻帝軟弱無剛(韻)。恨董卓不仁不義(句)，吕温侯一衝一撞(韻)。〔關興白〕當日桃園結義情由，孩兒不知，請試説一遍。〔關公白〕當日桃園結義之時，宰白馬祭天，殺烏牛祭地，不願同日生，只願同日死，一在三在，一亡三亡。〔唱〕

【中呂宮套曲・十二月】俺三弟家住涿州范陽(韻)，俺大哥家住在大樹樓桑(韻)，俺關某家住在蒲州解良(韻)。更有那諸葛軍師(讀)，住在南陽(韻)。一霎時英雄起四方(韻)。〔滚白〕這的是壯士投壯士，豪傑遇豪强，〔唱〕結拜了皇叔與關張(韻)。〔關興白〕方今天下，鼎足三分，孩兒不知，再求試説一遍。〔關公白〕方今天下，鼎足三分。曹操占了中原，孫權霸住江東，俺大哥守尊西蜀，這都是漢家天下。〔唱〕

【中呂宮套曲・堯民歌】其年三謁卧龍崗(韻)，已料定鼎足三分漢家邦(韻)。俺大哥稱孤道寡，俺三弟世無雙(韻)，俺關某匹馬單刀鎮荆襄(韻)。長也麽江(韻)，經過幾戰場(韻)。恰更是後浪催前浪(韻)。〔衆小軍引雜扮關平上，白〕纔離夏口地，咫尺是荆襄。〔作進見科，白〕爹爹在上，孩兒關平參見。〔關公白〕没有某家的將令，爲何擅離汛地？〔關平白〕東吴差人下書。〔關公白〕將下書人搜撿明白，帶他進來。〔關平應科，關公白〕吩咐大開轅門。〔雜扮衆將校上，作擺門科。關平白〕下書人進。〔丑扮黄文上，作進見叩頭科，白〕下書人叩頭。〔關公白〕下書人叫甚麽名字？〔黄文白〕大膽黄文。〔關公白〕周倉，將刀剖開看者。〔周倉欲剖勢科，黄文作怕喊科，白〕小人的膽，只有芥菜子兒大。〔關公白〕爲何能大能小？〔黄文白〕能强能弱。〔關公白〕取書上來。〔看科，白〕某家知道了。來日五月十三日，説某家親來赴會，不及回書。放他去罷。〔黄文白〕唬死我也。教他明鎗容易躲，暗箭最難防。〔下。關公白〕吩咐掩門。〔衆將校應科，下。關公白〕請問爹爹，他書上如何道。〔關公白〕吾兒聽者：〔唱〕

【中吕調套曲·石榴花】上寫着兩朝相隔漢陽江(韻)，又寫着魯肅請雲長(韻)。安排着筵宴不尋常(韻)，畫堂中别是風光(韻)。休想要鳳凰杯(讀)，滿泛着瓊花釀(韻)，笑談間安排着巴豆、砒霜(韻)。玳瑁筵前排列着先鋒將(韻)，休想道開宴出紅粧(韻)。〔關興、關平白〕魯肅相邀，必有惡意，筵前恐有埋伏，爹爹何故許之？〔關公白〕

【中吕宫套曲·鬬鵪鶉】他那裏安排着打鳳(句)牢籠(韻)，俺這裏準備下天羅地網(韻)。那裏是待客筵席(句)，分明是殺人的戰場(韻)。則着他宴意真心便休想(韻)。〔白〕我若是不去呵，〔唱〕却被後人來講(韻)。〔關興白〕既然筵無好筵，會無好會，俺這裏不去，其奈我何？〔關公唱〕既然他緊緊相邀(句)，〔白〕周倉，〔唱〕恁隨俺身便往(韻)。〔關平白〕爹爹不可。以萬金之軀，蹈虎狼之穴，非所以重伯父之寄托也。〔關興白〕孩兒聞魯肅用兵有法，施謀有智，望塵知勝敗，嗅土辨輸贏，爺爺不可輕視于他。〔關公唱〕

【中吕調套曲·上小樓】你道他兵多將廣(韻)，人强馬壯(韻)。大丈夫敢勇當先(句)，一人拚命(句)，教那厮萬夫難當(韻)。〔關興、關平白〕事隔大江，孩兒等怎生接應？〔關公唱〕你道是隔着大江(韻)，起戰場(韻)，患難之間父子不得相親傍(韻)。叫那厮鞠躬身送俺到船頭上(韻)。〔馬良白〕魯肅雖有長者之風，於中事急，不容不生狼心耳。將軍不可輕往，恐悔之無及。〔關平白〕依孩兒愚見，臨期相機行事，還是先下手的是。

〔關公唱〕

【又一體】你道是先下手睜爲强(韻)，後下手睜遭殃(韻)。一隻手揪住寶帶(句)，臂轉猿猴(句)，俺這裏劍制秋霜(韻)，他那裏緊緊藏(韻)。俺這裏暗暗防(韻)，怕什麽狐朋狗黨(韻)。小可的千里獨行(讀)，五關斬將(韻)。〔關興白〕想當初爹爹出許昌，曹操尚且不懼，何況魯肅乎？〔關公唱〕

【中吕調套曲・快活三】得書信離許昌(韻)，護鸞輿覓劉皇(韻)。灞凌橋上氣昂昂(韻)，側坐在鞍上(韻)。〔關興白〕古城下又與蔡陽鏖兵，好英雄也。〔關公唱〕

【中吕宫套曲・鮑老兒】搗鼓三通斬蔡陽(韻)，血濺在沙場(韻)。刀挑征袍出許昌(韻)，險唬殺曹丞相(韻)。明日在單刀會上(韻)，對兩班文武(句)，小可的三閱襄陽(韻)。〔馬良、伊籍白〕縱將軍過江，亦可準備。〔關公白〕關平聽令：〔關平應科，關公白〕可選快船千隻，藏善水軍五百，在江上等候。有號旗起處，近某船來。〔關平白〕得令。〔下。吹打下座科，關公唱〕

【中吕調套曲・剔銀燈】折末他雄糾糾排成戰場(韻)，威凛凛兵屯虎帳(韻)。大將軍志在孫吴上(韻)，那怕他馬如龍人似金剛(韻)。〔關興白〕爹爹還須着意。〔關公唱〕不是俺十分强(韻)，硬主張(韻)。〔白〕但提起斯殺呵，〔唱〕俺也是摩拳擦掌(韻)。

【中呂調套曲·蔓菁蔡】排戈甲㊁，列旗鎗㊍，各分一個戰場㊍。俺本是三國英雄漢雲長㊍，端的有豪氣貫三千丈㊍。〔衆參謀軍白〕那魯肅無公孫弘東閣之筵，只怕有秦穆公臨潼之會。〔關公唱〕

【中呂調套曲·煞尾】雖不比臨潼會秦穆公㊁，那裏有宴鴻門楚霸王㊍。滿筵前㊅，折抹了英雄將㊍，百萬軍中刺顔良那一場賞㊍。〔下〕

第廿五齣　仗勢加封肆舞歌

〔衆扮華歆、王朗、楊修、毛玠、程昱、荀彧、郭嘉、鍾繇、郗慮上，唱〕

【仙吕宫引·天下樂】青犢、黄巾啟禍氛韻，旋天轉地策殊勳韻。九重新運開閶闔句，待築郊壇讀禪文韻。〔華歆白〕我乃華歆。〔王朗白〕我乃王朗。〔楊修白〕我乃楊修。〔毛玠白〕我乃毛玠。〔程昱白〕我乃程昱。〔荀攸白〕我乃荀攸。〔荀彧白〕我乃荀彧。〔郭嘉白〕我乃郭嘉。〔郗慮白〕我乃郗慮。〔鍾繇白〕我乃鍾繇。〔王粲白〕魏公功德巍巍，天人胥格，受終總師之事，正當復見於今。乃漢帝不聽，猶然尸位，我等三次偪勒，始晉魏公爲王。這也在釜之魚、入阱之虎，不在話下。今當王府落成，主公升殿受賀，須索在此伺候者。〔衆分侍科。扮曹仁、曹洪、曹休、夏侯惇、許褚、張遼、于禁、樂進、張郃、①徐晃上，分白〕匹馬單戈八萬軍，男兒志氣矯如雲。生來自俱封侯骨，要進與朝定策勳。〔曹仁白〕吾乃曹仁。〔曹洪白〕吾乃曹洪。〔曹休白〕吾乃曹休。〔夏侯惇白〕吾乃夏侯惇。〔許褚白〕吾乃許褚。〔張遼白〕吾乃張遼。〔于禁白〕吾乃于禁。〔樂進白〕吾乃樂進。〔張郃白〕吾乃張郃。〔徐晃白〕吾乃徐晃。〔與王粲等相見

---

① 「張」上原衍「帳」字，删。

科，白〕請了。〔衆白〕請了。〔王粲、衆官白〕今日主公升殿，我等一同朝賀。〔曹仁、衆將白〕遥聽仙樂悠揚，主公早已升殿也。〔分侍科。雜扮内監、宫官，引净扮曹操上，唱〕

【南北合套·粉蝶兒】碧甃雲標(韻)，俺只見碧甃雲標(疊)，鬱紛紛曉烟籠罩(韻)，更一派樂奏咸韶(韻)。舊規模(句)，新改换(句)，鴻基丕紹(韻)。今日的衮冕臨期(韻)，也顧不得春秋譏誚(韻)。〔坐科，白〕袖中天位掌中君，禪詔區區安足云。不必踐他新莽跡，我知終不失周文。孤家自起義師，功高權重。玩君王於股掌，視寮寀若弁髦。后妃益受誅夷，將相悉爲臣僕。威炎勢赫，天與人歸。既能絶地通天，何難化家爲國。〔笑科〕孤非貪天位而不敢，亦薄天子而不爲耳。昨漢帝以華歆、王粲等執奏，進孤魏王，只得勉從所請，升殿受朝。〔衆進科，白〕主公在上，我等朝賀。〔跪科，唱〕

【南北合套·好事近】紫殿聳岧嶤(韻)，五色卿雲旋繞(韻)。蘢葱佳氣(句)，與瓊樓玉闕輝照(韻)。臣工懽忭(句)，向丹墀(讀)，齊跪瞻天表(韻)。喜今日麟璽崇封(句)，是他年龍飛先兆(韻)。〔曹操白〕孤家遭時不偶，國故頻仍，爰舉義旂，以清妖孽。巨魁授首，大難削平，便膺茅土之封，也非過分之事。〔唱〕

【南北合套·石榴花】當日個妖狐直射九重霄(韻)，血玄黄幾染繡龍袍(韻)。不是俺補天片石(讀)，斷足神鼇(韻)，銅駝鞠茂草(韻)，金闕没青蒿(韻)。今日裏問官家(句)，今日裏問官家(疊)，是誰重把乾坤造(韻)。不是俺言辭倨傲(韻)，當得起裂土分茅(韻)，當得起裂土分茅(疊)。錫殊典加王號(韻)，蚤難道即此算酬勞(韻)。〔衆白〕吾王文德懋昭，武功伊濯，軼賢追聖，邁古超今。即此九錫封王，何足仰酬萬一。〔唱〕

【南北合套·好事近】當初(句),帝位巽於姚(韻)。況建安涼德,不比神堯(韻)。〔白〕吾王呵,〔唱〕身平國難(句),將狂氛萬里都掃(韻)。豐功偉烈(句),可古來(讀),僅見今希少(讀)。暫時且拜命南宫(句),少不得受嬗南郊(韻)。〔曹操大笑科,白〕内侍,看酒過來,且做個慶賀筵宴。〔内侍白〕領旨。〔華歆執爵,率衆進酒科。賀畢,依次入席科。曹操、衆同唱〕

【南北合套·鬬鵪鶉】整齊齊春殿筵開(句),整齊齊春殿筵開(疊),一行行冠紳環繞(韻)。香馥馥酒泛梨花(句),香馥馥酒泛梨花(疊),一個個杯擎瑪瑙(韻)。此際相看飲興豪(韻),又何妨歡處暫諠呶(韻)。喜孜孜在藻依蒲(句),喜孜孜在藻依蒲(疊),這明明是周王燕鎬(韻)。〔白〕孤家製得新聲,已令女樂們演習。非謂象功昭德,不過悦我耳目而已。今日唤他們出來,歌的歌,舞的舞,與諸君侑酒。内侍,着女樂出來承應。〔内侍白〕領旨。千歲有旨,着女樂們上殿。〔旦扮衆女樂上,白〕領旨。掌上曾傳飛燕舞,城中猶記莫愁歌。女樂叩頭。〔曹操白〕爾等將吾所製《龜雖壽》歌來。〔女樂白〕領旨。〔歌舞,唱〕神龜雖壽,猶有竟時。騰蛇乘霧,終爲土灰。老驥伏櫪,志在千里;烈士暮年,壯心不已。盈縮之期,不但在天;養怡之福,可得永年。幸甚至哉,歌以詠志。〔舞畢,衆讚白〕妙哉歌舞也。迅如飛燕,飄若驚鴻。紅袖翩翻,亂篩千斛桃花雨;①翠裙飄颺,斜掠千絲楊柳風。集羽縈塵,不足方其妙也。〔唱〕

① 「斛」,原作「解」。

【南北合套·撲燈蛾】明晃晃金釵翠翹(韻)，光閃閃錦裙繡襖(韻)，滴溜溜鶯舌圓(句)，顫巍巍楊枝裊(韻)。似碧天鸞翥(句)，空山猿嘯(韻)。韻悠悠聲叶雲璈(韻)，致翩翩影弄花梢(韻)。今日在萬花深處(句)，千鐘嫌少(韻)。正是九重春色醉仙桃(韻)。〔曹操白〕女樂們。〔女樂白〕有。〔曹操白〕代孤家敬酒者。〔衆站科，白〕臣等不敢。〔曹操白〕位有崇卑，情無厚薄。亦既同心合意，扶我爲王；還祈殫智竭忠，匡予不逮。杯酒之敬，又何辭焉。〔衆白〕千歲。〔内作樂。女樂分送酒科。衆飲畢，曹操白〕自來明良遇合，喜起一堂。今日之會，差堪彷彿。但願自今以後，〔向曹仁、曹洪、曹休、夏侯惇唱〕

【中呂宮·上小樓】君臣要忠敬(句)，父子常慈孝(韻)。〔向文臣科〕文臣要參贊機謀(句)，不憚心勞(韻)。〔向武臣科〕武臣要號令明(句)，步伐齊(句)，威揚武耀(韻)。〔合。向衆科〕這便是王家萬年吉兆(韻)。〔衆白〕臣等荷蒙訓示，敢不書紳，以祈大勳克建。〔唱〕

【中呂宮·撲燈蛾】微臣的將異數叨(韻)，吾王的把神機詔(韻)。恰便似坐春臺(句)，飲醇醪(韻)。優渥親承(句)，高深難報(韻)。願從今弓矢載櫜(韻)，文治光昭(韻)。緜緜翼翼(句)，河山不老(韻)。那時節載賡湛露慶王朝(韻)。〔女樂下。曹操同衆出席科，同唱〕

【尾聲】奏新聲諧同調(韻)，欲借群龍翼衮袍(韻)。〔曹操唱〕早難道移漢開基不姓曹(韻)。〔分下〕

第一齣　赴單刀魯肅消魂

〔雜扮小軍、將官、吕蒙、甘寧，引魯肅上，白〕江列魚麗鵝鸛兵，艨艟巨艦一毛輕。桓桓捉虎擒龍將，糾糾拿將掉尾鯨。某水軍都督魯肅是也，只因主公差諸葛謹去索荆州，已蒙玄德公將長沙、零陵、桂陽三郡交還吾主，差官赴任。誰知被雲長不容，俱各逐回，遲後者必戮。吾主大怒，命我屯兵陸口，寨外臨江亭設宴，請關公與諸將單刀而會。如肯來，以善言説之；倘若不從，伏下單刀手殺之。如不肯來，隨即進兵，奪取荆州。二位將軍，可曾準備否？〔吕蒙、甘寧白〕俱已齊備。〔魯肅白〕爾等小心埋伏。〔應科。魯肅白〕準備窩弓擒猛虎，安排香餌釣鰲魚。〔同下。净扮周倉上，白〕志氣凌雲貫九霄，周倉今日顯英豪。主公獨赴單刀會，全仗青龍偃月刀。今日主公往東吴赴宴，只得在此伺候。〔雜扮八將、廖化，引净扮關公上，白〕波濤滚滚過江東，獨赴單刀孰與同。片帆瞬息西風力，魯肅今日認關公。周倉。〔周倉白〕有。〔關公白〕看船。〔周倉應科，白〕船隻伺候着。〔雜扮水雲，擁大船上。關公、周倉上船科。

衆將下。關公白〕周倉，船行至那裏了？〔周倉白〕大江了。〔關公白〕分付稍水風帆不要扯滿，把船緩緩而行。〔周倉白〕嗄。吠，稍水風帆不要扯滿，把船緩緩而行。〔應科。周倉白〕吩咐過了。〔關公作觀江科，白〕好一派江景也。〔唱〕

【雙角套曲・新水令】大江東去浪千叠韻。趁西風讀，駕着這小舟一葉韻。纔離了讀，九重龍鳳闕韻。早來探讀，千丈虎狼穴韻。大丈夫心烈韻，大丈夫心烈疊。覷着那單刀會讀，賽村社韻。〔白〕你看這壁廂山連着水，那壁廂水連着山，俺想二十年前隔江斗智，曹兵八十三萬人馬，屯至赤壁之間，也是這般樣的山水，到今日，〔唱〕

【雙角套曲・駐馬聽】依舊的水湧山叠韻，依舊的水湧山叠疊。好一個年少周郎恁在何處也韻，不覺的灰飛煙滅韻。可憐黃蓋暗傷嗟韻，破曹檣櫓恰又早一時絶韻。則這鏖兵江水猶然熱韻，好教俺情慘切韻。〔周倉白〕好一派江水嗄。〔關公白〕周倉，這不是水，〔唱〕這是二十年讀流不盡英雄血韻。〔作到科。關公、周倉下船。水云、大船從上場門下。雜扮將官、中軍、魯肅上，白〕君侯請。君侯駕臨，有失迎接，多多有罪。〔關公白〕大夫，想某家有何德能，敢勞大夫置酒張筵。〔魯肅白〕酒非洞裏之長春，餚乃人間之匪儀。魯肅有何德能，敢勞君侯屈高就下，降尊臨卑，實乃魯肅之幸也。〔關公白〕賤脚踹貴地。〔魯肅白〕貴脚踹賤地。〔關公白〕不敢。〔魯肅白〕江露寒冷，先飲三盃禦寒。〔關公白〕使得。〔魯肅白〕看酒。〔關公白〕大夫可知，主不飲，〔魯肅白〕客不寧。〔周倉白〕獻盃。〔關公白〕酒不飲單，〔魯肅白〕色不侵二。〔周倉白〕獻盃。〔關公白〕大夫可知，某家的刀也會飲酒。〔魯肅白〕名將必有寶刀。〔關公白〕周倉，看刀。〔周倉應科，關公白〕刀哎刀，想你在百萬軍中，取上將首級，如探囊取物，今日多承魯大夫請某家飲酒，席上倘有不平之事呢，敢勞你一勞，也請一盃。〔魯肅作定席科，中軍白〕請周將軍用飲。〔周倉喝將官，中軍慌下。關公白〕想當陽一別，又經數年矣。〔魯肅白〕光陰似駿馬加鞭，人世如落花流水，去得好急也。〔關公白〕果然去得急也。〔唱〕

【雙角套曲・胡十八】想古今立勳業(韻)，〔魯肅白〕舜有五人漢有三傑。〔關公唱〕那裏有舜五人漢三傑(韻)，兩朝相隔只這數年別(韻)。不復能勾會也(韻)，恰又早這般老也(韻)。〔魯肅白〕君侯尚未老，小官老也。〔關公白〕皆然。〔魯肅白〕請君侯開懷，暢飲幾盃。〔關公唱〕開懷來飲數盃(句)，〔魯肅唱〕開懷來請數盃(疊)，〔關公唱〕某只得盡心兒可便醉也(韻)。〔魯肅白〕君侯當日辭曹歸漢，棄印封金，五關斬將，千里獨行，這段情由，小官不知，望君侯試説一遍，小官洗耳恭聽。〔關公白〕想某家這幾場事呢，只可耳聞，不可目睹。聞則呢倒也尋常，見則可也驚人。大夫若不嫌絮煩，待某家出席卸袍，手舞足蹈，試説與大夫聽者。〔魯肅白〕願聞。〔關公白〕周倉，卸袍。〔作出席、卸袍科，白〕那日某家辭曹歸漢，棄印封金。那日天色，也只剛剛乍午。〔唱〕

【雙角套曲・沽美酒帶太平令】則聽得韻悠悠畫角絶(韻)，韻悠悠畫角絶(疊)，昏慘慘日西斜(韻)。曹丞相滿捧香醪他自將來，俺只在那馬上接(韻)。〔魯肅白〕贈君侯甚麽？〔關公白〕贈某家錦征袍，要賺某家下馬。〔魯肅白〕君侯可曾下馬？〔關公白〕那時某家在馬上，叉手躬身説：丞相嗄，恕關某不下馬來者。〔唱〕我卒律律刀挑錦征袍(讀)，某只待去也(韻)。我就坐雕鞍繫馳驟(讀)，人似飛蜨(韻)，没早晚不分一個明夜(韻)。〔魯肅白〕不分明夜，又行到那裏？〔關公白〕到了古城。〔魯肅白〕可曾會見令兄令弟麽？〔關公白〕俺大哥、三弟俱在城樓之上。〔魯肅白〕令兄可説甚麽？〔關公白〕俺大哥乃仁德之君，一言不發。〔魯肅白〕令弟呢？〔關公白〕俺三弟他就開言道：阿喲喲，你那紅臉的，你既降了曹，又來則甚呢？〔魯肅白〕君侯如何道？〔關公白〕俺百般樣分説，他只是個不信。大夫，〔唱〕好教俺渾身似口怎樣分説(韻)。腦背後將軍猛烈(韻)，那素白旗他明明標寫(韻)。〔魯肅白〕標寫甚麽來？〔關公白〕蔡陽索戰。〔魯肅白〕他與君侯無仇嗄。〔關公白〕咳，只因在黄河渡口斬了他外甥秦琪，因此提兵前來報仇嗄。〔魯肅白〕原來如此。〔關公白〕俺三弟他可不知：你那紅臉的，你既不降曹，爲何曹兵即至呢？〔魯肅白〕君侯怎麽説？〔關公白〕我説：三弟，你既疑我降曹，可開了城門，送了二位皇嫂車輛進城，助俺一支人馬，待俺立斬蔡陽。〔魯肅白〕令弟怎麽説？〔關公白〕俺三弟他粗中有細：咳，這話哄誰？開了城門，助你人馬，可不作了裏應外合麽？〔魯肅白〕這也疑得是。〔關公白〕大夫，他只這一句，説得俺抵口無言。我説：三弟，那城門呢也不要你開，人馬也不要你助，可念桃園結義分上，助俺三通戰鼓，待俺立斬蔡陽。〔魯肅白〕令弟怎麽樣？〔關公白〕俺三弟他就拍手呵呵大笑，説：好嗄，這個使得。〔作笑科〕這個使得。〔魯肅白〕那時君侯怎麽樣？〔關公白〕那時惱了某家的性兒，把二位皇嫂的車輛輾過一旁，三弟與俺擂鼓者。〔唱〕只聽得撲通通鼓聲未絶(韻)，不喇喇征鞍上驟也(韻)。卒律律刀過處似雪(韻)，人頭落也(韻)。〔魯肅白〕妙嗄。〔關公白〕那時開了城門，送了二位皇嫂車輛進城，大哥、三弟挽手而行。大夫，〔唱〕纔能勾兄弟哥哥便歡悦(韻)。〔魯肅白〕君侯適纔講的叫做什麽？〔關公白〕這叫做以德報德，以直報怨。〔魯肅白〕這就是以德報德，以直報怨。我想借物不還，謂之怨也。君侯習《春秋左傳》，通練兵書，匡扶社稷，救急顛危，可不謂之仁乎？待玄德公如骨肉，視曹操如寇仇，可不謂之義乎？辭曹歸漢，棄印封金，可不謂之禮乎？水淹下邳，手縛吕布，可不謂之智乎？想君侯仁義禮智俱全，咳，惜乎惜乎，只少一個信字。若得信字，完全五常之將，無出君侯之右也。〔關公白〕大夫，想某家未曾失信與人。〔魯肅白〕君侯焉能失信，令兄玄德公曾失信來。〔關公白〕俺大哥乃仁德之君，焉肯失信與汝？〔魯肅白〕當日賢昆仲敗於當陽，身無所歸，那時小官同孔明親見吾主，暫借荊州，爲養軍之資。今經數載不還。今日魯肅低情屈意，暫取荊州，待等倉廪豐盈，再讓與君侯掌管。魯肅不敢自專，諒君侯台鑒不錯。〔關公白〕大夫，你今日還是請某家飲酒？還是索取荊州？〔魯肅白〕酒也要飲，荊州也要取。〔關公白〕禁聲！〔唱〕

【雙角套曲·錦上花】我把你誠心兒待(句)。你將那筵宴來設(韻)，攀古覽今(句)，分甚麽枝葉(韻)。俺跟前使不得恁之乎者也(韻)，詩云子曰(韻)，但聞言只教恁挖口截舌(韻)。〔魯肅白〕孫劉結親，兩國正當和好。〔關公白〕可又來。〔唱〕有義孫劉自下翻成吴越(韻)。〔魯肅白〕什麽響？〔關公白〕劍響。〔魯肅白〕劍爲何響？〔關公白〕主人頭落地。〔魯肅白〕幾次了？〔關公白〕三次了。〔魯肅白〕第一？〔關公白〕斬熊虎。〔魯肅白〕第二？〔關公白〕誅卞喜。〔魯肅白〕第三？〔關公白〕第三莫非論着大夫？〔魯肅白〕言重。〔關公白〕大夫，某家出劍你休驚，廟堂之上顯英名。筵前索取荊州事，一劍須教你命傾。〔唱〕

【雁兒落】憑着你三寸不爛舌(韻)，休惱俺三尺無情鐵(韻)。你饑飡了上將頭(句)，渴飲的仇人血(韻)。

【得勝令】這的是龍在鞘中蟄(韻)，虎向坐間掘(韻)。今日個故友每重相見(句)，咳，休教俺弟兄每相見別(韻)。魯子敬聽者(韻)，你心下休驚怯(韻)。見紅日西斜(韻)，〔白〕周倉，〔唱〕吾當酒醉也(韻)。〔魯肅白〕軍士們，依計而行。〔内應科。將官、單刀手上，關公作擒魯肅科。呂蒙、甘寧白〕關公，有話好講，休得傷俺都督。〔周倉白〕有埋伏。〔魯肅白〕没有埋伏。〔關公白〕既没有埋伏，〔唱〕

【煞尾】恰怎生鬧炒炒(讀)那三軍列(韻)，有誰把俺擋攔者(韻)。擋着俺呵，則教他一劍身亡(句)，目前見血(韻)。你便有張儀口(句)、蒯通舌(韻)，那裏躲攔藏遮(韻)。恁且來來來，好好的送我到船上(句)，與你慢慢別(韻)。〔大船上。關平、關興小船上，水云隨上。關公白〕周倉，請大夫過船謝宴。〔周倉白〕嗄，請大夫過船謝宴。〔魯肅白〕不過船了。〔周倉白〕諒你也不敢過船。不過船了。〔關公白〕大夫受驚了。〔唱〕承款待(句)，多多承謝(韻)。則我這兩句話恁可牢牢記者(韻)：百忙裏稱不得老兄心(句)，急切裏分不得漢家業(韻)。〔白〕分付開船。〔各分下〕

第二齣 定蜀都群工勸進

〔雜扮堂候上，白〕桓桓群虎下成都，萬姓歡迎遮道途。盡説太平逢聖主，先須立業樹鴻圖。我等諸葛軍師府中堂候官是也。我軍師爲三顧之深恩，領六軍之重任，説吴伐魏而暗襲荆襄，破魯收超而明克川蜀，自起兵以來，處處望風瓦解。劉璋親捧版圖，詣門納降，百姓簞食壺漿，道途迎接。到得川中，規模焕然一新。若不早正大位，難服衆心。諸葛軍師幾次進諫，主公只是不允。爲此軍師托病不出，主公必自來親視，因爾先着我每請各位老爺到來，於中勸諫，以允其請。正是：欲立後漢偏安業，全仗鞠躬盡瘁賢。〔下。雜扮家將，隨生扮孔明上，唱〕

【仙吕宫引·望遠行】功成自喜(韻)，庶務已分綱紀(韻)。大業垂成(句)，何事尚虛天位(韻)。只恐衆志難違(韻)，怕是英雄氣餒(韻)，展轉頓叫人憔悴(韻)。〔白〕山人諸葛亮，自出茅廬以來，維持漢統，志在勤王。主上厚遇隆恩，奚啻推心而置腹，開誠布悃，果真下士以尊賢。委身于患難之中，受命于敗軍之際。山人身入江東，兵鏖赤壁，取荆襄而嫁禍于東吴。次收漢王，智定成都，取川隴而開基於西蜀。今者版圖日闊，四方輻輳之時，稼穡齊登，萬姓歡娱之日，若不及早定鼎，控制四方，只恐不足以收拾豪傑之心，迴挽英雄之志。故率領文武諸臣，連章勸進。奈主上堅執不允。昨日只得托病不朝，争柰計無所出，今早差人請各位將軍到此商議。正是：要扶炎漢千秋業，始遂平生一片心。〔下。净扮張飛、小生扮趙雲、生扮馬超、净扮黄忠、净扮魏延、末扮法正上，白〕玉帳牙旗得上游，安危須共主分憂。年少功高人最美，不媿生封萬户侯。〔張飛白〕今早軍師相招，不知有何計議。〔法正白〕列位將軍，軍師只因主公不准勸進表章，托病不朝，相邀我等，必有成算。〔張飛白〕某等與軍師、大家計議便了。〔衆白〕請。〔到科。堂候上，白〕衆位老爺到了麽？請少待，軍師有請。〔孔明上，白〕各位老爺到齊了？快請。〔相見科。孔明白〕請君賜顧，有失遠迎，得罪得罪。〔衆白〕適聞採薪，未暇問安，有罪有罪。〔孔明白〕不敢。偶爾違和，不足介意。咳，但心腹之疾，無藥可醫。〔張飛白〕軍師，這有何難？〔孔明白〕三將軍有何妙藥，乞賜刀圭。〔張飛白〕軍師，依俺老張呵，〔唱〕

【仙吕宫正曲・桂枝香】不須精細(韻)，何勞疑忌(韻)。〔白〕想俺大哥呵，〔唱〕不肯遠慮深圖(句)，只學那書生長例(韻)。這隨機應變(句)，這隨機應變(疊)，全然不會(韻)。爲今之計(韻)，〔合〕則除是犯天威(韻)，拼着個冒死來相强(句)，經權並濟爲(韻)。〔白〕軍師，今日待我勸進，管叫大哥不得不從。〔衆白〕不從待怎麽？〔張飛白〕我便以黄袍加體，背着大哥陞殿，軍師率領諸臣山呼，則大事定矣。〔孔明白〕將軍休要造次。〔堂候上，白〕禀上軍師，主上親來問疾。〔孔明笑科，白〕妙哉妙哉，大事濟矣。〔衆白〕敢問軍師，計將安出？〔孔明白〕且請衆位在屏風後暫躲片時，聞彈屏風之聲，便齊出山呼便了。〔張飛白〕這是甚麽意

思？〔孔明白〕少停便知。〔衆應科，下。孔明卧科。雜扮手下，引生扮劉備上，唱〕

【又一體】通宵無寐㊀韻，意驚心悸㊀韻。端只爲軍國重務躊躕㊀句，又遇着軍師災疾㊀韻。〔白〕方纔聞説軍師疾篤，不及乘馬，徒步而來，兀的不唬殺我也。〔唱〕中心暗想㊀句，中心暗想㊀疊，鞋禁珠淚㊀韻，教人悲涕㊀韻。〔合〕他繫安危㊀韻，〔白〕倘有差池呵，〔唱〕心膂誰堪托㊀句，使江山何所依㊀韻。〔見科，孔明作病不語科，劉備白〕軍師偶爾違和，何乃至此？ 乞道其詳。〔孔明白〕主公，臣憂心如疚，不久人世了。〔劉備白〕吉人天相，不須過慮。〔孔明白〕願主公早正大統，掃平逆亂，以愜輿情，臣死之日，猶生之年也。〔劉備白〕軍師何出此言？〔孔明白〕主公如此，臣死必矣。 願主公無復以臣爲念也。〔劉備白〕軍師差矣。 備辛苦流離，死生存殁，以成此勢者，蓋爲國家起見，所以舉此大義耳。 今欲陷以不義之地，是何見也？〔孔明唱〕

【又一體】當今時勢㊀韻，鼎分雄峙㊀韻，怎道得恪謹尊王㊀句，做一個靖供臣職㊀韻。〔白〕主公若守小經，不行大權，則中興無日。 不但事業堪悲，亦有負獻帝所托。〔唱〕時乎不再㊀句，時乎不再㊀疊，堂堂名義㊀韻，何須拘泥㊀韻。〔合〕怕衆難違㊀韻。 都道是四海紛無主㊀句，齊作了良禽擇木棲㊀韻。〔白〕主公若不早從衆權，不但諸葛亮死於此時，即諸葛貞亦當引去矣，望主公詳察。〔劉備白〕軍師且調攝貴體。〔孔明白〕臣有何病？ 蒙殿下恩准，不但臣病立痊，亦蒼生之幸也。 諸君何在？ 主公已准所請。〔衆應科，上，作叩拜山呼科。 劉備白〕列位，依吾之意，但當建國稱王，若必稱帝，備當效魯仲連赴東海而死耳。

〔孔明衆白〕千歲千歲千千歲！〔劉備笑科，白〕軍師與列位，劉備素有匡扶之志，竟成如此之名。〔孔明衆白〕主公，雖然疑謗且自由人，須知此心不可少懈。逆賊授首之日，明志何難。〔劉備白〕諸君執意如此，劉備將來作人之口寔矣。〔孔明白〕法孝直可速建受命台，明日吉辰，請主公即位。〔法正應，下。衆白〕擺齊鑾駕，請主公還宫。〔衆扮侍衛、傘夫、推輦人上。劉備乘輦，衆同唱〕

【雙調集曲·雙令江兒水】看三分地利(韻)，論英雄能有幾(韻)。人和業廣(句)，把恩猛均齊(韻)，政文修武備期(韻)。至德可安黎(韻)，平成必肇基(韻)。天保如茨(句)，景兆維祺(句)，這鴻圖定命有誰可擬(韻)。笑只笑奸曹可嗤(句)，怎知俺聖人御世(韻)，看指日膚功干羽移(韻)。〔同下〕

第三齣　允請郊天

〔雜扮四堂候，末扮法正上，唱〕

【仙呂調·點絳唇】帝載重光(韻)，皇猷辰放(韻)。郊壇上(韻)，矞矞皇皇(韻)。看火德衰還王(韻)。〔白〕垓墠崔巍拂彩虹，虞韶迭奏五雲中。車書一統從今始，疑瑱垂旒治化隆。下官法正是也。我主公既得荆襄，又定川隴，軍師率領群臣，請主公應天順人，早登王位。主公堅執不准，章十餘上，方纔俯從。軍師着我在城南築起高台，預備郊天即位。道言未了，百官來也。〔虚下。生扮孔明，净扮張飛、黄忠，小生扮趙雲，生扮馬超上，合唱〕

【又一體】際會明良(韻)，太平有象(韻)。河山壯(韻)，國祚雲長(韻)。今日裏邀天貺(韻)。〔孔明白〕某諸葛亮。〔張飛白〕某張飛。〔趙雲白〕某趙雲。〔黄忠白〕某黄忠。〔馬超白〕某馬超。〔孔明白〕今日主公郊天即位，我等須索伺候。〔衆白〕軍師言之有理。〔孔明白〕疆宇即今成鼎足，〔衆白〕風雷此際看龍飛。〔下〕

第四齣　西蜀正位

〔衆扮魏延、譙周、費詩、嚴顔、諸葛瞻、張苞、黄源、馬峻、趙統，引生扮劉備上，唱〕

【南北合套·醉花陰】非是俺换日移天把帝圖攘(韻)，嘆中原都歸人掌(韻)。奸曹操執國政抗王章(韻)，更孫權雄據長江(韻)。漢天子擁虚器在朝廷上(韻)。〔白〕帝室凌夷神器懸，奸權竊柄欲偷天。支分玉牒同休戚，敢續劉宗四百年。我劉備自涿郡起兵以來，本欲與朝廷掃蕩群雄，維持社稷。不料巨奸竊命，我只得奔走四方，希圖尺寸之功，以清君側。乃曹操奸惡日甚，幽囚天子，戕害后妃，逆跡已彰，不久魏王便爲魏帝矣。我欲奉行天討，伐罪救民，軍師率領群臣屢屢勸進，我待要不從，又恐失了衆心，反致涣散，只得勉從所請，再圖大舉。〔衆白〕請主公駕臨南郊。〔劉備白〕分付起駕。〔傳科。雜扮侍衛上，衆合唱〕

【南北合套·畫眉序】法駕擁笙簧(韻)，黄屋鸞驂自天降(韻)。有皇麾前導(讀)，帗羽分行(韻)。欸欸的雉扇雲移(句)，袅袅地龍旂風颺(韻)。〔合〕沿途花鳥迎仙仗(韻)，萬姓同瞻新象(韻)。〔到科。孔明、張飛、趙雲、黄忠、馬超、法正、衆文武官上，跪接科。孔明白〕就請郊天。〔内作樂。雜扮禮生上，贊禮科，劉備行禮科，唱〕

【南北合套·喜遷鶯】國步艱炎劉淪喪(韻)，國步艱炎劉淪喪(疊)。俺雖是旁枝兒系出天潢(韻)，因此上告蒼蒼(韻)，俺今日叨居人上(韻)，卻不是自大稱尊那夜郎(韻)。心兒想(韻)，要恢復劉家故壤(韻)。敢黃琮蒼璧薦這馨香(韻)，敢黃琮蒼璧薦這馨香(疊)。〔孔明白〕吉時已屆，就請即位。〔內作樂。劉備上台科，孔明白〕臣諸葛亮率領大小文武諸臣朝參，願主公千歲千歲千千歲！〔劉備白〕孤薄德菲躬，謬承推戴，只恐輿情未愜，有虛其位耳。〔衆白〕主公聖子神孫，文謨武烈，上合天命，下愜人情，殷之湯、周之武不能過也。〔衆合唱〕

【南北合套·畫眉序】神武類高皇(韻)，翦棘披荆奠輿壤(韻)。是祖功宗德(讀)，源遠流長(韻)。承景運御六乘乾(句)，綿世澤開來繼往(韻)。〔合〕當年光武誅新莽(韻)，今日大勳一樣(韻)。〔劉備白〕孤之得有斯土，皆諸卿之功也。軍師諸葛亮其晉位丞相，封武鄉侯，贊拜不名，劍履上殿。〔孔明白〕千歲。〔劉備白〕關雲長晉封荆襄王、義虎大將軍，總督諸路兵馬。即差費詩到荆州，賫勅寶宣諭。〔費詩白〕領旨。〔劉備白〕張飛晉封東川王、猛虎大將軍，行前將軍事。〔張飛白〕千歲。〔劉備白〕趙雲晉封正定侯、威虎大將軍。〔趙雲白〕千歲。〔劉備白〕黃忠晉封長沙侯、飛虎大將軍。〔黃忠白〕千歲。〔劉備白〕馬超晉封西涼侯、彪虎大將軍。〔馬超白〕千歲。〔劉備白〕法正授蜀郡太守。〔法正白〕千歲。〔劉備白〕嚴顏授鎮蜀將軍。〔嚴顏白〕千歲。〔劉備白〕魏延授征西大將軍。〔魏延白〕千歲。〔劉備白〕譙周授太史令。〔譙周白〕千歲。〔劉備白〕費詩授前部司馬。〔費詩白〕千歲。〔劉備白〕簡雍、孫乾等及出守將佐，另行封賞。

諸葛丞相之子諸葛瞻等聽封：念卿等之父功勞蓋世，輔助皇圖，今封爾等爲郎，以傳世澤。諸葛瞻封爲安漢郎，關興封爲蜀寧郎，張苞封爲忠勇郎，趙統封爲世澤郎，黄源封爲建威郎，馬峻封爲著節郎。〔諸葛瞻、張苞、趙統、黄源、馬峻白〕千歲。〔劉備唱〕

【南北合套·出隊子】俺不是私心偏向(韻)，没來由把封號將(韻)。也只是卿家(讀)功績炳旂常(韻)，可知道賜履分圭非濫觴(韻)，怎的不鐵券盟言天府藏(韻)。〔孔明白〕大典告成，請主上還宫。〔衆排駕，劉備上輦，衆隨行遶場科。衆同唱〕

【南北合套·神仗兒】燔柴初享(韻)，燔柴初享(疊)。碩德豐功(句)，承天爵賞(韻)。此際此際慶流寰壤(韻)。翠華回也(句)，風恬日朗(韻)。咸引領覲休光(韻)，咸拜手頌龍光(疊)。〔到科。劉備下輦。雜扮内侍、宫女、太監上。劉備升殿，衆跪拜科，白〕臣等朝賀，願主公千歲千歲！〔内侍白〕平身。〔劉備白〕擺宴過來。〔衆白〕臣等謝坐。〔各依次坐科。内侍傳送酒，衆飲科。劉備唱〕

【南北合套·刮地風】喜呀則這玉椀盛來琥珀光(韻)，卻不是玉液天漿(韻)，是太和元氣氤氲釀(韻)，美酣酣周浹徬徨(韻)。① 今日個喜氣一堂(韻)，恰便是九醖流香(韻)。那王母樽(句)、麻姑甕(句)，總成虚謊(韻)。俺元首康(韻)、股肱良(韻)，便醉也又何妨(韻)。〔白〕内侍，宣世子上殿。〔内侍白〕領旨。〔宣科。小旦扮世子上，

---

①「浹」，原作「決」。

白〕青宫方侍膳，内殿忽聞宣。〔衆旁站科，劉備白〕今日與丞相及五虎大將軍等飲宴，世子代孤行酒。〔世子白〕領旨。〔衆白〕臣等荷蒙厚恩，宣入内殿飲宴，已叨異數。世子行酒，臣等不敢。〔劉備白〕諸卿與孤情同骨肉，何必過遜。〔世子送酒，衆跪飲科。合唱〕

【南北合套・鬭雙鷄】聖恩如天(句)，大施德廣(韻)。既承恩難自强(韻)，設官定職分符掌(韻)。自慚無狀(韻)，鵷鷺序列朝堂上(韻)。〔劉備白〕擺駕還宫。〔衆應科，劉備唱〕

【南北合套・古水仙子】呀呀呀(格)，喜氣揚(韻)。呀呀呀(格)，喜氣揚(疊)。好好好(格)，好看他玉殿千官列鵷鷺行(韻)。聽聽聽(格)，聽簫韶奏響(韻)。一一一(格)，一個個飲瓊漿(韻)。看看看(格)，看儀庭雙鳳凰(韻)。獻獻獻(格)，獻乘時啟泰嘉祥(韻)。那那那(格)，那敢謂奉天承運(讀)，天子正當陽(韻)。是是是(格)，是拒吴伐魏不相讓(韻)。俺俺俺(格)，俺可也勉從人願暫稱王(韻)。〔衆内侍引劉備等下。各起科。衆同唱〕

【煞尾】但願得戢干戈(讀)，萬里乾坤朗(韻)。衍劉宗誅魏僭前平吴壤(韻)，一統山河歸漢掌(韻)。〔分下〕

第五齣　聖武式昭華夏震

〔衆扮軍校、軍士，雜扮糜芳、傅士仁、廖化、關平、馬良、伊籍、周倉、關興，引淨扮關公上，唱〕

【雙角套曲·五供養】心向日句，氣沖天韻。俺弟兄隻手空拳韻，爲國家句，竭蹶定坤乾韻。寒盡了奸臣句，覬覦膽句，要接續這漢家貽燕韻。天若隨人願韻，可早把河山一統句，也博個帶礪千年韻。〔白〕某鎮守荆州。這荆州東接孫權，北連曹操，乃諸路之津要，爲西蜀之咽喉，非有將才，未易坐鎮。〔衆將白〕君侯自鎮守以來，控馭有方，張弛合度。東吴不敢攖鋒，北魏不敢仰視。千秋良將，無出君侯之右矣。〔關公白〕不是這等説。〔唱〕

【新水令】休將虚譽浪喧傳韻，那些兒功成業建韻。有心扶北闕句，無計擴西川韻。今日個株守年年韻，怎能彀掃氣埃歌清宴韻。〔白〕爲治之道，安不忘危，治不忘亂。今雖無事，豈可偷閑。關平，〔關平應科，關公白〕我教你七曜陣法，可曾諳練？〔關平白〕謹遵鈞令，帶領軍兵已操練精熟。〔關公白〕你可帶領軍兵到教場，將七曜陣用心操演一番。〔關平白〕衆軍兵，到教場操演七曜陣者。〔内應。内作樂。衆引關公到教場，關公白〕分付開操。〔關興、周倉傳應科。雜扮四鼓角士，持鼓角上，分侍作鼓角聲。衆將

引衆軍校上，擺七曜陣科，同唱〕

【又一體】雕戈淬鍔陣花圓㊀韻，散光華天文晴絢㊀韻。雙丸隨隱燿㊀句，五緯總鈎連㊀韻。進退周旋㊀韻，都合着璇璣轉㊀韻。〔演陣畢，關公白〕果然好陣法也。〔衆唱〕

【雙角套曲·攪箏琶】開生面㊀韻，地上渾天圓㊀韻。震若轟雷㊀句，疾如飛電㊀韻，欲斷卻還連㊀韻。伐鼓淵淵㊀韻，操演㊀韻，風雲變態有萬千㊀韻，名不虛傳㊀韻。〔白〕吩咐收陣。〔衆應，分下〕

第六齣　王猷久塞九襄開

〔軍士引費詩上，同唱〕

【雙角套曲·慶宣和】鳳嘴銜書下九天（韻），快着先鞭（韻），好向荆門去傳宣（韻）。封典（韻），封典（疊）。

〔白〕下官前部司馬費詩是也，奉漢中王令旨，賫捧誥命，前赴荆州通報。〔軍士白〕旨意到。〔衆軍校、衆將引關公上，軍校白〕旨意到。〔關公迎科，費詩白〕主上有旨，加公荆襄王，爲五虎大將軍之首，領前將軍，假節鉞，都督荆襄九郡事。關興爲蜀寧郎，領兵進取樊城，功成之日另頒爵賞，回朝謝恩。〔關公唱〕

【雙角套曲·鴈兒落帶得勝令】君德大如天（韻），臣力綿如線（韻）。那裏有九州方伯才（句），枉擔承五虎將軍眷（韻）。呀（格），雖則與老卒號齊肩（韻），卻不道五位我居先（韻）。不能把漢室從新建（韻），免不了心旌一片懸（韻）。年也波年（韻），問何日清郊甸（韻）。天也波天（韻），怎生的把忠義全（韻），怎生的把忠義全（疊）。〔費詩白〕大將軍懋建奇功，聲靈赫濯，吴魏不足平也。〔關公白〕謬贊了。看酒來，與大人洗塵。〔費詩白〕王命在身，不敢久留，就此告別。〔關公白〕恕不遠送了。〔衆軍士引費詩下。關公白〕糜芳、傅士仁過來。〔糜芳、傅士仁白〕在。〔關公白〕你二人飲酒失火，有干軍令。今糜芳去守江陵，傅士仁去守公安，倘有差遲，二罪並罰。〔二人應下。關公白〕周倉傳衆將聽令。〔衆兵上，關公白〕衆將官聽令：某家奉旨進取樊城，着廖化爲先鋒，關平爲副將，馬良、伊籍爲參謀，某家自總中軍。〔唱〕

【雙角套曲·甜水令】少什麼蔽日蜺旌(句)，震天鼉鼓(句)，追風鶻箭(韻)，點雪豹文韀(韻)。怎當俺大節凌雲(句)，雄心逐日(句)，威光掣電(韻)。怕不的折鋭摧堅(韻)。〔白〕周倉，就此放砲起營。〔周倉傳科，衆吶喊科，同唱〕

【折桂令】一軍中百倍歡闐(韻)。荷戟提戈(句)，躍馬揮鞭(韻)。正正堂堂(句)，整整齊齊(句)，翼翼綿綿(韻)。白茫茫漢水連天(韻)，望迷離澤雨湘煙(韻)。莫慢遲延(韻)。過了江皐(句)，便是樊川(韻)。〔關平白〕啟父王，前面已近樊城了。〔關公白〕就此安營。〔衆應科，同唱〕

【離亭宴煞】連營迤邐如龍偃(韻)，長旌飄颺隨風轉(韻)，圍着這中軍綉幰(韻)。那月色兒孤(句)，風聲兒急(句)，江濤兒捲(韻)。越覺得(句)，軍容顯(韻)。待掃樊城兵燹(韻)，功勞兒共峴山高(句)，聲名兒同漢江遠(韻)。〔同下〕

第七齣　攻襄郡大隊奪門

〔衆扮軍士、將官，衆扮滿寵、翟元、夏侯存，净扮曹仁上，唱〕

【仙呂調・點絳唇】北接關中(韻)，南連雲夢(韻)。河山聳(韻)，扼要居衝(韻)，會把荆師控(韻)。〔白〕嘗飽食牛志，還餘射虎威。劍門無計入，魂傍杜鵑飛。俺曹仁奉魏王之命，同參謀滿寵，將軍翟元、夏侯存等鎮守襄陽，一面檄孫權領兵水路接應，共取荆州。昨差能行探子前去打聽荆州消息，待他回來，便知分曉。〔雜扮報子上，進見科，白〕報將軍得知：關公令廖化爲先鋒，關平爲副將，馬良、伊籍爲參謀，自總中軍，殺奔襄陽來了。〔曹仁白〕知道了，再去打聽。〔探子白〕得令。〔下。曹仁白〕衆將官，就此起兵迎敵。〔滿寵白〕且住。關公勇而有謀，未可輕敵，不如堅守，乃爲上策。〔夏侯存白〕此書生之言也。豈不聞水來土掩，將至兵迎。我軍以逸待勞，必獲全勝。關公雖智勇，何足懼哉。〔曹仁白〕夏侯將軍之言是也。參謀可守樊城，我自領兵迎敵。〔滿寵應，暗下。曹仁白〕就此殺上前去。〔應科。上馬同唱〕

【正宮正曲・普天樂】繡旗開軍威重(韻)，畫角鳴軍聲閧(韻)。人都佩寶劍雕弓(韻)，裊絲鞭玉勒花驄韻。〔合〕呀(格)，前呼後擁(韻)，威風似我儂(韻)。更怕誰行(讀)，來犯英鋒(韻)。〔同下。雜扮衆將、軍卒引關公上，唱〕

【中呂宮隻曲・朝天子】過山重水重(韻)，見花濃柳濃(韻)，忙中且把閑心用(韻)。雖饒雅致(句)，曾無惰容(韻)，大將軍偏尊重(韻)。〔白〕某奉漢中王令旨，起兵去取襄樊。關平、廖化聽令：汝二人前去截戰曹仁，須先挫其鋭氣，然後詐敗佯輸，引他深入，看某家相機先取襄陽也。〔唱〕你纔將敵攻(韻)，還將敵縱(韻)，放鬆(韻)。相機宜憑咱智勇(韻)，憑咱智勇(疊)，管教他把襄陽送(韻)，管教他把襄陽送(疊)。〔衆白〕得令。〔衆分下。衆引曹仁、翟元上，唱〕

【正宮正曲・普天樂】峴山前旌旗擁(韻)，鳳林邊刀鎗聳(韻)。一箇箇抖擻英風(韻)，要思量對敵衝鋒(韻)。〔合〕呀(格)，前軍摧動(韻)，後軍迤邐從(韻)。準備鐃歌(讀)，先奏虜功(韻)。〔關平、廖化引衆圍繞，曹仁白〕汝等無故犯我襄陽，是送死也。怏怏投降，免受誅戮。〔關平、廖化白〕休得胡説，放馬過來。〔與曹仁殺科。翟元接戰，斬翟元下。關平戰夏侯存科。曹兵敗下，關平白〕衆將官，與我追上前去。〔唱〕

【中呂宮隻曲・朝天子】望塵沙蔽空(韻)，隔雲山幾重(韻)。一心要趕上曹家衆(韻)。金鞭提起(句)，絲韁放鬆(韻)，騁驊騮如風送(韻)。前途已窮(韻)，後追難縱(韻)，急攻(韻)，休疑休恐(韻)，休疑休恐(疊)。放不得些兒空(韻)，放不得些兒空(疊)。〔下。衆軍士、將官引曹仁上，同唱〕

【正宮正曲・普天樂】急煎煎追兵猛(韻)，吠淫淫逃兵哄(韻)，止不住心上忡忡(韻)，由不得脚下匆匆

（韻）。〔白〕荊州兵甚是驍勇，不可輕敵，只好暫守襄陽，且待救兵到來，再作道理。軍士們，與我退守襄城者。〔衆應，同唱。合〕呀（格），名門將種（韻），韜鈐到此窮（韻）。突陣將軍（讀），倒作了落後先鋒（韻）。〔衆軍校引關公、周倉從下場門沖上，截住科，關公白〕曹仁那裏走，俺關某等你多時了。〔曹仁驚科，白〕關公兵氣倍常，敵他不過，不如且奔樊城。〔周倉白〕來將又不出馬對敵，只是遲疑。若要投降，速速下馬。〔曹仁白〕無名小卒，多講！〔與周倉戰科。曹仁衆敗下。周倉白〕啟將軍，曹仁敗奔樊城。〔關公白〕不必追趕，進兵且破襄陽。〔唱〕

【中呂宮隻曲・朝天子】他往樊城避鋒（韻），俺向襄城繫攻（韻），教他彼此難兼控（韻）。襄城既拔（句），樊城自從（韻），有後先非輕縱（韻）。〔關公白〕吩咐豎起雲梯，打破襄陽城者。〔八軍士豎雲梯，作爬城科。開門，衆將進城，關公唱〕教他無天可通（韻），入地還無縫（韻）。一重（韻），一重重圍如鐵桶（韻），圍如鐵桶（疊）。撼得他城垣動（韻），撼得他城垣動（疊）。〔趕滿寵同衆軍作出城敗下，從下場門下。夏侯存殺上，唱〕

【正宮正曲・普天樂】美髯公稱神勇（韻），俺夏侯存先惶悚（韻）。待和他去決箇雌雄（韻），怕殺人偃月青龍（韻）。〔合〕呀（格），況軍如潮湧（韻），曾無路可通（韻）。怕不今番（讀），失了金墉（韻）。〔關平沖上，白〕來將，快將襄城獻上，饒你一死。〔夏侯存白〕休出大言，看鎗。〔周倉接戰，夏侯存敗下。關平追曹兵下。夏侯存白〕守城軍士，快快與我開門。〔城上揚關公旗號。夏侯存見科，白〕不好了，襄城已失，吾命休矣。〔關平追上，白〕夏侯存，往那裏走！〔與夏侯存戰科。關平斬夏侯存下。衆軍引關平、廖化、周倉、關公進城科，同唱〕

【中呂調隻曲·朝天子】想當初寄蹤㊀，在景升故宫㊀，夫人搆禍把江山送㊀。巍巍百雉㊁，都歸曹籍中㊀。笑豚兒全無用㊀。〔關公白〕襄陽已克，明日進取樊城便了。吩咐衆軍，就在襄陽城安營。〔衆同唱〕堂堂的總戎㊀，被曹瞞作弄㊀、擒縱㊀。笑而今都成幻夢㊀，笑而今都成幻夢㊂。還歸我炎劉貢㊀，還歸我炎劉貢㊂。〔同下〕

第八齣　救樊城小軍昇櫬

〔衆扮軍士、將官，衆扮八將、于禁、龐德、程昱、華歆，净扮曹操上，唱〕

【南吕調套曲·一枝花】秋高庭院凉(韻)，曉起神情爽(韻)。思歸紅葉渡(句)，擬返白雲鄉(韻)。争奈有事疆場(韻)，空少伯三秋舫(韻)，負西施六月粧(韻)。幾時把西蜀東吴(句)，盡情兒一朝掃蕩(韻)。〔白〕生子當如孫仲謀，曹仁意欲瞰荆州。果收滅蜀吞吴烈，我又何難世外遊。孤因關公雄據荆州，不無窺伺，曾命曹仁往襄樊鎮守，就近隄防。恰好孫權約孤同取荆州，平分疆土，孤已遣滿寵往參曹仁軍士去了。這時侯敢待有好音來也。〔外扮差官上，白〕道長頻計日，心急儘加鞭。〔見科〕差官叩頭。〔曹操白〕到此何事？〔差官白〕關公攻打襄陽，我軍屢敗，翟元、夏侯存並爲所殺，士卒大半死在襄江，襄陽失守，曹將軍退守樊城，關公渡江攻擊，我軍又敗，馬步兵折了一半，現在被圍，勢在危急，望速撥大將前去救援，若少遲滯，樊城又不保矣。〔曹操白〕知道了，且去歇息。〔差官應科，下。曹操白〕襄樊唇齒也，襄陽既失，樊城自不可支。〔視諸將科〕誰堪解圍克敵？嗄，于將軍、龐將軍過來。〔于禁、龐德應科，曹操白〕樊城之行，非你二人不可，今加于將軍爲征南將軍，龐將軍爲征西都先鋒。孤有七軍，皆强壯精練之士，汝等領去調用。各整行李，即刻起程。〔于禁、龐德應科，下。程昱白〕啟主公：龐德乃馬超之將，今其故主在蜀，職居五虎將軍，況其弟龐柔亦在蜀爲官，若使德爲先鋒，是潑油救火也，盍三思之。〔曹操白〕是嗄，我到忘了，快唤龐德轉來。〔軍士白〕龐將軍請轉。〔龐德上，見科，白〕主公唤德轉來，有何吩咐？〔曹操白〕孤思另選先鋒耳。〔龐德白〕主公爲何臨敵疑將？恐非用兵所宜。〔曹操白〕汝弟現爲敵用，孤縱不疑，奈衆口何。〔龐德白〕德感主公知遇，豈有異心。今既見疑，請舁櫬而去，勝則舁敵首，敗則舁吾屍，必不空回，致負恩遇。〔曹操笑科，白〕孤素知卿忠義，前言特以安衆人之心耳。卿可黽勉建功，卿不負孤，孤亦必不負卿也。須信西南事可圖，疾馳鐵馬出天都。〔龐德白〕殺身報國生平志，才是人間大丈夫。〔分下。衆扮七偏將領七枝兵，將扮董衡、副扮董超上，分白〕馬掛征鞍將掛袍，柳稍枝上月兒高。男兒要掛封侯印，腰下常懸帶血刀。某都將董衡是也。某偏將軍董超是也。你我奉魏王令旨，隨于、龐二位將軍去救樊城，須索參見。你看，二位將軍早已來也。〔于禁上，白〕將軍若個甘爲虜，〔龐德上，白〕勇士何曾怯喪元。〔董衡、董超白〕末將董衡、董超帶領頭目人等參見。〔于禁、龐德白〕二位將軍少禮，兵馬器械可曾齊備？〔董衡、董超白〕齊備了。〔于禁、龐德白〕就此起兵前去。〔衆應科，各持兵器械上，馬纛隨上，同唱〕

【南呂調套曲·梁州第七】束軍裝寶鞘花函(句)，壯軍容棘矢檀槍(韻)。日光射甲犀文晃(韻)。一鞭驕馬(句)，飽啖風霜(韻)。一聲刁斗(句)，冷沁肝腸(韻)。過了些野渡橫塘(韻)，見了些衰草斜陽(韻)，聽了些鴈叫蛩吟(句)，賞了些風清月朗(韻)。〔衆白〕啟將軍，離樊城不遠了。〔于禁白〕龐將軍，我與你分兵而進，就此安營。〔衆應科，同唱〕喜前途將達南漳(韻)。心狂(韻)、技癢(韻)，雄圖將欲從今昉(韻)。安排擊鼓揚幢(韻)，豹質熊姿列鴈行(韻)，我武維揚(韻)。〔于禁帶四軍、一將纛下。龐德白〕董將軍可急造一木櫬，舁至軍前聽令。〔董超應科，下。龐德唱〕

【南呂調套曲・賀新郎】此心直可對蒼蒼(韻)，舍不得這顆頭顱(句)，怎號忠良(韻)。來朝舁櫬沙場上(韻)，和破釜沉舟一樣(韻)，遊魂付刀劍鋒鋩(韻)。但知全節義(句)，何暇計存亡(韻)。果能得嗣雲蛇響(韻)，身如山嶽重(句)，名共地天長(韻)。〔董超上，白〕啟將軍，木櫬造成了。〔龐德白〕衆將官聽吾吩咐：吾去與關公決戰，吾若被他所殺，汝等即取吾屍置此櫬中；我若得勝，即置敵首于此櫬，回獻魏王，不得有誤。〔衆將白〕將軍如此忠勇，某等敢不奮勇相助。倘有蹉跌，某等必與將軍復仇。〔龐德白〕就此殺上前去。〔同唱〕

【南呂調套曲・梧桐樹】誥朝臨敵壤(韻)，拚起血元黃(韻)。俺這裏抬將凶器不嫌喪(韻)，越顯得心兒壯(韻)。〔下〕

第九齣　守樊士卒無生氣

〔衆扮七曜陣兵將、周倉、關平、廖化，引净扮關公上，同唱〕

【南呂調套曲・牧羊關】俺只見颯颯黃嘶樹(句)，漭漭白皺江(韻)，冷颼颼暗送清涼(韻)。似這般氣爽天高(句)，俺可又馬壯人强(韻)。金飈凝殺氣(句)，銳志在興王(韻)。擬向秋風裏(句)，揮刀戰幾場(韻)。〔雜扮報子上，白〕報：曹操差于禁、龐德帶領七枝重兵前來，先鋒龐德抬一木櫬，誓與將軍決一死戰。〔關公白〕再去打聽。〔報子白〕得令。〔下。關公白〕關平、廖化聽令，你二人帶七曜陣兵將擺開陣勢，待某家親擒龐德者。〔衆應科。内鳴鼓角。關平、廖化帶兵將擺七曜陣科，同唱〕

【南呂宮套曲・紅芍藥】只俺七曜陣無雙(韻)。天地包藏(韻)，五星五位各相當(韻)。日月輝煌(韻)，休傷驚死何常(韻)。敢笑他演奇門遁甲荒唐(韻)。只教他提戈躍馬到中央(韻)，便白晝也昏黃(韻)。〔龐德衆上，關平出陣，白〕背主賊，敢是前來納命麼？〔龐德白〕汝乃疥癩小兒，吾不殺汝，快喚汝父出來。〔關平白〕休得胡説，看刀。〔戰科。關平進陣。關公出陣，與龐德戰科，唱〕

【南呂宮套曲・菩薩梁州】則我這雪片也似刀槍(韻)，雲屯也的旗障(韻)。天平的戰場(韻)，只要的兩敵相當韻。猛聽得一聲吶喊習池傍韻，三通鼓角樊江上韻，使精神讀，示威壯韻。東撞西衝各自忙韻，定不得成敗興亡韻。〔戰科。于禁帶七軍，同龐德共入七曜陣圍戰科。于禁、龐德帶七杖兵敗下。七曜軍白〕曹兵大敗。〔關公白〕收軍回營。〔衆應科，同唱〕

【南呂宮套曲・玄鶴鳴】秋水凈寒江韻，秋花帶夕陽韻。只覺歸途爽韻，驅馬踏康莊韻。更耳畔鐃歌清亮韻。此際相看士氣揚韻，管叫平靜句，漢江風浪韻。〔雜扮報子上，白〕報：于禁將七杖兵移在樊城北十里下寨。〔關公白〕知道了，再去打聽。〔報子應科，下。關公白〕關平、廖化，你二人隨我上山一望。〔關平、廖化應科，關公白〕吩咐衆軍，就在此安營。〔衆應下，同唱〕

【南呂宮套曲・烏夜啼】停驂翠巘丹崕上韻，豈無端陟彼高岡韻，眼前形勢一一勞吾想韻。這簇簇荒莊韻，淼淼長江韻，重重烟樹更微茫韻，層層雉堞偏雄壯韻。俺心兒裏繪一幅樊城像韻，不須絢染句，別俱弛張韻。〔關公白〕廖化。〔廖化白〕有。〔關公白〕樊城北十里山谷，是何地名？〔廖化作望科，白〕是罾口川。〔關公喜笑科，白〕于禁被吾擒也。〔關平白〕請問父王何以知之？〔關公白〕魚入罾口，豈能走乎？傳令預備船筏、收什水俱聽用，就此回營。〔同唱〕

【煞尾】看看月照長空朗韻，催不得山路崎嶇歸路長韻。俺一邊走一邊想韻，入罾魚將安往韻。俺只待秋雨兒霖秋水兒長韻，準備下船收拾下槳韻，順西風句，去決了隄防韻，不怕他赬尾的魚兒掙破了綱韻。〔同下〕

第十齣　舁櫬先鋒有死心

〔衆扮七軍等引于禁、龐德、成何上，唱〕

【仙呂宮引·劍器令】戰罷擁戈矛(韻)，據險要驅兵罾口(韻)。〔龐德唱〕叵耐他偃旗息鼓(句)，幾時克敵宣猷(韻)。〔于禁白〕千里提戈勇絶倫，豈期更遇絶倫人。〔龐德白〕甘將寶劍酬知遇，誰是黄金鑄就身。〔于禁白〕小將于禁是也。〔龐德白〕小將龐德是也。〔于禁白〕龐將軍，關公智勇雙全，未可輕敵，不如謹守，相度機宜。若孟浪進兵，正恐有失。〔龐德白〕于將軍何重視關公也。如今若統七軍，一擁殺入寨中，則關公可擒，樊城之圍可解。〔于禁白〕主公有令，不可造次進兵，相機緩圖，乃爲上策。〔龐德白〕兵貴神速。彼不出戰，怎得成功？〔于禁白〕主公之令不可不遵，況關公呵，〔唱〕

【仙呂宮正曲·風入松】英風千古罕人儔(韻)，震華夏名高北斗(韻)。看他青龍赤兔衝鋒候(韻)，眼底下更將誰有(韻)。須迴避漢壽亭侯(韻)，今日里且休休(韻)。〔關公内白〕大小三軍，與我決隄放水者。〔内吶喊科。衆扮水雲，持水切末上，圍遶衆曹兵科。于禁、龐德白〕不好了。〔衆曹兵作渰入水内喊科，白〕救人哪！救人哪！〔于禁、龐德白〕衆將官可速上小山避水。〔衆應科，各作上山科。衆曹軍作漂没科，從地井下。扮衆軍校、大將乘船，關公作船頭上圍科。衆兵將放箭，衆曹兵着前，叫苦投降。關公白〕既願投降，不可放箭。〔衆兵船分，于禁白〕小將于禁情願投降。〔關公白〕可卸了甲胄者。〔周倉上山。于禁等應，卸甲胄科。周倉拿于禁上船，關公白〕軍士們將于禁等拘入船中，載回發落。龐德爲何不來？〔龐德白〕哈，吾受魏王厚恩，豈肯偷生作鼠輩行徑。成何過來，汝可奮勇當先，決一死戰。〔成何白〕得令。來將休小覷人，俺成何來也。〔關公箭射成何，落水死，下。龐德白〕阿喲，成何又被射死，如何是好。①〔唱〕

【仙吕宫正曲·風入松】弓弦響處矢其捜㊇，冷趷蹬成何仰後㊇。七軍盡入馮夷袖㊇，好叫我不堪回首㊇。〔白〕罷罷，〔唱〕拚得個身葬東流㊇，且奪取敵人舟㊇。〔龐德跳入小船，周倉踢龐德落水，關公白〕周倉深知水性，下水擒之。〔周倉下水，卸甲活擒龐德科。周倉白〕龐德已擒。〔關公白〕回船安營。〔衆應，同唱〕

【仙吕宫正曲·風入松】襄江風浪片帆收㊇，暢好是得心應手㊇。餘波浸得樊城透㊇，尚兀自登埤孤守㊇。若不信吾家智謀㊇，怎陸地會行舟㊇。〔關公衆下。内奏樂。衆兵將引關公上，升帳科，白〕帶于禁。〔衆應，帶于禁上見科，關公白〕何物于禁，擅敢抗違，今日被擒，更有何説？〔于禁白〕上命差遣，身不由己，望君侯憐憫，誓以死報。〔關公笑科，白〕吾殺汝猶殺狗彘耳，空污刀斧。關平，將于禁解赴

①「好」字原脱。

荆州監候。〔衆應科，帶于禁下。關公白〕帶龐德。〔龐德上，見不跪科，關公白〕龐德，汝弟現仕漢中，汝故主亦在蜀爲大將，何不早降，免受誅戮。〔龐德白〕吾寧死于刀下，豈降也！〔關公白〕將龐德拿去斬首。〔衆應科。周倉擁龐德下，急上白〕獻首級。〔關公白〕將屍首好好盛殮，就埋于此處。〔衆應科，關公白〕就此回襄陽去。〔衆應科，同唱〕

【仙吕宫正曲·風入松】鞭敲金鐙韻悠悠㊞，一個個齊開笑口㊞。魚罾魚入如何漏㊞，這機彀阿瞞知否㊞。今日個談笑功收㊞，謨與烈有誰侔㊞。〔同下〕

第十一齣　暗傷毒矢迎頭發

〔衆扮軍士、將士引滿寵、曹仁上，唱〕

【中吕宫引・遶紅樓】死地如何得再生㊣，山水漲波浪皆兵㊣。百雉崇墉㊀，儼同萍梗㊣，陽侯何事不容情㊣。〔白〕不合屯軍罾口川，洪濤百丈拍長天。眼前誰是射潮手，壘卵孤城怎瓦全。本帥曹仁，奉命鎮守襄樊，昨遣征南將軍于禁、征西都先鋒龐德與劉軍接戰，詎關公智勇兼備，趁着秋霖江漲，乘船直擣罾川，于禁投降，龐德就戮。本帥保守樊城，三面皆水，城垣漸漸浸塌，眼見得闔郡生靈，盡爲鱗介矣。〔諸將白〕今日之危，非力可救。趁敵軍未至，乘船夜走，雖然失地，尚可全身。〔滿寵白〕諸將之言不可從也。山水驟至，豈能久存？不過數日之間，便可退去。關公雖未攻城，已遣别將在郟下屯紮，其所以不敢輕進者，慮吾軍襲其後也。今若棄城而去，黄河以南非吾有矣。願將軍耐心堅守，以爲國家保障。〔曹仁白〕非伯寧之教，幾誤大事矣。衆將官聽令：爾等即于城上徧設强弓硬弩，率軍士晝夜防護，如有懈怠者，即刻斬首。〔衆應，作城上設弓弩科，虚白下。雜扮水雲，中地井上，擺科。衆扮梟刀手、關平、廖化、關興、周倉，引净扮關公乘船上，同唱〕

【中呂宫正曲・好事近】急湍蕩孤城(韻),似海中一葉浮萍(韻),好乘風便(句),密匝匝艛艫縱横(韻)。三軍氣盈(韻),那一個(讀),不守中軍令(韻)。只看他宛轉千檣(句),直衝破汪洋萬頃(韻)。〔衆船下,關公内白〕衆將官,隨某家上岸,攻打北門者。〔衆應上,攻城科,唱〕

【又一體】分明(韻)魚在釜中行(韻),能有幾時光景(韻)。螳螂怒臂(句),卻還待將車挺(韻)。我乘風破浪(句),把彈丸小邑(讀),做魚蝦穽(韻)。〔關公白〕汝等鼠輩,還不早降?某家攻破城垣,叫你盡爲魚鼈。〔唱〕九重泉請去閑遊(句),一杯水聊申薄敬(韻)。〔曹仁白〕軍士們,與我放箭。〔衆應,放箭科。關公右臂中箭,回陣科。曹仁白〕關公中箭,可隨本帥出城破敵者。〔衆應,出城科。廖化、關興扶關公下。關平、周倉接戰科,唱〕

【中呂宫正曲・千秋歲】是奇英(韻),不合圖徯倖(韻),只索要槍對刀迎(韻)。暗箭傷人(句),暗箭傷人(疊),總不離(讀),鼠竊狗偷行徑(韻)。你不過(讀),弓稍硬(韻),俺可也(讀),軍威盛(韻)。與你相厮併(韻),是甕中捉鼈(讀),水到渠成(韻)。〔曹兵敗,進城科。關平、周倉白〕曹兵已敗,就此回營。〔同唱〕

【慶餘】樊江風浪將平定(韻),滅操安劉在此行(韻)。争奈他一矢相投着右肱(韻)。〔下〕

第十二齣　分痛楸枰對手談

〔衆扮軍校、周倉、關平、廖化、馬良，引净扮關公上，唱〕

【越角套曲・鬭鵪鶉】昨日個匹馬當先㊒，待和那孤軍鏖戰㊒。還未及驅動三軍㊀，早暗地飛來一箭㊒。不隄防臂受金傷㊀，止不住血將袍濺㊒。只得把右袂揎㊒，尺帛纏㊒。雖則生死無關㊀，可也轉舒不便㊒。〔白〕暗中投毒矢，倉卒難迴避。隻手可擎天，何妨去一臂。昨日攻打樊城，看看將破，曹軍暗放冷箭，其家右臂着傷，只得回營，暫時將養。正是：明槍容易躲，暗箭最難防。〔衆扮四將上，分白〕江浦濤如雪，營門劍有霜。若非人暗算，早已破樊陽。請了。〔一將白〕將軍右臂爲流矢所中，動彈不得，如何是好？〔衆將白〕只好暫且班師，待金瘡平復，再作道理。〔一將白〕如此，我等一同進見。〔衆將白〕請進。〔參見科，白〕諸將打躬。〔關公白〕爾等進見，有何事議？〔衆將白〕某等因將軍臂爲箭傷，恐衝突不便，又恐臨敵致怒，有傷金體，衆議請暫回荆州，延醫調治，望君侯裁奪。〔關公白〕説那裏話。吾取樊城，只在目下。前驅大進，逕達許昌。剿滅奸曹，奠安漢室，全在此日。〔唱〕

【越調套曲・紫花兒序】卻不道時光休錯㊀，機會難逢㊀，志節須堅㊒。豈因小挫㊀，便理歸鞭韻。況連天(韻)水侵城牆⿰目贊數甎(韻)，用不着身親征戰(韻)，但遣馮夷(句)，便將斬旂搴(韻)。〔白〕某聞行軍之道，有進無退，豈可因小創而悞大事。汝等敢慢吾軍心麽？〔衆將白〕不敢。〔關公唱〕

【越調套曲・小桃紅】漢家天子勢孤懸(韻)，日受人輕賤(韻)。臣子如何敢辭倦(韻)。恨當前(韻)，不能仗策清畿甸(韻)。豈因箭穿(韻)，便從人勸(韻)，託病去安眠(韻)。〔衆將白〕將軍忠義，千古罕有，小將等失言了，伏乞恕罪。〔關公白〕各歸營汛。〔衆將應科，分下。生扮華陀上，白〕玉版久精研，青囊常繫肘。且將醫國心，去作醫人手。來此已是營門，有人麽？〔關平上，白〕什麽人？〔華陀白〕山人華陀字元化，沛國譙郡人也。聞關將軍乃天下英雄，今中箭毒，山人頗明醫術，特來療治。〔關平白〕莫非昔日醫東吴周泰的華先生麽？〔華陀白〕然。〔關平白〕如此，請少待。父王有請。〔衆引關公上，白〕俞跗既難逢，巫彭今更鮮。急圖救國屯，終日思盧扁。有何事？〔關平白〕有一華陀先生在外求見。〔關公白〕可曾問他來意？〔關平白〕特爲父王醫臂而來。〔關公白〕快請相見。〔關平應科，出白〕先生，父王有請。〔同進見科，華陀白〕山人聞將軍傷臂，不辭跋涉而來，乞恕唐突。〔關公白〕多承美意了，請坐。〔華陀白〕請出臂一視。〔看科白〕啊喲，瘡口平陷，皮肉青黑，此乃弩箭中有毒藥，直透入骨，若不早治，此臂無用矣。〔唱〕

【越角套曲・金蕉葉】您偃月刀威風八面(韻)，也靠雙臂盤旋施展(韻)。早難道隻手單拳(韻)，便能彀撑持漢天(韻)。〔關公白〕滅曹興漢，乃某家素心。恨不此臂速痊，親臨行陣。不識先生何以治之？

〔華陀白〕請于静處立一標杆，上釘大環，將軍將臂穿入環中，軟絲捆住，另用一被蒙頭，吾以尖利之器割開皮肉，直至于骨，用藥敷之，可保無恙，但恐將軍懼耳。〔關公笑科，白〕如此易耳，何必柱環爲也。看酒來。〔場上設酒席、桌椅科，各作入坐飲酒科，關公唱〕

【越角套曲·調笑令】開筵(韻)，把杯傳(韻)，醉裏須知別有天(韻)。非關寄痛將杯戀(韻)，莽身驅視同流電(韻)。頭蒙臂環真愧靦(韻)，任先生斧鑿刀鐫(韻)。〔白〕看碁枰，吾與馬參謀弈棋。〔前場設碁枰、桌椅，各生科。關公作出假臂，白〕就請先生醫治。〔華陀白〕領命。〔關公與馬良對弈科，關公唱〕

【越角套曲·禿厮兒】羅星宿黑白對面(韻)，象天地局勢方圓(韻)。俺乘虛一着敵萬千(韻)，排心陣(句)要争先(韻)。〔馬良白〕將軍羸了。〔關公笑科，唱〕誠然(韻)。〔白〕再下一枰。〔馬良白〕是。〔弈科。華陀作割開皮肉，出血，一卒以盆接血科。華陀唱〕

【越角套曲·聖藥王】俺將妙技宣(韻)，下針砭(韻)，療毒敷藥與保元(韻)。他神氣全(韻)，痛苦蠲(韻)，文楸對處子争填(韻)。風致更便便(韻)。〔作敷藥以線縫科，白〕毒已去净，此臂可保無虞矣。〔關公將臂屈伸，大笑科，白〕神哉技也！頃刻之間，屈伸如故，並不疼痛矣。〔唱〕

【越角套曲·麻郎兒】你真是醫中盧扁(韻)，一霎兒斷臂重連(韻)。卻依舊曲局伸拳(韻)，好還俺匡扶心願(韻)。〔白〕滅曹興劉，全仗此臂，今幸無恙，將來建功立業，皆先生所賜也。〔華陀白〕不敢。山人行醫一世，閱人多矣，從未見如將軍者。將軍真天神也。〔關公白〕取白金百兩過來。〔送銀科〕先生，不腆之儀，聊申謝敬。〔華陀白〕山人雖則知醫，卻以醫諱。因將軍忠心翊漢，不可失此一肱，爲此叩謁軍營，略施小技，蓋欲成將軍之志耳，非求利也。可將此藥留下調敷瘡口，就此告別。

【煞尾】忠肝義膽人争羡㊗。〔關公唱〕多謝你刀圭靈顯㊗。〔合唱〕從今去揚武嗣周謨㊀，誅凶追舜典㊗。〔分下〕

第十三齣　勝局全收一席談

〔雜扮衆軍士引陸遜上，唱〕

【仙吕宫集曲・甘州歌】銜命騁驊騮韻。儘珊鞭嫋嬝韻，絲韁抖擻韻，銀蹄篤速句，敢因山水勾留韻。披星戴月不暫休韻，去探病人真病否韻。〔白〕下官陸遜是也。主公聞吕子明患病，心甚怏怏。下官逆知其病是詐，因稟明主公，前來探其真假。軍士們趲行前去。〔唱〕你看殘陽墮句，暮烟浮韻，林風簇起一天秋韻。心急急句，路悠悠韻，經過水澨又山陬韻。〔下。雜扮衆院子引吕蒙上，唱〕

【仙吕宫引・劍器令】所病在荆州韻，非一豎將人僝僽韻。悔當初大言輕出句，今朝假病難瘳韻。〔白〕有計收雄鎮，無謀搴敵旗。真方無處賣，假病怎生醫。我吕蒙因關公遠出，欲乘虛去襲荆州，乘舟往見主公。主公正接着曹操書信，相約連兵侵蜀，因即命我速圖。誰想關公用兵有法，沿江上下各處，俱置烽火台。又探知荆州軍伍森嚴，預爲防備。我一時大意，在主公面前進言，如今卻無從措手。尋思無計，只好托病不出。〔作嘆科〕這卻如何是了也。〔軍士引陸遜上，白〕雖非醫國手，能療病人心。通報。〔軍士通報，院子稟科，請進科。軍士下。呂蒙白〕有病不能遠接，得罪了。〔陸遜白〕豈敢。下官奉主公之命，來探子明貴恙，不知日來平復否？〔呂蒙白〕賤軀偶爾抱疴，何勞探問。〔陸遜白〕敢問子明患何病症？因何而起？〔呂蒙不語科，陸遜白〕主公以重任付公，公不乘時而進，何爲空懷鬱結也？〔唱〕

【仙呂宮集曲・桂花襲袍香】你機緣輻輳(韻)，當風雲馳驟(韻)。奈何抱悶慨慨(句)，望日裏惟將眉皺(韻)。吴侯(韻)，要將荆土一旦休(韻)，將軍又因疾逗遛(韻)，閉轅門只靜守(韻)。〔白〕子明，〔唱〕門庭多寇(韻)，軍國堪憂(韻)。手不可袖(韻)，安不可偷(韻)。〔白〕便是有病呵，〔唱〕你何不明把尫羸症(句)，忙將補劑投(韻)。〔白〕愚有小方，能治將軍之病，屏退了左右，才好説得。〔呂蒙白〕迴避了。〔院子應科，下。呂蒙白〕有何良方，乞即賜教。〔陸遜笑科，白〕將軍之病，不過爲荆州呵。〔唱〕

【又一體】他思深力厚(韻)，隄前防後(韻)。遍江邊並置烽台(句)，更城内長鳴刁斗(韻)。〔白〕我有一計，能使沿江守吏不能舉火，荆州之衆束手歸降。〔唱〕荆州(韻)，未堪力拔須計求(韻)。聊施計時功即收(韻)，慢焦心非誇口(韻)。〔呂蒙白〕伯言所説，如見我肺腑，願聞良策。〔陸遜白〕關公自持英雄，料無敵手，所以嚴加防範者，慮將軍耳。將軍即當乘此機會，謝病辭職，以陸口之地讓之他人，使新任者卑辭贊美以驕其心，彼必盡撤荆州兵備以向樊城。那時呵，〔唱〕我陳兵相鬥(韻)，定奪前矛(韻)。他便還兵相救(韻)，已失前籌(韻)。管教虎兕來歸柙(句)，不怕他魚兒不上鈎(韻)。〔呂蒙白〕好妙計也。我即托病不出，上書辭職，依計而行。〔陸遜白〕我回去見了主公，速詔將軍回建業養病便了。〔呂蒙白〕使得。〔陸遜白〕告辭了。〔呂蒙白〕伯言假説三分病，真將九郡收。〔同白〕請了。〔下〕

第十四齣　禍機先入三更夢

〔雜扮太監，引生扮劉備上，唱〕

【南呂宫引・臨江梅】魂夢悠悠誰唤醒㊇，蓮花宫漏三聲㊇。起來無緒倚銀屏㊇。眼自睁睁㊇，心自早早㊇。〔白〕情深愁莫解，心切夢偏隨。幻出幻中幻，疑生疑上疑。孤家適纔就寢，忽得一夢，心甚驚疑，爲此連夜去請軍師，怎麽還不見到？〔生扮孔明上，白〕連宵驛路傳烽火，一夜旄頭落將星。適聞外間傳説，東吴吕蒙已襲荆州，關公遇害。吾夜觀天象，見將星落於荆楚之地，可知應在關公矣。正在遲疑，忽有内官來召，爲此急急入宫。〔見科〕臣諸葛亮見駕，願主公千歲。〔劉備白〕軍師少禮，坐下了。〔孔明謝坐科，白〕主公寅夜相召，有何緊急軍情？〔劉備白〕孤夢見二弟雲長，面目悽愴，向孤泣曰：「願兄起兵，早雪吾恨。」言訖不見，醒來正是三更。〔唱〕

【南呂宫正曲・香徧滿】臘梅篩影㊇，喜縑帳前月正明㊇。無奈心神渾不定㊇。夜深才睡去㊁，覺來還自驚㊇。〔合〕其間休咎徵㊇，願爲我親折證㊇。〔孔明白〕主上不必疑慮，語云：日之所思，夜之所夢。况主上與關公有手足之愛乎。〔唱〕

【南呂宮正曲・懶畫眉】從來手足最關情(韻)，勢則相睽情自縈(韻)。江天一望暮雲横(韻)，遥遥不見征鴻影(韻)。〔合〕思到深時夢也驚(韻)。〔扮太監急上，白〕紛紛傳羽檄，急急報龍廷。啟千歲爺，馬良、伊籍來了。〔劉備白〕快宣進來。〔太監宣科。雜扮馬良、伊籍上，白〕臣馬良、伊籍見駕。〔劉備白〕不必行禮，只問你荆州事體如何？〔馬良、伊籍白〕荆州已爲東吴所襲了。那晚呵，〔同唱〕

【南呂宮正曲・本宮賺】星月微明(韻)，人在潯陽江上行(韻)。乘艅艎(韻)，白衣摇擼盡吴兵(韻)。賺開城(韻)，長驅直入兵難應(韻)。東吴兵勝(韻)，東吴兵勝(疊)。〔又一太監急上，白〕既有三江驚，何能一息停。啟千歲爺，荆州廖化在宫門奏事。〔劉備白〕快宣。〔太監急宣科。雜扮廖化上見，哭科，白〕主上不好了，荆州失守，二將軍夜走麥城。孫權兵制于前，曹操兵攝於後，勢在危急，命臣向劉封、孟達徵兵，不料他二人呵，〔唱〕

【又一體】背反朝廷(韻)，重在身家君國輕(韻)。由臣請(韻)，並無一點故人情(韻)。屯山城(韻)，居然抗拒將軍令(韻)，意在降吴不發兵(韻)。痛孤營(韻)，正當危急存亡頃(韻)，疾忙策應(韻)，疾忙策應(疊)。〔劉備白〕阿呀，若如此，吾弟休矣。〔唱〕

【南呂宮正曲・浣沙溪】時勢窮(句)，資粧罄(韻)，空斷守蕞爾孤城(韻)。從教二弟能拚命(韻)，未必三軍肯捨生(韻)。〔白〕那劉封、孟達呵，〔唱〕上庸兵(韻)，又不同仇並力争(韻)。〔合〕怎當他精鋭侵凌(韻)。〔孔明白〕劉封、孟達如此無禮，待臣親提一旅之師，以救荆襄之急。〔唱〕

【南呂宮正曲·秋夜月】我算多勝(韻)，且又戎行勁(韻)。天兵直壓臨江境(韻)，吴兒慢自圖儌倖(韻)。〔合〕手到功成(韻)，手到功成(疊)。〔劉備白〕雲長有失，孤斷不獨生。軍師保守西川，孤來日自帥往救。〔唱〕

【南呂宮正曲·東甌令】心切切(句)，意營營(韻)，恨不兩步移來一步行(韻)。明朝便把旗槍整(韻)，要與他決輸贏(韻)。〔合〕提將吾弟離機穽(韻)，纔壓夢中驚(韻)。〔白〕内侍傳旨出去，着該司即差人赴閬中，報與三將軍知道。〔太監應科，白〕領旨。〔下。劉備白〕再傳旨，着五營四哨各路官兵，齊集糧草器械，伺候征兵。〔唱〕

【南呂宮正曲·金蓮子】離蜀城(韻)，去把那吴狗一旦烹(韻)。我安排定(韻)，即便楊旌(韻)。〔合〕看雕弓揮北斗(讀)，鐵騎逐南星(韻)。〔一太監白〕領旨。〔下。劉備唱〕

【慶餘】夢闌幻境成真境(韻)，索和那孫郎争競(韻)。直待是救出我的雲長纔夢醒。〔下〕

第十五齣　老比丘玉泉點化

〔場上設玉泉山科。生扮普净上，唱〕

【醉花陰】一錫飛來玉泉駐(韻)，結茆庵水濚風聚(韻)。長只在蒲團上自跏趺(韻)。鎮日價理會真如(韻)，總未得真如故(韻)。猛抬頭皓月一輪孤(韻)，早可也印禪心聞覺悟(韻)。〔白〕釋教通儒教，儒宗即釋宗。自來忠義士，儒釋盡膺胸。老僧普净，蒲東人氏，與關公比鄰。前在汜水關鎮國寺中，曾救關公免卞喜之危，匆匆別去，訂以後會有期。彈指之間，早已二十餘年矣。老僧四海雲遊，見此玉泉山巖深水媚，築土誅茆，闡萬法之宗，演三乘之教。今夜風清月白，萬籟無聲，正好參禪悟道也。〔雜扮衆雲使，净扮周倉、關平，引净扮關公騎馬，馬童隨上，唱〕

【黄鐘調套曲·喜遷鶯】俺只把天威來御(韻)，俺只把天威來御(疊)，虚飄飄越國過都(韻)。當也波初(韻)，只承望滅奸匡主(韻)，四百載河山藉手扶(韻)。一朝的兵勢孤(韻)，麥城山中人暗蹙(韻)。好端端送了頭顱(韻)，好端端送了頭顱(疊)。〔同下。普净白〕老僧入定時，見馬上將軍，正似關公模樣。哦，我有道理。關公，這裏來。〔衆雲使、周倉、關平、馬童、關公上，普净白〕一切有爲法，如夢幻泡影，如露亦如電，應作如是觀。〔關公白〕何故相呼？ 吾師是誰？ 願示法號。〔普净白〕老僧普净，昔日君侯過汜水關，曾在鎮國寺相遇，難道就不記得了？〔關公白〕原來就是普師。〔下馬科。衆雲使、馬童下。關公白〕向蒙相救，銘感不忘。〔普净白〕君侯前身，乃是佛門紅護也。降生塵世，不昧初心。然昔非今是，一切休論，後果前因，彼此不爽。〔唱〕

【黄鐘調套曲・出隊子】看人生渾如朝露(韻)，滴溜溜是荷葉上一顆珠(韻)。只待動微風(讀)，吹處有還無(韻)。若能勾解得泡影燈光是此軀(韻)，那時節人我雖殊總一途(韻)。〔關公作笑白〕關某蒙師指點，覺性頓開。只是漢室凌夷，奸臣覬覦，某欲伸大義于天下，奠乂邦家，不料中道被戕，此心未免耿耿。〔唱〕

【黄鐘調套曲・刮地風】哎呀，只這萬里河山遍莽蕪(韻)，若有個矢忠藎戮力誅鋤(韻)。雖則是吾兄仗鉞把忠誠布(韻)，奈曹瞞鼠竊皇都(韻)，更孫權虎踞東吴(韻)。亂紛紛弄刀兵争疆奪土(韻)，一個個作威福道寡稱孤(韻)。俺待要平僭竊(句)，正朝廷(句)，追蹤先武(韻)。恨浩氣崇朝還太虚(韻)，問蒼蒼意欲何如(韻)。〔普净白〕事由天定，必非人力能迴。君侯無煩悲惋，且善惡報應，將來自見分明，更不必以目前曹憒輩矣。君侯精忠炳日，大義燭天，即不滿意于紅塵，卻已策名于紫府，這便是善有善報了。今當正位之期，玉旨少刻便到，可準備接旨者。且喜彼此已成善果，老僧亦往西天去也。〔同下〕

第十六齣　紅護法貝闕朝天

〔雜扮揭諦上，白〕欲渡迷津資寶筏，頓開覺路有金繩。〔關公、普净等上科，揭諦白〕我佛有旨，道關公前身，原是佛門紅護法，今降生塵世，忠義無雙，上帝新加封號，俟受封後便往西天見佛。〔唱〕

【黄鐘調套曲·四門子】今日個且雲中躍馬朝天去(韻)，今日個且雲中躍馬朝天去(疊)。便便便便回鑣聽衍三軍(韻)。則爲俺金仙一向欽豐度(韻)，歿相傳一字書(韻)。〔關公白〕謹遵佛旨，受封之後，即當趨拜蓮台也。〔普净白〕老僧同去回覆佛旨，不得奉陪了。拂袖辭禪榻，浮杯到梵天。〔揭諦白〕但登三寶地，便得六根蠲。〔同下。關公白〕我們速上天門者。〔唱〕不必問甚吴(韻)，也休提甚蜀(韻)。併不清念官家(讀)，幽囚在許都(韻)。看將來百姓屠(韻)，九廟墟(韻)，那些兒不由天數(韻)。〔雜扮衆天官從大雲板下，作接見關公科。衆白〕關將軍請了。久欽明德，幸接英風。〔唱〕

【黄鐘調套曲·古水仙子】呀呀呀(格)，烈丈夫(韻)。呀呀呀(格)，烈丈夫(疊)。您您您(格)，您百折千迴可義不踈(韻)。甚甚甚(格)，甚黄金和美女(韻)，看看看(格)，看得來如糞土(韻)。教教教(格)，教孫曹賊膽虛(韻)，漢漢漢(格)，漢壽亭侯正氣抒(韻)。〔關公白〕謬贊了。〔衆天官白〕就請關將軍朝參玉帝去者。〔關公白〕請。

〔同上雲板科，唱〕問問問(格)，問興王(讀)，功業竟何如(韻)。到到到(格)，到今朝水流花謝歸何處(韻)。説説説(韻)，説甚萬里風雲起壯圖(韻)。〔同下。内作設朝科。雜扮金星等上，唱〕

【黄鐘調套曲・古寨兒令】元樞(韻)，元樞(疊)，氣絪緼籠罩扶輿(韻)，祥光捧出九重居(韻)。只看驅日馭(句)，駕飈車(韻)，一例披雲覩(韻)。〔衆天官引關公上，朝參科。關公白〕臣關某朝參，願聖壽無疆。〔金星白〕玉旨下。玉旨已到，跪聽宣讀。誥曰：彰善癉惡，上帝之權衡；往古來今，明神之赫濯。既彰不世之勳，宜錫非常之典。咨爾關某，河東毓秀，涿郡呈材。秉素志于《春秋》，焕彝倫于海嶽。合天地人以立極，兼智仁勇而用中。旗常既彰其勳伐，雲漢應耀其精靈。兹封爾爲三界伏魔大帝。嗚呼，鼎足三分，空抱餘忠于運數；馨香萬禩，常昭未有于生民。裕汝乃心，欽于時命。謝恩。〔關公白〕聖壽無疆。〔宫官白〕退班。〔分下。天官白〕就請大帝復任歸位者。〔關公作更衣。雜扮衆侍從上，遶場科。同唱〕

【黄鐘調套曲・古神仗兒】煌煌帝語(韻)，赫赫天書(韻)。褒德維馨(句)，鴻麻是予(韻)。俺命拜元庭(句)，名標下土(韻)。看從今萬載千秋(句)，誰不識(句)，漢關某(韻)。

【隨尾】隨遊三十三天去(韻)，是重元旌揚異數(韻)。可知道人事天心總不殊(韻)。〔同下〕

第十七齣 勢當全盛讐將復

〔雜扮衆軍士、將官、關興、張苞、馮習、張南、傅彤、張翼、趙融、廖淳，引生扮劉備上，唱〕

【中呂宮套曲・粉蝶兒】誰是英雄(韻)。小可的服曹瞞使君名重(韻)，想不到紫髯兒割據江東(韻)。他那裏借長江(句)，爲天塹(句)，可也將兵弄(韻)。俺今日舉國興戎(韻)，要把那孫郎掇送(韻)。〔白〕可恨孫權用計，暗襲荆州，傷吾二弟雲長，禍及三弟翼德，又損吾老將黃忠。五虎上將，已失其三，深爲痛心切齒。今日整旅復仇，留軍師孔明守川；領了傾國之兵，務要掃蕩東吴，方消吾恨。前面什麽地方？〔衆白〕前離猇亭只五十里了。〔劉備白〕衆將官，與我殺上前去。〔衆應科，同唱〕

【中呂調套曲・醉春風】霹靂半天轟(韻)，波濤平地湧(韻)。白旄黃鉞翠華旗(句)，密匝匝將俺來擁(韻)，擁(疊)。十萬貔貅(句)，一群彪虎(句)，真個是風行雷動(韻)。〔同下。衆扮凌統、丁奉、徐盛、夏恂、周平、馬忠、朱然、蔣欽，引韓當、周泰上，衆吴兵隨上，同唱〕

【中呂宮套曲・紅繡鞋】兵勢遠連秦隴(韻)，軍聲已震蜀中(韻)。嗤他螳臂擋車攻(韻)。回頭殲巨寇(句)，反掌定元功(韻)。這做做在謀不在勇(韻)。〔分白〕吾乃韓當是也。吾乃周泰是也。劉備分兵八路，與

關公報仇。我二人奉吴主之命，帥領强兵猛將，前來迎敵。塵頭起處，想蜀兵來也。大小三軍，上前迎敵。〔同唱〕

【中吕宫套曲·石榴花】戟將垂矢與和弓(韻)，策馬去匆匆(韻)。一聲鼓角冷晴空(韻)。畫旗舞鳳(韻)，繡旆流虹(韻)。將軍神武軍容重(韻)，笑吟吟與決雌雄(韻)。況敗軍之將難言勇(韻)，那怕他御駕自臨戎(韻)。

〔同下。劉備領衆上，同唱〕

【中吕宫套曲·鬪鵪鶉】意切切想報深仇(句)，急煎煎親將衆統(韻)。他那裏智大謀深(句)，俺可也兵强將勇(韻)。今日個一徑投戈向楚中(韻)，轉殺入大江東(韻)。順風兒揚我明威(句)，那時節教他震恐(韻)。〔周泰等沖上，作分陣科。韓當見劉備科，白〕蜀主，你今已得西川，爲何親莅戎行？倘有疏虞，悔將毋及。〔劉備白〕汝等吴狗，傷吾手足，誓不與立於天地之間。〔唱〕

【中吕宫套曲·滿庭芳】怒氣填胸(韻)。冤家相見(句)，兩眼通紅(韻)，轉教人抱連枝痛(韻)。今日相逢(韻)，説甚麽故人情重(韻)，更何勞軟語尊崇(韻)。軍麾動(韻)，横將陣衝(韻)，管叫你軀命喪青鋒(韻)。〔韓當白〕休出大言，誰與我擒他？〔夏恂白〕待末將夏恂擒來。〔劉備白〕張苞出馬。〔張苞白〕得令。〔張苞與夏恂戰，張苞作喊科，夏恂作驚科，白〕張苞聲若巨雷，與乃父一般猛勇，恐不是他的對手。〔作害怕欲避科。周平白〕夏將軍休要膽怯，俺周平來助戰也。〔劉備白〕關興出陣。〔關興白〕得令。〔關興迎周平對戰。張苞刺夏恂下。關興斬周平下。關興、張苞沖韓當陣，韓當衆敗下。劉備白〕兩侄如此英勇，真虎將無犬子也。

【中呂調套曲·快活三】槍穿他犀甲重(韻)，刀落處敵袍紅(韻)。摧枯拉朽在萬軍中(韻)，鐵錚錚承得先人重(韻)。〔白〕衆將官，隨吾追殺前去。〔衆應遶場科，同唱〕

【中呂調套曲·朝天子】花驄(韻)御風(韻)，儘把青絲控(韻)。車如流水馬如龍(韻)，緊接鑾兒踵(韻)。不怕山崇(韻)，不避水重(韻)，不愁前路迥(韻)。則橫衝(韻)直攻(韻)，那肯放些兒空(韻)。〔下。韓當、周泰上，白〕你看關興、張苞，好生利害也。〔唱〕

【中呂調套曲·上小樓】他兩個都饒父風(韻)，一樣的臉黑臉紅(韻)。恰恰的一般身材(句)，一般武藝(句)，一般樣威風(韻)。他躡着蹤(韻)，儘力攻(韻)，首尾相控(韻)，卻像似落花風送(韻)。〔關興、張苞追上，戰科。韓當、周泰敗。關興、張苞追下。馮習、張南、傅彤、張翼同馬忠、朱然、蔣欽、凌統分上，戰科。馬忠衆敗下。馮習衆唱〕

【又一體】黄登登陣起塵(句)，逐律律馬逐風(韻)。殺得個不分陰陽(句)，不分上下(句)，不分個東西(韻)。你智已窮(韻)，路不通(韻)，請將軍入甕(韻)。誰叫你鄒和魯鬨(韻)。〔追下。甘寧上，白〕我甘寧正在舟中養病，聞蜀兵大勝，爲此急急趕來。〔唱〕

【又一體】羽書兒絡繹來(句)，敢濡滯在舟中(韻)，何物蜀師(句)，敢來楚地(句)，屢挫俺吴鋒(韻)。俺只得强衰慵(韻)，住折衝(韻)，前迎敵衆(韻)，敢推辭病軀勞動(韻)。〔關興上，白〕賊將那裏走。〔與甘寧戰科，甘寧白〕呀，好一員猛將也。〔作敗下。關興白〕你看賊將敗走，待我放箭擒他。〔追下。甘寧急上，白〕我甘寧若不抱病，還可與他大戰幾合，今身體恇怯，膂力不加，如何是好？〔內喊科。關興追上，隨一軍士扛刀。關興

用箭射中甘寧下。丁奉、徐盛上，作殺科。軍士渾科。關興唱〕

【中呂調套曲・十二月】俺本是將門將種(韻)，怎忘了華下宗風(韻)。這抵是風雲際會(句)，俺受的雨露恩濃(韻)。怎不疆場奮勇(韻)，得這効力宣忠(韻)。〔對戰科。丁奉衆敗下，關興追下。趙融、廖淳與潘璋對戰上。關興沖上。潘璋敗，關興追下。趙融、廖淳白〕你看小將軍，好勇猛也。〔唱〕

【中呂調套曲・堯民歌】只見一鞭驕馬去如風(韻)，他少年的心性可也少從容(韻)。況當仇敵正相逢(韻)，慢想輕輕放他鬆(韻)。凶也波凶(韻)，霜刀剚賊胸(韻)，斷不肯將天共(韻)。〔白〕關將軍追仇人下去，恐怕有失，你我即速遣兵接應便了。〔廖淳白〕有理。〔下。衆吳兵作各樣敗走上，白〕殺壞了，殺壞了，大家快些逃走要緊。〔蜀兵追上，亂殺科。吳兵跑下，蜀兵追下。關興追潘璋上，殺科，擒住下。吳將遶場作敗走科，唱〕

【中呂調套曲・耍孩兒】西川兵勢潮般湧(韻)，密層層更如鐵桶(韻)。人慌語亂脚難移(句)，急殺人水盡山窮(韻)。有心入地偏無縫(韻)，若欲飛天翅不豐(韻)，穩把殘生送(韻)。好一似獸落坑阱(句)，鳥入樊籠(韻)。〔白〕列位，前面已是猇亭，且逃往躲避躲避，再作區處。〔衆白〕走嚄。〔衆蜀將追上，吳衆逃下。劉備上，衆同白〕啟上主公，已得猇亭。〔劉備白〕窮寇莫追，就在猇亭駐蹕。〔衆白〕得令。〔唱〕

【一煞】他往猇亭避鋒鋭(韻)，俺據猇亭佔上風(韻)。鼻尖兒要把蠻邦嗅(韻)。一朝搗穴平吳地(句)，指日回師向上庸(韻)。冤仇重(韻)。可憐我雲長、翼德(句)，怎饒他孟達、劉封(韻)。〔衆將擒潘璋上，關興白〕啟主公，射死甘寧，又擒得潘璋在此。〔劉備白〕帶回營，剖心祭二弟之靈便了。〔關興應，下。劉備白〕只此

一陣，可也殺破吴狗之膽矣。俟破吴復仇之後，論功議敘。就此安營。〔衆白〕得令。〔劉備衆唱〕

【中吕調套曲・煞尾】仇人已喪師句，將軍克奏功韻。説甚麼聖天子百靈護從韻，還則是足智多謀讀，神威大勇韻。〔下〕

第十八齣　探得連營火可攻

〔衆扮軍士、韓當、周泰、凌統、朱然、徐盛、丁奉，引小生扮陸遜上，唱〕

【黄鐘宫引·瑞雲濃】神機自領韻，管取功收俄頃韻。説與旁人更誰省韻。今朝謀略句，與赤壁周郎句，一般機警韻。並不用鐵繩繫艇韻。〔衆白〕衆將打躬。〔陸遜白〕衆位將軍少禮，請坐。〔衆坐科。陸遜白〕寶頂蓮花幕府開，心機一點捲氛埃。蠶叢蜀道從兹闢，始信江南有異才。本帥陸遜是也。因吕子明用計謀害關公，劉備起傾國之兵，八路並進，屢次交戰，大敗我軍，進據猇亭，幾有破竹之勢。我主公聞警，驚懼弗勝，急求禦敵之才。諸將把我舉薦，主公遂拜我爲大都督、右護軍、鎮西將軍，晋封婁侯，掌六郡八十一州，兼荆楚諸路兵馬，賜白旄黄鉞，先斬後奏。任事之初，諸將不服，咸欲出戰，與決雄雌。我因未得敵情，令其堅守弗出，諸將不知就裏，目我爲懦夫。我但笑受而矣。昨韓當、周泰來報，説蜀兵移營于山林茂密之處，我自引兵，率當、泰等往觀動静。周泰見其兵皆老弱，請兩路夾攻。我見其殺氣暗藏，堅勿許出。諸將紛紛私語，罪我坐失事機。後見劉備領了伏兵從山谷而出，方服吾智。今彼移營已定，我這裏已握勝機，不過旬日之間，便可破敵也。〔唱〕

【黄鐘宫正曲・降黄龍】勝局全收(句)，不是誇張(讀)，是得情形(韻)。笑兵連勢重(句)，密箐深林(讀)，距可安營(韻)。論行兵(韻)，在出其不意(句)，怕什麽軍威嚴整(韻)。合我轉關兒因人成事(讀)，轉敗爲贏(韻)。〔衆白〕破蜀當在初時。今連營五六百里，相守經七八月，所有要害之處，俱用嚴兵固守，安得破乎？〔唱〕

【又一體】他連營(韻)局陣排成(韻)，首尾相聯(讀)，呼吸相應(韻)。且山圍水遶(句)，緑樹高低(讀)，陰濃千頃(韻)。彝陵(韻)將良兵勇(句)，這回已操全勝(韻)。〔合〕止不住風聲鶴唳(讀)，觸處心驚(韻)。〔陸遜白〕諸公所見，未嘗不是，特未知兵法耳。行兵之道，要審時度地，知己知人。劉備乃當梟雄，更多謀略。其兵始集，法度精專。今守之久矣，不得我便，兵疲意沮，取之正在此時。況包原隰險阻而結營者，又兵家所大忌也。

【黄鐘宫正曲・黄龍滚】能通兩下情(韻)，能通兩下情(疊)，才制敵人命(韻)。況地利天時(句)，更是贏輸柄(韻)。備雖多智(讀)，危機不省(韻)。〔合〕只教他(句)，報仇心(句)，成畫餅(韻)。〔白〕我昨日令淳于丹取江南第四營者，乃探其虚實也。今虚實又得，破蜀之計定矣。〔徐盛、丁奉、周泰白〕蜀兵勢大，破之實難，空自折將損兵，被敵人耻笑。〔陸遜白〕不必緦緦過慮，吾自有計。〔衆白〕計出萬全才好。〔陸遜白〕我這條計，但瞞不過諸葛亮耳。幸此人不在軍前，是天助我成功也。〔衆白〕請問有何妙計？〔陸遜白〕劉備連營七百里，勢合而猝不可解，吾以火攻之，彼豈能插翅飛去。〔唱〕

【又一體】滕滕烈燄升韻，滕滕烈燄升疊，劉備難傲倖韻。七百里軍屯句，須不留餘賸韻。我劍南直入讀，把三蜀歸併韻。合着蜀王宫句，杜鵑啼句，山月冷韻。〔衆白〕都督真神算也，吾等敬服。〔陸遜白〕站立兩旁，聽吾號令。〔衆白〕願聽指揮。〔陸遜白〕朱然聽令：〔朱然應科，陸遜白〕爾領水軍，裝載引火之物，迅速進發。來日午後，東北風大作，爾即順風放火，不得有違。〔朱然白〕得令。〔陸遜白〕韓當聽令：〔韓當應科，陸遜白〕爾引本部人馬攻江北岸。〔韓當白〕得令。〔陸遜白〕周泰聽令：〔周泰應科，陸遜白〕爾引本部人馬攻江南岸。〔周泰白〕得令。〔陸遜白〕徐盛、丁奉、凌統聽令：〔徐盛、丁奉、凌統應科，陸遜白〕爾等率領兵弁，各執茅草一把，内藏硫黄燄硝，攜帶火種，一齊殺到蜀營，順風舉火。蜀兵四十屯，只燒二十屯，每間一屯燒一屯，併要多帶乾糧，晝夜追趕，只擒了劉備方止。違者軍法從事。〔徐盛、丁奉、凌統白〕得令。〔陸遜白〕劉備嗄，劉備，〔唱〕

【三句兒煞】你連營軍伍從教整韻，那抵防我出奇制勝韻，只把你那百萬貔貅付丙丁韻。〔下〕

第十九齣　偵羽書屯營一炬

〔雜扮中軍，引生扮孔明上，唱〕

【仙呂宮引・望遠行】平生樂隱㊣，自分廬中安穩㊣。三顧殷勤㊣，知遇厚恩難泯㊣。可奈漢室衰微㊀，早被奸雄疊奮㊣，何日得重恢炎運㊣。〔白〕〖鷓鴣天〗姓字須教萬古留，綸巾羽扇自風流。軍中號令風雲變，腹内元機神鬼愁。鄙管晏，效伊周，漢廷誰復任安劉。最憐無限浩然氣，時化長虹貫斗牛。前因吴人敗盟，關張二將遭遇變故，是以主上志切報仇，不納群臣之諫，怒起傾國之衆，東發孫吴。勝負之機，吾亦預料，百萬生靈，莫非命也，早晚必有凶信到來。吾且升堂，料理國事一番。〔雜扮軍校、將官上，作開門科。小生扮馬謖，末扮費禕上，馬謖白〕趨隨蓮幙談三略，〔費禕白〕偃仰龍庭獻九疇。〔馬謖白〕下官參謀馬謖是也。〔費禕白〕下官長史費禕是也。丞相升坐，吾等上前參見。〔馬謖、費禕告進參科，白〕丞相在上，某等參見。〔孔明起科，白〕諸公免禮。〔費禕白〕主上近日消息，未卜何如？〔孔明白〕昨馬孟常賫送營圖前來，開載連營七百餘里。大犯兵忌，必爲陸遜所算。是以遣回，奏請小心防備。惟恐不及，吾又遣子龍前去接應，不知何如，真好懸念也。〔唱〕

【中吕宫正曲·好事近】時勢嘆紛紜㊅,成和敗總休評論㊅。仰天難問㊅,傍觀已審三分㊅。安營有訓㊅,怎教那㊆,七百里相連陣㊅。〔合〕最可憐百萬貔貅㊁,一個個膏燃荒燐㊅。〔馬謖、費禕唱〕

【又一體】憂焚㊅,生聚枉辛勤㊅,把十年教訓一朝推損㊅。懸懸臣悃㊅,遠虞車駕蒙塵㊅。祈穹見憫㊅,願吾君㊆,早早傳佳信㊅。〔合〕到于今慢説吞吴㊁,但只願自全安穩㊅。〔雜扮報子上,唱〕

【中吕宫正曲·太平令】策馬飛奔㊅,緊急軍情探得真㊅。〔傳報見科,孔明驚科,白〕來報何事?〔報子白〕小人探得一路煙塵,咱兵全覆。〔孔明白〕主公安在?〔報子白〕實不知主上所在。〔唱。合〕那吴人一炬東風便㊁,咱軍將盡遭迍㊅。〔下。孔明唱〕

【中吕宫正曲·撲燈蛾】聞言身戰驚㊁,聞言身戰驚㊂,兩耳如雷震㊅。今果受灾危㊁,那些兒久經行陣㊅也㊇,想漢家不振㊅,天教咱覆敗全軍㊅。痛三軍從行陷淪㊅,〔合〕還不知㊆,吾主何處得安身㊅。〔雜扮報子上,唱〕

【中吕宫正曲·太平令】叵耐吴人㊅,一火燒殘百萬軍㊅。〔下馬進見科,白〕丞相爺,東征兵馬,全軍俱没,主上正被吴軍追趕。可憐,〔唱。合〕恰逢接應常山將㊁,〔孔明白〕原來趙雲接應了。現今主公何在?〔報子唱〕走白帝暫安屯㊅。〔白〕現今聞得陸遜領兵殺入川來,望丞相爺速速發兵救應。〔馬謖、費禕唱〕

【中呂宮正曲・撲燈蛾】可憐百萬軍（韻），可憐百萬軍（疊），一但俱灰燼（韻）。興復付東流（句），現今鑾輿危困（韻）也（格）。那吴兒可恨（韻），怎思量乘勢併吞（韻）。且慢説報仇雪忿（韻），〔合〕眼見得（讀），山川城郭染風塵（韻）。〔孔明唱〕

【南吕宮正曲・節節高】吴寇螳臂擋（韻），已歡欣（韻），料伊詎敢來相近（韻）。何須論（韻），吾已存（韻），石圖陣（韻）。雄兵十萬屯邊汛（韻），管叫陸遜遭危困（韻）。〔合〕驚殺吴儂自還軍（韻），魏人覬覦伊邊郡（韻）。〔馬謖、費禕驚問科，白〕從未聞防吴有十萬軍馬遠屯。〔孔明白〕事後自知。但主上新敗，不回成都，必然羞見諸臣。軍國事重，吾又不能分身親迎車駕，爲之奈何？也罷，〔向馬謖科，白〕幼常代吾一行，迎請車駕可也。〔馬謖白〕領命。〔孔明白〕分付掩門。〔下〕

第二十齣　託遺詔輔取兩言

〔雜扮衆太監，扶生扮劉備上，唱〕

【小石調引・宴蟠桃】蓋世英雄(韻)，千秋事業(句)，一齊付與東風(韻)。〔白〕孤只爲二弟被吴奴暗算，因此起傾國之兵報仇。前在猇亭大戰，殺得吴人喪膽，不料被小兒陸遜暗用火攻，將孤連營七百餘里，皆成灰燼，以致大敗。幸喜軍師差趙雲前來接應，暫歸白帝，頓兵養鋭。豈知一病不起，爲此去請軍師前來，付託大事，早晚想必就到也。咳，正是：魏吴未滅身先棄，長使英雄淚滿襟。〔雜扮小軍，引小生扮劉永、劉理上，唱〕

【黄鐘宫引・西地錦】乍見鶯兒囀緑(句)，愁聞望帝啼紅(韻)。〔生扮孔明上，唱〕出師未捷君勞瘁(句)，〔外扮李嚴上，唱〕微臣當奮愚衷(韻)。〔劉永白〕孤魯王劉永是也。〔劉理白〕孤梁王劉理是也。〔孔明白〕下官丞相諸葛亮是也。〔李嚴白〕下官尚書令李嚴是也。〔劉永、劉理白〕孤等聞知父王病危，故同丞相前來省親。〔孔明白〕已到永安宫前。〔小生扮趙雲、馬謖上，趙雲白〕離宫久駐君王輦，〔馬謖白〕山徑初來丞相車。〔見二王科，白〕二位殿下，某等參見。〔二王白〕將軍、先生少禮。〔趙雲、馬謖見孔明科，白〕丞相風塵不易。〔孔明白〕公等侍衛勤勞。二位殿下，同此進宫候安。〔馬謖白〕請少待。〔趙雲進内科，白〕啟主公，丞相到。〔劉備白〕宣進來。〔内侍宣科。衆俱進見科。二王白〕臣男魯王永、梁王理恭候父王萬安。〔孔明白〕臣丞相諸葛亮，〔李嚴白〕臣尚書令李嚴，〔同白〕願吾王千歲。〔劉備白〕俱賜平身。〔衆白〕千歲。〔起科。孔明白〕臣國務在身，不知聖體違和，省安來遲，臣該萬死。〔劉備白〕孤得丞相，方成此業。何期智術淺陋，不納丞相等良言，自取其敗，因此羞見諸公。今當病勢垂危，不得不請丞相前來，託付大事也。〔作哭科，唱〕

【商調正曲·集賢賓】悔當初（讀），妄動忒懵懂（韻）。逆忠言執意興戎（韻）。也則爲結義桃園情誼重（韻），矢盟言生死相從（韻）。〔白〕吾好恨也。〔唱〕半世逞雄（韻），垂老矣等閒拋送（韻）。〔哭科，唱。合〕淚龍鐘（韻），方信道此生如夢（韻）。〔孔明哭科，白〕主公善保龍體，以副天下之望。〔劉備白〕内侍，取紙筆伺候。〔内侍送上科，劉備歎科，白〕孤不讀詩書，粗知大略，聖人云：「鳥之將死，其鳴也哀；人之將死，其言也善。」孤本待與卿等同滅曹賊，共扶漢室，不幸與卿等中道而别也。〔作哭科，白〕取紙筆過來。〔唱〕

【商調正曲·二郎神】空憐我（句），壯志昂藏氣似虹（韻）。奈中道蹉跎命不永（韻）。國仇未報（句），仍教逆賊稱雄（韻）。〔白〕孤年六旬有餘，死亦何恨。但曹賊未滅，無顔見列主于泉台；吴寇仍存，有愧會同盟于地下耳。〔唱〕列祖何顔泉下逢（韻），想關張英魂羞從（韻）。〔白〕待孤留一遺詔，〔執筆科，唱。合〕恨匆匆（韻），勉將這兔毫（讀），寫我餘衷（韻）。〔寫科，白〕諭付嗣子劉禪：孤今年過六旬，死復何恨。但以卿兄弟爲念，勉之勉之。勿以惡小而爲之，勿以善小而不爲，惟賢惟德，可以服人。汝父德薄，不足效也。卿與丞相，侍之如父，勿怠勿忘，至付至付。〔付孔明科，白〕丞相，煩付劉禪，諸事教之。〔哭科。孔明收科，白〕願主公將息龍體，臣敢不盡犬馬之勞，以報主公之恩也。〔劉備白〕丞相坐了，有一心腹之言相告。〔孔明白〕臣當拱聽。〔劉備哭科，白〕君才十倍曹丕，必能興復漢室而成大事。若吾嗣子可輔則輔之，如其不才，君可爲成都之主，以安百姓，以繼吾之素志也。〔孔明作驚科，哭拜伏科〕主公莫非教亮學那曹操麽？臣惟有鞠躬盡瘁，死而後已。〔跪地伏泣科。劉備白〕吾屬本心自知嗣子不肖，不能濟我興復之事，卿何過傷。〔作嘆科，白〕吾身後之事，亦不敢强。二兒過來，謹記吾言：我亡後，爾兄弟三人事丞相如父，稍有怠慢，天人共誅爾等不孝之罪。〔俱作哭科。劉備白〕即此拜了丞相爲父。〔孔明白〕微臣安敢當此。〔劉備白〕不須多遜，内侍扶丞相坐。〔二王哭科，唱〕

【又一體】聞命苦匆匆(韻)，語煌煌敢不從(韻)。怎能勾倩良醫病逐膏肓(句)，不由人感傷情心懷悲痛(韻)。〔劉備白〕不必哭泣，拜了丞相。〔二王拜科，唱〕拜君家作翁(韻)，親孤兒懦慵(韻)，從今仰望丘山重(韻)。〔合〕意無窮(韻)，不堪回首(句)，血淚杜鵑紅(韻)。〔孔明白〕臣以肝腦塗地，安能報知遇之恩也。〔劉備向趙雲科，白〕子龍聽吾一言，我與卿久共患難，相從到今，分雖君臣，情同兄弟，不想今日與卿永決矣。卿可念孤故交，輔覷幼子，勿負孤相遇之情。〔唱〕

【越調集曲·憶鶯兒】久相從(韻)，患難中(韻)，分屬君臣兄弟同(韻)。怎奈何今朝染病兇(韻)，半途裏命窮(韻)。願卿家始終(韻)，看承嗣子勞珍重(韻)。〔趙雲白〕臣願效犬馬，以扶社稷。〔劉備白〕爾等諸卿，聽吾囑咐。吾已託孤丞相，諸臣協力相助，共勵公忠，莫負吾望。〔衆白〕臣等敢不竭盡丹誠，以報主公深恩。〔劉備唱，合〕恨匆匆(韻)，落紅萬點(句)，愁殺五更風(韻)。〔孔明白〕内侍，看吉服過來。〔内侍應科，劉備换冠帶科。衆臣拜，同唱〕

【又一體】幸遭逢(句)，天地隆(韻)，願效區區犬馬忠(韻)，便粉骨難酬一寸衷(韻)。聆天言意忡(韻)，痛臣心淚溶(韻)，平生知遇殊恩重(韻)。〔合〕恨匆匆(韻)，落紅萬點(句)，愁殺五更風(韻)。〔白〕願主公善保龍體。〔劉備白〕諸卿平身。〔雜扮神兵，净扮關公、張飛魂，引金童、玉女執幢上。内作樂。衆臣驚科，白〕天上樂聲嘹喨，異香滿庭。〔劉備作見科，關公、張飛白〕大數已到，請陛下昇天。〔劉備點頭，向衆臣白〕朕從此永别諸卿了。〔作閉目死科。扮劉備假身上。關公、張飛、金童、玉女、神兵引劉備下。内侍白〕不好了，主公氣絶了。〔二王、衆臣哭科，孔明白〕快走進寢宫去。〔二王、衆作哭科，扶下。衆臣哭白〕我那主公嗄。〔馬謖白〕丞相且節哀傷，急忙安置大事要緊。〔孔明白〕言之有理。〔同唱〕

【尾聲】人生碌碌皆虚閧(韻)，到頭來終成一夢(韻)，一任那定霸圖王也是空(韻)。〔下〕

第廿一齣　嶽帝奏申彰癉權

〔雜扮儀從、金童、玉女，旦扮宫官，引浄扮東嶽大帝上，唱〕

【仙吕調·點絳唇】泰岱巖巖韻，碧霞明湛韻。昭幽暗韻，天地同參韻。誰出俺這神明鑑韻。〔白〕滃泬三宫空洞天，秦松風雨半空懸。三千餘里鬼神府，總握生民化育權。吾乃東嶽天齊大帝是也。正趾坤元，作鎮東夏。齊二儀以永固，崇至德以配天。既資元氣而大厥生成，亦協陰陽而神其變化。並包萬象，雷霆風雨藴於吾心；調劑百靈，修短榮枯歸于吾掌。善其善，惡其惡，刑賞自有殊施；是則是，非則非，斟酌不差毫末。今有陽間曹操，惡貫滿盈，當受冥誅，以伸天憲。不免奏知上帝，前去捉拿便了。衆侍從，隨我上靈霄去者。〔衆應科，宫官下科。東嶽白〕正是：峩峩泰嶽崇，赫赫神威大。爲問世間人，誰出乘除外。〔衆侍從引東嶽大帝從昇天門下，上禄台科。雜扮衆神上禄台，作設朝科。東嶽大帝從禄台上，白〕五雲高捧朝元殿，百辟欽承北極尊。已到三天門了，就此伏俯。〔金星白〕階下俯伏者何神？有何事奏？就此披宣。〔東嶽大帝白〕臣東嶽泰山之神，有事奏聞。〔金星白〕奏來。〔東嶽大帝白〕今陽間曹操併逆黨華歆、郗慮等，窮凶極惡，罪不容誅，合該拿赴陰司，大加懲治。〔唱〕

【中吕宫・駐馬聽】他奸究貪婪(韻)，挾制諸臣將天憲啣(韻)。卻心存窺竊(句)，排成局陣(讀)，設下機緘(韻)。忠臣義士盡夷芟(韻)，欺君弑后把皇圖瞰(韻)。〔合〕逐逐耽耽(韻)，不吞漢鼎(讀)，不解他饞(韻)。〔金星作宣旨科，白〕玉旨下，聽宣讀。詔曰：稂莠不去，則害良苗，邪慝不懲，必回經德。所奏曹操等，性秉豺狼，迹同鬼蜮。肆爪牙之毒，輒敢奴隸其君；因羽翼之成，甚至荼毒其后。置鴆而皇嗣畢命，張網而貞士罹刑。命爾陰曹，褫其奸魄，備予非常之罰，以昭無上之誅。欽哉。〔東嶽大帝白〕聖壽無疆。臣更有請者，東漢之季，死事諸臣，俱志在滅曹，心存翊漢，但期有利於國，不敢自愛其身，忠義昭昭，宜加褒錫。〔唱〕

【又一體】他不把生貪(韻)，荼苦看來似薺甘(韻)。要剪除荆棘(句)，手將日托(讀)，肩把天擔(韻)。孤忠大義信無慚(韻)，殺身報國夫何憾(韻)。〔合〕臣節巉巖(韻)，宜加錫典(讀)，特予新銜(韻)。〔金星白〕玉旨下，聽宣讀。詔曰：兩間正氣，聿鍾特出之英；一代偉人，懋著非常之績。在秀靈所毓，自古爲然；而忠義所垂，於今爲烈。所奏愍獻之世死事諸臣，金石盟心，冰霜勵志，國家板蕩，猶以事尚可爲；天步艱難，敢云臣力已竭。或清君側，或舉義旗，或合謀以扶宗社之危，或併命以討奸雄之罪。是其抝銅撅鐵，投炎火而不焫；至于腰玉懸金，視浮雲之無有。雖則委身杼難，無補朝廷；然而大義精忠，式昭雲日。准加寵錫，用闡幽光。爾其欽哉。〔衆神白〕退班。〔東嶽大帝白〕聖壽。〔衆神作退朝科，東嶽大帝從禄台下。衆扮鬼卒、判官，引十殿閻君從酆都門上，唱〕

【又一體】世上奸貪(韻)，冥府持公法律嚴(韻)。任你胸藏狡詐(句)，意似鴟梟(讀)，心若狼饞(韻)。一朝身死尚不知慚(韻)，披毛戴角猶無憾(韻)。笑殺貪婪(韻)，漫漫長夜(讀)，何時得湛(韻)。〔分白〕賢聖已凋枯，奸邪再也無。古今同一盡，誰不到酆都。我等十殿閻君是也，奉東嶽大帝勅旨，道曹操欺君滅后，罪惡滔天，大帝已往靈霄奏事，將次回宮，必有玉旨降下酆都，捉拿惡犯等。爲此齊集各位殿下，在此伺候。你聽，天樂悠揚，大帝朝罷回馭也。〔儀從引東嶽大帝從昇天門上，同唱〕

【又一體】玉軸烺函(韻)，欽捧宸章下蔚藍(韻)。要口傳天語(句)，且停牙葆(讀)，暫息鸞驂(韻)。〔東嶽大帝白〕五殿閻羅王，上前聽旨。〔五殿閻羅白〕領旨。〔東嶽大帝白〕玉帝有旨。〔五殿閻羅跪科，白〕聖壽。〔東嶽大帝白〕今有陽間曹操及其黨華歆、郗慮等，〔唱〕心中直自把天貪(韻)，指尖意自將天撼(韻)。〔合〕命爾鋤芟(韻)，函昭憲典(讀)，用警頑讒(韻)。〔五殿閻羅白〕領旨。〔東嶽大帝白〕五殿閻君，既奉玉旨，即刻施行便了。吾即回宮去也。〔五殿閻羅白〕領旨。〔東嶽大帝儀從下。五殿閻羅白〕列位閻君，各歸本殿，吾即差鬼捉拿便了。〔衆閻君白〕請。〔同唱〕

【意不盡】大羅天上懸冰鑑(韻)，是是非非一覽(韻)。陰舒陽慘(韻)，這的是禍福無門人自探(韻)。〔從酆都門同下〕

第廿二齣　閻君牌攝奸讒魄

〔雜扮衆判官，引衆司官上，唱〕

【南吕調套曲·一枝花】陰陽一紙糊(句)，善惡千官紀(韻)。書來森衮鉞(句)，筆下析幾微(韻)。是是非非(韻)，並不留餘地(韻)，何嘗敢少遺(韻)。把一個人原始要終(句)，這一本賬從頭至尾(韻)。〔白〕執簡侍庭除，分曹領簿書。人間功與過，載筆總無虛。吾乃五殿閻君台下紀事司官是也，今日閻君着差鬼捉拿曹操，僉押發牌，只得在此伺候。正是：禍福維人召，恩威任我施。〔雜扮牛頭、馬面、鬼卒、金童玉女，引五殿閻君上，唱〕

【南吕調套曲·梁州第七】不是俺黑陰司裝威弄勢(韻)，也只因陽世上亂作胡爲(韻)，人倫滅裂綱常墜(韻)。曰明曰旦(句)，不怕天窺(韻)；爲鬼爲域(句)，敢把人欺(韻)。全不思天尊地卑(韻)，也不思戡亂扶危(韻)。一人人思仗劍揮天(句)，一處處思闢弓射日(韻)，一個個思遷鼎開基(韻)。忒希(韻)、忒奇(韻)。如今偏有希奇事(韻)，賊曹瞞窺神器(韻)，炎漢江山他將唾手移(韻)，卻逃不了俺鬼董狐直筆標題(韻)。〔司官參科，司官白〕司官稟參。〔閻君白〕少禮。今有曹操貪天蔑主，弒后戮妃，忠良靡有孑遺，社稷憑爲己有。天怒人怨可也，罪不容誅矣。奉有玉旨，將曹操冥誅，活捉到酆都定罪。〔司官白〕是。〔閻君唱〕

【南呂宫套曲・牧羊關】海嶽如湯沸(句)，輿圖似雪飛(韻)。可憐那四百年錦繡封圻(韻)，都入在老奸(句)雙袍袖裏(韻)。〔司官白〕劉繇、王朗、孫策等，並皆割據一方，何獨曹操。〔閻君唱〕豺狼當帝坐(句)，安用問狐狸(韻)。正是君弱臣强日(句)，天翻地覆時(韻)。〔白〕酆都鬼王何在？〔雜扮鬼王上，見科，白〕酆都鬼王參見。〔閻君白〕今有陽世曹操圖謀篡逆，郗慮、華歆等同惡相濟，不可一日姑容，着爾召齊都鬼，將一干罪犯拿赴冥司，按罪正法。〔鬼王應科，唱〕

【南呂調套曲・玄鶴鳴】怕甚皇親國戚(韻)，怯甚麽銅牆鐵壁(韻)。但得通風處(句)，便使攝魂旗(韻)。〔鬼王出酆都門，作按八方招八鬼上，又招取中央鬼上，共九鬼唱〕俺這一雙一雙急腿(韻)，走到那裏(韻)，拿在這裏(韻)。只覺得天愁地慘(句)，雨苦風凄(韻)。一任他潑無徒(讀)，潑無徒生得來多計智(韻)，只問他怎生迴避(韻)，如何擋抵(韻)。〔進酆都門見閻君科，白〕九鬼打躬。〔閻君白〕爾等聽者，曹操等重犯共十一名，〔付牌科〕爾等按牌上姓名，勾取生魂，速來交割，不得有違。〔衆鬼應科，閻君唱〕

【南呂調套曲・烏夜啼】從來未見欺君例(韻)，老奸臣忒把君欺(韻)。更城狐社鼠張聲勢(韻)，絶滅倫彝(韻)，圖傾社稷(韻)。俺冥中執法最無私(韻)，怎生饒恕彌天罪(韻)。疾忙去(句)，休遲滯(韻)，不分首從(句)，一概勾提㊗。〔九鬼應科，衆引閻君下。鬼王白〕牌限緊嚴，爾等就此速去。正是：閻王注定三更死，並不留人到五更。〔鬼王下。九鬼遶場出酆都門，同唱〕

【收尾】通天絶地難逃匿㊗，詭計奸謀無處施㊗。只鋃鐺響處已三魂悸㊗。他也怎樣支持㊗，俺也怎敢稽遲㊗。只教他抬起頭來㊗，認一認俺這九都鬼㊗。〔同下〕

第廿三齣　補行陽世三章法

〔衆扮太監，隨丑扮二老太監上，白〕欺心盜國謀長久，不想閻王不放鬆。咱家乃漢朝兩個掌宫太監是也。當初曹操把勢利哄騙我二人，棄了漢帝，做了他家的總管。我這兩個不學好的畜生，就上了當，跟着他做出無數傷天害理的事來。若是久長受用，倒也罷了，誰道天宫不容，把他少皮没毛，口中只説看見伏完、董承等帶領無數惡鬼，要劈他腦袋，剜他黑心，好怕人也。如今且扶他出來。哈，宫女們，你們把主公扶出來。〔内應科。衆扮宫女，作扶曹操上，發諢科，白〕主公，咱們扶你去外面坐坐。

〔曹操作抱病科，唱〕

【仙吕宫引·卜算子】我待把天移㊞，天不做人美㊞。病入膏肓未即瘳㊀，那更心生鬼㊞。〔白〕我曹操指望學周文王開八百載鴻基，所以欺世盜名，無惡不作。誰料雄圖未竟，劇病相侵。從前被殺冤魂，一個個都來索命，既欲劈我腦袋，又要剜我心肝。弄得我無路可逃，有智難使。咳，這也是從前作過事，没興一齊來了。〔二太監〕主公病勢沉重，何不差人祈禱神天，或有救星也未見得。〔曹操白〕咳，獲罪於天，無所禱也。〔唱〕

【仙吕宫正曲·風入松】蒼蒼曾幾受人欺韻，須比不得閒神邪鬼韻。我業經身犯彌天罪韻，到今日罪將誰委韻。便禱告上下神祇韻，曾何補又何爲韻。〔衆扮九都鬼持叉帶鎖扭，外扮伏完，末扮董承，外扮馬騰同上，唱〕

【仙呂宫正曲·急三鎗】奉血詔句，殪國賊讀，定國計韻。我肝膽露讀，腹心披韻。誰想機不密句，功不成讀，志不遂韻，反貽禍讀，在宫闈韻。〔分白〕小聖伏完是也。小聖董承是也。小聖馬騰是也。請了。〔伏完白〕曹操大逆不道，我等奉衣帶血詔，密討元凶。不料洩漏機關，反被殺害。上帝憐我等忠正，並勅爲神。今曹賊數絶命終，上帝即命我三人率領都鬼擒拿，以正弑逆之罪。衆差鬼，隨我一同進去。〔九都鬼應科，同伏完等進見曹操，伏完白〕奸賊你黑心兇性，如今那裏去了。差鬼，可將曹操腦髓劈出，以警人臣圖謀篡逆者。〔九都鬼應科，捉曹操出桌劈腦科。曹操伏地。衆太監白〕好好的不床上坐，倒在地下頑兒來了。〔曹操作發昏狀科，伏完等附曹操白〕大家看者，曹操欺世欺君，劈他腦袋，警戒世人，不可懷奸罔上。〔唱〕

【仙呂宫正曲·風入松】奸臣禍國又何奇韻，似曹操算來無幾韻。煢煢獻帝君虚位韻，妻若子並遭屠洗韻。是忠正一概誅夷韻，將神器手中携韻。〔曹操作昏倒桌上科。衆扮文武衆臣上，白〕著筮卦爻占得六，〔衆扮諸男上，白〕寢門問視目仍三。〔見科，白〕臣等請安。〔衆宫女、内監白〕好主公在那裏説因果、勸世人哩，可憐主公的腦袋兩瓣子了，説是伏完、董承、馬騰劈開的。〔郗慮、華歆白〕那有此事？

〔伏完白〕衆差鬼，將郗慮、華歆並曹操都與我活捉到酆都去。〔九都鬼應科。地井内上三生魂、地方鬼、大頭鬼、摸壁鬼、無常鬼，九都鬼鎖科。三屍放地上，伏完等下。衆宫女、内監白〕這等看起來，果然是天理昭彰，報應不爽。〔丑文武官虚白發諢科。衆文武白〕且休閒説，先將主公盛殮，等世子到來，早正大位要緊。〔衆應科，抬曹操屍下。衆校尉抬郗慮、華歆二屍下。衆文武舉哀科，唱〕

【仙吕宫正曲·風入松】神謀大略古來郗㊞，便當代何人堪比㊞。方將受禪登天位㊞，抱沉痾慨不起㊞。看龍去攀髯有誰㊞，空翘首白雲飛㊞。〔下〕

第廿四齣　試取陰司九股叉

〔九都鬼、地方鬼、大頭鬼、摸壁鬼、無常鬼、土地帶曹操等三魂上。四判官上，白〕欺君悞國一名，曹操；從奸爲惡佞臣，一名郗慮、一名華歆、一名張遼、一名許褚。〔曹操白〕你們好大膽，竟把孤家鎖起來了。孤家可是鎖得的？〔衆鬼白〕你這奸賊，還像在世上欺主弄權作威趁勢麽？　我這陰司中，只論善惡，不重威權。〔唱〕

【仙吕宫・急三鎗】黄泉路(句)，無情面(讀)，無勢利(韻)，只善惡(讀)，判高低(韻)。一任你(句)，多詐術(讀)，多奸計(韻)，逃不過(讀)，半些兒(韻)。〔曹操衆白〕這等説，我是死了。〔衆鬼白〕誰要你活。〔衆白〕哦，如今才曉得你陰司規矩。〔曹操白〕列位，我隨身有貓兒眼寶石九顆，乃漢朝傳代之物，竊取獲身。　我如今死了，要他何用，分送與列位罷。〔九都鬼白〕我們做了一世的鬼，卻不曾見過這貓兒眼，取出來我們大家看一看。〔曹操衣内取出，給九都鬼看科。　曹操等三魂跑下。　九都鬼白〕這奸賊死了，還忘不了鬼詐，使黑心欺鬼咧。〔土地白〕嗄，列位，你等好不小心，這廝罪大惡極，如何放走了？　況奸心回獲不定，難以捉拿，可疾忙趕上，將鋼叉叉住，解赴冥府便了。〔九都鬼應科，白〕既如此，我等就此趕上前去。〔作趕

曹操衆。三魂上，對叉捉住科，同唱〕

【仙吕宫・風入松】奸魂既受鐵繩縻㊞，尚兀自弄唇調嘴㊞。鬼頭鬼腦惟吾輩㊞，他也要藉財哄鬼㊞。急急的將他繫隨㊞，不怕你上天飛㊞。〔同下〕

第一齣　魚腹威吴八陣圖

〔雜扮小軍、將官、中軍，引小生扮陸遜上，唱〕

【仙吕調隻曲·點絳唇】蓋世英姿(叶)，良平奇智(韻)。乘軍勢(韻)，破竹長驅(叶)，方顯男兒志(叶)。〔白〕三十登壇志已酬，當年談笑取荆州。蜀兵百萬今何在，一炬沿江大地愁。小將陸遜，官拜吴國都督，昨使小計，大破蜀軍。八十三萬貔貅，盡遭水火之劫，蜀主僅以身免，退保白帝城中。俺今領此長勝之兵，更乘破竹之勢，西取全蜀，易如唾手。衆將官，前到何處？〔小軍白〕前離夔關不遠。〔陸遜白〕就此殺上前去。〔衆唱〕

【雙調正曲·四邊静】炎劉遇火難相濟(韻)，一陣兵皆逝(韻)。獨自領殘軍(句)，白帝來潛避(韻)。我今乘勢(韻)，如望諸下齊(韻)。要把川隴收(句)，方顯吾奇計(韻)。〔衆同下。外扮黄承彦上，唱〕石陣縱横神鬼欽，重重門户氣蕭森。今朝困服東吴將，諸葛宏名冠古今。老夫黄承彦，本爲漢代逸民，謬列襄陽耆舊。小壻孔明，先年入川之時，曾作八陣石圖于魚腹灘平沙之上，靈馭鬼神，妙參天地，預算定後有吴將陸遜誤陷陣中，託老夫指教。今聞陸郎大破蜀兵，必然乘勢窺川，不免到八陣圖邊一望。〔作望科，白〕你看渺渺江流，驚濤拍岸，叢叢亂石，殺氣迷空。八陣圖、八陣圖，今番用着你也。〔唱〕

【雙角套曲·夜行船】則這石堆兒賢如十萬敵(韻)，誰人識奧妙元機(韻)。門上加奇(韻)，九星移位(韻)，〔內作金鼓聲科，白〕呀，〔唱〕一派兒騰騰殺氣(韻)。〔白〕待我躲過一邊，待陸遜到來，指引他便了。〔下。雜扮天蓬、天芮、天沖、天輔、天禽、天心、天柱、天任、天英，善惡服色隨方，持器上，作遶場科，分白〕在天成象，在地成形，運行五位，號爲九星。俺乃天蓬星是也。俺乃天芮星是也。俺乃天沖星是也。俺乃天輔星是也。俺乃天禽星是也。俺乃天心星是也。俺乃天柱星是也。俺乃天任星是也。俺乃天英星是也。我等分隸九宫之位，輪值八門之間。久奉諸葛法，今守此陣圖。時時變化無窮，候陷東吴之將。時已將届，各宜恪遵。〔九星唱〕

【雙角套曲·喬牌兒】昏慘慘神鬼泣(韻)，愁靄靄乾坤閉(韻)。一個個神符分列司門位(韻)，眼見得弄機關在那裏(韻)。〔黄承彦上，唱〕

【雙角套曲·風入松】連天金鼓陣雲低(韻)，紅日失光輝(韻)。〔白〕呀，遠遠望見征塵匝地，金鼓連天，料是吴國人馬來也。〔內吶喊科，黄承彦唱〕征塵滚滚人如蟻(韻)，赤力力怒馬奔駛(韻)。一隊隊南山虎羆(韻)，一個個北海鯨鯢(韻)。〔白〕我且躲過一邊，看他怎生進陣。〔下。衆小軍引陸遜遶場上，唱〕

【雙角套曲・慶東原】俺軍聲正雄壯(句)，趁餘威奔似飛(韻)。兒郎奮勇如潮沸(韻)。馬蹀躞金累(韻)，兵閃鑠劍戟(韻)，將掩映旌旗(韻)。急煎煎直抵漢江湄(韻)，恃破竹長驅勢(韻)。〔内作金鼓聲科，陸遜白〕衆將官，前邊殺氣連天，必有埋伏，不可前進，速去探來。〔小軍作探回科，白〕啟上都督，並無埋伏。〔内金鼓聲科，陸遜白〕胡説，明明一派殺氣上浮，豈無埋伏，再去打探。〔小軍下，引黄承彦上，小軍回科，白〕此去正北江邊，有許多亂石，並無埋伏。尋得一個土人在此，都督問他便知。〔陸遜白〕帶來見俺。〔黄承彦見科，陸遜白〕前邊亂石作堆者何也？〔黄承彦白〕此石乃諸葛丞相入川特所排之圖，①在這魚腹灘上，名曰「八陣圖」，常有雲氣從内而起，不知何故。〔陸遜白〕你且迴避。〔黄承彦下。陸遜白〕衆將官就此安營歇馬，待俺親去探看一遭。〔衆下。陸遜引四將、四小軍行科，陸遜白〕秣馬暫休兵，行行探石陣。補天誠亦奇，況復言于晉。視此蠢蠢頑石，縱横成陣，此惑軍之術，有何益哉。待俺進内看來，更有何説。衆軍校，隨俺進去看者。〔應科，進陣，虚下。黄承彦白〕你看陸郎竟自闖入陣圖，正由死門而去，這番必陷陣中也。〔唱〕

【雙角套曲・新水令】他逞威風(讀)，闖八陣圖堆(韻)，正逢那死門之位(韻)。他那裏九天早佈網(句)，玉女守門扇(韻)。任你個智廣才奇(韻)，也跳不出(讀)，銷子連環内(韻)。〔白〕我且躲在一邊，看他如何出陣。

---

① 「特」疑爲「時」字之訛。

〔下。陸遜引衆上，白〕來到此間，只見門户重重，四通八達，亦無他異。你看時已夕陽，就此回營。〔內作金鼓喊聲科。九星引神兵上，遶場。陸遜白〕嚇殺吾也！一霎時狂風大作，亂石橫飛，天昏地暗，鬼哭神嚎，今番卻中了孔明計也。〔衆哭科，白〕都督，似此昏黑，不辨東西，我等性命休矣。〔陸遜白〕爾等休慌，可仍尋舊路而回。〔小軍白〕出手不見掌，怎生尋路。〔陸遜白〕爾等俱隨吾馬來。〔陸遜衆唱〕

【雙角套曲・沉醉東風】則見惡騰騰漫天殺氣(韻)，慘昏昏不辨東西(韻)。休提俺大將軍(讀)，空饒八面風(句)，倒做了楚重瞳(讀)，誤陷垓心内(韻)。雖則是幾堆兒頑石(句)，勝似那(讀)，銅牆與鐵壁(韻)，不由人不心兒驚碎(韻)。〔天蓬領神阻，衆伏，神下。陸遜白〕好利害也。你看那怪石嵯峨槎枒，似劍橫沙，立石重疊如山，又似江深浪湧，一派濤鼓之聲。前無去路，可再别方尋覓。爾等緊隨吾來。〔又遇天輔星神兵阻，衆伏，神唱〕

【雙角套曲・折桂令】恁肉眼兒怎識元機(韻)，這便是地網天羅(句)，也插翅難飛(韻)。總有勇何施(句)，枉了恁才高魯肅(句)，智邁周瑜(叶)，怎敵俺天蓬阻路(句)，難逃躲惡煞當衢(叶)。一任你東撞西馳(韻)，北往南回(韻)。總有那百萬雄兵(句)，殺不出這八陣靈石(韻)。〔陸遜引衆慌上，又遇天禽星阻，衆伏，神下。陸遜衆白〕果然好利害也，這廂又去不得，隨我這裏來。〔陸遜衆唱〕

【雙角套曲・殿前歡】急煎煎似驚獐兒意慌迷(韻)，忙促促似爛羊群一任觸潘籬(韻)。〔叫苦科〕哭哀哀(讀)，叫苦三軍士(韻)，密匝匝怎出重圍(韻)。眼見得没頭鵝牢閉住(叶)，落在這樊籠裏(韻)，怕做了縛雞連足都捉去(叶)。這其間欲求相救(句)，更有伊誰(韻)。〔陸遜白〕四面八方，都無出路。〔衆哭科，白〕可憐我們，俱死于此處了。〔陸遜嘆科，白〕蒼天蒼天，蓋世奇功，反成一夢，難道此間即吾死地也？〔按劍欲刎科，衆攔科。黄承彦上，白〕不須傷感，將軍要出此陣，可隨吾來。〔衆白〕救苦救難太白金星下界了。〔陸遜白〕你不是方纔土人老者，爲何也進此陣來？〔黄承彦作笑科，白〕老夫也進得來，也出得去。〔陸遜白〕末將誤陷此中，長者如能救出，決不敢忘大德，必當重謝。〔黄承彦白〕老朽亦非圖報而來，何須言謝，隨吾出陣可也。〔引行科，唱〕

【掛玉鈎】這抵是憐君陷困危(韻)，豈冀兼金餽(韻)。現放着(讀)，休開生吉祥途(句)，早把天羅地網披(韻)。跳出了離恨天(句)，依然雲静風清地(韻)。這抵是强者更逢强(句)，奇計又增奇(韻)。〔作同出陣科，陸遜白〕呀，唬死吾也，誤掠虎頭，險遭虎口，今日方知諸葛先生非等閒人也。多承長者救命之恩，雖不希報，敢求姓名，以誌肺腑。〔黄承彦白〕老朽非别，即孔明外父黄承彦是也。〔陸遜揖科，白〕末將久仰，今幸識荆。〔黄承彦白〕小壻進川之時，排此陣圖，算定將軍今當陷此，故囑老朽久候指救。將軍可收兵回吴，各守封疆，同心伐魏，還爲大漢纔是。〔陸遜謝科，白〕令婿誠神人也。〔雜扮徐盛、丁奉、韓當、周泰上，白〕都督久不回營，我等前來迎接。〔陸遜白〕本帥誤入八陣圖中，幸此長者相救。〔向黄承彦科，白〕長者良言，敢不領教。衆將官，即此回營，明早回吴。〔衆白〕都督見此石陣，何即回吴？〔陸遜白〕爾等何知。吾亦不爲見此石陣而回，那魏主曹丕，多懷譎詐，聞吾入蜀，必來犯界，因此便欲回吴。〔衆白〕都督高見。〔陸遜向黄承彦白〕就此告别。〔揖别引衆行科，陸遜白〕孔明王佐才，變化如龍妙。知己更知彼，吾亦窺其奥。〔引衆下。黄承彦白〕你看他退兵回去了。陸郎陸郎，〔唱〕

【煞尾】從今後㊣，魂夢中驚石壘㊙。再休誇能鬭智㊙，端的讓卧龍才果無此㊙。〔下。衆神將遶場科，分下〕

第二齣　龍興嗣蜀三分國

〔衆扮董允、杜瓊、譙周、秦宓上，①唱〕

【點絳唇】北極摇光(韻)，天香飄蕩(韻)。垂新象(韻)，聖主當陽(韻)，看旭日扶桑上(韻)。〔董允白〕衣冠身惹御爐香，〔杜瓊白〕繞杖偏隨鴛鷺行。〔譙周白〕秦地立春傳太史，〔秦宓白〕漢宮題柱憶仙郎。〔分白〕下官黄門侍郎董允是也。下官諫議大夫杜瓊是也。下官太史令譙周是也。下官學士秦宓是也。〔同白〕請了。〔董允白〕昨日丞相奉先帝遺詔，扶儲君登極，今日受百官朝賀。候丞相衆官到來，一同朝禮。〔衆應科，生扮孔明，末扮李嚴，生扮趙雲，浄扮魏延、關興、張苞，生扮馬岱、王平上，同唱〕

【又一體】曙色蒼茫(韻)，晨鷄初唱(韻)。移天仗(韻)，劍珮鏗鏘(韻)，佇聽鳴稍響(韻)。〔衆官見科，白〕丞相。〔孔明白〕列位，國家不可一日無君，況曹丕已受禪稱帝。已曾上言，請儲君嗣帝位，以成漢統。今新主御殿，百官朝賀。〔衆官白〕試聽天樂悠揚，御香飄緲，新主陞殿也。〔衆扮鎮殿將軍、太監、宮女，

① 此處原留空，據下文補「秦」字。

引小旦扮後主上，唱〕

【又一體】先帝雲鄉(韻)，仰天悲愴(韻)。群臣强(韻)，心意徬徨(韻)，勉將金鑾上(韻)。〔坐科。衆臣朝參，後主白〕先帝升遐正可哀，師臣催攢上瑶堦。萬幾未諳閭閻事，慚愧難稱馭世才。朕乃劉禪是也。先帝升遐，群臣勸進，只得勉稱大位。内侍宣：相父近前，賜龍墩坐了。〔孔明謝坐科，後主白〕朕才德菲薄，初坐大寶，諸凡皆倚相父教之。〔孔明白〕臣蒙先帝知遇之隆，託孤之重，敢不竭盡股肱，以報陛下。〔唱〕

【滴溜子】蒙先帝(句)，蒙先帝(疊)，皇恩浩蕩(韻)。況託臣(句)，況託臣(疊)，寵加過望(韻)。但愧(讀)臣才愚戇(韻)，〔合〕微軀敢憚勞(句)，誓清欃槍(韻)。倩后土皇天(讀)，鑒臨臣亮(韻)。〔後主白〕相父忠誠，朕所知也。爾等文武諸卿：朕躬初立，全賴卿等協力輔佐。文臣勿忘忠告之道，武臣勿辭疆場之勞。朕實涼德，幸卿等追念先帝知遇。〔唱〕

【畫眉序】治國與安邦(韻)，惟賴侯臣共良將(韻)。愧朕躬涼德(讀)，才識茫茫(韻)。臨軍壘務著奇功，〔白〕處朝堂願聞忠讜(韻)。〔合〕君臣戮力圖開創(韻)，矢同心勿負先皇(韻)。〔衆文武跪科，白〕臣等荷蒙先帝豢養，雖肝腦塗地，莫報萬一。願陛下勿忘先帝之艱難，臣等何敢不効犬馬之心力。〔同唱〕

【滴溜子】蒙先帝(句)，蒙先帝(疊)，將臣豢養(韻)。知遇恩(句)，知遇恩(疊)，死生難忘(韻)。陛下(讀)萬幾初掌(韻),〔合〕當思先帝勞(句),艱難營創(韻)。臣等犬馬微軀(韻),竭誠非爽(韻)。〔後主白〕諸卿協心輔翼,社稷有幸矣。傳旨退班。〔大太監白〕退班。〔内奏樂,衆下座,後主唱〕

【尾聲】諸卿輔翊咸忠諒(韻),皇家社稷倚仗(韻)。〔向孔明科,唱〕那要緊的國政軍機,全勞相父掌(韻)。〔下〕

第三齣　初入冥途須掛號

〔雜扮皂隸小鬼、判官大鬼上，作跳舞畢，引城隍上，唱〕

【集賢賓】黑漫漫讀，鬼風尖陰氣冷韻，蕭瑟夜臺冥韻。俺職與陽官分領韻，資保障明德維馨韻。人世上是是非非句，到這裏偪偪清清韻。算盤珠讀，撥不偏井井韻，那些兒不鄭亶分明韻。可是九章存鐵案句，一鑑朗空庭韻。〔白〕吾乃前漢紀信是也。秉乾坤之浩氣，懸日月之丹心，結髮事君，矢忠殉國。欣九天之可托，延漢祚于千秋。雖萬死以何辭，甘楚人之一炬。上天矜卹，封爲城隍之神，協理幽明，彰癉善惡。但有一切亡鬼，俱當至此掛號。鬼卒，有投文掛號的，引他進來。①〔皂隸鬼應科。雜扮金童、玉女，衆扮王允、孔融、盧植、禰衡、丁原、种輯、吉平、楊奉上，同唱〕

【商調套曲·逍遥樂】榮枯天定韻。理欲關頭句，先須認清韻。豈無端樂死輕生韻，也皆因義重身輕韻。但把倫常一掌擎韻，榮華富貴總浮萍韻。何②着意句，非設成心句，不爲邀名韻。〔金童、玉女

① 「來」字原脱。
② 此處原空一格。

白〕諸位善人請少待。〔向内科〕善人掛號。〔皂隸鬼作稟科，城隍白〕請進來。〔皂隸鬼出請科，引衆善人進門，城隍起科，白〕諸位善人，各通姓名。〔衆分白〕吾乃司徒王允。吾乃北海太守孔融。吾乃禰衡。吾乃尚書盧植。吾乃郊州刺史丁原。吾乃吉平。吾乃太尉楊奉。吾乃長水校尉种輯。〔城隍白〕原來都是忠臣孝子，可敬可敬。〔唱〕

【商調套曲・金菊香】五倫一力獨支撑㊜，正氣昭昭炳日星㊜，靈霄玉管記生平㊜。豈但史册流青㊜，千古播芳名㊜。就此掛號前去。〔衆忠魂白〕節義忠貞，乃人生當盡之事，何勞尊神過獎。況吾等呵，〔唱〕

【商調套曲・梧葉兒】爲妖氛結㊀，厲氣凝㊜，漢國亂縱横㊜。身雖死㊀，心未平㊜，目未瞑㊜。敢承當尊神頌聲㊜。〔下。衆扮九方鬼，帶曹操、華歆、郗慮、荀彧、荀攸、毛玠、郭嘉、程昱、王粲、許褚、張遼上，九方鬼白〕你們聽了：拿到亡魂，例應城隍司掛號，可攢動些。〔曹操白〕怎麼孤家也要去見城隍？〔鬼白〕自然要去的。〔曹操白〕我不去。〔鬼白〕曹操，你敢不去麽？〔打科。曹操白〕我去我去。唉，往日威風，如今都到那裏去了？〔唱〕

【商調套曲・醋葫蘆】我威武揚㊀，殺氣横㊜，喑嗚叱咤鬼神驚㊜。怎而今㊦，鬼神翻作梗㊜。呼名道姓㊜，不由人㊦，怒目一雙瞠㊜。〔九方鬼白〕來此已是城隍司了，不免掛號。〔虚白，通報科。一皂隸鬼出問科。九方鬼白〕拘到惡犯曹操等十一名，特來掛號。〔皂隸鬼作進稟科，白〕有長解鬼解到惡犯曹操等十一名，求掛號施行。〔城隍白〕帶進來。〔皂隸鬼傳科，九方鬼帶進科，判官白〕聽點謀篡首犯曹操，從犯華歆、郗慮、荀彧、荀攸、毛玠、郭嘉、程昱、王粲、許褚、張遼。〔各分應科。城隍白〕爾等俱係漢臣，豈不聞君臣之義，無所逃於天地之間，已經束髮相從，怎忍唾手以取，處心積慮，極惡窮凶。華歆等但顧私恩，罔知公議，既欲謀傾宗社，復敢手弑后妃，逆理亂常，莫此爲甚。俺便罄南山之竹，可也書罪無窮也。〔曹操白〕漢家天下，桓、靈已經敗壞，厥後董卓繼之，傕、汜又繼之，鬼犯内平國難，外靖邦朋，壘卵之漢，得以不墜者，鬼犯之力也。至於椒宫行弑，乃歆、慮所爲，實不知情，似可免議。〔城隍白〕你推得好乾浄也。〔唱〕

【又一體】嘴頭伊可乖(句)，心中我自明(韻)。把逆天重罪卸來輕(韻)，果是不思遷漢鼎(韻)。未聞有命(韻)，如何四海竟專征(韻)。〔白〕鬼卒，着實打。〔皂隸鬼作打科，曹操白〕鬼犯受打不起，願吐實情。〔城隍白〕着他畫供上來。〔曹操畫供科，唱〕

【又一體】曾將天子欺(句)，曾將妃后凌(韻)，今朝一筆畫招承(韻)。若是罪咱遷九鼎(韻)，請君試聽(韻)，人盡魏王稱(韻)。〔九方鬼白〕曹操奸雄亂世，天地不容，五殿閻君差我等擒拿，以彰惡報。今已鎖解臺前，我等當先去銷牌覆命，尊神僉差轉解便了，求領回批。〔城隍寫，白〕速發回文便了。〔九方鬼白〕罪名輕重原非一，律法陰陽總不差。〔下。城隍白〕聽差，長解鬼何在？〔雜扮五長解鬼上，白〕來也。差鬼叩頭，有何差遣？〔城隍白〕鬼犯一名曹操，罪大惡極，當受重重惡報。命爾解往酆都，須要小心在意。〔五長解鬼應科，帶曹操下。城隍白〕把華歆等一齊帶上來。〔帶科，城隍白〕長君逢君，陷曹操于大逆者，皆汝輩之罪也。〔唱〕

【商調套曲·後庭花】你黑心怎的生(韻)，黑途竟自在行(韻)。身受皇家禄(句)，心爲權佞營(韻)。你忒無情(韻)，只問你元勳開國(句)，到底誰將新命膺(韻)。〔華歆等白〕鬼犯等黑心，尊神洞照，何敢多辯，只望開恩。〔城隍白〕畫供。〔華歆等傳筆畫供科，唱〕

【商調套曲·柳葉兒】只錯得不知安命(韻)，向奸臣吐露忠誠(韻)，逆天大罪丹書定(韻)。神責過(句)，史書名(韻)，求不得筆下超生(韻)。〔城隍白〕長解鬼何在？〔衆扮五長解鬼上，虛白，見科。城隍白〕將華歆等十名，小心解到酆都。〔長解鬼應科，帶華歆等下。城隍下座，唱〕

【浪裏來煞】明明照瞻臺(句)，高高掛業鏡(韻)，奸囚何處可藏形(韻)。俺陰官與人無世情(韻)，休圖僥倖(韻)，只教你漫漫黑獄逐層經(韻)。〔下〕

第四齣　自沉江浦欲全名

〔丑扮地方上，唱〕

【越調正曲・水底魚】下役波查(韻)，官差日似麻(韻)。〔合〕堂牌未了(句)，衙裏又傳咱(韻)，衙裏又傳咱(疊)。〔白〕自家蟂蟣江邊一個地方便是，自從應了此役，居鄉也能作福作威，人人敬怕。怎奈地近都城，官差煩冗，不論那衙門走出個人來，便受他三分惡氣。不但賠茶賠酒，一些兒不到，當官就受用那篠鞭竹片，這也不在話下。昨日衙裏出票，傳説郡主娘娘今日江邊行祭，各地方俱要伺候答應。其所用之物，已經預備停當，趁官未來查點，且去少飲三盃，再伺候便了。〔下。丑扮典史、雜扮皂隸上，典史唱〕

【又一體】一樣烏紗(韻)，官居縣四衙(韻)。〔合〕出身三考(句)，拜帖寫年家(韻)，拜帖寫年家(疊)。〔白〕小官乃秣陵縣一個典史官兒是也。郡主娘娘江邊祭奠蜀主，奉主公令旨，着在江邊伺候。蒙堂翁委我催着地方預備一切應用什物，不免前去查點查點。已到江邊，地方怎麽不來接我，可惡可惡。〔皂隸白〕叫地方。〔地方白〕是誰浪叫？〔皂隸白〕哇！老爺來到，什麽浪叫浪叫。〔地方白〕來到來到，唬得我七顛八倒。〔典史白〕顛倒顛倒，打得你屁股亂跳。〔地方見科，白〕老爺來了。諸事齊備，請老爺查點。〔典史白〕住了。你是蝗蟣的地方，前次失了卯，我老爺施恩寬恕于你，說你有甚孝敬，如何竟騙了我老爺？當此皇差緊急，你卻饢的這等爛醉。皂隸，與我打這厮。〔皂隸扯地方發諢科，白〕老爺的恩典，小的心上牢記着哩。目下差使吃緊，過這兩日，自然有個薄意孝順老爺的。〔典史白〕如此，暫且饒你。〔皂隸白〕使不得，一定要打。〔典史白〕那個道理？〔地方白〕什麽意思？〔皂隸白〕老爺的講了，我的規矩也要明。〔地方白〕一總也是有的。〔雜扮太監上，白〕紫禁傳魚鑰，皇宫使鳳車。咱家吴宫太監便是。郡主娘娘已發車駕，咱家先來查點祭祀之物。地方官兒那裏？〔典史白〕小官伺候。〔太監白〕一切祭物人等，俱各齊備了麽？〔典史白〕俱已齊備。〔太監白〕小心伺候。〔虚下。旦扮新月公主，雜扮衆太監、一大太監，轎夫抬轎上。新月公主唱〕

【高宫套曲・端正好】楚天遥(句)，金風乍(韻)，淚湘江竹暈斑花(韻)。望九嶷煙黛渾如畫(韻)，料難返重瞳駕(韻)。〔白〕惆悵金泥簇蝶裙，洞庭西望楚天分。江流不盡千秋恨，落日西風空白雲。我乃新月公主是也，昨聞宫監傳說蜀主白帝歸天，奴家一聞此言，好不痛殺我也。故此啟知哥哥，到江邊一祭，以盡夫婦之情。嗄，夫嗄，你撇得我好不苦也。〔唱〕

【高宫套曲・滚繡球】恨悠悠暗自加(韻)，淚紛紛落似蔴(韻)。望江山宛如圖畫(韻)，對西風露冷蒹葭(韻)。銷減了鏡裏容(韻)，飛盡了陌上花(韻)。想當年誤信了周郎初嫁(韻)，憶同奔曾隨着杜宇還家(韻)。實指望鴛鴦比目同諧老(句)，反做了飛燕伯勞各一涯(韻)。只落得怏恨嗟呀(韻)。〔到科，太監白〕啟娘娘：已到江邊了，請公主下轎。〔新月下轎科，白〕我那夫君嗄。〔太監白〕香案齊備了。〔新月白〕看香。〔太監白〕左右，將祭供擺設停當者。〔雜扮禮生上，白〕請娘娘就位拈香，行初獻禮。〔内作樂，新月拈香科，白〕未爇名香玉筯垂，魂兮何處不勝悲。天荒地咽淒風緊，此恨綿綿無絶期。〔哭科，唱〕

【高宫套曲・倘秀才】争甚麽富貴榮華(韻)，每日價金戈鐵馬(韻)，須不比蜀帝公孫井底蛙(韻)。只聞説一朝抛繡甲(韻)，誰承望半載染黄沙(韻)，枉從前圖王定霸(韻)。〔禮生白〕請娘娘行亞獻禮。〔新月又拜科，白〕我那夫君嗄，〔唱〕

【高宫套曲・叨叨令】只見鶴横江(讀)，疑似遼魂化(韻)。楚些哀(讀)，空把三閭禡(韻)。女螺江(讀)，誰弔湘娥寡(韻)。望夫磯(讀)，肯把彭郎嫁(韻)。兀的不是痛殺人也麽哥(格)，兀的不是恨煞人也麽哥(疊)。哭哀哀好似巫峽猿腸(讀)，斷在西風下(韻)。〔禮生白〕請娘娘行三獻禮。〔新月拜科，禮生讀祭文科，白〕維蜀漢章武三年秋八月朔，臣妾孫氏謹於江畔招魂，致祭于夫君之靈曰：維帝赫赫，大漢宗枝。崛起草莽，維略英姿。爰至赤壁，共破曹瞞。孫劉和好，特用交歡。迨帝西歸，妾與同駕。帝復兩川，妾歸江夏。惟婦之道，從一而已。帝既歸天，妾復何企。招魂一奠，宇宙茫茫。帝格有靈，來享蒸嘗。嗚呼哀哉，伏惟尚饗。〔禮生奠爵〕禮畢徹奠。〔禮生下，新月白〕寞寞魂何處，巫陽不可招。風前三奠酒，血淚灑江濤。〔唱〕

【高宮套曲・脱布衫】魂來兮何處天涯(韻)，不由人傷情也淚染衣紗(韻)。不甫能身依錦水(句)，漫思量雲歸巫峽(韻)。〔太監白〕娘娘暫節傷悲，你看雁陣橫空，夕陽漸下，一派好景也。〔新月唱〕

【高宮套曲・小梁州】抵多少汾水秋風雁影斜(韻)，留不住迅速韶華(韻)。淒涼晚景映殘霞(韻)，漸覺夕陽下(韻)，疏林裏黃葉亂棲鴉(韻)。〔太監白〕祭祀已完，請娘娘早早回宮。〔內作風濤聲。衆水卒持水雲從地井上，龍母隨上。太監白〕狂風陡作，江濤駭人，請娘娘作速回宮。〔新月白〕嗳。〔唱〕

【煞尾】恁休提江濤湧速把鸞輿駕(韻)，則奈咱猛回首茫茫何處家(韻)。咱待向渺渺波心把閒鷗狎(韻)，再不去花草吴宮將幽徑踏(韻)。雖與他好姻緣今世假(韻)，拚紅顏隨伊在黃泉下(韻)。〔白〕新氏，你有何面目立于人世，罷罷！〔唱〕從前業債今朝罷(韻)，一任那萬古千秋議論咱(韻)。總然他漢家負恩(句)，決不使吴儂(讀)情義寡(韻)。〔作投江，水卒、龍母送從地井下。太監等驚慌科，白〕這事怎了，須索飛報主公知道。〔典史、地方、皂隸慌上科，白〕郡主娘娘爲着何事投江？可惜可惜。〔太監白〕哇！狗官，還不快備船隻搭救。〔典史白〕這等大風大浪，江流又急，怎生搭救？〔太監白〕放屁！如再遲延，啟知主公，砍你這驢頭。〔衆下。典史走科，白〕那裏説起。你們不知怎麽弄他投江，還要砍我的頭，皇帝是你做着哩。〔衆虛白發諢下〕

第五齣　二殿會三忠勘罪

〔雜扮衆儀從，引外扮董承、馬騰，生扮吉平，從禄臺上，同唱〕

【仙呂調・賞花時】自古陰陽一紙糊(韻)，善惡分明彰癉殊(韻)，不爭差墨字與朱書(韻)。〔分白〕小聖董承。小聖馬騰。小聖吉平。我三人奉詔討賊，因機事不密，反爲曹賊所害。上帝旌吾等忠義，勅簡爲神。今早玉旨到來，道董卓、曹操俱已拿赴冥司，命我等與二殿閻君會審，須索同去走遭。正是：善惡到頭終有報，只爭來早與來遲。〔儀從引行科，同唱〕只俺這雲霄翔步(韻)，抵多少十賚出清都(韻)。〔禄台下雜扮衆鬼卒、牛頭、馬面、判官、金童、玉女，引二殿閻君上，唱〕

【南北合套・醉花陰】碧殿晴開乍亭午(韻)，蚤凄凄陰雲密布(韻)，不由他心兒怯氣兒虛(韻)。便道他鐵漢何如(韻)，也見不得幽冥府(韻)。只要伊罪過一些無(韻)，便是見閻羅有何懼(韻)。〔白〕劍戟森森地府開，坐衙專待惡人來。世間若是都行善，十殿閻羅盡可裁。俺乃二殿閻君是也，今日會同上帝欽差，勘問董、曹二賊。這時節敢待來也。〔儀從引董承、馬騰、吉平從禄臺下仙樓，同唱〕

【南北合套・畫眉序】承命疾馳驅(韻)，羽葆牙幢導鸞馭(韻)。向長空一道(讀)，徑遶酆都(韻)。耳跟前風送風迎(句)，眼底下雲來雲去(韻)。〔合〕到時莫慢聽他訴(韻)，且付與斧斤刀鋸(韻)。〔作進酆都門，二殿閻君出迎科，白〕不知三位尊神到來，有失遠迎，得罪了。〔董承衆白〕豈敢。〔二殿閻君白〕今日奉旨推勘董卓、曹操，各犯俱已帶到，單候尊神升殿。〔董承衆白〕請。〔二殿閻君白〕請。〔各作升坐科。二殿閻君白〕衆鬼卒，先帶董卓聽審。〔鬼卒應科，帶董卓上。二殿閻君白〕董卓，你本藩鎮外臣，統兵入衛，不思掃清君側，乃借勤王之目，爲篡位之謀。少帝飲鴆而崩，何后攛樓亦絞，又劫遷天子，焚掠皇都，三公並被株連，百姓並遭荼毒。你的罪惡，可也罄竹難書也，從實招來，免受刑楚。〔董卓白〕鴆君弑后，乃李儒所爲；焚闕刼遷，爲黄巾所逼。至于大臣戮辱，小民流離，亦時勢不得不然，非鬼犯之罪也。〔二殿閻君怒科，白〕唗！〔唱〕

【南北合套·喜遷鶯】您休把奸心迴護(韻)，您休把奸心迴護(疊)，不由伊掉謊支吾(韻)。當也波初(韻)，都是你設謀圖主(韻)，怎生的重擔輕輕卸李儒(韻)。〔董卓白〕刼帝遷都，意在奠安社稷，如今以我爲罪，這也罷了。那鴆殺少帝，絞死何太后，鬼犯實不知情，豈甘誣服。〔二殿閻君大怒科，白〕明明是你主使，李儒加功，假如持刀殺人，難道都是刀的罪麽？衆鬼卒，將董賊着實的打者。〔鬼卒應，作打科。二殿閻君唱〕非刑苦(韻)，這的是俺陰曹制度(韻)。怕你不骨碎皮枯(韻)，不怕你不骨碎皮枯(疊)。〔董卓白〕鬼犯受刑不起，願招。〔二殿閻君白〕快招上來。〔董卓唱〕

【南北合套·畫眉序】着意在皇圖(韻)，非僅藏嬌戀郿塢(韻)。敢賫將鴆毒(讀)，去把龍屠(韻)。避凶鋒播徙流離(句)，怎能彀室家保聚(韻)。〔合〕貪天一念由人誤(韻)，罪還在李儒、吕布(韻)。〔董承衆白〕既已供招，便請定罪。〔二殿閻君白〕鬼卒們，將董卓用銅鎚擊打一百。〔鬼卒應，打科。二殿閻君唱〕

【南北合套·出隊子】則俺這閻羅陰府(韻)，用不着三章法五等誅(韻)。只轉關兒(讀)，隨意把囚屠(韻)。且慢説意想從來屬子虚(韻)，〔白〕今日呵，〔唱〕只叫你且試蕭何法外書(韻)。〔白〕發往前殿受罪。〔衆鬼卒應，作抬董卓科下。二殿閻君白〕帶曹操上來。〔衆鬼卒應，作帶曹操上科。董承衆白〕曹操蔑君叛國，趁勢作威。以白練絞殺董妃，用亂棒打死伏后。目無君上，伏三尺劍于宫闈；斬絶宗支，鴆二皇子于襁褓。神人共憤，天地不容。今到冥途，更有何辯？〔曹操白〕尊神所説，雖則有因；鬼犯此心，不能無屈。想生前呵，〔唱〕

【南北合套·滴溜子】可也是(句)，朝中(句)巋然一柱(韻)。怎宫庭(句)，上下(句)共相讒妒(韻)。我雖然(讀)，勢如騎虎(韻)，〔合〕何曾命華歆(句)，何曾託郗慮(韻)。后死妃亡(讀)，於我何與(韻)。〔董承衆白〕此賊奸詭性成，至死不變，須得嚴刑峻法，才肯吐真情。〔二殿閻君白〕衆鬼卒，把曹操大秤鈎起來。〔衆扛刑鬼卒應科，向下場取扛架大秤安中場。捉曹操下中地井。取假身以大秤鈎起。曹操假身切末科。二殿閻君白〕衆鬼卒，取鐵鞭重打一百。〔衆動刑鬼應，各持鐵鞭打假身切末上出血科。二殿閻君白〕奸賊嗄奸賊，你道陽間作事，俺陰司裏不知道麽。〔唱〕

【南北合套·刮地風】哎呀，只爲御世無權宫禁疏(韻)，任奸宄排闥高呼(韻)。手將他椒宫鬟髮來揪住

(韻)，便官家無可何如(韻)。更憐他鳳種龍雛(韻)，顧不得是君王相親相護(韻)，逼得他弟兄每飲鴆身殂(韻)。又有那董貴妃(句)，懷孕身(句)，你何嘗饒恕(韻)。到今日公庭推鞫餘(韻)，難道説不知情就不定爰書(韻)。〔曹操白〕鬼犯願招。〔二殿閻君白〕放下來，着他畫供。〔動刑鬼卒應，放假身切末入地井科。曹操中地井上，唱〕

【南北合套·滴滴金】生平從未嘗刑楚(韻)，今日如何喫這苦(韻)，只得把真情實話從頭訴(韻)。我本無心(句)移漢祚(韻)，改玉改步(韻)，都是一班文共武(韻)。〔合〕你那裏若定刑章(讀)，我不過失察家奴(韻)。〔董承衆白〕這奸賊推得好乾净也。〔二殿閻君怒白〕哇！許世子不嘗藥，趙盾不討賊，尚律以弑父弑君之罪。今郗慮、華歆實你所使，乃藉口失察，希圖末減麽。〔唱〕

【南北合套·四門子】恨殺您狠心兒暗把河山覷(韻)，恨殺您狠心兒暗把河山覷(疊)，看看看看官家似一匹雛(韻)。開口道王封九錫皆天數(韻)，把周文妄自居(韻)。你立意初(韻)，已罪有餘(韻)。又何待禍椒庭(讀)，才成背叛書(韻)。〔白〕鬼卒們，與我把這奸心曹操，照舊的鈎起來。〔衆動刑鬼卒應，仍前鈎科。曹操地井内白〕鬼犯實不知情。〔二殿閻君唱〕你莫弄虚(韻)，〔曹操地井内大呼科，白〕受刑不起啊。〔二殿閻君唱〕也不用呼(韻)，只要你一樁樁還俺憑據(韻)。〔内作細樂，扮伏后、董妃從中天井各乘小雲兜下。董承衆見科，白〕呀，二位后妃到了。〔伏后、董妃唱〕

【南北合套·雙聲子】嗚簫鼓(韻)，嗚簫鼓(疊)，天半垂雲馭(韻)。到閻浮(韻)，到閻浮(疊)，親對奸臣簿(韻)。〔白〕曹賊聽者，爾遣郗慮、華歆入宫行弑，又逼弑二子，到此地位，還敢茹刑抵賴麽？〔曹操白〕不敢抵賴了，情甘坐罪。〔伏后、董妃白〕賊既伏辜，應受何刑速定擬，我等即歸閬苑，以候天封也。〔唱〕把元惡誅(韻)，黨與除(韻)。〔合〕只倩你閻羅老子(讀)，蚤正刑書(韻)。〔內作細樂，起雲兜科上。二殿閻君白〕放下曹操來。〔動刑鬼放假切末入地井，衆扛刑鬼送扛架秤下。二殿閻君白〕曹操，更有何説？〔曹操地井上，白〕罪該萬劫，只求寬典罷。〔二殿閻君白〕奸賊，你還敢求寬免麽？〔唱〕

【南北合套・古水仙子】呀呀呀(格)，忒罪辜(韻)，呀呀呀(格)，忒罪辜(疊)。俺俺俺(格)，俺把那一線魂靈百様刳(韻)。這這這(格)，這奸賊詭詐如狐(韻)。那那那(格)，那官家畏葸如鼠(韻)。更更更(格)，更把那后與妃並屠戮(韻)。慘慘慘(格)，慘忠良血肉模糊(韻)。您您您(格)，您仗威權(讀)，待將天位覷(韻)。可可可(格)，可知道(讀)，蚤已干天怒(韻)。怎怎怎(格)，怎脱得你個篡弑罪魁俘(韻)。〔白〕老奸既已伏辜，自當盡法處治。鬼卒，將曹操發往前殿。〔鬼卒應科，帶曹操下。董承衆白〕我等上天復旨去也。〔衆侍從引董承作出酆都門上仙樓下，二殿閻君唱〕

【煞尾】還愁法有盡(句)，何當罪餘(韻)。卓和操(讀)，百折何足數(韻)。只可惜攪壞了(讀)，漢室的江山竟何補(韻)。〔同下〕

第六齣　千軍擁一相征蠻

〔雜扮小軍，引趙雲、魏延、王平、張翼上，同唱〕

【仙呂調集曲・點絳唇】玉帳雲開(韻)，金輿紫蓋(韻)。威風大(韻)，名振八垓(韻)，〔合〕指日裏平蠻寨(韻)。〔趙雲白〕相國南征靖不毛，〔魏延白〕旌旗十萬陣雲高。〔王平白〕男兒欲掛黃金印，〔張翼白〕腰下須懸帶血刀。〔分白〕某趙雲。某魏延。某王平。某張翼是也。〔趙雲白〕丞相南征，命吾等爲將從行。大兵已屯城外，候丞相辭闕即行。道言未了，丞相車騎已到。〔雜扮小軍、將官、家將、中軍、關興、張苞，引生扮孔明乘車上，唱〕

【中呂調套曲・粉蝶兒】纔離了鳳闕金堦(韻)，駕輕車早來到錦城郊外(韻)，高捧着玉劍金牌(韻)。則見那掣旌旗(句)，掩日月(句)，征雲靉靆(韻)。一行行將士分排(韻)，更兼簇擁着笙歌一派(韻)。〔衆將上，白〕衆將打躬。〔孔明白〕侍立兩傍。昆明池水漢時功，驅石何時到海東。天子預開麟閣待，西來將相位兼雄。逆蠻作亂，請命南征。今以辭朝，大軍郊外屯候，不免發遣衆軍起行便了。吩咐香案伺候，請大纛來，待我祭奠。諸將隨班。〔扮持纛人上、贊禮官上科，孔明祭科，唱〕

【中呂調套曲・醉春風】我將這一杯酒灑風前(句)，皂纛旗深深拜(韻)。但只願旗開處靖塵霾(韻)，那逆蠻心改改(韻)。一憑着聖主威靈(句)，二憑着將軍協力(句)，三憑着三軍休怠(韻)。〔衆扮儀從、内侍，引小生扮後主上，白〕元老興戎日，竚聽報捷音。長亭一杯酒，聊以盡吾心。〔報孔明科，白〕聖駕到。〔孔明接見科，後主白〕相父遠行，特來一餞。〔孔明白〕又勞車駕，微臣何當此。〔唱〕

【中吕調套曲·石榴花】論微臣奔役分當該(韻)，怎敢勞車駕出天街(韻)。感恩難報這位三台(韻)，端底要恢漢業少盡涓埃(韻)。〔後主白〕内侍看酒來，朕親把盞。〔孔明白〕萬歲。〔唱〕又何須賜金莖一滴可也真恩賚(韻)，矢丹心力竭駑駘(韻)。〔飲科，白〕臣當叩謝。〔後主白〕相父免禮。〔孔明白〕萬歲，〔唱〕這的是天顔咫尺敢不誠惶拜(韻)。請君王(讀)，御輦轉堯堦(韻)。〔後主白〕朕即回宫，相父保重。正是：長亭已盡三杯酒，玉帳還須萬里勞。〔同下。孔明白〕大小三軍，就此起行。〔衆同唱〕

【中吕調套曲·鬬鵪鶉】俺這裏統三軍隊伍齊排(韻)，鼓聲催何人敢懈(韻)。演就的陣按奇門(句)，左右把風雲布擺(韻)。須索要欵欵前行莫喧埃(韻)，號與令記心懷(韻)。説甚麽雲擁風來(韻)，恰便是星馳電邁(韻)。〔同下。小生扮關索上，白〕行人莫謾説荆州，淚灑青萍思報仇。還把赤心扶漢鼎，男兒志豈在封侯。某關索，乃關公三子。自從荆州失陷，逃難在外，一病久淹。今幸痊可，故此赴都投奔哥哥關興。路上聞得人説諸葛丞相征蠻，俺想人生在世，立功異域，乃男兒之志，故此星夜投奔軍前，爲國効力，以繼先人之志。正是：不辭辛苦投軍去，爲際風雲報國來。〔下。衆引孔明上，同唱〕

【中吕調套曲·滿庭芳】好乘那和風煥彩(韻)。可喜是萋萋芳草(句)，似踏春來(韻)，打動我躬耕逸興舊情懷(韻)。都只爲三顧恩來(韻)，俺也顧不得勞悴筋骸(韻)，定乾坤掃盡陰霾(韻)。幾時得返南陽(句)，長吟瀟灑(韻),俺可也對春風嘯傲齋(韻)。〔關索上,報科,白〕借重傳稟丞相,説有關公三子關索投軍求見。〔小軍白〕住着。稟丞相,有關公三子關索求見。〔孔明白〕傳令暫停車騎,傳來相見。〔小軍白〕着你上前相見。〔關索白〕丞相在上,關索參拜。〔孔明白〕小將軍請起,一向在于何處?〔關索白〕荆州失陷,逃難在外。〔孔明白〕何不回都?〔關索白〕因久病淹留,聞知丞相南征,故此投奔效力。〔孔明白〕呀,〔唱〕

【中呂調套曲·上小樓】見了他英雄氣概(韻),飄然豐采(韻),猛可也暗想雲長(句),義勇無雙(句),痛惜傷懷(韻)。小將軍(句),遠相投(句),軍前叩拜(韻),有何能訴説明白(韻)。〔關索白〕不肖幼學兵書,十八般武藝件件皆通。〔孔明白〕小小年紀,便出此大言,現有魏將軍大刀在此,你可使之?〔關索白〕使得。〔孔明白〕與他一試。〔關索白〕遵命了。〔舞刀科。孔明唱〕

【中呂調套曲·又一體】俺心中自揣(韻),他是個將種英材(韻)。卻緣何飄泊他鄉(句),久淹異域(句),奔走天涯(韻)。您如今仗英雄(句),立奇功(句),掃清疆界(韻),方顯得父風猶在(韻)。〔白〕果然武藝出衆。吾今暫委爾爲先鋒之職,待立功日,再行陞擢。〔關索白〕多謝丞相。〔孔明白〕天色已晚,傳令安營歇息,明日早行。〔衆傳令應科,唱〕

【煞尾】喜今朝途路裏得麟獬(韻),恰一似英雄入彀來(韻)。好同南去靖邊塞(韻),方把這能物色(讀),善鑑别,[①]齊喝采(韻)。〔下〕

---

① 此處當脱「(讀)」字注文。

第七齣　永昌郡郡曹獻圖

〔生扮吕凱上，唱〕

【南吕宫引・薄倖】鄰水珠光句，豐城劍氣韻。歎鸞栖荆棘句，官初寄韻。棄繻少年讀，請纓何地韻。豈辜負句，我經濟雄才滿腹句，喜今日風雲可際韻。〔白〕下官吕凱字季平，永昌不韋人也。幼讀兵書，深究六韜三略，博覽諸史，不遺八索九丘。才技優長，武勇兼備。蒙王使君聘爲功曹，協同守城，數以奇謀勝賊。今諸葛丞相親自統師南來，昨承王使君將下官守城破賊微勞陳薦丞相，今蒙傳唤謁見，只得前來，伺候升帳稟見便了。〔下。雜扮小軍、家將、中軍，引生扮孔明上，唱〕

【南吕宫引・臨江仙】荒僻何人明地理韻，耑須博訪諏咨韻，雖然元吉丈人師韻，奇功豈易著句，必賴偉男兒韻。〔白〕腹内元吉神鬼驚，須知勝算有奇兵。天文地理人能曉，虎穴龍潭掉臂行。三軍指日南行，但遐荒地理不明，聞得不韋吕凱，南方奇士，或其熟諳，亦未可知。差人傳來相見，不知到否。〔吕凱上，白〕男兒欲遂鵬搏願，破浪從教萬里遊。吕凱告進。〔進見科，白〕永昌郡功曹吕凱稟參。〔跪科。孔明起，出座科，白〕先生乃南方高士，有功社稷，不得以資格相拘，請起相見。〔呂凱白〕功曹小吏，敢勞丞相格外垂青。〔揖科〕久仰洪庥，敢不一拜。〔孔明白〕喜覩英姿，更求偉教，看坐。〔呂凱白〕功曹侍立猶榮，何敢僭坐。〔孔明白〕請坐不妨。〔呂凱白〕告坐了。〔坐科，孔明白〕前日王使君盛稱功曹偉勳，吾今南征蠻洞，必有教我。〔呂凱白〕丞相聽稟：〔唱〕

【南呂宮正曲・宜春令】念卑職愚陋姿(韻)，似巴人惟歌俚詞(韻)。荷蒙清問(句)，班門弄斧君休鄙(韻)。〔白〕從來兵家之道，知彼知己，又道是天時不如地利，地利不明，何以進退。〔唱〕論攻取地理須明(句)，必然要知人知己(韻)。〔合〕想如斯(韻)，〔作深恭科〕踈狂井見(句)，幸恕無忌(韻)。〔孔明唱〕

【又一體】聽伊論(句)，實中機(韻)，理精明誠吾意兒(韻)。現爾躊躕(叶)，只愁不識南荒地(韻)。我總然天上神龍(句)，怎壓他地頭蛇虺(韻)。〔合〕漫沉思(韻)，無車指南(句)，破敵何恃(韻)。〔呂凱立科，白〕丞相不必勞神，功曹有《平蠻指示圖》一册，恭呈台覽，可佐丞相立功異域。〔送科，唱〕

【南呂宮正曲・繡衣郎】偵遐荒使盡心機(韻)，形勢山川遍繪之(韻)。何方屯駐(叶)，併那交鋒埋伏地(韻)，俱搜求一閲堪知(韻)，土鄉風亦開明示(韻)。管平蠻(讀)，長驅萬里(韻)。管平蠻(讀)，長驅萬里(疊)。〔孔明看科，白〕披閲此圖，南荒之山川形勢如在目前。今得先生指示，誠天助吾成功也。〔唱〕

【又一體】因地理晝夜勞思(韻)，惆悵無人爲指迷(韻)。今朝天賜(韻)，踏破鐵鞋無處覓(韻)。得奇人相會何遲㊀，得奇書吾懷方慰㊀。管今番㊀，成功萬里㊀。管今番㊀，成功萬里㊀。〔呂凱白〕功曹告退。〔孔明白〕先生休辭，吾今暫授爾爲參贊軍咨、行營教授兼鄉導使之職，待吾奏請，另行顯擢。明日大軍南行，爾即收拾行裝，一同起程。〔呂凱白〕丞相提携，敢不効命。遥想風流第一人，〔孔明〕與君相見倍相親。〔呂凱〕褐衣抵掌談兵術，〔孔明〕方信儒爲席上珍。〔分下〕

第八齣　銀坑洞洞主定策

〔衆扮蠻丁，引净扮孟獲上，唱〕

【仙吕調隻曲·點絳唇】荒外稱雄(韻)，威名素重(韻)。銀坑洞(韻)，祥瑞匆匆(韻)，喜值儀來鳳(韻)。〔白〕常聞聖世鳳來儀，荒外何緣創帝基。天下從來人有分，須知懷志是男兒。咱乃銀坑洞洞主蠻王孟獲，前犯中華，因無鄉導，敗興而歸。今春咱這銀坑洞鳳凰二鳥來儀，禱卜乃爲大吉之兆，又值那建寧太守雍闓等納欵于咱，願爲前導，中華大有想望。日前雍闓求救，説那諸葛丞相統領大兵親征，咱因禱卜不利，不敢想救。昨日小蠻報道，那雍闓大敗兩陣，自相内變，被高定殺了。雍闓、朱褒投降于漢，三郡已平。那諸葛丞相不日起兵，前來征討。你道咱不去侵犯他，也就彀了，他倒來上門尋趁，這也説不得了，只得與他併個雌雄。已着小蠻邀那三洞元帥，各領健丁前來商議迎敵，怎麽還不見到哩。〔蠻丁白〕想必就到。〔雜扮衆蠻丁，引金環三結、董荼奴、阿會喃上，同唱〕

【南吕宫正曲·風檢才】洞洞蠻酋不同(韻)。紅紅的鼻兒攏統(韻)，凶凶的洞主忒冬烘(韻)，興興的稱也麽雄(韻)。〔合〕是咱們(讀)，運不通(韻)。是咱們(讀)，運不通(疊)。〔金環白〕咱乃第一洞金環三結元帥是也。〔董荼奴白〕咱乃第二洞董荼奴元帥是也。〔阿會喃白〕咱乃第三洞阿會喃元帥是也。〔同白〕蠻王相召，咱等同見。〔見科〕咱等揑姑的。〔孟獲白〕三位元帥請坐了，有事相商。〔坐科〕現今漢朝丞相諸葛亮領兵前來，無故犯咱地界。趁他遠來，那一位元帥先去與他見一陣哩？〔金環白〕咱願去。〔董荼奴、阿會喃争科，白〕咱願去呢。〔孟獲白〕三位元帥不用争先，各帶蠻丁多少？〔金環白〕各有五萬。〔孟獲白〕如此可分三路，頭洞中路，二洞左路，三洞右路，咱領大兵隨後接應。蠻丁們，就此起兵前去。〔衆應科，合唱〕

【南吕宫正曲·生薑芽】獠丁個個雄(韻)，足如風(韻)，長標勁努真强横(韻)。聲相鬨(韻)，元帥凶(韻)，逞驍勇(韻)。笑他輕覷咱蠻洞(韻)，管教一戰把殘生送(韻)。〔合〕長驅風捲到中華(句)，漢家穩把江山送(韻)。

【又一體】離方蠻最凶(韻)，俗相同(韻)，歌歡野戰蠻厮弄(韻)。南風頌(韻)，將帥雄(韻)，獠兒横(韻)。無端算入仙人洞(韻)，管教一入把殘生送(韻)。〔合〕南風倒捲抵中華(句)，漢家準把金錢奉(韻)。〔同下〕

第九齣　偏用少年激老將

〔衆扮軍士、將官、趙雲、魏延、王平、張翼、關興、張苞、關索、張嶷、馬忠、吕凱，引生扮孔明，二車夫纛隨上，衆同唱〕

【仙吕宮正曲·步步嬌】反復蠻兒真無狀(韻)，怒臂如螳抗(韻)，邊疆數跳梁(韻)。只恐惹下天兵(句)，頃刻摧喪(韻)。〔合〕蠢爾人堪傷(韻)，還須恩與威同降(韻)。〔雜扮報子上，白〕報：大軍不可前進，前有敵兵。〔孔明白〕何處敵兵？共有多少？〔報子白〕探得兵有三路，那中路乃第一洞主金環三結元帥，左路乃第二洞主董荼奴元帥，右路乃第三洞主阿會喃元帥。各領獠丁五萬，俱已安營擋路。請丞相爺定奪。〔孔明白〕知道了，傳令就此安營下寨。〔陞帳科，白〕傳衆將上前聽令。〔傳科，衆白〕嗄。〔孔明白〕王平聽令：〔王平白〕有。〔孔明白〕你可帶領人馬一萬，左路迎敵。〔王平應科，孔明白〕張翼，你可帶領人馬一萬，右路迎敵。〔張翼應科，孔明白〕關索，你可帶領人馬一萬，中路迎敵。〔關索應科，孔明白〕張嶷，你可帶領人馬五千，左路接應。〔張嶷應科，孔明白〕馬忠，你可帶領人馬五千，右路接應。〔馬忠應科，孔明白〕吕凱，你可帶領人馬五千，中路接應。衆將聽令：今日勞倦，暫且歇息；明日五鼓，約會起兵，平明交戰，勿得有違。〔衆白〕得令。〔趙雲、魏延白〕丞相，某等身爲先鋒，未蒙調用，不解丞相何意。〔孔明白〕非吾不用二位。他中路營寨，必甚堅固，吾欲乘夜進取，恐二位不能耳。〔趙雲、魏延白〕丞相，〔同唱〕

【仙呂宮正曲·風入松】今朝慚愧好難當(韻)，卻把咱英雄欺罔(韻)。不由人怒氣三千丈(韻)，怎不自三思再想(韻)。〔合〕想昔日廉頗自强(韻)，吾相比勝伊行(韻)。〔孔明白〕二位將軍執意要去，如此，各領兵五千，一路上可擒土人，着他引道，小心在意。〔同下。趙雲、魏延同白〕領命，就此同行。〔軍校應科，同唱〕

【又一體】尋消問息意傍徨(韻)，悄悄的前行咨訪(韻)。若能地理知來往(韻)，料想着成功非謊(韻)。〔合〕方顯咱英雄頡頏(韻)，端不愧少年郎(韻)。〔雜扮蠻丁上，見，驚回科。趙雲白〕那前面有個蠻子，軍校拿過來。〔擒科，魏延白〕那蠻子，你可放心，吾不害你。軍校，可放了那蠻子的綁。〔蠻丁白〕謝將軍大恩。〔趙雲白〕你是何人手下蠻丁？可細細說來。〔蠻丁唱〕

【仙呂宮正曲·急三鎗】咱原是(句)，頭一洞(讀)，金元帥(句)，中營裏一個小蠻郎(韻)。〔趙雲白〕我如今進兵，可從那條路去呢？〔蠻丁唱〕這三路(句)，都通達(句)，軍營帳(韻)，無敵擋任徜徉(韻)。〔趙雲白〕你那中路，可通左右兩路麼？〔蠻丁白〕俺中營之後，有小路可通左右二營之後。〔趙雲白〕你那中路幾時與俺對敵？〔蠻丁白〕聞得今日歇息，明早要交鋒呢。〔趙雲白〕俺今日要去取你中路營寨，你可肯引路麼？〔蠻丁白〕蒙將軍不殺之恩，情願引路前去。〔趙雲白〕好！　我若得勝，重重賞你。　我等夜半可抵中營，那時劫了營寨，再分兵二路，抄出二營之後。　及到天明，吾將三處大功，皆可成矣，豈不奪他年少的先籌麼？〔魏延白〕將軍妙算，吾當相助成功可也。〔趙雲白〕衆三軍可傳吾令：馬去鑾鈴，人皆啣枚，悄悄趲行前去，不得有違。〔衆白〕得令。〔行科，衆同唱〕

【仙吕宫正曲·風入松】啣枚疾走陣如牆㊖，顧不得崎嶇高壤㊖。星摇斗轉銀河向㊖，怎説那宵征擾攘㊖。〔合〕笑蠻兒狂同夜郎㊖，眼前的受灾殃㊖。〔下〕

第十齣　只消一夕縶三蠻

〔净扮金環三結，領蠻丁上，唱〕

【仙呂宮正曲・劉袞】咱每是(句)，咱每是(疊)，南蠻洞元帥(韻)。論酒量寬洪(句)，杯中是愛(韻)。叵耐漢軍兵(句)，前來犯界(韻)。〔合〕把豪興都消(句)，將咱禁壞(韻)。〔白〕咱金環三結元帥，便是統兵中路，迎敵漢軍，已經約會那二路元帥，明早交鋒。酋長們，吩咐蠻丁，明早五鼓造飯，平明進兵。咱且快活飲三盃，養養精神去。〔內殺聲科。蠻丁上，白〕殺來了，殺來了。〔小生扮趙雲、净扮魏延，領衆殺上。金環三結奪蠻丁鎗迎戰，被殺科。趙雲白〕中營已破。文長，我與你分兵去取那左右二寨。〔魏延白〕將軍向左，某家向右，就此分兵前去。〔唱〕

【南呂宮正曲・金錢花】山徑月暗雲埋(韻)，雲埋(格)，正好刼寨前來(韻)，前來(格)。乘他天早没安排(韻)。〔合〕分兵去(句)，大會垓(韻)。急忙走(讀)，莫遲捱(韻)。急忙走(讀)，莫遲捱(疊)。〔分下。王平內白〕衆軍校，殺上前去。〔引衆殺上，董荼奴上迎戰。董荼奴敗下，王平追下，衆殺下。董荼奴上，趙雲上，戰科。王平上，董荼奴敗下。衆蠻丁引董荼奴上，白〕漢兵好利害，我們越嶺而逃便了。〔下。趙雲、王平上，軍校白〕蠻帥越嶺而逃。〔趙雲白〕賊首已逃，左營已破，回軍可也。〔同王平下。阿會喃引蠻丁上，白〕漢兵殺來，咱去迎敵哩。〔卒引張翼上，戰科。阿會喃敗下，張翼追下，衆殺下。阿會喃上，張翼追下，魏延上，迎戰科。阿會喃敗下，衆追下。蠻兵引阿會喃上，白〕殺壞了，殺壞了，好利害漢將，蠻丁們快些渡水而走罷。〔下。小軍引張翼、魏延上，白〕賊首渡水而逃。〔魏延、張翼白〕既然逃走，右營已破，就此收兵回營可也。〔同下。雜扮小軍、家將、關興、張苞，引孔明上，唱〕

【南呂正引·大勝樂】遣將不如激將快(韻)，好聽那凱歌還寨(韻)。〔白〕吾昨日用激將之計，果然那子龍同魏延勃然，乘夜而去，必然成功，與那接應的不久就回也。〔衆小軍引趙雲、王平、魏延、張翼上，同唱〕

【南呂宮集曲·五更香】奏凱歌(句)，還營寨(韻)。將軍得勝回(韻)，兒郎踴躍生光彩(韻)。看我一夜成功(句)，三營瓦解(韻)。想昨朝藐視(句)，想昨朝藐視(疊)，吾儕老衰(韻)，威風仍在(韻)。〔白〕末將打恭。〔孔明白〕三洞元帥走了兩洞之主，金環三結首級安在？〔趙雲白〕末將斬得在此。左營董荼奴越嶺而逃，追趕不及。〔魏延白〕右營阿會喃渡水而逃，未曾捉得。〔孔明笑科，白〕那二人已被吾擒下了。〔趙雲、魏延白〕丞相如何捉得？吾等不信。〔孔明白〕你聽那轅門外一片捷音，敢是解將來也。〔衆小軍引馬忠、關索、張嶷、呂凱，解董荼奴、阿會喃、衆蠻丁上，白〕小將等擒得蠻帥董荼奴、阿會喃，聽候發落。〔趙雲衆驚科，白〕果然擒得在此。〔孔明唱〕

【南呂宮正曲·五更轉】吾覽地圖(句)，知其概(韻)。蠻營三路排(韻)，須教大將榷伊寨(韻)。一怒長驅(句)，功成無賽(韻)。怎禁得(句)，前後攻(句)，必然敗(韻)。〔白〕吾看此圖，便知他情急必越嶺渡水而逃。那小路上，〔唱。合〕潛差二將牢牢待(韻)。今得成功(句)，斯圖端賴(韻)。〔白〕吾之籌畫成功者，寔緣得吕功曹指示此圖之力也。軍校，可將蠻帥帶上來。〔董荼奴、阿會喃跪科，孔明白〕孟獲作亂，與爾等無干。軍校，將他二人放了。今放爾等回去，勿得再助惡爲虐。〔董荼奴、阿會喃白〕謝丞相天恩，再不敢了。〔孔明白〕引到後帳賞酒飯。〔軍校引下。孔明白〕將蠻丁與我盡皆放了。〔蠻丁白〕謝丞相爺天恩。〔孔明白〕爾等皆有父母妻子兄弟在家懸望，今知爾等遭擒，一家啼哭。吾心不忍，都放爾等回去，今後不可從賊了。〔蠻丁白〕再不敢了。〔孔明白〕都引到後營酒飯去。〔衆下。孔明白〕今破了他三寨之衆，那蠻王必領兵親來交戰。衆將聽令：王平，你可引兵五千，俱要旗幟錯亂，隊伍不整，前去迎敵，許敗不許勝，不得有違。〔王平白〕得令。〔下。孔明白〕關索、張嶷聽令：爾等各領兵五千，埋伏左右，待王平兵敗，齊出迎敵蠻王，與王平三路齊追，追殺蠻兵，不得有違。子龍、文長聽令：你各引五千兵，埋伏錦帶山左右，待蠻王兵敗南奔，齊出截殺，不可放伊過去，不得有違。吕凱聽令：你可領步軍五百名，埋伏錦帶山後小路，候蠻王棄馬扒山，突出一並拿下。〔吕凱白〕得令。〔孔明同唱〕

【尾聲】今朝喜已平三寨(韻)，還將金餌安排(韻)，把你個作怪的蠻王怎教把頭兒擺(韻)。〔下〕

第十一齣　丞相擒蠻錦帶山

〔雜扮衆蠻丁、忙牙長，引净扮孟獲上，唱〕

【越調正曲・水底魚】塞北天驕(韻)，南蠻驕更驕(韻)。〔合〕中華兵士(句)，敢來犯不毛(韻)，敢來犯不毛(疊)。〔白〕咱蠻王孟獲是也，聽得三路兵敗，各帥被擒，咱故親統兵衆，決一雌雄。〔忙牙長白〕不勞大王出馬，待我殺他一陣。〔孟獲白〕如此甚妙。牙長，須要小心。衆蠻丁，就此殺上前去。〔衆應唱。合〕中華兵士(句)，敢來犯不毛(韻)，敢來犯不毛(疊)。〔下。雜扮衆小軍，引王平上，唱〕

【又一體】鼓響旗摇(韻)，軍聲似沸濤(韻)。〔合〕蠻兵若遇(句)，魂驚何處逃(韻)，魂驚何處逃(疊)。〔白〕某王平是也，奉令前來迎敵蠻王。衆軍校，就此殺上前去。〔衆軍校應科，唱合〕蠻兵若遇(句)，魂驚何處逃(韻)，魂驚何處逃(疊)。〔忙牙長引衆蠻丁迎戰，白〕來將通名。〔王平白〕吾乃裨將軍王平是也，蠻將何來？〔忙牙長白〕咱乃蠻將忙牙長，放馬過來。〔戰科，王平敗下。衆蠻丁孟獲上，白〕人言諸葛用兵如神，你看他旗鼓不整，隊伍紛亂，安能勝咱，始信人言之謬。早知如此，咱反多時矣，就此殺上前去。〔衆小軍引關索迎上，戰，孟獲敗科。又遇張嶷戰科，孟獲敗，追下。衆蠻丁、孟獲慌上，白〕罷了，悮中了他埋伏之計了，險被所算。〔蠻丁白〕大王，前面是錦帶山了，快逃命罷。〔衆小軍引趙雲、魏延上，白〕蠻奴那裏走，待吾擒你。〔戰科，孟獲衆敗下，追科。衆蠻丁引孟獲上，白〕咱命休矣。這裏騎馬不得，不免棄了馬，扒山逃去便了。〔衆小軍引吕凱上，白〕吾在此等候多時。〔作戰擒住科，白〕軍校與我俱各拏下，俱各綁縛了，就此回營報功。〔唱〕

【又一體】戰馬咆哮(韻)，將軍鋭氣豪(韻)。〔合〕一朝擒住(句)，牢縛怎逋逃(韻)，牢縛怎逋逃(疊)。〔衆小軍、家將、衆將，引李嚴、杜瓊、譙周、秦宓、孔明上，唱〕

【仙吕宫引・點絳唇】戰鼓頻敲(韻)，轅門喧噪(韻)。旌旗繞(句)，戰馬咆哮(韻)，競争擒蠻王到(韻)。〔衆小軍引吕凱帶孟獲上，白〕一朝失勢做囚俘，便死猶然是丈夫。〔吕凱白〕刀到頸邊方自省，早知今日悔當初。啟丞相：孟獲已擒，請令定奪。〔孔明白〕可將蠻王推上帳來。〔應科，帶進科。孔明白〕孟獲，如何背反？〔孟獲白〕兩川之地，皆他人所佔，你主奪之。今爾無禮侵犯咱界，何爲反也？〔孔明白〕爾自恃英雄，現被吾擒，汝心可服否？〔孟獲白〕錦帶山路狹，悞被爾擒，如何服你？〔孔明笑科，白〕爾既不服，吾今教爾回去，可敢與我戰麽？〔孟獲白〕汝若放吾回去，再整軍馬，共決雌雄。果然再擒，咱心方服哩。〔孔明白〕軍校放了他的綁，可取衣服、馬匹，放他回去。〔孟獲白〕咱此去，正是：劈破玉籠飛彩鳳，頓開金鎖走蛟龍。〔下。衆白〕丞相何故放了蠻王？〔孔明白〕爾等不知。〔唱〕

【雙調集曲・雙令江兒水】胸藏玄妙(韻)，饒人着更巧(韻)。〔衆白〕那蠻王心性雄梟，也是個硬敵哩。〔孔明唱〕他是囊中之物句，掌上兒曹韻。縱教他心性梟韻，有餌製金鰲韻，寶弓堪射雕韻。〔衆白〕總丞相神機，也要勞心費力。〔孔明唱〕易舉鴻毛韻，何用心勞韻，這機關預安排吾已早韻。〔白〕吾自有計伏他，爾等暫且安息。〔唱科〕想着蠻王怎逃韻，囑付你將軍休躁韻。還不知讀，縱擒他第幾遭韻。〔下〕

第十二齣　逋囚拒漢瀘江水

〔净扮孟獲上，唱〕

【中呂宫正曲·駐雲飛】惶恐歸來(韻)，匹馬煢煢真可哀(韻)。行處揚鞭快(韻)，舉目將誰賴(韻)。嗏(格)，進退兩疑猜(韻)。心中自揣(韻)，酋長蠻丁(句)，大衆今何在(韻)。〔合〕似醉如癡呆打孩(韻)。〔白〕咱孟獲獨霸南荒，目空天下，今中諸葛之計被擒，自分必死，不料他放咱回來，卻教咱怎見江東父老。咱這手下之衆，不知散落何處。遠遠望見一夥蠻丁來了，且待他來，再行招呼便了。〔雜扮衆蠻丁上，唱〕

【雙調正曲·燕兒舞】兵敗逃生(句)，幸然脚快(韻)。笑咱個蠻王(句)，自稱無賽(韻)。〔合〕今朝遇見漢軍來(韻)，一條裏變成(讀)，没脚蟹(韻)。〔一蠻丁白〕怎麽是没脚蟹？〔一蠻丁白〕咱每大王自稱英雄，今日也要搶中華，明日也要搶中華，如今遇了中華的兵，一戰就被活擒而去，綑得定定的，豈不是捆没脚蟹麽？〔一蠻丁白〕你見來？〔一蠻丁白〕咱們也被擒去，蒙那丞相大恩，都放回來，如何不見哩。〔孟獲白〕爾等在此説些甚麽？〔衆蠻丁白〕呀，大王如何得回來？〔孟獲白〕咱被他擒去，監在帳中，被咱殺了十餘人，乘夜走出。又遇他的馬軍，被咱也殺了，奪得此馬而來，找尋爾等，同回舊寨去來。〔衆蠻丁白〕咱等願隨大王前去。〔行科，孟獲唱〕

【中呂宮正曲・駐雲飛】忿恨難排(韻)，收集殘兵舊寨來(韻)。志氣休教怠(韻)，一敗何妨礙(韻)。嗏(格)，重整舊生涯(韻)，不須驚駭(韻)。别有商量(句)，穩坐將伊敗(韻)。〔合〕報恨消仇遂我懷(韻)。〔白〕你等可分請諸洞尊長，前來商議大事。一廂招集殘兵，仍集寨中，聽候調遣。〔衆扮董荼奴、阿會喃、忙牙長等上，白〕昨日蒙恩主返，今朝聞命愁來。不須打算恁胡猜，且聽蠻王裁派。〔見科，白〕大王，可喜回來了。〔孟獲白〕咱被擒去，乘機走回。今日請來，共議大事。〔合白〕大王吩咐是哩。〔孟獲白〕咱想那諸葛提兵遠來，利在速戰，又加詭計多端，咱今不與他交戰。咱昨渡瀘水，見那瀘水大發，目今天氣已暖，毒氣必盛。咱令人把船隻木筏，盡拘南岸，使他不能得渡，險隘之處遣兵把守，料他不能飛渡，則將瀘水阻斷，不亞長江天塹。〔唱〕

【仙呂宮正曲・大迓鼓】喜見滔滔瀘水來(韻)。似長江天塹(句)，南北分開(韻)。況兼暑氣如蜂蠆(韻)。〔合〕笑伊難作濟川才(韻)，除是飛渡方能免禍災(韻)。〔董荼奴白〕雖將船隻斷絶，他若涉水而來，奈何？〔孟獲白〕咱正要他涉水而來，怕他不一個個斷送了去哩。〔阿會喃白〕倘他打聽了渡水的法兒，怎處？〔孟獲白〕附近之人皆咱黨衆，誰肯向他説哩。〔衆白〕大王所見的是。〔孟獲白〕咱再將險要之處，使兵把守便了，餘衆俱屯大寨。只是糧草要緊，爾等須連綿運送，莫至有悮哩。〔唱〕

【又一體】軍需要趲來(韻)。綢繆未雨(句)，早早安排(韻)。如山堆集人仰賴(韻)。〔合〕綿綿不斷慢遲挨(韻)，枵腹從來事不諧(韻)。〔分下〕

第十三齣　漢軍五月渡瀘江

〔雜扮衆小軍、衆家將，引孔明上，唱〕

【黄鐘宫引·玉女步瑞雲】暑氣蒸人(韻)，謾道薰風解慍(韻)，猶自把王師前進(韻)。〔孔明白〕夢繞邊城月，心飛故國樓。何時息戰伐，一曲解民憂。目今瀘水泛濫，又無橋梁舟楫可渡，那蠻王據守要害，無非欲勞我師之意。況今天氣炎熱，已遣吕凱踏勘清涼所在，搭蓋廠棚，暫歇人馬，相機而動。〔雜扮軍士捧藥，引馬岱上，白〕旨意下。風廷號令南荒遠，雨露恩波北闕深。〔軍校傳科，孔明白〕大開轅門，迎接聖旨。〔馬岱進科，白〕聖旨已到。詔曰：深念相父勤勞，聞知大捷，肅平遠境，又復南征。恐天氣炎熱，御苑所合解暑藥餌，賞賜軍前，以憑給散軍士。外有糧米酒物，少備需用。欽哉，謝恩。〔孔明白〕萬歲。〔唱〕

【黄鐘宫正曲·啄木兒】須藥餌(句)，賜遠人(韻)，深感皇恩相念憫(韻)。好憑着一叱刀圭(句)，消滅了五内煎焚(韻)。投醪挾纊人心奮(韻)，試看指日軍聲振(韻)。〔合〕水火何辭報國恩(韻)。〔馬岱參見科，孔明白〕

遠勞前來。〔馬岱白〕不敢。某聞丞相征蠻，此來願効微力。〔孔明白〕甚好。將軍帶領幾多軍士前來？〔馬岱白〕帶領三千軍士。〔孔明白〕吾軍屢戰疲弊，將軍所帶之衆，可能渡瀘以斷蠻王糧道否？〔馬岱白〕丞相軍令，敢不遵行。〔唱〕

【又一體】蒙差遣(句)，敢不遵(韻)，戮力還須思奮黽(韻)。況從來將鑿凶門(韻)，卻不道仰報君恩(韻)。梯山航海何處遜(韻)，蹈湯赴火甘相殉(韻)。〔合〕裹革沙場壯士身(韻)。〔孔明白〕吾久知將軍忠義，不辭辛苦。此去西南，抵瀘水下流沙口，水勢稍慢，編筏可渡。蠻王大寨之後，地名夾山谷，乃其糧道總路。爾領兵佔踞，則蠻王糧道阻斷，蠻兵不戰自亂矣。〔馬岱白〕遵令而行，既此前去。〔引軍士下。孔明白〕馬岱此去，必然成功也。〔雜扮軍士，引吕凱上，唱〕

【黃鐘宮正曲・三段子】炎炎火雲(韻)，奉軍差安營暫屯(韻)。青青茂林(句)，可遷移還連水濱(韻)。相宜形勢圖成本(韻)，今朝交令軍前進(韻)。〔合〕可否須教君自掄(韻)。〔見科，白〕某蒙差遣，踏勘屯軍所在，今已選擇布設已畢。此乃形勢圖樣一本，呈奉台覽，再候定奪。〔孔明作看科、喜科，白〕看此圖形，已知甚妥。傳語諸將若何？〔衆將看科，孔明唱〕

【又一體】縱横佈分(韻)，依長林濃陰似雲(韻)。連綿列屯(韻)，傍流泉潺湲可欣(韻)。〔衆將白〕此圖與先帝伐吴之圖相似，前車可鑒，丞相三思。〔孔明笑科，唱〕古今勢異何相引(韻)，因人而視豈虛論(韻)。〔合〕成敗從來多在人(韻)。〔衆軍卒引馬岱上，唱〕

【黃鐘宫正曲・歸朝歡】希奇事句，希奇事疊，真堪駭人韻。驚軍士無端喪損韻。忙回去句，忙回去疊，軍前細陳韻。另商量怎渡河濱韻。〔合〕又非遇敵沖營陣韻，可憐無故徒身殞韻，一渡神思自愴神韻。〔見科，孔明白〕將軍因何復返？〔馬岱白〕某奉令引衆前至瀘水流沙口，果然水勢少慢，亦不甚深。軍士待編筏涉水而過，不意方行數步，輒死水中，共傷五百餘人。〔孔明白〕想是水深，渰没而死麼？〔馬岱白〕並非水深渰死，大似中毒一般，七孔流血，渾身青黑。〔孔明白〕呀，有這等事。〔唱〕

【又一體】聞伊訴句，聞伊訴疊，傷殘衆軍韻，卻緣何臨流命殞韻。莫不是句，莫不是疊，天殃漢人韻，誤膠舟鑾荆計狠韻。〔呂凱白〕丞相不必多疑。因今炎天暑日，毒聚瀘水，日間盛熱，毒氣正發，有人渡水，必中其毒，或飲其水，其人必死。若要渡時，須待夜静水冷，毒氣下沉，飽食渡之，自然無事。〔孔明白〕爾圖中何未註明？〔呂凱白〕近日問土人，方知如此。〔孔明白〕馬將軍莫辭危險，大軍中另選五百健卒，仍補前數，還依吾令前去，可依暮夜渡法，自然無事。功成交令，吾自遣人接應。〔馬岱白〕遵令。〔下。孔明白〕三軍悮陷，實爲可傷。〔唱。合〕三軍悮陷實堪憫韻，只因未將迷津問韻，不由我翘首狂瀾揾淚痕韻。〔同下〕

第十四齣　蠻師三更縛孟獲

〔雜扮衆蠻丁，引忙牙長、董荼奴、阿會喃，净扮孟獲上，唱〕

【中呂宮正曲·駐馬聽】險要堪誇(韻)，南甸金湯水一涯(韻)。任他良平才智(句)，頗牧雄豪(句)，背囊水沙(韻)。長風漫送漢家槎(韻)，鵲橋怎把星河跨(韻)。〔合〕料想伊家(韻)，汪洋苦海心驚怕(韻)。〔白〕咱孟獲感蒙天助，不戰成功。昨聞小番報説，漢兵從流沙口來渡瀘江，大半中毒而死，餘俱逃回。〔笑科〕這瀘水賽得過長江深塹呢，任他兵多，怎能得勝。〔雜扮報子上，白〕忙將軍情事，報與大王知。〔孟獲白〕有何事報來？〔報子唱〕

【又一體】漢衆如麻(韻)，來山谷中鳴鼓笳(韻)。〔孟獲白〕那漢將如何到得夾山谷？〔報子唱〕他神謀不測(句)，暗渡瀘江(句)，把咱糧道邀遮(韻)。〔孟獲白〕他有多少人馬？何人領兵？〔報子白〕不知有多少人馬，旗號是「平北將軍馬」。〔唱〕他旗標平北燦紅霞，(韻)，將軍舊是伏波馬(韻)。〔合〕意莫糊拏(韻)，咽喉要隘攸關大(韻)。〔孟獲白〕再去打聽。〔報子應，下。孟獲白〕料此小輩，何足懼哉。何人前去見陣？〔忙牙長白〕小將願往。〔引蠻丁遶場科。衆引馬岱上，殺忙牙長下。報子上，白〕忙牙長陣亡了。〔孟獲白〕知道了。忙牙長陣亡，誰再前去？〔董荼奴白〕咱願往。〔孟獲白〕元帥願去，待咱掠陣。〔上，高望科。馬岱引小軍上，小軍白〕啟爺，此即丞相所放第二洞主董荼奴元帥。〔馬岱白〕唗！你雖蠻類，豈無人性。丞相饒你之命，今又迎敵，真乃無義背恩之徒，全無羞耻。看鎗！〔殺科。董荼奴愧白〕丞相天恩，豈不知感，蠻王威逼，不敢不來。今與將軍假戰三合，咱便退去。〔戰科，董荼奴白蠻丁退，董荼奴引蠻丁退科，馬岱下。孟獲怒科，白〕將董荼奴綁了，與我斬訖報來。〔衆白〕大王何故殺自家人？〔孟獲白〕他不戰而退，明明感他放免之恩，故爾賣陣。〔唱〕

【中呂宮集曲·駐馬泣】叵耐伊家(韻)，詐敗佯輸欺弄咱(韻)。不過是感恩思報(句)，賣國求榮(句)，納欵中華(韻)。〔衆白〕恐無此事，大王寬恕哩。〔孟獲唱〕定須斬草去根芽(韻)，今朝怎肯干休罷(韻)。〔白〕蠻丁們，〔衆應，孟獲唱〕將奸徒推出轅門(句)，早些兒一劍分花(韻)。〔衆白〕大王自殘羽翼，與軍不利。〔跪科，孟獲白〕看衆人之面，且饒也罷。饒了死罪，不饒活罪。左右，與我揣到後營，綑打一百。〔作下打科〕待咱明日，自取漢將。未了不平氣，難容無義人。〔下。衆出科。董荼奴上，白〕罷了罷了，多承列位相救，不然咱已作刀頭之鬼。〔衆白〕大王盛怒，咱等不能挽回，仍使元帥受責，何救之有。〔董荼奴白〕列位同到敝寨，咱有事相商。〔衆白〕就此同行。行行去去，去去行行，來此已是。〔董荼奴白〕列位請進。〔進坐科，衆白〕元帥有何分付？〔董荼奴白〕列位聽咱道來：〔唱〕

【又一體】咱與中華(韻)，各守封疆天一涯(韻)。一自蠻王糾合(句)，妄起刀兵(句)，若惹波查(韻)。神機諸葛世爭誇(韻)，那魏吳猶自心驚怕(韻)。〔合〕量吾儕蠢爾蠻荊(句)，況蒙他恩德頻加(韻)。〔衆白〕元帥議論極是。〔董荼奴白〕咱等料相難敵天朝，又受丞相之恩，咱拚一死，除了孟獲，以救各洞塗炭之苦。〔衆白〕人非草木，豈不知恩。情願同元帥擒捉蠻王，投獻天朝哩。〔董荼奴白〕如此甚好。事不宜遲，今晚即去可也。〔蠻丁們衆應，同唱〕

【中呂宮正曲·添字紅繡鞋】悄行莫要聲諠(韻)，聲諠(疊)。大家努力擒拏(韻)，擒拏(疊)，一索綑(句)，獻中華(韻)。早除去(句)，禍根芽(韻)。強梁休誇(韻)，休誇(疊)。真是井中蛙(韻)，真是井中蛙(疊)。〔蠻丁白〕元帥寅夜到此何事？〔衆白〕大王何在？〔蠻丁白〕已吃大醉，睡倒帳中哩。〔董荼奴白〕爾等也受過天朝活命之恩，今蠻王不仁，咱等特來擒捉，報獻天朝。爾等敢來阻擋，先斬爾首。〔蠻丁白〕任憑元帥哩。〔衆內擒孟獲上，孟獲白〕罷了罷了，咱不殺你，反遭爾手。〔唱〕

【尾聲】養虎傷身言非假(韻)。〔董荼奴唱〕你惡貫滿盈莫怨咱(韻)。〔孟獲唱〕自恨當初一着差(韻)。〔下〕

第十五齣　好相父再縱蠻王

〔雜扮衆小軍、家將、衆將，引生扮孔明上，唱〕

【越調引·霜天曉角】蠻兒猾狡㊀，自有元機妙㊀。不學降王素縞㊀，繫長纓難逃這遭㊀。〔白〕今早紬作報稱，洞主董荼奴等自擒蠻王，前來投獻。吩咐大開轅門，待伊來時，先來通報。〔軍士應科。董荼奴、阿會喃、蠻將帶孟獲上，唱〕

【又一體】英雄怎料㊀，禍起蕭牆盜㊀。〔董荼奴唱〕大抵爲人自招㊀，豈因你累吾曹㊀。〔白〕來此漢營，就煩通報。〔報科〕二洞洞主擒得蠻王孟獲，投獻丞相爺。〔孔明白〕帶進來。〔應科，帶進見科，孔明白〕將蠻王押過一邊。〔應科，帶孟獲下。董荼奴白〕前蒙丞相活命之恩，今孟獲又遣某等抗拒天兵，咱等不平，故此擒捉叛王，前來投獻，少盡向化之心，以免塗炭之苦。〔孔明白〕難得爾等之心。聽吾道來：〔唱〕

【越調正曲·祝英臺】論朝廷嘉効順㊁，叛逆豈相饒㊀。怪他勾結叛臣㊀，羨伊遷善輸誠㊁，喜得個回頭能早㊀。〔白〕人來，取錦帛、錦衣、花帽過來遞。〔科白〕些須之物，暫爲犒賞。爾等可回洞去，待我奉上朝廷，另有賞賜，封爾永爲洞主。〔衆白〕多謝丞相爺賞賜。既拔眼中釘，更賚金帶賞，好丞相哩。〔下。孔明白〕軍校，將蠻王帶上來。今番服也不服？〔孟獲白〕此乃咱手下人自相殘害，非爾之能，咱怎肯服你哩？〔唱〕休藐(韻)。倘伊敢放咱回(句)，決雌雄比較(韻)。〔合〕若再擒咱(讀)，中心伏罪人豪(韻)。〔孔明笑白〕既然如此説，吾再放你。軍校放了，酒筵伺候。〔孔明上座，孟獲衆將同座，孔明唱〕

【又一體】難道(韻)，我將恩德頻施(句)，化不轉夜郎驕(韻)。笑你似甕裏醯鷄(句)，井底鳴蛙(句)，輒敢罪犯天條(韻)。〔孟獲唱〕聽告(韻)。美中原逐鹿争豪(韻)，肯荒外守株蒙誚(韻)。〔合〕總英雄成敗(句)，何人能料(韻)。〔白〕已領丞相盛情，就此告辭。〔孔明白〕軍校，給伊馬匹回去，吾不相送了。〔衆將、孔明下。孟獲笑科，白〕孔明嗄，孔明嗄，憑你足智多謀，今番又被俺哄了。我如今回去，會齊各洞蠻王，領兵前來報仇便了。饒伊經濟通天地，難脱吾儂鬼詐中。〔下〕

第十六齣　親弟兄同誅叛帥

〔雜扮蠻丁引丑扮孟攸上，唱〕

【越調正曲・梨花兒】我做洞蠻没奈何(韻)，豪强志氣何曾隨(韻)。盡説天兵擒我哥(韻)，嗏(格)，〔合〕前來探聽淒惶殺我(韻)。〔白〕咱蠻王孟獲之弟孟攸是也，聞知俺哥與甚天朝丞相對敵，被擒而回，故來相探。誰知又被二洞洞主擒捉，投獻去了。咱想這洞主好生可惡，同類相殘，是何道理？咱今親去哥哥寨中打聽消息再處。〔浄扮孟獲上，唱〕

【又一體】二次被擒肯倒戈(韻)，非常志氣咱豈懦(韻)。只愁消散(讀)，嘍也麽囉(韻)。嗏(格)，〔合〕遊魂單剩區區我(韻)。〔白〕咱孟獲今番，已拚一死，誰知又幸生還，今已轉回大寨。呀，是何人佔我的寨也？〔進見科，哭科。孟攸白〕哥哥那得回來也？〔孟獲白〕兄弟嗄，你怎生到此？險與你不得厮見哩。〔孟攸白〕愚弟聞知哥哥和漢軍對敵，故此前來相助哩。〔孟獲白〕兄弟，一言難盡，咱做哥哥的呵，〔唱〕

【越調正曲・下山虎】從來壯志(句)，撫劍横戈(韻)。獨霸南荒地(句)，誰行奈何(韻)。到如今蜀漢兵臨(句)，平巢倒窠(韻)。直恁的欺人待怎麽(韻)，教咱無地躲(韻)。因此拚集兒郎來拒他(韻)。〔合〕懊恨潑蠻輩

(句)，暗施網羅(韻)，險把殘生斷送呵(韻)。〔孟攸白〕哥哥今番做甚商議？〔孟獲白〕兄弟你今帶領多少蠻兵前來？〔孟攸白〕約有三萬。〔孟獲白〕既有此衆，再集殘兵，亦可濟事。只是先除内患爲要。〔孟攸白〕何計除之？〔孟獲白〕咱有道理。小番過來，爾可依咱言語，到那二洞見那洞主，只説今有漢朝丞相遣人在大寨邀請，有話相商。〔蠻丁應，下。孟獲白〕兄弟待他們一進寨中，一聲炮響，你可領衆一齊拏下殺了，以洩咱恨。〔孟攸白〕此計甚妙，蠻丁們四下埋伏。〔衆應，下。阿會喃、董荼奴上，白〕聞知恩相召，故向寨中來。請了。聞知諸葛丞相遣人相召，不免進見。〔進科。炮響伏起，殺阿會喃、董荼奴下。孟攸白〕哥哥果然妙計。〔孟獲白〕兄弟，内患雖除，咱昨日在漢營，諸葛那厮設筵欵待，再三勸咱歸降。如今將機就計，就煩賢弟帶領蠻丁百人，各執金珠、犀角、珊瑚、象牙寶物，暗藏利刃，前去投降，穩住伊心。只説咱暫到銀坑洞，收拾金寶，隨後投降，以做犒軍之費。他若信了，必不隄防。咱悄悄帶領蠻兵，劫他營寨，兄弟你同蠻丁以做内應，必然全勝無疑。〔唱〕

【越調正曲·蠻牌令】他説我似隨何(韻)，此計料瞞過(韻)。將伊輕疑住(句)，内外氣通和(韻)。你那裏頻睃慢睃(韻)，咱這裏打整干戈(韻)。〔合〕何用三聲鼓(韻)，一捧鑼(韻)，管屍横遍地(句)，血濺成河(韻)。〔孟攸白〕此計更妙，明日劣弟打點前去可也。〔分白〕兄弟連枝氣本同，曩時分手各西東。今宵傳得銀釭照，猶恐相逢是夢中。〔下〕

第十七齣　孟攸甲帳一啣杯

〔衆小軍、中軍引趙雲、魏延、關索、馬岱、吕凱、王平、關興、張苞、孔明上，唱〕

【中吕宫引·菊花新】個中擒縱少人知韻，劣騎全憑控馭奇韻。九伐是王師韻，永把南荒定砥韻。〔衆白〕衆將打恭。〔孔明白〕諸位免禮。〔衆白〕丞相勞心設謀擒獲，如何連縱二次？吾等不明，望求指教。〔孔明白〕爾等見吾昨日又放蠻王回去，必然不服，那知吾之心事也。〔唱〕

【中吕宫正曲·粉孩兒】迢迢的讀，離皇朝因甚事韻。到南荒萬里句，不毛親履韻。肯教縱敵和玩師韻。只因他性點難縻韻，〔合〕布天威心意輸誠句，端教彼懷德無二韻。〔衆白〕丞相深心，非某等所及也。〔孟攸引衆蠻丁捧金寶上，唱〕

【中吕宫正曲·福馬郎】寶貝珍珠獻戰壘韻，假輸誠只要伊心喜韻。無準備韻，便是咱成功處韻，運通時韻。〔合〕急去莫遲遲韻，轅門外待傳詞韻。〔孟攸白〕來此已是轅門，衆蠻丁跪門便了。〔應科，小軍白〕甚麼人？〔孟攸白〕蠻王孟獲，遣弟孟攸前來投降，賫有金珠寶物，望乞收納。〔報科，孔明點頭笑科，白〕中軍傳令：着投降蠻王部衆，俱在營外暫候，待升帳開門，再行相見。〔中軍應，傳科。蠻王衆

等應，下。衆將白〕丞相，那蠻王反來供獻，是何道理？〔孔明白〕爾等不知。〔唱〕

【中吕宫正曲・紅芍藥】他那裏(韻)，幣重詞飴(韻)，俺可也假做呆癡(韻)。笑你這機關欠精細(韻)，向吾行公然無忌(韻)。而今(句)，準備擒虎計(韻)，看蠻王怎生迴避(韻)。〔合〕好憑咱腹内靈機(韻)，寄錦囊須要牢記(韻)。〔寫科，白〕吕凱聽令：付爾密計一紙，依計而行，即刻預備，不得有悮。〔吕凱白〕得令。〔下。孔明白〕衆將聽令：各付爾密計一紙，依令而行，不得有悮。聽我分付：〔唱〕

【中吕宫正曲・耍孩兒】一一分排須在意(韻)，各自急行去(韻)，依言詞莫要差遲(韻)。休疑(韻)，計就計(讀)，那懼詎人智(韻)。〔合〕料想彼(讀)，怎脱牢籠計(韻)，豈讓你蠻伶俐(韻)。〔衆將白〕得令。〔俱下。孔明白〕中軍，分付大開轅門，着那孟攸進見。〔中軍應，傳科。小軍上，作開門科，帶孟攸上，進見科。孟攸白〕丞相在上，咱兄孟獲深感大恩，特遣咱先賫珠寶等物，進奉大寨投降，望乞笑納。〔孔明白〕爾兄何在？〔孟攸白〕現回銀坑洞收拾金寶，以作進貢，隨後來降。〔孔明白〕既承你兄美意，軍校俱各收了。〔衆應科，孔明唱〕

【中吕宫正曲・會河陽】試看這金璧輝煌(句)，寶珠火齊(韻)，珊瑚七尺間文犀(韻)。果然(句)，價值連城(句)，見伊意見(韻)，真降順吾心喜(韻)。〔合〕得奇珍(句)，真個是非容易(韻)。降其人(句)，真個是非容易(疊)。〔白〕吩咐大排筵宴。〔吕凱、孔明上座，孟攸傍坐，蠻丁坐地，吕凱奉酒科。孔明白〕爾今來降，便是一家人了，上下須要盡醉方休。〔孟攸白〕多謝丞相盛意。〔唱〕

【中吕宫正曲·縷縷金】笙歌沸(韻)，玳筵齊(韻)。海錯山餚列(句)，進醽醁(韻)。空説伊神算(句)，怎知就裏(韻)。〔合〕管教歡喜變成悲(韻)，果中咱兄計(韻)，果中咱兄計(疊)。〔孔明白〕爾能從兄皈正，亦是豪傑。吕將軍，可擎吾金巨羅，代吾奉敬。〔孟攸白〕怎當丞相恩賜。〔吕凱送酒科，孔明唱〕

【中吕宫正曲·越恁好】盛筵難際(韻)，盛筵難際(疊)，莫負掌中杯(韻)。定須盡興(句)，拚沉醉作個玉山頹(韻)。〔孟攸唱〕别藏心事伊怎知(韻)，肯貪緑蟻(韻)。〔吕凱白〕丞相奉敬的(唱)。〔合〕他意兒美(讀)，特敬無他意(韻)。你量兒海(讀)，遮莫休推醉(韻)。〔孔明白〕帶來蠻丁，各賞一金杯。〔吕凱送酒科，孟攸、衆蠻丁醉倒科，孔明白〕群蠻俱已中計。時已黄昏，孟獲不久即到，吾等各自預備便了。〔下。孟獲引蠻丁上，悄行科，同唱〕

【中吕宫正曲·紅繡鞋】詐降一計神奇(韻)，神奇(疊)。料想穩住伊師(韻)，伊師(疊)。潛軍暗襲有誰知(韻)。〔合〕齊奮勇(句)，踏重圍(韻)。笑諸葛(句)，欲何爲(韻)。〔白〕適才蠻丁報説，咱弟投降，那諸葛大喜，全無疑忌，在那裏大排筵宴，慶賞三軍。咱故悄悄領衆前來劫寨。你看離大寨不遠，果然不作準備，不見一人，轅門大開，内裏燈燭煇煌，就此殺將進去。〔進内科，白〕如何静悄悄的？〔蠻丁白〕咱們的人俱在這裏，這是二大王哩。〔扶不語科，孟獲白〕爾等爲何如此模樣？〔蠻丁白〕想是醉了。〔摇科，白〕是不醒哩。〔又問，蠻丁指口科，孟獲白〕罷了罷了，想是又中他們之計了。蠻丁駝了他們，快些退走。〔背科。内放炮，金鼓喊，王平、關索、魏延、趙雲引軍校上，白〕那裏走。〔戰科，白〕蠻王快快投降，免爾一死。

〔孟獲白〕罷了罷了，今番死也。〔戰，孟獲敗下，衆追下。衆小軍引馬岱上，白〕衆軍校，就此埋伏者。〔衆應，埋伏科。孟獲上，白〕手下人盡被擒殺，兄弟不知死活，單咱一身逃出，已到瀘水了。〔馬岱白〕蠻王那裏走。〔殺科，擒住科〕軍校綁了。〔孟獲白〕中他計也。〔馬岱唱〕

【尾聲】黠蠻枉作千般計㊙，敢赴吾營自送死㊙。你無語低頭悔後遲㊙。〔下〕

第十八齣　諸葛軍門三解縛

〔雜扮衆小軍、關興、張苞、中軍，引生扮孔明上，唱〕

【南北合套·新水令】蠢蠻兒讀，妄想撼天關韻，假慇懃將人真嫚韻。干折他多寶物句，只費我一盂餐韻。好笑癡頑韻，看今朝有何分辨韻。〔陞帳科，孔明白〕將蠻王一干人，俱各推上來。〔衆刀斧手、軍校綁孟獲、孟攸、衆蠻丁上，白〕孟獲綁到。〔跪科，孔明白〕孟獲，爾前番看吾虛實，故使爾弟投降，你卻自來劫營，如何瞞得過我？今被吾擒，爾可心服麽？〔孟獲白〕咱弟貪酒悮事，中爾之計。若咱自來，可未定也。此天敗，非爾之能，咱不服你。〔孔明笑科，白〕你既不服，我再放你回去何如？〔孟獲白〕丞相如再放咱，待整兵再戰一場，如能勝咱，咱方死心服降你。〔孔明白〕軍校，放了他們的綁。〔孟攸白〕多謝丞相。〔孔明白〕軍校，可送他們過瀘水，照會我軍，勿得攔阻他們。〔中軍白〕得令。〔孔明白〕任伊真强項，終使服其心。吩咐掩門。〔衆應，同下。中軍引孟獲等上科，孟攸白〕哥哥，也難得丞相放了咱們。〔孟獲白〕咦，兄弟怎説這話，彼丈夫也，我丈夫也。〔唱〕

【南北合套·步步嬌】則我雄心思吞漢韻，暗地施機限韻，要將他社稷翻韻。怎當三次蒙羞句，只落得一聲長嘆(韻)。我有淚幾曾乾(韻)，思量要把前程辦(韻)。〔同下。扮衆小軍引馬岱上，白〕日落轅門鼓角鳴，千群面縛出蕃城。洗兵魚海雲連陣，秣馬龍堆月照營。某平北將軍馬岱，奉丞相軍令，列營瀘水南岸，以待大將軍渡瀘，只得伺候。〔中軍、軍校領蠻丁、孟獲、孟攸上，白〕已渡瀘水，你看軍營當路，怎生過去？〔中軍白〕有我送你不妨。〔馬岱白〕呔！蠻王那裏走？〔中軍白〕丞相有令放回。〔馬岱白〕蠻王聽者，雖俺丞相寬恩，爾須要自愧。〔衆唱〕

【南北合套·折桂令】雖是俺丞相恩頒(韻)，您卻也帶髮含牙(句)，直恁懷奸(韻)，設牢籠兩次三番(韻)。縱然你心同獸畜(句)，也識愚賢(韻)。憑着俺元老登壇(韻)，又何難破虜平蕃(韻)。陣若常山(韻)，士没遮攔(韻)。且許你苟活偷生(句)，只待要卵破巢翻(韻)。〔白〕衆三軍，既有軍令，放他過去。〔下。孟獲白〕受他一場惡氣，咱好惱也。〔唱〕

【南北合套·江兒水】袍掩悽惶眼(韻)，偷將珠淚彈(韻)，不禁怒氣沖宵漢(韻)。漢人無狀將咱慢(韻)，英雄當面遭譏訕(韻)。〔白〕兄弟，〔唱。合〕此去糾將强悍(韻)，破釜沉舟(句)，拚卻背城一戰(韻)。〔同下。雜扮小軍引趙雲上，白〕豪氣悠悠易水寒，故鄉無夢到邯鄲。聲名久著渾身膽，拔幟曾登大將壇。某虎威大將軍趙雲是也，奉丞相令，奪取蠻王大寨，伺候丞相渡瀘。衆將官，一同前進。〔中軍、軍校、孟獲、孟攸上，中軍白〕丞相有令，放他們過去。〔趙雲白〕呔！蠻王，你巢穴已破，不降何待？〔孟獲白〕丞相放咱來的。〔趙雲白〕聽吾道來：〔衆唱〕

【南北合套·雁兒落帶得勝令】爾不過賽蛆蟲一土蠻(韻)，卻原何背主恩相侵犯(韻)。笑你個井底蛙見識偏(句)，您待學夜郎主心輕漢(韻)。呀(格)，到如今天命討樓蘭(韻)，您還敢負固閉函關(韻)。則俺這感先皇恩賚重(句)，不甫能斬樓蘭誓不還(韻)。你凶頑(韻)，是釜中魚還汕汕(韻)。今也麽番(韻)，再擒來饒命難(韻)。〔白〕既然丞相開恩，饒你一命去罷。〔下。孟獲白〕呀，將咱大寨佔奪，又被他數落一場，咱好氣也。〔唱〕

【南北合套·僥僥令】江東無面返(韻)，有寨亦難還(韻)。況是鵲巢鳩已篡(韻)，進不能退又難(韻)，進不能退又難(疊)。〔孟攸白〕哥哥不必傷感，且出界口山，暫回兄弟洞中。多將金寶，向那八番九十三甸蠻夷借兵交鋒，以報哥哥三擒之辱。〔孟獲白〕兄弟言之有理，咱等趲行前去。〔內作喊科，孟獲白〕呀，界口山又有漢家兵馬哩。〔衆小軍引魏延上，白〕蠻王那裏走？〔中軍白〕丞相有令放回。〔衆唱〕

【南北合套·收江南】呀(格)，則你這潑蠻王(讀)，欲逃何處呵(句)，撞着咱合摧殘(韻)。〔孟獲、孟攸白〕將軍，咱等是諸葛丞相放回來的。〔魏延唱〕呀，卻原來吾家丞相放生還(韻)。〔白〕我看你潑蠻囚，背叛朝廷，抗拒天兵，數次被擒，尚爾執迷。今番放去，再被擒時，碎屍萬段。放你去罷。〔孟獲等下。魏延唱〕笑無知潑蠻(韻)，笑無知潑蠻(疊)，恰一似開籠放鳥出天關(韻)。〔下。孟獲衆上，唱〕

【南北合套·園林好】急煎煎蘿攀葛攀(韻)，戰競競心寒膽寒(韻)，只儘把前軍催趲(韻)。〔內吶喊科，孟獲白〕前面恐又有埋伏，且逃回本寨，再作區處。〔唱〕且歸去莫闌珊(韻)，且歸去莫闌珊(疊)。〔下。孔明衆上，白〕蠻甸數丁九，軍門縱已三。〔趙雲、馬岱、魏延、中軍上，白〕但愁脱網兔，不似吐絲蠶。丞相在上，我等打躬。〔孔明白〕諸位將軍少禮。〔趙雲等白〕末將等遵令，將孟獲大寨奪佔，一干人都放過瀘水去了，特來繳令。〔孔明白〕論功陞賞。〔趙雲等白〕孟獲此去，必向各洞借兵，丞相不可不慮。〔孔明白〕何足慮哉。〔唱〕

【南北合套・沽美酒帶太平令】一任他調兵符向八蠻（韻），一任他調兵符向八蠻（疊），俺只作等閒看（韻）。便九十三家的生熟蕃（韻），儘牌力使慣（韻），儘唐猊甲擐（韻）。天橋外[illegible]雨漫山（韻），龍江上狂濤拍岸（韻）。俺呵（格），神安（韻）致閒（韻），但扇羽巾綸（韻）。呀（格），敵得過蠻兵百萬（韻）。〔下。孟獲領衆上，唱〕

【南北合套・清江引】第三遭（讀），逃將性命還（韻），顧不得人羞訕（韻）。〔孟攸白〕已到洞前，哥哥請進。〔作進科〕哥哥請坐，大家商議。〔孟獲白〕罷了罷了，咱平素用兵，算無不勝，今日倒運了，着着落人之後，被擒三次，僇辱甚矣。就依賢弟之言，差人各處借兵，待會集大衆，以報前讐便了。〔唱〕借他百洞兵（句），再與三把戰（韻）。咱若贏不得他時也決不返（韻）。〔同下〕

第十九齣　棄三營八蕃入阱

〔雜扮軍校，引吕凱上，同唱〕

【越調正曲・水底魚】弱水橋成㊀韻，三軍任意行㊀韻。〔合〕指揮合妙㊀句，據險可安營㊀韻，據險可安營㊀疊。〔吕凱白〕某吕凱是也。只因西洱河弱流相阻，奉令伐洱山之竹，編筏爲橋，幸已橋成。吾看這浮橋北岸，堪做大營，以橋爲門户，以河做塹濠；過河南岸，可立三營，以拒蠻衆。伺候丞相到時，再稟明便了。〔下。雜扮小軍、中軍引孔明上，同唱〕

【仙吕宫正曲・甘州歌】旌旗掩映㊀韻，看如林逐隊㊀句，欵欵前行㊀韻。蠻山瘴水㊀句，何處驕人形勝㊀韻。蹇蹇王臣勞九伐㊀句，赫赫天威有七征㊀韻。〔吕凱迎上，白〕吕凱參見。〔孔明白〕河橋成否？〔吕凱白〕已成了。此地可安大寨，河南岸上一帶寬濶，亦立三營。〔孔明白〕如此甚好。傳令，就此安下營寨，河南一帶，令趙雲、魏延、馬岱各帶人馬，分佔三營。〔作下馬傳令科，内應。雜扮報子上，唱〕探聽蠻王事，火速報軍前。丞相爺在上，報子叩頭。〔孔明白〕有甚軍情報來？〔報子白〕丞相爺，蠻王糾合八蠻九十三甸番夷部落，刀牌健卒共有數十萬衆，前離不遠，好生利害，特來報知。〔孔明白〕知道了，後營領賞。〔報子下，孔明白〕蠻王借兵前來，吾當親去一看。吕參軍守寨，吾去即回也。〔吕凱白〕遵令。〔下。孔明白〕衆軍校隨我前去者。〔同唱〕黄雲浦(句)，里水汀(韻)，扶摇奮翼徙南溟(韻)。玉關夢(句)，銅柱銘(韻)，佇看指日返神京(韻)。〔同下。雜扮蠻丁持刀牌，引孟佽、孟獲衆上，唱〕

【又一體】今朝氣可争(韻)。看刀牌滚滚(句)，技勇兵精(韻)。八蠻諸甸(句)，幸喜同心一逞(韻)。試看獠丁真壯健(句)，那怕中華有勝兵(韻)。〔蠻丁白〕前面已離漢營不遠。〔孟獲白〕就此安營。待咱親領刀牌手，前去見他一陣，有何不可。〔孟佽引衆下。孟獲引刀牌手殺上，白〕叫爾丞相得知，説蠻王親來討戰哩。〔孔明内白〕傳令三營，不許出戰，違令者斬。〔孟獲白〕每每誇爾足智多謀，今日爲何不敢出戰？〔蠻丁白〕攻他的營寨。〔孟獲白〕不可，明日來攻可也。〔衆唱。合〕齊歡勇(句)，各躍騰(韻)，長標利刃漫消停(韻)。分成敗(句)，定死生(韻)，眼前直取漢家營(韻)。〔下。衆小軍、中軍引孔明上，同唱〕

【又一體】遥觀蠻洞兵(韻)，他洶洶鋭氣(句)，未可相争(韻)。藏鋒暫避(句)，且自由他驕横(韻)。從來一聲朝氣勝(韻)，彼竭安能當我盈(韻)。〔陞帳科，白〕中軍傳令，傳集諸將聽令。〔中軍傳科，衆將上，白〕衆將打恭。〔孔明白〕子龍聽令：爾可營中多設燈火旗幟，輜重盡棄，速速退兵北岸下流。待蠻王屯兵南岸時，爾從下流過河，直取蠻王之寨，阻伊南岸去路，不得有違。〔趙雲應科，引衆下。孔明白〕魏延聽令：爾可營中多設旗幟燈火，盡棄輜重，退兵北岸下流口。候蠻王兵屯南岸之時，爾可渡河埋伏伊後，不可使伊南走。〔魏延應科，衆下。孔明白〕馬岱聽令：爾可盡棄營中輜重，退兵北岸下流口。候蠻王兵屯南岸，爾可渡河埋伏，以攻其左。〔馬岱應科，引衆下。孔明白〕呂凱，爾待三營退兵河北，即將大寨前浮橋拆毁，悄悄移向下流口，休誤大兵過渡，不得有違。〔呂凱應科，引衆下。孔明白〕王平，你可帶領人馬一萬，盡持白梃，可破刀牌。待等蠻王兵屯南岸，爾可渡河劫寨。〔王平應科，引衆下。孔明白〕關索，與汝柬帖一個，按上面行事，不得有違。〔關索應科，引衆下。孔明白〕就此殺上前去。〔衆應科，同唱。合〕兵家典(句)，吾自明(韻)，潛形九地且回營(韻)。機謀定(韻)，埋伏成(韻)，管教一戰盡相傾(韻)。〔下。衆蠻丁引孟獲、孟攸上，白〕

【仙呂宮正曲・六幺令】英雄讓我(韻)。糾合蠻徒(句)，費盡張羅(韻)。今朝漢衆奈咱何(韻)。牌斜跨(讀)，劍橫磨(韻)。〔合〕管教一戰難逃躲(韻)，管教一戰難逃躲(疊)。〔白〕咱邀集大衆，以決雌雄。不意連日討戰，不見人迎敵，未知是何主意。今日再向漢營罵陣去哩。〔蠻丁白〕禀大王，漢營旗幟依舊，不見一人行動，莫非人馬退去，只是空營。〔孟獲白〕咱們闖進去看來。呀，奇怪！這糧草輜重都在，人馬往那裏去了？蠻丁，再向那二營探看來報。〔孟攸白〕莫非又是詭計麽？〔蠻丁白〕那二營俱是如此。〔孟獲白〕咱想道，盡棄輜重而退，必然國有急事，若非吴侵，必是魏伐，諸葛恐咱追襲，故留營寨輜重旗幟，多張燈火，故作疑軍之計。他方退兵而去，如何瞞得過我。衆蠻丁，就此追殺前去。〔唱〕

【又一體】漢兵散夥(韻)。多料鄰邦(句)，有甚風波(韻)。虛張旗號惹疑多(韻)。悄悄的(讀)，退干戈(韻)。〔合〕大家追去休辭惰(韻)，大家追去休辭惰(疊)。〔呂凱上，白〕大小三軍，將橋拆斷。〔衆卒拆橋下，蠻丁白〕

稟大王：已抵西洱河南岸，漢兵已拆斷了浮橋，不能前進。那對河北岸屯大營，旌旗肅整着哩。〔孟獲白〕待我親自看來。呀，他營寨雖然嚴整，拆斷浮橋，必走無疑。恐咱追襲，故此暫立空營，他將大衆俱各退去哩。衆蠻丁就此安營，一邊上流取竹，搭起浮橋，以便進兵，不得有違。〔蠻丁應科，下，又上，白〕啟大王，浮橋已成。〔孟獲白〕就此過橋安營。〔衆應科，下。衆小軍持棍，引王平上，同唱〕

【又一體】事非小可(韻)。白梃悠悠(句)，直達蠻窩(韻)。更兼晝夜夢南柯(韻)。刀牌手(讀)，怎騰那(韻)。〔合〕這番定把蠻鋒挫(韻)，這番定把蠻鋒挫(疊)。〔白〕衆三軍，已到蠻營，就此踹營。〔衆遶場下。孟攸上，虛白。二蠻丁上，殺科。二卒上，追下。孟獲、孟攸上，對牌棍，敗下，迎馬岱、魏延戰，孟獲敗，趙雲迎上，白〕蠻王那裏走？吾取你寨多時了。〔戰科，擒孟攸科，孟獲敗下。衆引關索上，白〕我關索奉丞相將令，掘下陷坑，待孟獲到來，以便擒之。小校，就在陷坑左右埋伏者。〔孟獲上，唱〕

【又一體】蒼天喪我(韻)。空集雄兵(句)，怎奈他何(韻)。而今羞恨實難過(韻)。〔孔明衆上，立高叫科，白〕蠻王逃往何處？我已等多時矣。〔孟獲白〕咱被他多次相辱，今既相遇，不免趕上前去，連車剁爲粉碎。〔蠻丁唱〕同奮力(讀)，到前坡(韻)。〔合〕好將車子連人剁(韻)，好將車子連人剁(疊)。〔孟獲落陷坑科。關索上，白〕小校，俱各綁起來。〔孔明衆白〕

【尾聲】寃家狹路難相躲(韻)，八蠻部落枉稱多(韻)，卻教他九十三甸的刀牌(讀)，奈我何(韻)。〔同下〕

第二十齣　饒一死四次歸巢

〔呂凱上，白〕五月驅兵入不毛，月明瀘水瘴煙高。誓將雄略酬三顧，豈憚征蠻擒縱勞。某呂凱是也。今日營中大排筵宴，伺候丞相回軍，必有一番宴樂。道猶未了，丞相來也。〔雜扮小軍、中軍，引生扮孔明上，唱〕

【南呂宫引・折腰一枝花】前軍才罷戰韻，鼙鼓紅旗捲韻。轅門俘馘到句，怎生獻韻，今朝且自開筵韻。〔白〕吾曾吩咐預設酒宴，可曾完備否？〔呂凱白〕齊備多時。〔孔明白〕傳令：今朝天氣炎熱，俱各解甲寬袍，齊赴筵宴，以盡一日之歡。〔呂凱白〕得令。〔向内傳科〕衆將聽者：丞相有令，今朝天氣炎熱，俱各解甲寬袍，齊赴筵宴，以盡一日之歡。〔衆將上，白〕得令。夜披金甲探龍窟，日着絺衣赴玳筵。丞相開宴相召，只得前來伺候。〔見科，白〕丞相在上，我等參見。〔孔明白〕諸位免禮。〔衆白〕丞相勞神，何當盛召。〔孔明白〕諸君協力破賊，少用一盃，暫酬辛苦。看酒伺候。〔衆飲科，同唱〕

【南呂宫集曲・梁州新郎】回君開宴韻，金盃酬勸韻，奏動凱歌一片韻。絺衣寬帶句，難禁暑氣飛施韻。非是我興師勞衆句，不念辛勞讀，端爲邊疆亂韻。蠻塵寧静也讀，整歸鞭韻，戡定中原高枕眠(韻)。〔合〕今日裏且歡讌(韻)，須大家痛飲休辭倦(韻)。蠻世界(句)，幾人見(韻)。〔孔明白〕軍校，將那蠻俘帶上筵前。〔衆應科，綁蠻丁上，白〕丞相爺爺饒命哩。〔孔明白〕唗！你等屢被吾擒，俱寬放回去，今又從逆，是何道理？〔衆白〕吾等被蠻王所逼，不得不從的。〔孔明白〕也罷，俱各放了，把孟攸帶上來。〔衆應，綁孟攸上，孔明白〕你這廝，爾兄爲惡，也該勸他纔是，今又被擒，卻難恕你。〔孟攸白〕丞相開恩，今後改過了，可憐饒咱一命。〔孔明白〕把孟攸放了，同衆蠻丁後營酒飯。〔衆白〕多謝丞相天恩。〔下。孔明白〕可帶蠻王上來。〔孟獲上，見科，孔明怒白〕蠻王，爾今又被吾擒，有何話説？〔孟獲白〕悮中爾計，吾終不服哩。〔孔明白〕唗！你還不服吾麽？〔唱〕

【又一體】被吾擒兩次三番(韻)，仍倔强將咱傲慢(韻)。敢嘵嘵聲喚(讀)，怨着蒼天(韻)。〔白〕軍校，與我推出去，斬首報來。〔孟獲白〕諸葛丞相，你敢再放我麽？〔孔明白〕住者，放爾再欲何爲？〔孟獲白〕丞相如再放咱，待咱重整蠻兵，與丞相大戰一場，那時擒咱，方死心塌地降服哩。〔孔明唱〕尚想生還糾衆(句)，奮臂如螳(讀)，再決雌雄戰(韻)。料伊蠢伎倆(讀)，力如綿(韻)，拳石安能敵泰山(韻)。〔合〕開網縱非踈慢(韻)，淵淵漫漫休悲惋(韻)。再赦爾(句)，須如願(韻)。〔白〕軍校，可將蠻王放了，留他後營酒飯，還他馬匹回去。〔孟獲白〕罷了罷了，四回遭没辱，一戰洗前羞。〔下。衆白〕丞相如何不行斬戮，又放蠻王回去？〔孔明白〕爾等不知。我覷蠻王，乃囊中之物，如掌上嬰兒。我自有神算，趁此良時，諸君盡興，再看酒來。〔同唱〕

【南呂宮正曲・節節高】金罇且盡歡㊐。晚風前㊐,長鯨一飲玉山軟㊐,何須勸㊐。擲寶刀㊁,彈長劍㊐,凱歌一曲清荒甸㊐,料同兒戲鴻門宴㊐。〔合〕壯士酣歌髮沖冠㊐,任教墜幘參軍忭㊐。

【尾聲】嘆光陰石火如飛電㊐,且向遐荒一破顏㊐,待明朝重整軍機大將權㊐。〔下〕

第廿一齣　禿龍洞窮寇借兵

〔丑扮孟攸上，唱〕

【高大石調正曲・窣地錦襠】時乖運蹇遇天兵(韻)，幾次遭擒幸放生(韻)。咱兄性命必然傾(韻)，報讐孤掌苦難鳴(韻)。〔白〕生長蠻荒性頑劣，同兄驕横稱豪傑。于今蹇遇漢家兵，遭擒亦似甕中鱉。阿兄倔强不歸降，兩次三番身顛蹶。這回不見放將來，嗚呼一命悲秋葉。尋思無計報兄讐，且向荒原滴紅血。〔哭科，唱〕

【正宮正曲・十棒鼓】可憐枉自稱雄勁(韻)，枉自爲頭領(韻)。今朝送了美前程(韻)，因你逞强慣較能(韻)。〔白〕罷了罷了，〔唱〕思量報復(句)，殘兵再整(韻)。〔合〕只恐潑殘生(韻)，斷送漢家兵(韻)。〔雜扮蠻丁，引淨扮孟獲上，唱〕

【高大石調正曲・歸仙洞】急歸去催馬行(韻)，空山裏一人剩(韻)。豪氣總難平(韻)，跳不出牢籠穽(韻)。他恃着智高狂逞(韻)，幾回的將咱勝(韻)。〔合〕到何時報恨(讀)，任我縱横(韻)。〔孟攸白〕大王回來了？呀，哥哥果然回來了。〔孟獲白〕兄弟緣何在此？〔孟攸白〕小弟被放回來，招得些敗殘兵，因不見哥哥回來，恐哥哥被害，待要報仇，又懼兵微將寡。〔孟獲白〕兄弟，咱數次遭擒被辱，此恨難平，欲要與他爭雄，怎奈兵微將少，料想難以取勝，少不得別處求借些兵馬，再做商量。〔孟攸白〕何不到禿龍洞朵思大王處，他有獠兵數萬，居處峻險，可往投之。到那廂再做道理。〔孟獲白〕如此甚好。〔孟攸白〕就此前行。蠻丁，看馬來。正是：好債同心復舊業，①還須齊力報新仇。〔下。雜扮衆蠻丁，引朵思洞主上，同唱〕

【雙調正曲·普賢歌】境居荒外自耘耕韻，不受天朝號令行韻。恃衆勢縱橫韻，禿龍洞有名韻。好義輕生性不平韻。〔朵思白〕穴處巢居地不毛，瘴煙毒霧與雲高。從來不受天朝制，獨霸南荒自古豪。咱禿龍洞主朵思大王是也。身處南荒，境居化外。自耕自織，依然太古遺風；無慮無憂，不愧天民盛世。只是野性好殺，競利尚讐。近聞天朝南征蠻王孟獲，他兄弟孟攸與咱交厚，但不知兩家勝負若何，也不見他前來借兵借糧。蠻丁，洞外打聽，倘有別處人來，便中可問孟家的消息。〔蠻丁應科。衆蠻丁引孟攸、孟獲上，同唱〕

【又一體】英雄義氣爲南征韻，兄弟連枝枉逞雄韻。幾次與交兵韻，叵耐他長勝韻。哭秦廷讀，賢隣肯借兵韻。〔白〕來此已是禿龍洞了，有人麽？〔蠻丁白〕什麽人？〔孟攸白〕煩你通報，説蠻王兄

① 「債」，疑應爲「待」。

弟孟獲、孟攸求見洞主。〔蠻丁報科，朵思白〕道有請。不知大王昆玉駕臨，有失迎迓，多有得罪哩。〔孟獲白〕久仰洞主威名，時聞舍弟道及，今日輕造，實登龍門。〔朵思白〕近聞漢兵南來，不知何故？〔孟獲白〕洞主聽稟：〔唱〕

【仙呂宫正曲·風入松】漢家無故逞强能韻，陡起雄兵壓境韻。要將咱蠻洞來平靖韻，青包茅矢遵恭敬韻。〔朵思白〕我輩從不服他鉗製，風馬不及。不去犯他邊界，也就罷了，爲何反上門來欺咱哩？〔孟獲唱。合〕我因此胸中怒生韻，拚性命與交征韻。〔朵思白〕大王與漢家交兵，勝負如何？〔孟獲唱〕

【又一體】可憐屢戰盡遭傾韻，百萬兒郎蹭蹬韻。〔朵思白〕他有名的大本領。〔孟獲唱〕那卧龍諸葛多强横韻，把詭計時排陷穽韻。〔合〕被擒僇已甘鼎烹韻，他故縱放顯伊能韻。〔朵思白〕大王今欲何爲？〔孟獲白〕小弟欲再與他決一雌雄，怎奈兵微將寡，難以取勝，故此來求大王相助。〔朵思白〕于今天氣炎暑，大王暫避咱洞中，他耐不起暑氣，自然退去。那時咱等領兵，暗暗追去，可報前仇。〔孟獲白〕洞主有所不知，那諸葛丞相偏不怕暑，豈肯回去？必尋趁到此哩。〔朵思白〕如此甚妙。大王呵，〔唱〕

【又一體】放懷等待莫憂驚韻，那怕天兵雄横韻。不須對壘咱能勝韻，管教他人人納命韻。〔合〕好將你深仇自平韻。〔孟獲白〕那諸葛丞相，好不豪傑哩。〔朵思白〕總豪傑也遭傾韻。〔孟獲白〕洞主有何妙計，能敗漢兵？〔朵思白〕大王不知，漢兵若到此間，只有兩條路徑。東北上就是大王所來之路，地勢平坦，土厚水甜，人馬可以行動。若以木石壘斷洞口，百萬之衆不能前進。西北上有一條路，山險嶺惡，道路窄狹，多有毒蟲，煙瘴晝夜不絕，惟未申酉三個時辰可行。水不可飲，有毒泉四種，名曰啞泉、滅泉、黑泉、柔泉，誤飲其水，中毒必死。今大王寬心住咱洞中，咱遣蠻丁壘斷東北洞口，那漢兵必從西北而來，管教他一人一騎，莫想生還。〔孟獲、孟攸白〕妙嗄。〔唱〕

【又一體】果然天險助吾成(韻)，是咱遐荒僥倖(韻)。憑他神機妙算稱豪横(韻)，也落在咱家陷穽(韻)。

〔合〕謝哀憐高情厚盟(韻)，願啣結報來生(韻)。〔朵思白〕請大王寬心住在小洞，待我分遣蠻丁行事便了。

〔孟獲白〕多謝大王。〔朵思白〕良將雖然有勝兵，〔孟獲白〕天時地利也須明。〔朵思白〕請君高坐憑天險，

〔合白〕縱使神兵亦喫驚。〔同下〕

第廿二齣　伏波祠山神指路

〔雜扮小軍引王平上，同唱〕

【仙呂宮正曲・六幺令】憑誰鄉導韻。山徑崎嶇句，暑氣煎熬韻。蒸蒸汗雨濕征袍韻。心似火讀，渴難消韻。求漿覓水須教早韻，求漿覓水須教早疊。〔白〕某裨將王平是也，奉丞相軍令，帶領五百軍士，前取禿龍洞路徑，追討蠻王。奈大路阻塞，只得別尋小路山徑。天氣暑熱，心頭如火，口渴難挨。軍校，須尋山洞，取水解渴方好。〔小軍白〕大家俱口渴，若不得水，定然渴死了。呀，此處有清泉，大家都有生了，不免報知掌金瓢的來取水。稟將軍，路傍有一清泉。〔王平白〕妙嗄，取來解渴。傳與衆軍，速飲解渴，以便前行。〔小軍白〕將軍命你們大家解解渴，以便趲路。〔衆飲，遞王平飲科，唱〕

【又一體】渴懷欲槁韻。幸得清泉句，灌溉心苗韻。瓊漿甘露漫相邀韻。覺兩腋讀，冷風飄韻。〔作肚痛科〕呀，無端一陣心兒攪韻，無端一陣心兒攪疊。〔衆作呆啞科，下。雜扮軍士、中軍，引生扮孔明上，唱〕

【小石調引・粉蛾兒】堪笑兒曹韻，焰摩天何處奔逃韻。〔白〕打聽得蠻王已往禿龍洞去了，只得統兵進勦。那厮壘斷了洞口去路，聞得別有小路可通，已遣王平引導探路，待他回來，以便進兵。〔王平、衆軍上，軍士白〕王將軍探路而回。衆軍俱不言語，惟指口内，不知何故。〔孔明白〕令他進來。〔宣二應，作引王平、衆軍進見科。孔明唱〕

【仙吕宫正曲·醉扶歸】莫非是貪杯悮落人圈套(韻)，莫不是中風急症遇山魈(韻)。〔衆搖頭指口科，孔明唱〕似此形容費推敲(韻)，箇中情事誰能料(韻)。〔王平又指科，孔明白〕有了，取筆硯過來與他。〔唱〕好將紙筆寫供招(韻)，因甚的可把原由告(韻)。〔王平寫、孔明念科，白〕行路渴甚，道傍有一清泉，大家飲水，俱不能言，不知何故，求丞相速爲解救。哦，原來悮飲毒泉之水，如何解救？軍士，可請吕參謀。〔吕凱上，白〕品泉莫漫尋泉譜，分胍當須問水經。〔見科，孔明白〕王將軍探路，與軍士們悮飲毒水，俱不能言。參謀可知其故，何以解之？〔吕凱白〕向聞秃龍洞僻路多有毒泉之水，俱不能言，某亦不知何法可解。〔孔明白〕以此奈何也？罷，待吾親去探看，尋覓土人問之，或有解法，亦未可定。就與爾等同行，大軍仍行占住。〔孔明上車，唱〕

【仙吕宫正曲·步步嬌】只爲王事驅馳將南荒到(韻)。叵耐蠻王狡(韻)，潛踪何處逃(韻)。不避勤勞(句)，溽暑天道(韻)。中毒衆兒曹(韻)，不語啣枚妙(韻)。〔下車，孔明白〕視此清泉，澄澄無底，不信就有毒。軍校，可覓個土人來訪問。〔軍校尋科，白〕遠近並無人跡，亦尋不見有甚人家居住，連飛鳥兒也是少的，那討土人訪問？〔孔明白〕難道遠近没有一個人家？〔軍士白〕實實没有。〔孔明白〕待我登高一望。呀，山頭之上，兀的不是房舍也。〔呂凱望科〕像似房舍一般，只是怎生上去？〔孔明白〕既無路徑，衆軍士可扶我攀援而上。〔衆應，作上科，下。雜扮鬼卒、判官，引馬援上，白〕英雄不得會雲臺，苡薏啣冤千古哀。功著遐荒猶祠廟，丹心應亦信蒿萊。小神東漢伏波將軍馬援是也，南征交趾，恩著蠻方，爲我建立祠廟，蠻夷信伏。上帝憐我忠直，勅命爲神。今有漢相諸葛孔明前來禱告，他之忠誠與我一樣，何不顯靈指示。山神何在？〔雜扮山神上，白〕來也。大聖有何使令？〔馬援白〕今有蜀相諸葛到此，你可化作土人，指引他到萬安溪，求取解毒之藥便了。〔山神白〕謹領鈞旨。〔下。馬援白〕鬼判，速整威儀者。〔衆引孔明上，唱〕

【仙呂宮正曲·園林好】似飛猱攀援葛條(韻)，猛回頭雲煙下繞(韻)，卻是座山神祠廟(韻)。〔合〕須虔禱顯靈昭(韻)，須虔禱顯靈昭(疊)。〔白〕是何神道？有石碑在此，看有字跡否？〔看科〕原來有字：「大漢伏波將軍馬援神祠碑記。十十十十十十」原來是伏波將軍之廟。〔拜科〕尊神在上，將軍乃漢朝明臣，功德著于異域，念亮不過受先帝託孤之重，亦爲征蠻到此，軍士悞飲毒泉之水，不能出聲，萬望尊神憐漢朝一脈，大賜靈顯，獲之佑之。〔山神扮老人扶杖上，白〕道高龍虎伏，德重鬼神欽。〔見科，孔明白〕長者何來？〔山神白〕老夫久居此處，聞大國丞相隆名，特來一見。〔孔明白〕長者何以知吾？〔山神白〕蠻洞卒徒，多蒙丞相活命，俱各感恩稱頌，是以知之。〔孔明白〕請問長者：吾軍士悞飲毒泉之水，不能出聲，是何緣故？〔山神白〕衆軍所飲之水，必然是啞泉之水。人若飲此水，必死矣。〔孔明驚

白〕如此，吾等皆休矣。皇天嗄，〔唱〕

【仙吕宫正曲·江兒水】異域功難立（句），何顔返漢朝（韻）。中原慢想施天討（韻），先皇寄託何由報（韻）。軍資無筭空虚耗（韻），忍見無辜軍校（韻）。〔合〕既然性命難逃（韻），不如將骨抛山嶠（韻）。〔孔明作撞科，山神白〕丞相不可如此，老夫指你一處，可以解救成功。〔孔明白〕長者有何高見，望乞教之。〔山神白〕此去正南，有一山谷。入行二十里，有一萬安溪。溪邊有一高士居住，號爲萬安隱者，其草庵後有一泉，名曰安樂泉。人若中毒，飲其水即能解之；人生疥癩，或感瘴毒，溪中浴之，即無事。庵前有一等異草，名曰薤葉芸香，人若口含一葉，則瘴氣不能侵染。丞相可速往求之，不惟解救軍士，亦可建功此地矣。〔孔明白〕果然如此，我等俱有生矣。〔唱〕

【仙吕宫正曲·五供養】聞伊訴剖（韻），頓把愁顔（讀），喜色偏饒（韻）。高人如可見（句），仙境果非遥（韻）。何辭路勞（韻），領軍校虔誠親造（韻）。只恐桃園户（句），不許俗人敲（韻）。〔向山神科〕感沐高情（句），還勞相導（韻）。〔山神白〕老夫之言，決無有悮。此去向西十里，便是谷口了。你看，伏波將軍來也。〔下。孔明白〕莫不是伏波將軍顯靈，指引衆軍士，可向廟前拜謝。〔唱〕

【仙吕宫正曲·玉交枝】蒙恩臨照（韻），命山神指迷厚高（韻）。幽冥相感憐同調（韻），俟成功回奏皇朝（韻）。雖然原是舊臣僚（韻），顯靈輔國堪祠廟（韻）。〔合〕待他年皇封勅褒（韻），待他年皇封勅褒（疊）。〔吕凱白〕雖然神道有靈，實惟丞相忠誠召感。〔孔明白〕吾有何能，還是朝廷福力耳。分付衆軍士，小心下山，

就此趲行。〔衆應科，孔明唱〕

【仙吕宫正曲・川撥棹】歸途杳㊚。看崎嶇惟蔓草㊚，步難行人在雲杪㊚，步難行人在雲杪㊚。羨神明宣靈一朝㊚。〔合〕慶吾軍生可超㊚，喜平蠻功可邀㊚。〔衆扶下山科，下。馬援白〕鬼判，收拾威儀者。大抵乾坤都一照，免教人在暗中行。〔同下〕

第廿三齣　求萬安芸香薙葉

〔丑扮童兒上，白〕山静似太古，日長如小年。人生最樂處，服役活神仙。我乃萬安溪山人守庵童兒是也。俺主人修道多年，已得道中三昧，隱此窮谷，不與世人相通。今早忽然命我預備茶湯，説有大漢諸葛丞相來訪，只得在此伺候。道言未了，師父出來也。〔外扮金環上，唱〕

【雙調正曲·鎖南枝】青山秀(韻)，緑水幽(韻)，隱身逃名世外遊(韻)。雖不比夷齊儔(韻)，庶免凶危遘(韻)。〔合〕今日裏覆巢阨(句)，跖應愁(韻)。嘆天兵(句)，罹災疚(韻)。〔白〕棄國全身因跖憂，非干三讓遜成周。而今已悟南華妙，蝶夢翩翩世外遊。山人萬安隱者是也。避禍窮山，逃名世外。甘與鶴鹿同居，不愧林泉高蹈。今早偶占一課，應有大漢丞相諸葛孔明到菴乞藥，已曾吩咐童兒預備茶湯。童兒，可曾拾得松枝，安排茶點否？〔童兒白〕俱已預備了。〔金環白〕有客到時，即爲通報。〔下。雜扮軍士、中軍、王平、吕凱，引孔明坐車上，唱〕

【又一體】誠心禱(句)，着意求(韻)，問津尋源西向投(韻)。入谷口豁雙眸(韻)，絶紅塵點襟袖(韻)。〔合〕漸前行(句)，境更幽(韻)。羨山明(句)，景如綉(韻)。〔白〕此間有一草廬籬院，敢是隱者之居。待我下車，親自到門。〔孔明下車，王平、吕凱衆下。童兒白〕公可是天朝丞相麽？〔孔明白〕小童何得知吾？〔童兒白〕待我報師父知道。師父，諸葛丞相到了。〔金環白〕道有請。〔接見科，白〕久仰丞相大名，何緣光降，蓬蓽生輝。〔孔明白〕不敢。神人旨示，特來拜訪。〔金環白〕丞相遠涉南荒，卻爲何故？〔孔明白〕只因蠻王作亂，奉命南征。〔唱〕

【又一體】鄙人呵，承君命㊀句，赴遠陬㊀韻，爲因南荒起逆謀㊀韻。邊境繞戈矛㊀韻，特把蒼生救㊀韻。〔金環白〕可能殄滅那蠻王麽？〔孔明白〕不能。〔金環白〕以丞相妙算神威，何難滅此。〔孔明唱〕合在鄙人呵，服遠人㊀句，在得柔㊀韻。因此屢擒伊㊀句，還相宥㊀韻。〔金環白〕這是丞相格外施仁了，不知更有何事見教？〔孔明白〕軍校看禮物來。〔送科，白〕不腆薄儀，望乞笑納。〔金環白〕咱乃世外之人，要此何用，乞請收回。〔孔明白〕幸勿推辭，還有拜懇。〔金環白〕暫領盛意。有何吩咐，請教無妨。〔孔明唱〕

【雙調集曲·孝南枝】只因禿龍洞㊀句，路阻修㊀韻。將軍領兵僻徑求㊀韻。道傍有清流㊀韻，消渴成災疚㊀韻。我向神祠拜求㊀韻，感得神明㊀讀，顯身指授㊀韻，故此相投㊀韻。望乞開恩援救㊀韻。這功德㊀句，重山丘㊀韻。鄙人呵感雲誼㊀句，地天厚㊀韻。〔金環白〕原來軍士悮飲啞泉，這個無妨。敝菴之後安樂泉中之水，即可解之，是那些軍士中了毒？〔孔明白〕可傳王將軍與那些啞軍，前來叩見隱君。〔王平引小軍上，見科，金環白〕不必多禮。童兒可引將軍與軍士，到菴後取泉水，以解其毒。〔童兒引王平衆下。金環白〕丞相遠來，無甚爲敬。清茶一杯，山果數枚，聊爲點心。〔孔明白〕何以克當。〔金環唱〕

【又一體】荒山徑(句),禮不週(韻),愧無珍物相欵留(韻)。清茶香氣浮(韻),栢子松花剖(韻)。①〔孔明白〕多謝。〔王平衆軍上,唱〕清泉入口(韻),惡水毒涎(讀),人嘔一斗(韻)。頃刻能言(句),精神如舊(韻)。〔孔明白〕爾等俱各痊愈了?〔王平白〕吐出惡涎許多,俱各能言了。〔孔明白〕可拜謝隱君。〔王平等拜科,同唱〕多謝施甘露(句),爲解憂(韻)。衆殘生(句),荷君救(韻)。〔金環白〕不費之惠,何須拜謝。咱這萬安溪之水,亦可解毒,你等大家浴一浴,百病俱卻。〔孔明白〕鄙人更聞寶境産得薤葉芸香,能避瘴氣,可能見惠一二否?〔金環白〕此草産于敝菴前後,童兒可引丞相、軍士,到萬安溪中沐浴,再領衆人採取薤葉芸香,着他們任意採取。〔童兒引王平衆下。金環白〕更有一言奉告:此間蠻洞,最多毒蟲,柳花飄落溪中,其水即不可飲,必須掘地爲泉,方可飲食無恙。〔孔明白〕多承指教了。敢求高姓大名,以便朝夕佩頌。〔金環白〕山人非別,即蠻王孟獲之兄孟節是也。丞相休疑,聽咱道來。〔唱〕

【又一體】節居長(句),次獲攸(韻),同胞兄弟性不投(韻)。他凶殘好戈矛(韻),數相規成仇寇(韻)。恐惡盈禍搆(韻),只得隱姓埋名(讀),向荒山趨走(韻)。於今辱弟猖狂(句),勞君僝僽(韻)。叛逆罪(句),何便休(韻)。得相寬(句),蒙恩厚(句)。〔童兒引王平、軍士上,白〕一浴精神爽,温泉那得知。〔孔明白〕爾等俱各沐浴了麽?〔王平白〕俱各浴過。〔金環白〕薤葉芸香採得如意否?〔王平白〕多謝,俱各採訖。〔金環取禮還科,白〕山

① 「(韻)」字原脱。

人留此無用，可請收回。〔孔明白〕既然不收，就此告辭。〔金環白〕恕不遠送了。〔孔明白〕請了。〔金環白〕漫勞車馬顧茅菴，〔孔明白〕碌碌驅馳我自慚。〔金環白〕自愛首陽薇蕨好，〔孔明白〕何時歸去卸朝簪。〔孔明上車，同下〕

第廿四齣　上四殿劍樹刀山

〔雜扮鬼判引曹官上，白〕崒嵂刀山平地出，槎枒劍樹倚天開。得他一滴菩提水，便化青蓮九品臺。今日閻君升殿，審訊董卓、曹操。我們各有執事，須索在此伺候。〔雜扮衆鬼卒、牛頭、馬面、金童、玉女，引四殿閻君上，唱〕

【南北合套·新水令】昔賢何故鑄刑書韻，要蒸民懷刑滋懼韻。況好生天地德句，原不事誅屠韻。只願你無罪無辜韻，甚刀劍催人赴韻，〔白〕析圭分爵爲天吏，十殿閻羅居第四。下下高高鋒刃攢，待他人世奸頑至。吾乃四殿閻君是也。仁以居心，義以制事。淬鋒如雪，我非借武以示威；霜鍔橫秋，人或畏威而改行。是故辟以止辟，訓厥《君陳》；刑期無刑，載在《虞典》。只是世人失德，恣意橫行，罹惡刼以堪憐，從寬典而不得。正是：欲將殺氣留生氣，無奈人心非我心。〔曹官白〕解到鬼犯董卓、賈翊、李傕、郭汜四名，請審訊發落。〔四殿閻羅白〕帶上來。〔鬼卒應科，帶董卓、賈翊、李傕、郭汜上，見科。四殿閻君白〕董卓，你將生前罪惡，據實的一一説來，休得支吾，俺這裏刑法利害。〔董卓白〕爺爺聽稟：〔唱〕

【南北合套·步步嬌】四海分争刀兵舉(韻)。常侍摇宸御(韻)，我揚旌到帝都(韻)。去暴除凶(句)，安邦翼主(韻)。篡弑事全無(韻)，是後來陳壽將人污(韻)。〔四殿閻君怒科，白〕這話哄誰？〔唱〕

【南北合套·折桂令】您道是靖烽煙舉義匡扶(韻)。爲什麽刼主焚宫(句)，九廟荆蕪(韻)。何后呵是誰人攛死(句)，少帝呵是若個鴆殂(韻)。你打算定受禪稱孤(韻)。若不是巧計司徒(韻)，賺了肥軀(韻)。這漢國山陵(句)，人早樵蘇(韻)。〔董卓白〕鬼犯的隱情，都被爺爺看破了，情願畫供。〔畫供科，唱〕

【南北合套·園林好】罪名兒從頭自書(韻)，用不着唇摇舌鼓(韻)。〔四殿閻君白〕賈翊、李傕、郭汜，你們怎麽説？〔賈翊、李傕、郭汜白〕不敢强辨，也情願畫招。〔畫供科，唱〕悔輔翼逆臣跋扈(韻)。一不合劫乘輿(韻)，一不合劫公孤(韻)。〔四殿閻君白〕董卓等四賊蔑主弄兵，殺人無數，該上刀山受報，暫且帶在一邊。〔鬼卒趕下。雜扮長解鬼，帶曹操上，曹官禀科，白〕啟大王，曹操帶到了。〔四殿閻君白〕抓進來。〔長解鬼帶曹操進科，白〕奸犯一名，曹操當面。〔四殿閻君怒科，白〕你就是曹操麽？鬼卒與我着實的打。〔鬼卒應，打科。四殿閻君唱〕

【南北合套·雁兒落】爲甚麽君王幽許都(韻)，爲甚麽妃后遭屠戮(韻)。爲甚麽輕輕攬帝權(句)，爲甚麽暗暗移天步(韻)。〔曹官白〕吕伯奢告曹操無故殺他一家，現在臺下聽審。〔四殿閻君白〕曹操，你怎生把吕伯奢一家無故殺死，從實招來？〔曹操白〕當日呵。〔唱〕

【南北合套·江兒水】避難逃亡去(韻)，潛蹤故舊居(韻)。空庭夜月誰爲侶(韻)。側聞别院膠膠語(韻)，磨刀霍霍心驚怖㊙韻。聽得要將頭取㊙韻，去請賞公庭㊙句，〔白〕那時鬼犯情急，奪刀殺他一家，原是有的。〔唱〕可算不得我將人負㊙韻。〔四殿閻君白〕帶吕伯奢。〔鬼卒應，帶吕伯奢上，四殿閻君白〕吕伯奢，據曹操口供，直認殺你一家，但非無故。〔吕伯奢白〕實係無故。〔四殿閻君白〕他説你要殺他請功，故下毒手。〔吕伯奢白〕不要聽他狡辯。磨刀殺牲，曹操疑爲殺己，也還在情理之中；鬼犯買辦果品而歸，與他中途相值，歡笑之中，亦遭毒刀，難道也是要殺他請功麽？〔曹操白〕信口胡言，有何證據。〔四殿閻君白〕可有證據？〔吕伯奢白〕怎麽無有證據。當初曹操與陳宫同行，陳宫亦曾諫阻。操云：「寧可我負人，不可人負我。」這不是證據麽？〔四殿閻君白〕速提陳宫質證。〔曹操白〕不消提得，鬼犯願招。〔四殿閻君白〕語云：奸必殘，殘必忍。若曹操者，可謂奸殘而忍矣。凶惡之徒，當受重重地獄。吕伯奢死于非命，應交十殿轉生。〔吕伯奢白〕多謝大王。〔鬼卒帶下。四殿閻君白〕曹操應上刀山，帶過一邊。〔應科，曹官白〕從犯華歆、郗慮、荀攸、荀彧、毛玠、郭嘉、程昱、王粲、許褚、張遼也解到了。〔四殿閻君白〕一齊帶上來。〔長解鬼帶華歆等進，跪科，四殿閻君白〕我把你這一班逆賊，只圖富貴榮華，滅盡綱常名教。曹操之惡，實汝輩成之也。〔唱〕

【南北合套·得勝令】呀㊙格，您待想開國啟新圖㊙韻，凌煙閣上趨㊙韻。全不去周全那真君父㊙韻，卻去維持那小丈夫㊙韻。只俺這酆都㊙韻，一例兒難饒恕㊙韻。〔華歆等白〕好苦嗄。〔四殿閻君唱〕你休得號也波呼㊙韻，也是你生平自速辜㊙韻。〔華歆等唱〕

【南北合套・玉嬌枝】曹瞞殘妒韻，挾天子淩遲九區韻。諒吾儕智力何如韻，敢和他巨奸相忤韻。低心下首聊自謀韻，何嘗敢與天王拒韻。到今朝深悔當初韻，只哀求鬆開罪罟韻。〔四殿閻君白〕曹官，這一干人助操行奸，當受何刑？〔曹官白〕華歆、郗慮乃曹操鷹犬，弒后、弒妃皆出二人之手，實爲罪首禍魁，律應割舌屠腸，以彰惡報。餘衆應上刀山。〔四殿閻君白〕既如此，鬼卒與我按律施行。〔場上設割舌、屠腸切末。鬼卒捉華歆、郗慮作剖腹割舌科，衆鬼犯作怕科。四殿閻君唱〕

【南北合套・沽美酒帶太平令】既割舌還剖腹韻，既割舌還剖腹疊，刀過處血糢糊韻。似一樹桃花灑紅雨韻，淅零零三花吐韻，舌根兒歸何處韻？誰教你花言巧語韻，誰教你懷奸事主韻。你都是城狐社鼠韻，一個個粧龍做虎韻。俺呵格，惱殺你這奸徒韻，賊奴韻。叫一聲鬼卒韻，〔鬼卒應科，四殿閻君唱〕呀格，都與我攆他上刀山劍樹韻。〔鬼卒作趕打衆鬼犯下。四殿閻君升旁座，閻君白〕速現刀山者。〔內現刀山切末，九方鬼白〕九鬼打恭。〔四殿閻君白〕快趕衆犯齊上刀山者。〔九鬼應科，趕衆鬼犯上刀山科。畢，四殿閻君白〕收拾威儀者。〔唱〕

【尾聲】罪惡深天人怒韻，不遭人禍定天誅韻，只問他身上刀山苦不苦韻。〔下〕

第一齣　仙春重圓兜率天

〔雜扮衆神將、仙童、蕚緑華、趙雲容、謝自然、吴彩鸞、王子登、董雙成、石公子、許飛瓊、婉凌華、范成君、段安香、秦弄玉，引金母上，唱〕

【商角套曲·集賢賓】纔離了這九天上(讀)，紫霄宫和清虚殿(韻)，甫能彀離了天闕又蚤駕雲軿(韻)。説甚歸程九萬(韻)，更隔着弱水三千(韻)。但消他一陣仙風(句)，蚤催歸舊家庭院(韻)。記得夜闌(讀)，纔去朝元(韻)。這時節晨光初現(韻)。團團的涼月隱高樹(句)，淡淡的明河没曉天(韻)。〔金母白〕緑髮縈雲裾曳霧，雙節飄飄下仙步。日月分明到世間，碧雲何處來時路。俺九靈太妙龜山金母是也。今有伏、董二后妃，原隸仙籍，偶謫人寰。並以爲國鋤奸，捐軀抱恨。精靈不昧，暫息瑶池。昨者獻帝昇遐，我欲引他到來，與二后妃相會，道明因果，重締仙緣。説話之間，恰好裴航、張碩、雲英、杜蘭香來也。〔雜扮裴航、張碩、雲英、杜蘭香上，白〕金鼎銷紅日，丹田老紫芝。金母在上，弟子等稽首。〔金母白〕今有漢獻

帝，現在天台山，即着你四人接取，前來與伏后、董妃相會。聽吾分付：〔唱〕

【商角套曲·逍遥樂】急乘風便(韻)，蚤整蜺旌(句)，疾驅鳳輦(韻)。莫慢俄延(韻)，可知他夫婦情牽(韻)。要與劉郎續斷絃(韻)，賤天台桃花桃片(韻)。① 甚碧沙洞外(句)，緑篠溪旁(句)，紅樹枝邊(韻)。〔白〕你們就此前去。〔裴航衆作應科。金母分下。上雲帳，設山科。衆扮劉晨、阮肇、瑞鶴仙、嘉慶子同獻帝上，唱〕

【商角套曲·掛金索】事若雲流(句)，轉瞬乾坤變(韻)。歲逐飈飛(句)，彈指星霜禪(韻)。爲問塵寰(句)，那是長生券(韻)。且在天台(句)，飽噉這桃花片(韻)。〔劉晨衆白〕陛下生遭多難，今卻成仙，散誕無憂，差堪自慰。況聞金母欲迎陛下前往瑶池，與二位后妃完聚，可不是萬千之喜。〔獻帝白〕若得如此，固所願也。〔唱〕

【商角套曲·金菊香】非是俺(讀)，因妻妾起了情緣(韻)。只因他爲國捐軀，早添我十分悲怨(韻)。果然的(讀)，和他重燕婉(韻)。一晌安然(韻)，煞强似小遊仙(韻)。〔裴航等上，白〕爲迎炎帝胄，特到赤城來。〔見科〕小仙等奉金母之命，請陛下前赴瑶池，與二位后妃相見。〔上雲帳，撤山子，唱〕

【商角套曲·醋葫蘆】你這裏心中無限愁(句)，他那裏心中無限冤(韻)。都只恨天人路隔(讀)，一般兒有口不能言(韻)。望遥空(讀)，袖梢兒將淚搵(韻)。今日個待將伊舊盟重踐(韻)。不用覓鸞膠(讀)，早續上斷絃(韻)。

---

①「賤」，疑應作「踐」。

〔獻帝白〕金母垂慈，寡人銘刻肺腑。但不知與后妃相見，端在幾時？〔劉晨衆白〕即此便行請。〔獻帝白〕請。〔唱〕

【又一體】俺只道這枝徹振鏂(句)，誰知道菱花依樣圓(韻)。再不想碧燐燐(讀)，鬼火兒證了金仙(韻)。急得我眼睁睁(讀)，心慌脚步輭(韻)。瑶池何在天路雲霞遠(韻)，恨不得九重天(讀)，併做了一重天(韻)。〔裴航衆白〕已到瑶池，請少待，金母有請。〔前神將、仙童、八仙引金母上，伏后、董妃隨上，金母白〕清風來處遠，白日靜中長。〔獻帝入見科，白〕臣劉協朝參，願金母聖壽。〔金母白〕帝爾聽者：太上無爲，何有悲歡離合。但仙凡雖異，情理則同。念爾荼蓼集身，彼后與妃，又松筠矢節。況本閬風降種，小駐人間，允宜仍返大羅，重諧仙耦。伏后、董妃過來，可與帝相見者。〔伏后、董妃見，哭科，白〕啊喲，我那陛下呀，〔唱〕

【商角套曲·梧葉兒】一腔恨天來大(句)，兩下情如石樣堅(韻)。恨天不從人願(韻)，誰承望重續良緣(韻)。回憶宮庭遭變(韻)，頭蓬也足跣(韻)。慘慘的可有人憐(韻)，但埋冤緣慳分淺(韻)。〔金母白〕既訂仙因，毋庸悲悼。且喜蟠桃已熟，正宜開筵，慶賀團圞。衆仙子，可將歲寒三友之舞，並要小心承應者。〔衆白〕領法旨。〔八仙執樂器，奏樂科。扮十六仙女，各執松竹梅上，舞科，同唱〕

【商角套曲·後庭花】則俺看滄桑幾變遷(韻)，更有甚興衰勞盼眄(韻)。分明是紅雨在筵前落(句)，紅雲在席上捲(韻)。好認取舞場圓(韻)，踏纖纖影兒斜顫(韻)，趁迴風細腰肢別樣軟(韻)。霞生羽帔鮮(韻)，頭挽烏雲可鬆髻偏(韻)，臉暈春潮可力氣綿(韻)。這清歌妙舞筵(韻)也無能一再演(韻)。〔內白〕玉旨下。〔雜扮衆儀從仙樓引金星捧玉旨上，衆接進科，金星白〕玉帝有旨，聽宣讀。誥曰：人天異路，真靈之位業常昭；覺性同歸，平頗之權衡斯準。咨爾劉協，緒分赤帝，身際國屯。高拱而釋重負，輕蜕以返清都。皇后伏氏，雞鳴合德；貴妃董妃，魚貫承恩。於戲，金泥玉簡，揚徽號于無窮；椒寢蓬宫，奉宸居而罔替。謝恩。〔獻帝、伏后、董妃等白〕聖壽無疆。〔金星白〕請過玉旨。〔獻帝白〕香案供奉。〔金星白〕吾上天門復命去也。〔儀從仙樓引金星下。獻帝、伏后、董妃同謝金母科。獻帝白〕劉協遭時不偶，一世邅瘖。妻妾不保其終，身亦並爲所辱。荷蒙慈惠，保有室家，緊起死人而肉白骨也。我夫婦合當拜謝。〔拜科，同唱〕

【商角套曲·醋葫蘆】美夫妻路隔九泉(韻)，今日相逢證果圓(韻)。仙台上重結了再生緣(韻)。只恨此身菲葑酬報淺，我只好向阿母把虔心拜獻(韻)。一年年(讀)，一歲歲，永載金天(韻)。〔金母白〕本屬仙靈，仍歸蓬閬，乃其分也，何感謝之有。衆仙子，就此送帝后歸天台山去者。〔衆應科。金母衆下。衆仙同唱〕

【浪裏來煞】打脱了死生圈(韻)，契合了婚姻券(韻)。向天台做美酣酣的並頭蓮(韻)。去伴他山中劉共阮(韻)，日月長懸(韻)。好聽他碧桃花下講真詮(韻)。〔同下〕

第二齣　陰曹復演漁陽操

〔雜扮鬼卒、侍從。鬼卒引净扮判官上，白〕咱這裏算子忒明白，善惡到頭來，撒不得賴。就如那少債的，會躲，也躲不得幾多時。呀，卻從來没有不還的債。咱家姓察名幽字能平，别號火珠道人，平生以善斷持公，在第五殿閻君天子殿下做一個明白灑落的好判官。當日禰正平先生與曹操老瞞對訐那一宗公案，是咱家所掌。俺殿主向來以禰先生氣概超群，才華出衆，凡一應文字，皆屬他起草，待以上賓。昨日晚衙，殿主對咱家説，上帝舊用一夥修文郎，並皆遷次别用，今擬召劫波應補之人，禰生亦在數中。鬼使，汝可預備裝送之資，萬一來召，不得有悮時刻。〔鬼卒應科，判官白〕俺想起來，當時曹瞞召客，令禰生奏鼓爲歡。卻被横睛裸體，掉板掀槌，翻古調唇，作《漁陽三弄》，借狂發憤，推啞裝聾，數落他一個有地皮没躲閃。此乃是踢弄乾坤、提大傀儡的一場大觀也。他如今不久要上天去也，俺待要請將他來，一並放出曹操，把舊日駡座的情狀，兩下裏演述一番，留在陰司中做個千古的話靶，又見得善惡到頭就，是少債的還債一般，有何不可。手下，〔鬼卒應科，判官白〕與我請禰先生，就一面放出曹操，並那舊日一干人犯出來，聽候指揮。〔鬼卒白〕領台旨。禰先生，有請。〔小生扮禰衡上，白〕操鼓撾槌罵未休，無端枉害恨悠悠。不平正氣奸回策，留與今人作話頭。〔鬼卒白〕稟上判爺，禰先生請到了。〔判官白〕先生請了。〔禰衡白〕判翁大人請了。〔判官白〕先生請坐。先生當日借打鼓罵曹，此乃快暢之事。小判雖然審理此段原由，終以未曾親覩爲歉。如今恭喜先生爲上帝所知，有請召修文的消息，不久當行。此事歉然，終覺心中耿耿。俺陰司僚屬，併那些鬼衆，傳流激勸，更是少此一椿不可。下官斗膽，敢請先生權做舊日行徑，把曹操也扮做舊日模樣，演述那一節罵座的光景，了此夙願。先生意下何如？〔禰衡白〕這個有何不可。只是一件，小生罵座之時，那曹操罪惡尚未如此之多，罵將來恐冷淡寂寥，不甚好聽。今日要罵呵，須真搗倒那銅雀台分香賣履，方痛快人心。〔判官白〕更妙更妙！〔禰衡白〕判翁大人，你一向謙拏，不肯坐觀。若不坐，哎，就不成一場戲耍。當日罵座，原有賓客在席，今日就權大人爲曹瞞之客，坐而觀之，方成局面。〔判官白〕這也見教得是。如此説先生有罪先生斗膽請便。〔禰衡下。判官白〕手下，帶曹操一起人犯過來。〔鬼卒應科，白〕曹操一起人犯走動。〔雜扮鬼卒，帶副扮曹操，雜扮家將上，白〕曹操一起人犯當面。〔曹操白〕咳呀，判爺嗄。〔判官白〕曹操。〔曹操白〕有。〔判官白〕今日要你仍就扮丞相，與禰先生演述舊日打鼓罵座的一椿情狀。〔曹操白〕咳呀，那裏做得來？〔判官白〕呣，你若喬做那等小心畏懼，藏過了那狠惡的模樣，要打一百鐵鞭，從頭做起。〔曹操白〕我做我做。〔下。曹操扮上，家將也扮上。鬼卒喝科，白〕客到了。〔家將白〕稟爺，客到了。〔曹操白〕道有請。〔判官白〕請。〔曹操作大模大樣，判官笑科。家將白〕稟上相爺，酒完了。〔曹操白〕看酒來。〔判官定席科。禰衡上，曹操白〕野生，你既爲鼓吏，自有本等服色，怎麽不换？〔家將白〕呔！快换。〔禰衡换科，唱〕

【仙吕宫套曲·點絳唇】俺本是避亂辭家(韻)，遨遊許下(韻)。登樓罷(韻)，回首天涯(韻)。不想道屈身軀(讀)，扒出他每胯(韻)。〔曹操白〕請。〔判官白〕請。〔禰衡唱〕

【仙吕調套曲·混江龍】他那裏開筵下榻(韻)，教俺操撾按板把鼓來撾(韻)。正好俺借撾來打落(韻)，又合着鳴鼓攻他(韻)。〔白〕俺這駡，〔唱〕一句句鋒鋩飛劍戟(句)，〔白〕俺這鼓，〔打一下鼓科。唱〕一聲聲霹靂捲風沙(韻)。〔白〕曹操，〔家將白〕丞相爺。〔禰衡白〕這皮〔唱〕是你身兒上軀殼(句)，〔白〕這撾〔唱〕您肘兒下肋巴(韻)。〔白〕這釘〔唱〕是你心窩裏的毛竅(句)，〔白〕這板杖兒〔唱〕是你嘴兒上撩牙(韻)。兩頭蒙摠打得恁潑皮穿(句)，哎喲我一時間酹不盡你虧心大(韻)。且從頭數起(句)，恁洗耳聽咱(韻)。〔打鼓科。曹操白〕狂生，我叫你打鼓，怎麽指東話西，將人比畜。我這裏銅錘鐵刃，好不利害，仔細你那舌頭和那牙齒。〔家將白〕呔！仔細你那舌頭和那牙齒。〔判官白〕這生果然無禮。〔禰衡白〕曹操。〔判官唬科，曹操白〕嗄。〔禰衡唱〕

【仙吕調套曲·油葫蘆】第一來逼獻帝遷都又將伏后來殺(韻)，使郄慮去拏(韻)。咳，可憐那九重天子救不得一渾家(韻)。帝道后「少不得您先行(句)，咱也只在目下(韻)。」更有那兩個兒(句)，又不是别樹上花(韻)。都是是姓劉的親骨血在宫中長大(韻)，卻怎生把龍雛鳳種做一甕酢魚蝦(韻)。〔曹操白〕狂生，你説着俺那一樁事纔了。〔禰衡白〕曹操。〔家將白〕呔！丞相爺。〔禰衡白〕有個董貴人呵，〔唱〕

【仙吕調套曲・天下樂】是漢天子(讀)，第二位美嬌娃(韻)。他該甚麽刑罰(韻)，你差也不差(韻)。他肚子裏又懷着兩三月小娃娃(韻)。你既殺了他娘(句)，又連着胞一搭(韻)，把娘兒每兩口砍做血蝦蟆(韻)。〔曹操白〕狂生，自古道：風來樹動，人害虎，虎也要傷人。伏后與董承等陰謀害俺，故有此舉，終不然是俺先懷歹意害他麽？〔判官白〕哎哎哎，這是丞相説得是。〔禰衡白〕曹操。〔判官白〕嗄嗄嗄。〔禰衡白〕你想他們害你，爲着甚麽來？你把漢天子逼遷來許昌，禁得他就像這裏的鬼一般。要穿的没有，要吃的没有，要使的没有，要傳三指大的一塊紙兒，鬼也没有個理他。你又先殺了董貴人，他每極了，不謀害你，待等幾時？你且説，就是主上要殺一個臣下，那臣下可好就去當面一把手揣將過他媽媽過來，一刀就砍做兩段，世上可有這樣事麽？〔判官白〕這又是狂生説得有理，老瞞請一盃解嘲。

〔禰衡唱〕

【仙吕調套曲・哪吒令】他若討吃麽(韻)，恁與他幾塊歪剌(韻)。他若討穿麽(韻)，恁與他一匹粲蔴(韻)。他有時傳旨麽(韻)，教鬼來與拏(韻)。是石人也動心(句)，是石人也動心(疊)。總癡人也害怕(韻)，羊也咬人家(韻)。〔判官白〕丞相，你這卻説他不過。〔曹操白〕呵，我説得過他，也不到這個田地了。〔判官〕嗬。〔曹操又做大模大樣，禰衡唱〕

【仙吕調套曲・鵲踏枝】袁公那兩家(韻)，也不留片甲(韻)。劉琮箇那一答(韻)，又逼他來獻納(韻)。〔白〕那孫權呵，〔唱〕他幾遍價乎兩遍價搶他媽媽(韻)。是處兒城空戰馬(韻)，遞年來屍滿啼鴉(韻)。〔曹操白〕呀，

大人，那時節亂紛紛的，也非止是俺曹操一人如此。〔判官白〕這個俺陰司衙門，也多有案卷。〔禰衡白〕曹操，〔唱〕

【仙吕調套曲·寄生草】你仗威風只自假(韻)，進官爵不由他(韻)。一個女孩兒竟坐在中宮駕(韻)，騎中郎直做到侯王霸(韻)。銅雀台直把那雲煙架(韻)，僭車旗直按倒朝廷跨(韻)。在當時險奪了玉皇尊(句)，到如今還使得閻羅怕(韻)。〔打鼓一段。判官白〕丞相女兒嫁了主上，造房子大了些，這還較不妨。〔禰衡打鼓科，白〕打鼓的你且停了鼓，俺聞得丞相府中有上好的女樂，何不請出來勞一勞。〔曹操白〕這是已往之事，如今那裏還有？〔判官白〕不要管。你叫没就有，只要你好生縱放着使用也。〔曹操白〕領召旨。叫手下唤一班女樂們出來。〔家將白〕嗄，女樂們走動。〔旦扮女樂，持樂器上，白〕女樂們叩頭。〔曹操白〕你們今日卻要自造一個小令兒，好生彈唱，勸俺們三盃酒。〔女樂拿盃敬酒科，唱〕

【採茶歌】那裏一個大鵶鵰呀，一個低都呀一個低都。變一個花猪低打都唱鷓鴣呀，一個低都呀一個低都。唱得好時猶自可呀，一個低都呀一個低都。不好之時低打都打低都唤王屠呀，一個低都呀呀一個低都。〔曹操白〕怎麽説是唤屠？〔四女樂白〕王屠殺猪嗄。〔敬判官酒科，曹操白〕這兩句都是舊話，卻也貼題。〔女樂白〕雖是舊話，卻也貼題。〔曹操白〕嗨，這妮子朝外叫。〔女樂白〕也是道其實，我先首免罪。〔又敬酒科，判官大笑科，白〕好，這幾曲甚妙，正合我的天機。〔曹操作軟科，白〕女樂們且退。咳喲，我倦了。〔禰衡白〕住了。你倦了，我的罵兒、鼓兒還未了哩。〔唱〕

【仙吕調套曲·六幺序】恁恁哄他人口似蜜(句)，害賢良只當耍(韻)。把一個楊德祖立斷在轅門下(韻)，磣可可血糊零刺(韻)。孔先生是丹鼎靈砂(韻)，月邸金蟆(韻)，仙觀瓊花(韻)。易奇而法(韻)，詩正而葩(韻)。他兩人嫌隙於您只有針尖大(韻)，不過是口勞叨有甚争差(韻)。一個爲忒聰明參透了鷄肋話(韻)，一個是一言不洽(韻)，都雙雙命掩黄沙(韻)。〔曹操白〕哎喲，停鼓。俺醉了，要睡也。〔判官出席大怒科，白〕叫手下，將他揣將下去，快與他一百鐵鞭，再從頭做起。〔曹操慌，又作大模大様科，白〕哎喲，我醒也，我醒也。〔判官笑科〕嗬嗬，你纔醒得麽？〔禰衡唱〕

【又一體】嗳，我的根芽(韻)，没大兆搭(韻)。都則爲文字兒奇拔(韻)，氣概兒豪達(韻)。拜帖長拏(韻)，也没處投納(韻)。綉斧金抓(韻)，東閣西華(韻)，世不曾掛齒沾牙(韻)。〔白〕嗳，那孔北海好没來由也。〔唱〕説有些緣法(韻)，送在他家(韻)。井底蝦蟆(韻)，一言不洽(韻)，怒氣相加(韻)。早難道投機少話(句)，因此上暗藏刀把我送在黄江夏(韻)。又逢着鸚鵡撩咱(韻)，彩毫端滿紙高聲價(韻)。競躬身持觴勸酒(句)，俺擲筆還未了個盃茶(韻)。〔判官白〕嗄，這禍端從這上頭起。唔仔細，鸚鵡害事哩。〔禰衡唱〕

【仙吕調套曲·青歌兒】日影移窗櫺窗櫺一罅(韻)，賊草擲金聲金聲一下(韻)。嗳，黄祖的心腸忒狠辣(韻)。陡起鱗甲(韻)，放出槎枒(韻)。昨日菩薩(韻)，頃刻羅刹(韻)。〔白〕可憐俺禰衡的頭呵，〔唱〕似秋盡壺瓜(韻)，斷藤無計再生發(韻)，霜簷掛(韻)。〔判官白〕這賦原來這如此巧弄這生。〔曹操白〕大人，這也聽他不得，我前日又是屈招的。〔判官白〕這等説，難道這生的頭也是自家掉下來的？〔曹操跪科，白〕哎喲，我的禰爺爺呀，你饒了我罷。〔判官怒科，白〕呔！　又是這等虛小心。手下，快打他一百鐵鞭，再從頭做起，不算不算。〔曹操白〕哎喲，我又醒了。〔判官大笑，曹操做大模大樣，白〕狂生，俺也有好處來。我下令求賢，讓還三州縣，難道也埋没了俺麽？〔禰衡白〕曹操，〔唱〕

【仙吕調套曲·寄生草】你狠求賢爲自家(韻)，讓三州值甚麽(韻)。大缸中(讀)，去幾粒芝蔴罷(韻)。饞猫哭(讀)，一會兒價慈悲詐(韻)。饑鷹饒(讀)，半截肝腸掛(韻)。凶屠放(讀)，片刻猪羊假(韻)。您如今還要哄誰人(句)，就還魂(讀)，改不過精油滑(韻)。〔判官白〕好爽快，好爽快。看大盃來斟酒。先生，你儘講儘講。

〔禰衡白〕曹操，你害生靈呵，

【仙吕調套曲·葫蘆草混】有百萬來的還添上七八(韻)。〔白〕殺公卿呵，〔唱〕那裏查(韻)，借厫倉大斗來觔芝蔴(韻)。惡心肝生就在刀鎗上掛(韻)，狠規模描不出丹青畫(韻)，狡機關我也拈不盡倉猝裏駡(韻)。曹操你怎生不再來牽犬上東門(句)，聞聽唳鶴華亭壩(韻)。卻出乖露醜(句)，帶鎖披枷(韻)。〔判官白〕嗄，老瞞就叫自家處分此事，也饒自家不過嗄。先生，有話再講。〔禰衡白〕曹操，〔唱〕

【賺煞】你造銅雀要鎖二喬(韻)，誰想道夢巫峽(韻)。差殺恁靠赤壁火燒一把(韻)。你臨死時和那些歪剌們活離别(句)，又賣履分香待怎麽(韻)。虧你不害羞恥一十五教望着西陵月月的哭他(韻)。〔白〕不想這些歪剌呵，〔唱〕又帶衣蔴摟着别家(韻)。且休提一世賢達(韻)，也該幾管筆題拔(韻)。怎奈我漁陽三弄鼓搥兒乏(韻)。

〔判官白〕手下，把曹操一干人等收監。〔曹操家將下。丑扮小鬼上，白〕稟上判爺：玉帝差人召禰先生，殿主爺説時刻甚急，叫判爺竟自這裏厚贐遠餞，記在殿主爺支應簿上。殿主勘問事，忙不得親送，叫判爺上覆禰先生，他日朝天，自當面謝。〔判官白〕知道了。〔鬼應，下。判官白〕掌簿的，快備豐盛的金帛與餞送的酒盒伺候。〔内應科，下〕

第三齣　授黄封修文天上

〔旦扮金童、玉女，捧符節上，白〕漢陽江草揺春日，天地親傳鸚鵡筆。可知昨日玉樓成，不用隴西李長吉。吾等奉玉帝符命，到此召請禰先生。那是第五殿判官？〔雜扮鬼卒、侍從鬼，引浄扮判官、生扮禰衡上，跪接科，判官白〕小判迎接天使。〔金童、玉女白〕玉帝有旨召禰衡，你可請他過來，待俺好宣旨。〔判官白〕禰先生在此。〔禰衡跪科，白〕禰先生，玉帝有旨召你，可受此册。欽限緊急，莫悞時刻。〔禰衡白〕聖壽無疆。〔同唱〕

【黄鐘調隻曲・耍孩兒】你挾鴻名懶去投(句)，賦鸚哥點不加(韻)，文光直透俺三台下(韻)。奇禽瑞獸雖佳兆(句)，待騎馬雕龍卻禍芽(韻)，這好花樣誰能達(韻)。待棗兒甜口(句)，恁橄欖酸牙(韻)。〔白〕就此起行罷。〔禰衡唱〕

【黄鐘調隻曲・二煞向】天門漸不遥(句)，辭地主痛愈加(韻)，幾時再得陪清話(韻)。嘆風波滿獄君爲主(句)，已後呵倘裘馬朝天我即家。〔白〕卑末呵有言奉懇。〔判官白〕願聞。〔禰衡唱〕大包容(讀)，饒了曹瞞罷(韻)。〔判官白〕這個卻憑下官不得嗄。〔禰衡唱〕咳，我想眼前業景(句)，盡雨後春花(韻)。〔判官白〕這裏已到天府交界，下官不敢越境再送，只得告辭。〔禰衡白〕就此請回。〔判官白〕俺殿主有薄贐，令下官奉上，伏望俯納。下官時備酒菓，也要奉屈三盃，聊表薄意。〔禰衡白〕小生叨向天庭，要贐物何用。仰煩帶回，多多拜上殿主；攜盒該領，卻不敢稽留天使，就此告別。〔唱〕

【煞尾】自古道勝讀十年書㊀，與君一席話㊁。如今人多指鹿作馬㊁，方信道曼倩詼諧不是耍㊁。〔禰衡別，下。判官大笑科，白〕哎喲，看了這禰文正《漁陽三弄》，笑得俺判官眼睛一縫。若不是狠閻羅刑法千條，都則道曹丞相神仙八洞。〔下〕

第四齣　換白袷進説南荒

〔生扮吕凱上，白〕義膽忠肝佐幕參，龍潭虎穴隻身探。今朝暫卸黄金甲，故學蠻兒白袷衫。某吕凱是也。大軍已抵秃龍洞，吾聞知銀冶洞主楊鋒十分義勇，感俺丞相放他子弟之恩，常欲報德。吾今改裝前去，説他内應，不免走一遭也。〔内上雲幔，設布山科，唱〕

【南吕宫正曲·一江風】改蠻裝(句)，乘夜把雕鞍控(韻)，早越過秃龍洞(韻)。那楊鋒(韻)，他慕義懷恩(句)，必爲吾家用(韻)。加鞭行色匆(韻)，加鞭行色匆(疊)。須教成此功(韻)，三寸舌便將伊動(韻)。〔撤雲帳。雜扮衆蠻丁，引末扮楊鋒上，唱〕

【又一體】衆蠻中(韻)，銀冶威名重(韻)，義氣傾諸洞(韻)。嘆兒童(韻)，助惡逞凶(句)，險把殘生送(韻)。天朝恩義隆(韻)，天朝恩義隆(疊)，私心那得通(韻)。何時少展包茅供(韻)。〔白〕咱銀冶洞主楊鋒是也。威雄諸洞，義貫南荒。咱生五子，驍勇過人。前因蠻王借兵，兒輩助戰被陷，多蒙天朝丞相大恩赦還。咱想天朝乃仁義之師，若與抗拒，便是逆天而行了。今聞得蠻王屢屢被禽，一味倔强，咱意欲遣人打聽漢兵所在，備分禮物，親到軍前叩謝，也顯得咱南蠻自有慕義向化之人，有何不可。〔吕凱上，白〕

不憚崎嶇遠，已來別洞天。一路問來，已是銀冶洞了。〔見科，蠻丁白〕何處來的？〔呂凱白〕吾乃漢家將軍，來見楊洞主，借重傳報。〔蠻丁報科，楊鋒白〕漢營有甚將軍見咱，待咱出去一見，是何等樣人。〔出見科〕將軍何來？並未識得。〔呂凱白〕某乃天朝參軍呂凱，素聞洞主大名，故爾前來一會。〔楊鋒白〕將軍到此，有何見教？〔呂凱白〕洞主聽吾道來。念鄙人呵，〔唱〕

【南呂宮正曲·宜春令】從軍幕(句)，賦性雄(韻)，仰英名傾心未逢(韻)。你是南方豪俠(句)，因何卻被蠻王聳(韻)。奈何爲荒塚鴟梟(句)，反仇那崑崗鸞鳳(韻)。〔合〕豈不聞(句)，楚國亡猿(句)，林焚堪悚(韻)。〔楊鋒背白〕聽他言語含糊，令人可疑，知他可是漢營之人？莫非是甚奸細？何不喚出前日被陷孩兒們出來一認，再作道理。孩兒們那裏？〔雜扮楊鋒五子、蠻丁上，白〕喚咱有何話說？〔楊鋒白〕外邊有一來歷不明之人，出去廝認廝認。〔應，見科，五子白〕呀，果是漢營中將軍哩。丞相賜咱們酒飯，是這位將軍管待，難得今日到來。〔拜科，呂凱白〕不必行禮，爾等還認得麼？〔五子白〕怎生不認得。〔作進洞，白〕果是天朝丞相處來的將軍。〔楊鋒白〕果是麼？適才得罪，咱因心疑，故喚你們出來認認。早知是天朝丞相處來的，焉敢輕慢，望乞恕罪。〔呂凱白〕突造貴洞，難免疑心耳。〔楊鋒白〕請歹雞。〔呂凱白〕有坐。〔楊鋒白〕適問將軍之言，咱不明白，請細言之。〔呂凱白〕聞得蠻王現在禿龍洞，那朵思洞主又與蠻王結連洞主，一同抗拒天兵。諸將皆欲分兵二路，一取銀冶，一取禿龍。我素聞知洞主英雄，必識時務，豈肯結連蠻王。某故告假丞相，改裝前來一探。若洞主果與蠻王連合，即擒呂某送解蠻王；若未共謀，也須解釋，免得天兵下討，那就遲了。〔楊鋒白〕呀，那有此話。自説兒輩前番丞相放還，至今感激不盡，欲報無門，怎肯又與那蠻王連結，明明是他們嫁禍與咱了。〔唱〕

【又一體】聽君語(句)，怒滿胸(韻)。感天朝無門可通(韻)。蠻王嫁禍(句)，教咱無故把干戈動(韻)。咱豈肯助惡違天(句)，甘教他嬰兒播弄(韻)。〔合〕合與他(句)，一決雌雄(句)，死生相迸(韻)。〔白〕孩兒們，速速點集蠻丁，去打禿龍洞走一遭也。〔呂凱白〕洞主不可性急，兵貴有謀，若徒相爭，難保全勝。〔楊鋒白〕咱乃魯夫，願將軍教之。〔呂凱白〕取之何難。兵家云：出其不意，攻其無備。洞主領兵前去，只説聞得漢兵臨境，前來助戰。蠻王聞聽，必然歡喜，自請洞主進洞，設席欵待。乘他不防，即于席上擒其首領，其衆自退。那時洞主解送吾營，不惟剖明洞主無連結之情，俺丞相必然厚待洞主，賞賜無算也。〔楊鋒白〕此計大妙，咱即行之。〔呂凱白〕就此告辭。〔楊鋒白〕豈有此理。難得將軍光降，薄酒一杯，少盡地主之誼。明日將軍回營，咱去行事，未爲晚也。〔呂凱白〕如此多謝了。〔楊鋒白〕將軍請。〔唱〕

【尾聲】龍門初躋堪題鳳(韻)，薄欵將軍恕不恭(韻)。〔呂凱白唱〕可羨你時務精通果是雄(韻)。〔同下〕

第五齣　一宵蠻洞翻紅袖

〔上雲帳。場上右側設山崖，中場設禿龍洞。雜扮二蠻丁，山崖洞中上，白〕咱們乃禿龍洞主蠻丁，奉洞主之令把守西北小路。我們且在洞內窺探便了。〔撤雲帳。衆扮漢兵、王平、關索上，白〕衆將官，隨我等從西北路到禿龍洞者。〔衆上，各作爬崖。二蠻丁洞中窺視，拿一漢兵打科，用繩綁科。衆漢兵各作過崖，拿蠻丁捆打科。王平、關索白〕着伊引路到禿龍洞去。〔衆遶場下。雜扮蠻丁，引净扮孟獲，丑扮孟攸上，唱〕

【南呂宮引・掛真兒】日醉禿龍不出洞(韻)，醒來時懊恨無窮(韻)。〔孟攸唱〕故園傷心(句)，天朝勢惡(句)，怎得盡傾伊衆(韻)。〔孟獲白〕咱們在此，終非結局，如何是好？只因路途阻斷，無個信息，不知那漢兵可曾回去哩。〔孟攸白〕正是殊覺悶人，怎得人兒探聽才好哩。〔净扮朵思上，唱〕

【南呂宮引・女冠子】盡傳漢衆臨咱洞(韻)，這風信果然凶(韻)。〔見科白〕呀，大王，方纔蠻丁報說，漢兵已到離洞不遠了。〔孟獲、孟攸白〕大路壘斷，他從那裏來哩？〔朵思白〕說從西北路來的。〔孟獲、孟攸白〕那路上無水，又有毒瘴，怎生來得？〔朵思白〕正是。連咱也不信，大家上山去望望。〔孟獲白〕使得。〔望科，同唱〕

【南呂宫正曲·鎖窗寒】看旌旗蔽日横空(韻)，人似貔貅馬似龍(韻)。他安然無恙(句)，軍佐從容(韻)。敢從天降下(句)，神霧獲擁(韻)，煙瘴毒不侵伊衆(韻)。〔合〕蒼穹(韻)，莫非暗助彼成功(韻)，果然困我莫雄(韻)。〔孟獲白〕罷了罷了，天既助伊，兄弟，咱二人前去與他決一死戰，就死陣前，安肯束手受縛哩。〔朵思白〕你弟兄雖死，咱一家性命也難保全，不如大賞蠻丁，明日大家決一死戰罷了。〔孟獲白〕多謝洞主高誼。〔朵思白〕且到後洞酒宴。〔下。雜扮蠻丁、蠻姑，引末扮楊鋒上，唱〕

【又一體】洞蠻中惟我稱雄(韻)，鐵甲横行如御風(韻)。感天朝大德(句)，活命兒童(韻)。書生密約(句)，牢籠暗用(韻)。管把那蠻王賺送(韻)。〔白〕衆蠻姑，待蠻王酒酣，看杯落地，即拿蠻王。〔唱合〕相逢(韻)，怎知相助彼成功(韻)，那時識我楊鋒(韻)。〔衆蠻丁報科，白〕銀冶洞楊洞主前來助戰。〔孟獲引衆上，白〕怎麽説？〔蠻丁白〕銀冶洞主領兵助戰。〔孟獲白〕道有請。〔楊鋒白〕聞知漢兵臨境，特來助戰。〔孟獲衆白〕多承大德，足感隣誼。請問多少人馬？〔楊鋒白〕親丁三萬。〔朵思白〕明日合兵，可以拒漢。吩咐酒筵伺候。〔楊鋒白〕怎好叨擾。〔朵思白〕少申敬意。〔座飲科，同唱〕

【南呂宫正曲·大勝樂】玳筵開且進金鐘(韻)，喜光臨意外逢(韻)。隣封唇齒須爲重(韻)，恤灾患助威風(韻)。〔楊鋒唱〕咱不平拔劍從前慣(句)，兔死狐悲人所同(韻)。〔合〕明朝(句)奮勇(韻)，今日裏且開懷痛飲(句)，何須怖恐(韻)。〔孟獲白〕洞主言之有理。明日拚一大戰，今且開懷痛飲幾杯哩。〔楊鋒白〕此中無以爲樂，咱有隨來的蠻姑，善舞蠻刀，可助一笑。〔孟獲白〕如此甚妙。〔楊鋒白〕蠻姑伺候。〔蠻姑應科，楊鋒

白〕爾等對舞，以助筵前之樂。〔同唱〕

【又一體】既開懷莫惜顏紅（韻），羨蠻姑花比容（韻）。蠻刀對舞把金尊奉（韻），怎防暗興戎（韻）。乘其不意伊難測（句），報德除凶談笑中（韻）。看伊行（句），懞懂（韻）。〔白〕蠻姑再舞一回者。〔唱〕早傳號令（句），待擲金鍾（韻）。〔擲杯科，白〕孩兒們何不動手？〔衆擒孟獲等科，楊鋒白〕咱自擒蠻王，爾等妄動，盡行殺戮。〔衆降科，孟獲白〕咱與爾無仇，爲何擒咱？〔楊鋒白〕妄動兵戈，嫁禍隣里，爲此擒捉。就此押送漢營去哩。〔上雲帳，撤山子，下。雲帳同唱〕

【南呂宮正曲·香柳娘】感天朝德隆（韻），感天朝德隆（疊）。從相稱頌（韻），今朝擒爾聊爲奉（韻）。笑伊行恁凶（韻），笑伊行恁兇（疊），强梁每自雄（韻）。天兵爲誰動（韻），嫁隣邦禍凶（韻），嫁隣邦禍凶（疊）。莫被株連（句），因伊斷送（韻）。〔下〕

第六齣　五度轅門繫白纓

〔雜扮衆小軍、將官，引趙雲、魏延、馬岱、王平、張翼、張苞、關索、張嶷、關興、呂凱、孔明上，唱〕

【黄鐘宫引・西地錦】到處清泉可汲㊂，滿山煙瘴何妨㊃。謾驚吾衆從天降㊃，這回膽落蠻王㊃。〔白〕人生豈易説封侯，路入南荒四望愁。山口白煙從地起，馬前黑水向人流。幸賴神天保佑，已抵秃龍洞口。昨者吕參謀親見銀冶洞主楊鋒，説他暗助，聞化欣然願往，料想成功。〔吕凱白〕早晚必有内變消息來也。〔末扮楊鋒同衆上，唱〕

【黄鐘宫引・玉女步瑞雲】恁爾猖狂㊃，眼前分屍虎帳㊃，慕恩德營門投向㊃。〔守營將白〕什麽人？〔楊鋒白〕銀冶洞主楊鋒，擒得蠻王兄弟在此，還有秃龍洞主，前來投獻。〔守營將作進禀科，白〕啟丞相，楊鋒投獻。〔孔明白〕請楊洞主進見。〔守營將傳科，帶楊鋒進見，拜科，白〕久仰丞相大名，今幸拜識尊顔。〔孔明白〕洞主乃南荒豪傑，吾已聞名久矣，怎生擒得蠻王，請道其詳？〔楊鋒白〕念楊鋒呵〔唱〕

【黄鐘宫正曲・獅子序】生蠻洞居遠方㊃，守窩巢也是天朝一氓㊃。因蠻王兇暴㊂，威脅鄰疆㊃。没奈何兒郎遣向㊃。一但被擒擄㊂，拚亡命㊂，蒙寬恩㊂，遭逢仁相㊃。〔合〕衆等隆恩未報㊂，特繫奸王(韻)。〔孔明白〕多承洞主高情。參謀，暫陪洞主後帳中坐待，吾發落了蠻王，再請來一叙。〔吕凱同楊鋒下。孔明白〕軍校，將蠻王等帶上來。〔衆帶孟獲衆上，孔明白〕蠻王，你今番服也不服？〔孟獲白〕此咱同類自相殘害，非爾之能，咱怎肯服哩？〔孔明白〕這厮好生强項也。〔唱〕

【黄鐘宫正曲·太平歌】真堪笑(句)，兀自口扣簧(韻)，類着伊五次遭擒仍倔强(韻)。① 你安排毒計多伎倆(韻)，恃毒泉無水多山瘴(韻)。〔合〕思量不戰看咱亡(韻)，那識有天殃(韻)。〔白〕俱各斬訖。〔孟獲白〕就便殺我，終不服哩。〔孟攸等白〕還求丞相饒命。〔孔明白〕蠻王，還是服也不服？〔孟獲白〕丞相要咱服，除再放咱回去哩。〔孔明白〕放你去，再待何爲？〔孟獲白〕咱祖居銀坑洞，有三江之險，重關之固，咱尚有親丁數萬。放咱回去，重整兵馬，共決一戰。如再被擒，咱當子子孫孫，傾心事之。〔孔明白，笑科，白〕既如此説，軍校，放了他們。〔孟攸笑白〕多謝丞相。〔孔明白〕軍校，可領後營酒飯。〔孟獲白〕咱也無顔再擾酒飯，求賜馬匹，放咱回去。〔孔明白〕軍校，可撥馬匹，送伊出營。〔孟獲白〕縱擒由爾意，順逆在吾心。〔同下。孔明上〕軍校，即備錦袍金幣，並設酒筵伺候，就請楊洞主到來。〔衆下。扮串戲人上，虚白諢科。小軍、衆將引孔明上，請楊鋒上，白〕不覩軍容壯，安知上國尊。〔吕凱白〕佳賓留上座，逆賊獻轅門。〔見科。孔明白〕軍校，可將金幣錦袍等物送來。些須之物，未足言酬，待吾奏過朝廷，還有褒

① 「類」，疑爲「累」字之訛。

賞。〔楊鋒白〕怎敢當此厚賜。〔孔明白〕不須太謙，蠻丁俱各有賞，看酒筵來。〔楊鋒白〕已蒙厚賞，何敢又勞賜宴。〔孔明白〕聊以少敘。〔上席科。雜耍畢，同唱〕

【中呂宫正曲・駐環著】羡英雄伎倆(韻)，羡英雄伎倆(疊)，慕義勤王(韻)。身産南荒(韻)，不隨凶黨(韻)，功着合膺上賞(韻)。待奏朝廷(句)，看頒賜褒榮(句)，九重天降(韻)。論效順堪充蠻長(韻)，知大義何慚卿相(韻)。〔合〕皇恩廣(韻)，化日長(韻)。今喜來庭(句)，且同歡暢(韻)。〔楊鋒唱〕

【中呂宫正曲・越恁好】大名欽仰(韻)，大名欽仰(疊)，仁義播遐荒(韻)。雖生異域(句)，還知那德難忘(韻)。只因逆賊貽禍殃(韻)，擒伊釋謗(韻)。怎當得丞相施重賞(韻)，怎償得丞相的勞佳貺(韻)。〔孔明白〕衆將，送楊洞主出營。〔内奏樂，衆送楊鋒出門，下。孔明下座，同唱〕

【尾聲】人生幾遇多歡暢(韻)，莫負金樽錦繡場(韻)。且放着那倔强的蠻王到明朝慢慢講(韻)。〔同下〕

第七齣　七殿嚴刑誅國賊

〔雜扮牛頭、馬面、判官、鬼卒、金童、玉女，引净扮七殿閻君上，唱〕

【仙呂調套曲・點絳唇】十地分主(韻)，殿居第七(韻)。論功罪(韻)，是是非非(韻)，一點兒無私庇(韻)。

〔白〕富貴猶如草上露，世人總不思其故。貪天竊位禍蒼生，到此纔知當日誤。吾乃第七殿閻君是也。掌地府之刑名，核生人之情罪。接上行下，在六殿八殿之間；理陰贊陽，制億人兆人之命。亦止因人以勅法，非敢殺人以成功。無如漢室凌夷，宦官恣肆。何進愚而自用，董卓貪而不仁。只知驅虎逐羊，誰想引狼入室。少帝既遭其毒，后妃並爲所屠。致使盜賊巾黃，宫庭草碧。言念及此，真令人慟恨也。如今諸奸俱赴陰曹，昨與東嶽大帝會審，惡極罪重，發在本殿行刑。鬼卒，與我把董卓、李傕、郭汜、賈詡一齊帶上來。〔鬼卒應科，同差鬼帶衆鬼魂上，白〕鬼犯董卓等當面。〔七殿閻君白〕想你們這班奸賊，生前作事，好不凶狠也。〔唱〕

【仙呂調套曲・混江龍】翻天攪地(韻)，一群虓虎亂邦畿(韻)。郊關烽舉(句)，宫殿灰飛(韻)。屠戮后妃緣底事(句)，刼遷天子欲何爲(韻)。教人罄竹也難書罪(韻)。允堪騈首(句)，當得燃臍(韻)。〔衆鬼魂白〕鬼犯等只道大事可圖，神器可奪，所以不顧名義，造下彌天重罪。既受顯戮，又伏冥誅。事到如今，追悔無

及。只求大王爺爺格外施恩。〔七殿閻君白〕咗！你們還求饒恕麽？〔唱〕

【仙呂調套曲・油葫蘆】俺把你往事今朝約略提(韻)，不由人不髮衝冠眼决眥(韻)。只問你漢家宗廟究竟是誰移(韻)？〔衆鬼魂白〕移漢社的是曹操。〔七殿閻君唱〕蚤難道曹瞞無故他便能稱魏(韻)。都因你干戈輾轉爭天位(韻)，①他纔得這上天梯(韻)。〔衆鬼哭科，白〕鬼犯們知罪了。〔七殿閻君唱〕又何須更下恓惶淚(韻)，俺這裏今日更饒誰(韻)。〔白〕差鬼過來，領我批文，將賈詡一犯解往八殿，與曹操一同治罪。〔差鬼應科，帶賈詡下。七殿閻君白〕董卓包藏禍心，窺竊神器，今問鐵床之罪。李傕、郭汜脇制君父，殺戮官民，合受鋸解之罪。衆鬼卒，與俺把三犯正法者。〔鬼卒應科，衆鬼魂作慌科。七殿閻君唱曲，内鬼卒將董卓上鐵床，將李傕、郭汜作鋸解科。七殿閻君唱〕

【仙呂調套曲・寄生草】這兩個分軀殻(句)，這一個烙毛皮(韻)。恨伊行(讀)，心把乘輿偪(韻)。恨伊行(讀)，身把城池洗(韻)。恨伊行(讀)，手把山河瘞(韻)。便算伊(讀)，刀鋸備嘗時(句)，也難消(讀)，天下蒼生氣(韻)。〔作用刑畢，場上撤鐵床鋸解切末。七殿閻君下臺科，唱〕

【煞尾】惡心腸(句)，終何濟(韻)，只落得腥紅滿地(韻)。〔白〕明日解往前殿呵，〔唱〕管教伊更受新鮮罪(韻)。〔同下〕

① 「因」字原脱。

第八齣　八蠻邪法敗天兵

〔雜扮衆蠻丁，引净扮孟獲、丑扮孟攸上，分白〕事急還求救，詞哀始動人。神兵來相助，方顯陸隣真。〔孟獲白〕兄弟，我等受孔明屢次相辱，今向木鹿大王處借得神兵三萬，復嗜舊仇。今日迎敵，咱等挑戰去哩。〔孟攸白〕哥哥，今日必要殺退漢兵，方消吾恨。〔孟獲白〕你看那邊，木鹿大王領神兵來也。〔下。净扮木鹿，引神兵上，唱〕

【仙吕調隻曲・點絳唇】象陣逞雄(韻)，神兵獲擁(韻)。蒂鍾動(韻)，虎豹狼蟲(韻)，風石隨吾用(韻)。〔白〕木鹿雄名振八蠻，神兵三萬下天關。横行天下真無敵，驅象當前陣似山。咱乃八納洞主木鹿大王是也。蠻王請咱報仇，今日出陣，必須殺退漢兵，方遂吾願。〔孟獲等上，白〕借兵消舊恨，神法滅强梁。大王。〔木鹿作見孟獲科，白〕孟大王前往挑戰，待咱和漢兵見一高低。〔孟獲白〕得令。衆蠻丁，就此殺上前去。〔唱〕

【越調正曲・水底魚】較勝争雄(韻)，神兵猛又凶(韻)。〔合〕今看象陣(句)，一戰定成功(韻)，一戰定成功(疊)。〔木鹿白〕衆神兵，就此迎殺前去。〔衆遶場下。雜扮衆小軍，引趙雲、魏延上，衆同唱〕

【又一體】陷陣衝鋒(韻)，兒郎個個雄(韻)。〔合〕今朝一戰(句)，滅卻洞中凶(韻)，滅卻洞中凶(疊)。〔趙雲、魏延白〕我等奉丞相之令，領兵三千迎敵木鹿蠻王，就此殺上前去。〔唱。合〕今朝一戰(句)，滅卻洞中凶(韻)，滅卻洞中凶(疊)。〔作遇孟獲、孟攸，戰科。孟獲、孟攸作敗下科。木鹿上接戰，作招神兵、虎、狼、象。趙雲、魏延見，驚，敗下。孟獲白〕大王神威，漢兵不足平也。〔木鹿白〕衆神兵，就此迎上前去。〔衆引木鹿追下。衆引孔明上，唱〕

【中呂宫正曲・縷縷金】淹師久(句)，未成功(韻)。得他心服日(句)，是吾衷(韻)。料想伊窮迫(句)，救兵別洞(韻)。〔合〕思量報恨復征雄(韻)，笑伊成何用(韻)，笑伊成何用(疊)。〔趙雲、魏延敗上，趙雲白〕丞相升帳，吾等進見。〔進見科，同白〕末將等不才，敗陣而回。〔孔明驚科，白〕怎生見陣來？〔趙雲、魏延唱〕

【又一體】領軍命(句)，去交鋒(韻)。他求八納洞(句)，助威風(韻)。驅象來列陣(句)，神兵洶湧(韻)。〔合〕狼蟲虎豹十分凶(韻)，風沙還相送(韻)，風沙還相送(疊)。〔白〕末將等從來未曾經遇，故此敗陣。〔孔明白〕非爾等之過，吾未出師之前，已知南蠻有驅虎豹之法。〔唱〕

【又一體】驅虎豹(句)，馭狼蟲(韻)。飛沙能走石(句)，雨和風(韻)。久矣知其故(韻)，果然强横(韻)。〔合〕管教一旦盡成空(韻)，須看吾作用(韻)，須看吾作用(疊)。〔白〕馬岱。〔馬岱白〕有。〔孔明白〕你到後營中，有隨營紅油櫃車子十輛，取來應用。〔馬岱白〕得令。〔下。趙雲、魏延白〕丞相要車輛何用？〔馬岱作引卒推車上，白〕禀丞相，車輛有了。〔孔明白〕吾破蠻兵，只在這幾輛車也。〔孔明唱〕

【中呂宮正曲・剔銀燈】早訪着興妖蠻種(韻)，預備下車兒隨從(韻)。明朝對壘分强猛(韻)，管教伊妖蠻斷送(韻)。〔趙雲、魏延作不信科，白〕那洞蠻非同小可，恐難輕敵。〔孔明白〕我在成都預知苗蠻善用象陣沖敵，吾已預備獅狁之像。可選精壯軍士，假裝破敵，管取成功。〔唱。合〕勸伊(句)，不須懼恐(韻)，吾親去馬到成功(韻)。〔白〕馬岱聽吾號令：〔馬岱白〕有。〔孔明白〕你可選精壯軍一千，將這車子密領到營，照吾法則裝扮，明日絶早，同到陣前，如有錯悞，軍法施行。〔馬岱白〕得令。〔下。孔明唱〕

【尾聲】明朝列陣趨蠻洞(韻)，一戰須教覆逆凶(韻)。試看那象陣神兵一掃空(韻)。〔下〕

第九齣　裝獅子假且敗真

〔小生扮馬岱上，白〕自識將軍禮數寬，伏波横海舊登壇。甘將七尺酬恩遇，每把吴鈎帶笑看。我馬岱領丞相軍令，已將車中之物裝點停當，專候丞相出師。道猶未了，丞相早到也。〔雜扮衆小軍，引孔明乘車上，唱〕

【越調套曲·鬥鵪鶉】安排下裝點獅王㊅，那怕他南方猛象㊅。一任那走石飛沙㊁，俺自有風清月朗㊅。看俺那虎豹豺狼㊁，①毒蛇大蟒㊅，怎生的㊁，弄猖狂㊅。從教你法力高强㊅，管教伊今朝滌盪㊅。〔孔明下車，上山，白〕趙魏二將軍前去挑戰。〔趙雲、魏延白〕得令。〔領衆將下，追孟獲、孟攸上，戰科，敗。趙雲、魏延衆追下。孔明唱〕

【越角套曲·紫花兒序】漫道是蠻王莽戇㊅。怎當俺五虎將軍㊁，蓋世無雙㊅。只殺得征塵滚滚㊅，紅日無光㊅。逞也麽强㊅，拚殘生死較量㊅，則見他難架長鎗㊅。若不是急走如飛㊁，怕他不命

---

① 「看俺」，據文意，或當爲「俺看」。

喪疆場(韻)。〔孟獲、孟攸上，趙雲、魏延衆作追科。木鹿執劍、蒂鐘神兵、狼、虎、鬼怪隨上，趙雲、魏延衆敗，木鹿追下。孔明唱〕

【越角套曲·調笑令】則見那惡風狂(韻)，呀(格)，引出些魑魅魍與虎狼(韻)。一霎時飛沙走石勢難當(韻)，況兼這天昏地暗誰能抗(韻)。惡狠狠恁强梁嚇殺兒郎(韻)，只看他奔走倉惶(韻)。〔趙雲、魏延衆上，作對科。衆鬼、虎、豹追上。孔明揮羽扇，招引雷部驅鬼怪、神兵敗下。木鹿衆獸驅象上。雜扮假獅上，作跳舞。象見，驚科，下。假獅發諢科，下。趙雲、魏延衆殺科。趙雲射木鹿死科。孟獲、孟攸敗科，下。孔明唱〕

【又一體】笑妖魔魍魎(韻)，呀(格)，一旦兒盡消亡(韻)。愁恃着南方象騎猛難當(韻)，還須把無賽狻猊讓(韻)。驚得他魂飄蕩(韻)。堪也麽傷(韻)，蠢蠻徒反遭殃。〔趙雲等追殺孟獲、孟攸進洞，復追孟獲、孟攸。雜扮孟獲妻、孟獲子、蠻丁、蠻姑作亂慌逃走下。孔明唱〕

【越角套曲·禿斯兒】他他他奔逃擾攘(韻)，俺俺俺軍將雄强(韻)。這的是天威遠布震遐方(韻)，定收服這倔强蠻王(韻)。〔衆將上白〕稟丞相，已經大敗蠻兵，打破銀坑洞，蠻王俱各逃走。請令定奪。〔孔明白〕就此回營。〔衆應科，孔明上車，同唱〕

【煞尾】蠢蠻兒枉自逞伎倆(韻)，空有那狼虎神兵也命亡(韻)。〔進銀坑〕從頭一一叙功勞(句)，備筵席好把俺三軍個個賞(韻)。〔下〕

第十齣　款降王擒而又縱

〔雜扮帶來洞主上，唱〕

【越調正曲・梨花兒】可嘆蠻王無了救(韻)，巢穴佔去難搜購(韻)。就計詐降思報仇(韻)，嗏(格)，事成國舊還依舊(韻)。〔白〕咱帶來洞主是也。天朝兵馬，佔據銀坑洞府，聞得搜緝蠻王。咱們議定，假意擒獻投降，就中取事，不免前去。已到此間，待等傳報。〔雜扮中軍上，唱〕

【又一體】我做中軍人仰求(韻)，軍情傳報由吾口(韻)。夜晚尋更與遞籌(韻)，嗏(格)，從無人敬一杯酒(韻)。〔白〕咱中軍是也，丞相爺尚未升帳，在此伺候。〔帶來洞主見科，白〕借重傳報。〔中軍白〕傳報何事？〔帶來洞主白〕咱帶來洞主便是。蠻王孟獲是咱姐夫，咱勸蠻王歸降天朝，奈他不從，咱故此將蠻王一家併宗黨數百人一齊擒捉，獻與丞相，求丞相賞咱這個王爵哩。〔中軍白〕蠻王與家屬今在何處？〔帶來洞主白〕俱各綁縛，在此伺候哩。〔中軍白〕如此，伺候着。等丞相爺升帳時，我替你傳報便了。〔帶來洞主下。雜扮小軍、將官，引生扮孔明上，唱〕

【南呂宮引・臨江仙】失勢蠻王何處走(韻)，銀坑讓我優遊(韻)。〔白〕昨破銀坑，蠻王逃去，料想去路非遥，不免遣將緝擒便了。〔中軍照前禀科，孔明白〕蠻王與家屬何在？〔中軍白〕現在外邊。〔孔明點頭科、笑科，白〕馬岱、王平。〔馬、王應科，孔明白〕爾可速選壯士千人，帳前埋伏，聽我一呼，即出將群蠻一齊捉下。〔馬岱、王平白〕得命。〔孔明白〕中軍，可先叫帶來洞主進見。〔中軍喚帶來洞主見科，孔明白〕你因何將蠻王擒來投獻？〔帶來洞主白〕咱勸他歸降丞相不從，故此將他家黨一併擒拿，獻與丞相。〔孔明白〕那蠻王與家屬何在？〔帶來洞主白〕現在外邊。〔孔明白〕可全帶進來。〔帶來洞主出，招衆蠻丁、蠻姑、孟獲、孟攸、孟獲妻、孟獲子進見科，孔明白〕軍士們何在？ 都與我拿下。〔馬岱、王平引衆小軍上，捉科。帶來洞主驚科，孟獲白〕罷了罷了，又被他識破了，此乃天亡咱也。〔孔明白〕蠻王，爾曾言在汝家擒住，方始心服，今日服也不服？〔孟獲白〕此是咱自來送死的，非爾之能，咱依舊不服哩。〔孔明怒科，唱〕

【又一體】潑蠻徒一任胡謅(韻)，兀嘵嘵不識羞(韻)。已遭擒六次(句)，爾命當休(韻)。只因我心憐不忍(句)，寬恩赦宥(韻)。爾今倔强還依舊(韻)，到何日(句)，方投首(韻)。〔白〕刀斧手，都與我推出轅門，斬訖報來。〔孟攸、帶來洞主哀科，白〕丞相天恩，饒咱草命哩。〔孟獲白〕丞相，你若放咱，到這第七次，若再擒住，咱方可傾心歸服，誓再不反矣。〔孔明白〕今放爾等前去，再擒住時，若再不服，必不輕恕，去罷。〔孟獲白〕罷了罷了，六次遭擒心未死，再來吾始服天威。〔衆下。 孔明唱〕

【尾聲】擒蠻六次俱寬宥(韻)，心服方能要久(韻)。那怕他魚兒脱釣鈎(韻)。〔同下〕

第十一齣　乞救援激怒烏弋

〔净扮烏弋國王，雜扮籐甲軍上，同唱〕

【南調正曲・吴小四】兀突骨(句)，蠻丈夫(韻)，人烏國也烏(韻)。鱗甲渾身力伏虎(韻)，任他英雄誰似吾(韻)。〔合〕兀突骨(韻)，真丈夫(韻)。〔白〕貌似魔王兵似鬼，渾身鱗甲能遊水。萬國馳名籐甲軍，天下横行無對壘。咱烏弋國王兀突骨是也，身長丈二，鱗甲一身，力大無窮，生性凶猛。咱有籐甲軍三萬，個個猙獰，人人鬼怪。今日閒暇，衆蠻丁，隨咱郊外嬉樂一番。〔應科，同歎。合前下。净扮孟獲、孟攸、帶來洞主，引衆蠻丁上，唱〕

【仙吕宫引・唐多令】國破勢煢孤(韻)，南飛遶樹烏(韻)。〔白〕咱等行了數日，已到烏弋國地面了。〔内金鼓，孟獲望科，白〕呀，那邊一隊大漢，飛擁來哩。〔帶來洞主望科，白〕想是烏弋國王出來遊耍，咱等一傍伺候相見。〔下馬科。烏弋國王引衆籐甲軍上，見問科，白〕爾是何處來的？〔孟獲等拜科，白〕咱乃銀坑洞主蠻王孟獲，久聞大王雄名，特俱薄禮，敬來拜見。〔烏弋國王喜扶科，白〕你就是蠻王孟獲麽？〔笑科，白〕咱也聞爾之名久矣，就此席地而坐。〔坐科。孟獲送禮科，白〕不堪之物，望乞大王笑納。〔烏弋

國王白〕何勞重禮，多謝了。〔籐甲軍收科，烏弋國王白〕請問大王，因何到此哩？〔孟獲白〕大王呵，〔唱〕

【仙呂宮正曲・桂枝香】你雄名遐布(韻)，咱平生欽慕(韻)。只因天各一方(句)，空望暮雲春樹(韻)。〔哭傷科，烏弋國王驚科，白〕呀，你爲何悲傷起來呢？〔孟獲唱〕恨天朝無故(韻)，恨天朝無故(疊)，將咱欺侮(韻)。〔烏弋國王白〕怎樣欺你來？〔孟獲唱〕兵臨如虎(韻)。〔合唱〕要吾徒(韻)，年年進貢金和寶(韻)，如敢違伊盡掃除(韻)。〔烏弋國王白〕咱南方從未皈化，如何要咱們降貢？〔孟獲白〕此乃蜀漢丞相諸葛亮自恃天下無敵，依恃英雄，欺咱遠方。〔烏弋國王白〕你可曾與他交戰過麽？〔孟獲白〕他詭計多端，咱數次輸敗于他，將咱巢穴佔去，妻子流離，實實可憐。咱久聞大王義氣深重，特來拜求，借兵報仇。〔烏弋國王白〕你敵他不過，不如躲在咱這廂，料他不敢來追尋至此。〔孟獲白〕那諸葛亮好不利害，他還要來侵大王地面呢。〔烏弋國王怒科，白〕他欺爾等罷了，焉敢侵犯咱境？〔帶來洞主白〕他那裏也知大王的國名，咱等説起大王英雄利害，他説若是大王遇着他時，管教大王這廂一人不活呢。〔烏弋國王大怒科，白〕可惱可惱。〔唱〕

【又一體】聞言生怒(韻)，雄心馳騖(韻)。中原人忒恁猖狂(句)，敢藐咱遠荒人物(韻)。〔白〕蠻丁們，〔唱〕速傳隊伍(韻)，你速傳隊伍(疊)，大家前去(韻)，比誰雄武(韻)。〔合〕料伊徒(韻)，管教不使隻輪返(句)，始信咱南荒有丈夫(韻)。〔白〕蠻丁們，明日全集桃葉渡口，以待漢兵，不得有悮。〔蠻丁白〕知道哩。〔烏弋國王向孟獲白〕請大王到咱洞裏一敘。〔孟獲白〕多謝大王。〔烏弋國王白〕就此同行。明日集軍待漢兵，今朝俱去敘交情。〔孟獲白〕知君義氣丘山重，不覺傾心百感生。〔同下〕

第十二齣　追遁逃險逢籐甲

〔雜扮小軍，引魏延上，唱〕

【中呂宮正曲·駐馬聽】地角天涯(韻)，兵極南荒未駐馬(韻)。只爲儇蠻倔强(句)，未肯皈降(句)，因此上縱了還拏(韻)。須知人物讓中華(韻)，肯教蠢爾稱孤寡(韻)。〔魏延白〕吾奉丞相軍令，前行追討蠻王，已離那桃葉渡口不遠，大軍後邊下寨。聞得蠻王向烏弋國王借得籐甲軍三萬，已屯在前面。管他什麽籐甲、鐵甲，且去與他厮殺一陣。衆三軍，就此殺上前去。〔衆應科，唱。合〕料想伊家(句)，人同心異(讀)，難歸王化(韻)。〔下。雜扮衆籐甲軍，引孟獲、烏弋國王上，衆同唱〕

【又一體】陣似烏鴉(韻)，人似熊羆真可誇(韻)。全憑籐甲(韻)，刀箭無妨(句)，怎奈何咱(韻)。恁伊謀略説中華(韻)，今朝不落伊風下(韻)。〔孟獲白〕呀，那邊漢兵來也。〔烏弋國王白〕衆蠻丁，殺上前去。〔唱合〕甚甚漢衆如麻(韻)，管教一戰難禁架(韻)。〔魏延引衆上，望科，白〕呀，那蠻兵絶不似人，莫非又是鬼兵麽？〔魏延退下科。烏弋國王白〕衆蠻丁，追殺前去哩。〔孟獲白〕大王不可，中華人最多詭計，慣使詐敗引誘陷人哩。〔烏弋國王白〕他怎生引陷哩？〔孟獲白〕他或在崎嶇山路，或有林木地方，暗設埋伏。〔烏弋國王白〕大王説得是。咱也聞知中國人詭計多，今後該合他殺，你就説和他殺，該止你就説止，悉聽你説就是了。衆蠻丁，不必追趕他，咱每回營去哩。〔衆應科，同唱〕

【正宮正曲·四邊静】中華詭計多奸詐(韻)，佯輸意多假(韻)。埋伏要隄防(句)，須聽蠻王話(韻)。〔合〕英雄是咱(韻)，肯教懼他(韻)。明日再交鋒(句)，教他知聲價(韻)。〔同下。魏延引敗兵上，白〕好生利害。這蠻兵人又高大，力又勇猛，更兼他籐甲果然刀箭不能傷損，因此大敗。〔雜扮報子上，白〕方纔遠遠望見，蠻兵脱下籐甲，坐在甲上，如飛渡水而去。〔魏延白〕再去打聽。〔報子應下。魏延白〕似此，這桃葉渡口營寨也難保守了，不免且回大寨，禀明丞相定奪。衆三軍，就此回兵。〔衆同唱〕

【又一體】蠻兵似鬼身高大(韻)，堪誇那籐甲(韻)。刀箭不能傷(韻)，渡江如船駕(韻)。〔合〕今朝遇他(韻)，險些害咱(韻)。不是咱無能(句)，兒郎難禁架(韻)。〔下〕

第十三齣　相地宜得盤蛇谷

〔雜扮衆小軍，引生扮孔明上，唱〕

【南吕宮引·意難忘】可柰烏蠻(句)，恃身長力大(句)，籐甲堅完(韻)。遠人心未服(句)，何日返中原(韻)。〔吕凱上，唱〕人似獸性凶殘(句)，總勝亦維艱(叶)。算不如班師歸去(句)，名宸功全(韻)。〔孔明白〕吕參謀，你説那裏話來。吾非容易到此，功虧一簣，棄而去之，卻做那有始無終不志之人乎？〔雜扮小軍，引雜扮土人上，白〕禀丞相爺，尋得一個土人在此。〔孔明白〕叫他進來。〔進見科，孔明白〕起來。那烏弋國共有幾何之衆？怎生利害？〔土人白〕那國王叫做兀突骨，身長丈二，脇生鱗甲，果然力大無窮。本處不生五穀，皆以生蛇惡獸爲飯，手下三萬蠻丁，亦皆身長力大。〔孔明白〕如何叫做籐甲軍？〔土人白〕他洞中所出之籐做成甲片，用油浸透多遭，每人一身五片，渡水不沉，刀箭俱不能入，故謂之籐甲軍。〔孔明白〕他這山川，有甚險峻？〔土人白〕這裏山無甚險峻，但只草木稀少，則這桃花溪水，此時正值桃葉落水，溪水大毒，外鄉人飲之輒死，他本國人飲之，反添氣力，倍加精神。〔孔明白〕那烏弋國王現屯兵何處？〔土人白〕現在桃葉渡口南岸駐扎。〔孔明白〕聽他之言，與參謀無異。吾與你着土人引路，前去探看一遭，再作道理。〔吕凱白〕用許多人馬隨去？〔孔明白〕不用多人，輕車數騎可也。〔土人白〕先往何處去？〔孔明白〕先到桃葉渡一看。〔行看〕

【羽調正曲·勝如花】尋桃葉問水源(韻)，豈是閒遊眺遠(韻)。只因他國事縈懷(句)，卻教咱親身歷按(叶)，怎辭得驅馳勞倦(韻)。〔到科，土人指科，白〕此江便叫桃花水，那廂就是桃葉渡口了。〔孔明唱。合〕愁只愁長流惡湍(叶)，不信他還同毒泉(韻)。〔白〕就此回車，向東北一帶山路而行。〔衆應科，唱〕到此回轅(韻)，向山巒探看(叶)。休辭那崎嶇溪澗(叶)，論登臨我最欣然(韻)。〔小軍白〕稟丞相爺，山徑崎嶇，車馬難行。〔孔明白〕待吾下車，扶掖過崗，自有平路。軍校在山口看守馬匹車輛，四將隨行，土人引路。〔下車科，唱〕

【又一體】車難進(句)，馬不前(韻)，且自扶行步欵(叶)。〔行科〕走過了叠叠重崗(韻)，又到了層層峻坂(叶)，論從容徒行吾慣(句)。〔作望科，唱合〕見谷中壁聯插天(韻)，似長蛇委蛇踞盤(叶)。這抵是天生方便(韻)，助成功豈是虛言(韻)。〔白〕前面這個山谷，勢若長蛇，兩壁峭立，中間一條大路，不知南北相通何處。〔土人白〕北盤蛇谷，谷南即搭郎甸，南達桃葉渡口。出谷北口，即通三江城的大路了。〔孔明喜科〕如此甚妙。不必再行，就此回營便了。〔行科，唱〕

【黄鐘宫正曲・三段子】長蛇谷盤(叶)，送烏蠻端須此間(叶)。驅車速還(韻)，好分排將軍令傳(韻)。〔合〕欣逢勝地經吾眼(叶)，强梁天使遭塗炭(叶)，堅甲凶徒盡枉然(韻)。〔作回營，衆將上迎科，孔明白〕軍校領土人後營酒飯，給賞回去。〔軍校應，領土人下。孔明白〕馬岱聽令：〔馬岱應科，孔明白〕爾可領本部兵將，前存黑油櫃車子十輛，取到盤蛇谷中。令軍士把守兩頭谷口，可照柬帖將車中之物依法安置而行。限爾十日，一切完備，不得有悮。〔馬岱白〕得令。〔孔明白〕大將軍趙雲聽令：〔趙雲白〕有。〔孔明白〕爾可領本部之衆，去盤蛇谷後三江城大路口，照柬帖把守。〔趙雲白〕得令。〔孔明白〕征西大將軍魏延聽令：〔魏延白〕有。〔孔明白〕爾可領本部兵去桃葉口下寨，以今日爲始，限半個月要連輸十五陣，棄七個營寨，只望白旂處，便是脱身之所。若輸十四陣，也休來見我。〔魏延白〕得令。〔孔明白〕吕凱聽令：〔吕凱白〕有。〔孔明白〕爾可引本部之衆，須照吾柬帖上去處，設立營寨，不得有違。〔吕凱白〕得令。〔孔明各與柬帖科，白〕爾等聽吾吩咐：〔唱〕

【黄鐘宫正曲・滴溜子】軍中令(句)，軍中令(疊)，吾今已宣(韻)。敢違悮(句)聽違悮(疊)，軍刑必按(叶)。各去小心分辨(叶)，功成非等閒(句)，名揚蠻甸(韻)。那時呵軍唱歌聲(句)，鐙響金鞭(韻)。〔衆將應下。孔明、小軍同唱〕

【尾聲】謀成擒虎君休羨(韻)，佇看那凶横的烏蠻(韻)，〔嘆科〕但則見三萬生靈亦可憐(韻)。〔同下〕

第十四齣　遭譴墮陰冰山①

〔雜扮長解鬼，從左旁門帶浄扮曹操、華歆、郗慮魂上，唱〕

【越調正曲・水底魚兒】鳳旆龍旌（韻），鑾輿警蹕行（韻）。〔合〕如何今日（句），跋涉夜魔城（韻），跋涉夜魔城（疊）。〔白〕敢問列位長官，不知把我這三個人，還要解到何處去？〔長解鬼白〕你們在陽世三間，奸回禍國，今解你們望八殿去受罪。有一個助逆鬼犯賈詡，尚在七殿勘問，待他來時，一同起解。〔一解鬼白〕那邊來的，想必就是。〔雜扮解鬼，帶賈詡魂上，唱〕

【又一體】峻法嚴刑（韻），陰官没面情（韻）。〔合〕長沙華胄（句），不放一些輕（韻），不放一些輕（疊）。〔作見曹操哭科，白〕原主公也在此。〔曹操白〕只爲生前謀篡逆，銀鐺索索加殘魄。〔賈詡白〕今朝相對兩無言，〔華歆、郗慮白〕空嘆消災無計策。〔又哭科。内浄扮左慈，從雲兜下科，白〕爾等不必悲哀，我來也。明月清風自在身，欲將舊事詰奸臣。不知孽海屠龍手，可識華筵化鶴人。曹操，你還認得我麽？〔曹操背

① 「遭」下疑脱「天」字。

科，白〕這是左慈呀。〔轉科〕認得認得，當初仙師擲盃化鶴，勸我出家。若聽了仙師之言，可也不到這個地位了。如今還望度我一度，免受地獄之苦。〔左慈白〕曹操，你好癡也，事已至此，還想我度你麼？〔唱道情科〕

【黃鐘宫正曲・耍孩兒】你歹心兒算得深(句)，我冷眼兒看得清(韻)。繁華直是花臨鏡(韻)。史陳實下無情筆(句)，魏武空存遥受名(韻)。我和你親折證(韻)。爲甚麽炎炎赫赫(句)，似這般戰戰兢兢(韻)〔雜扮金童、玉女，引董承、馬騰、吉平、王允衆忠魂從仙樓上，唱〕

【仙吕宫正曲・黑麻序】義重身輕(韻)，要指將日轉(讀)，掌把天擎(韻)。恨蒼穹(讀)，與人不做人情(韻)。熒熒(韻)，欃槍徹夜明(韻)，忠良一旦傾(韻)。〔合〕望神京(韻)，離離禾黍(讀)，幾回悲哽(韻)。〔下。左慈白〕曹操看者，這都是漢室忠臣，新受上帝褒封，同登天府，好不榮耀。你羞也不羞，悔也不悔？〔曹操白〕追想生前作事，原過當些，如今悔也遲了，只求上仙垂慈超度。我也不想登天堂享福，只要脱離了這地獄，也就彀得繫了。〔左慈白〕要我超度麽？你且聽者。汝作孽，與人何涉，永墮泥黎，百千萬刼。〔急下。曹操白〕你看仙師，竟化作一道清風去了。他若在此，我苦苦央他，或者還有搭救，如今卻怎麽處。〔長解鬼白〕不必多言，閻君陞殿也，我們就此前去。〔帶衆魂下。雜扮牛頭、馬面、判官及衆鬼卒，引金童、玉女，净扮八殿閻君上，白〕瞞地瞞天是阿瞞，森羅殿上不曾寬。報他炙手炎炎勢，當得冰山瑟瑟寒。吾乃八殿閻君是也。七殿行牌，道曹操等一干奸賊，解送本殿發落，爲此升殿録囚。鬼卒們，曹操、華歆、郗慮、賈詡解到，即速稟報。〔鬼卒應科。長解鬼帶曹操、華歆、郗慮、賈詡魂上，白〕門上那位長官在？〔鬼卒出問科，白〕什麽人？〔長解鬼白〕曹操、華歆、郗慮、賈詡四名鬼犯解到，望乞通報。〔鬼卒白〕住着。〔進跪稟科〕曹操、華歆、郗慮、賈詡解到。〔八殿閻君白〕都帶進來。〔鬼卒應，出科，白〕將曹操等都帶進來。〔帶曹操等魂進科，八殿閻君見，怒科，白〕曹操，自古以來，權奸不少，像你這樣欺君謀逆，禍世殃民，可也有一無二了。可惱嗄可惱！〔曹操白〕大王不必着惱，我想篡弑之事，何代無之。論弑君，則陳乞、趙穿、夏徵舒等輩，不其一人；論篡位，則后羿、州吁、闔閭等，又不可僕數。就是漢朝，也有王莽。其罰之輕者，不過史筆書罪而已。即止于肆諸市朝。那有像曹操這般，死後受罰，罰一個不了的。語云：得饒人處且饒人，又何必裝出這副惡面孔。〔八殿閻君白〕哈！你説得來，好鬆爽也。〔唱〕

【仙吕宫正曲·好姐姐】你生平(韻)，奸邪機警(韻)，鬼魂兒牙關猶硬(韻)。便陽間漏網(讀)，陰報卻分明(韻)。〔合〕休扎掙(韻)。窮凶若是能僥倖(韻)，更向何人問典刑(韻)。〔鬼卒應科，帶華歆、郗慮、賈詡魂進科。長解鬼下。八殿閻君白〕爾等俱是漢臣，理當忠於所事，怎麽希圖富貴，依附權奸，以致帝后啣冤，山河委棄。爾等助紂爲虐之罪，不容誅矣。〔三鬼魂白〕鬼犯等只顧生前，那知身後。到了此地，才曉得報應是有的，從今改過自新了，求大王爺爺免加刑戮罷。〔八殿閻君白〕你們還有改過的分兒麽？〔唱〕

【仙吕宫正曲·錦衣香】你賊劉朝(句)，真梟獍(韻)。諂曹家(句)，如妾媵(韻)。禍福興亡(句)，雖由天命

(韻)，何勞汝輩作鶻鷹(韻)。人生飛電(句)，世事浮萍(韻)，不是銅釘釘(韻)。笑世俗蠅利蝸名(韻)，〔合〕喪盡終身行(韻)。〔合〕黄泉相等(韻)，有阿鼻地獄(句)，酬伊讒佞(韻)。〔白〕掌案的，衆犯該擬何罪？〔判官白〕諸奸威勢烜赫，合受寒冰地獄之罪。〔八殿閻君白〕依律施行。〔衆鬼應科。場上設寒冰地獄切末，衆鬼犯作怕科。華歆、郗慮、賈詡唱〕

【仙吕宫正曲・漿水令】不趨炎倚附逢迎(韻)，怎卧此百尺堅冰(韻)。〔曹操唱〕重陰凝結峭寒生(韻)。玉壺般朗徹(讀)，鐵山似峻嶒(韻)。〔同唱。合〕分明在(句)，雪山行(韻)。雙肩緊抱身都硬(韻)。皮和肉(句)，皮和肉(疊)，連這心疼(韻)。星兒火(句)，星兒火(疊)，無處經營(韻)。〔用刑完，閻君白〕衆長解鬼，可解往九殿去。〔場上撤冰山、地獄切末科。八殿閻君下座，唱〕

【情未斷煞】冱寒中將他穽(韻)，沁心徹骨可能勝(韻)。誰叫你在君父跟前冷似冰(韻)。〔同下〕

第十五齣　誘烏蠻敗十五陣

〔雜扮小軍，引净扮魏延上，同唱〕

【黄鐘宫正曲・滴溜子】遵軍令(句)，遵軍令(疊)，營盤棄了(韻)。逢交戰(句)，逢交戰(疊)，前戈便倒(韻)。一任蠻酋嘲笑(韻)，咱心空自豪(韻)，敢相違拗(韻)。〔合〕連棄三營(句)，敗了六遭(韻)。〔白〕咱魏延奉軍令，教咱迎敵那籐甲軍，只許敗不許勝。量來也難勝他。雖是誘軍之計，别人亦可差遣，單單遣咱，定要連輸十五陣，真真可厭。如今已敗過六次了，只得再去。衆三軍，那蠻兵又追來也，且迎上去者。〔衆應，唱。合前。下。雜扮籐甲軍，引净扮孟獲、烏弋國王上，同唱〕

【又一體】籐甲軍(句)，籐甲軍(疊)，風馳迅掃(韻)。漢家兵(句)，漢家兵(疊)，山崩勢倒(韻)。把蠻王冤仇已報(韻)。只愁多計較(韻)，心兒要小(韻)。〔合〕茂草深林(句)，準備爾曹(韻)。〔魏延衆上，戰科，敗下。烏弋國王向孟獲白〕大王，那漢兵方遇即敗，莫非有詐麽？〔孟獲白〕大王多疑了。你這籐甲軍，甲堅人强，那漢兵如何敢擋得？這自是真敗。他的謀計，全在埋伏。你只看没有草木深林所在，自無埋伏的。〔烏弋國王白〕大王説的是。從今後咱見林木所在，且不追趕，令人探看明白，再作道理。〔孟獲白〕妙哩。衆

蠻兵，就此追殺前去。〔衆應科，同唱〕

【黄鐘宫正曲・神仗兒】奸謀枉狡(韻)，難逃預料(韻)。若驚心自保(韻)，怎落伊家圈套(韻)。而今乘勢(讀)，前去速勦(韻)。只辦得急奔逃(韻)，只辦得急奔逃(疊)。〔引衆下。魏延衆敗上，唱〕

【又一體】烏蠻輕剽(韻)，烏蠻輕剽(疊)，乘風呼哨(韻)。他那知計巧(韻)，且自憑他踴躍(韻)。〔内喊科。魏延望科，唱〕看伊追趕(讀)，堪堪又到(韻)。再讓爾一營巢(韻)，再讓爾一營巢(疊)。〔烏弋國王、孟獲引籐甲軍上，戰科，魏延敗下。烏弋國王白〕大王，你看漢兵棄甲曳兵而走，這營中輜重俱顧不得了，可不是真敗麽。〔孟獲白〕這魏延料是斷後之人，他知大王兵勢難敵，大軍一定在前退走。今大王連破他十陣，漢兵鋭氣喪盡，明日竭力追去，那諸葛亮亦可成擒矣。〔烏弋國王白〕大王説得是，咱明日即向前殺去哩。〔孟獲白〕咱暫别大王。咱尚有些兵衆，前遣兄弟與帶來洞主一同回去，還未見來，咱自去招呼一番，一同前來，協助大王破漢，復咱舊業，不知大王意下如何？〔烏弋國王白〕如此甚好，大家收拾就去哩。〔孟獲别科，唱〕

【黄鐘宫正曲・雙聲子】將兵調(韻)，將兵調(疊)，今去得無消耗(韻)。咱親召(韻)，咱親召(疊)，好協把蜀兵掃(韻)。〔烏弋國王唱〕來務早(韻)，明即到(句)。看明朝一戰(句)，銀坑返趙(韻)。〔分下〕

第十六齣　破籐甲燒三萬軍

〔雜扮衆小軍，引小生扮馬岱上，唱〕

【仙吕調雙曲·點絳唇】計就盤蛇(韻)，網羅鋪設(韻)。恁時節(韻)，雷轟電掣(韻)，慘似那桃花烈(韻)。〔白〕某平北將軍馬岱，奉丞相軍令，盤蛇谷中安置已妥。已請丞相到山頭佇看成功。車馬尚未到來，且去等候便了。準備窩弓擒猛虎，安排香餌釣鰲魚。〔虛下。上雲帳、設山科。雜扮衆軍將官，引生扮孔明上，唱〕

【越調正曲·小桃紅】驅車往赴那盤蛇(韻)，不覺的愁眉結(韻)也(格)。只爲他猛惡烏蠻(句)，毒比桃葉(韻)，①賣弄恁嘽嗻(韻)。没奈何把計而設(韻)，火車截(韻)，網兒結(韻)，將伊攝(韻)也(格)。一任恁豪與傑(韻)，恁豪傑管叫滅(韻)。〔撤雲帳科。孔明白〕昨日魏延連輸十五陣，已棄七營，烏蠻乘勢長驅。又聞蠻王孟獲自去招接蠻衆，不在其軍。今馬岱請吾去盤蛇谷山頂上佇看成功，只得前去。〔唱〕

① 「比」，原作「北」。

【越調正曲・下山虎】非吾造孽(韻)，伊數當絶(韻)。漂杵看流血(韻)，成周故轍(韻)。只因他助惡猖狂(句)，蛾燈自惹(句)，既要救人須救徹(韻)，捐生無恨也(韻)，可奈禍到臨頭誰見嗟(韻)。自古兵猶火(句)，不戢自爇(韻)。〔合〕不見杜宇枝頭空泣舌(韻)。〔孔明引衆虚下。生扮趙雲，引雜扮衆小軍上，唱〕

【越調正曲・蠻牌令】奉令候招接(韻)，還把烏蠻截(韻)。烏蠻傾覆了(韻)，南境自寧貼(韻)。莫恃恁身長力奢(韻)，眼見伊斷送豪傑(韻)。〔白〕某趙雲奉軍令屯守盤蛇谷北口，衆軍貼準備。待文長到來，便截斷谷口。衆三軍，〔應科〕有。〔趙雲白〕好待咱兵過後，一齊動手，不得有違。〔衆軍白〕得令。〔唱合〕鶗鴂怨(句)，杜宇血(韻)。行來空阻(句)，歸去徒嗟(韻)。〔同下。净扮魏延，引雜扮衆小軍上，唱〕

【越調正曲・山麻稭】佯與戰忙不迭(韻)。讓爾英雄(句)，假作癡呆(韻)。〔作望科〕看者(韻)，那壁廂又豎着(讀)，白旗飄曳(韻)。〔白〕咱連朝詐敗，已輸十五陣了，看咱丞相有何妙計敗那蠻兵。那廂又有白旗引路，且候蠻兵到來，再殺一陣，退走谷中便了。〔衆應科，同唱。合〕又只見四圍山繞(句)，一片平川(句)，兩壁陡絶(韻)。〔虚下。雜扮籐甲軍，引净扮烏弋國王上，同唱〕

【越調正曲・五韻美】笑漢兵恁嬌怯(韻)，連朝勢敗筋力竭(韻)，管教一戰將伊滅(韻)。任你機謀巧設(韻)，咱懼爾怎稱豪傑(韻)。〔白〕那漢兵相離遠近哩？〔蠻丁白〕只在前面，就此殺上去哩。〔同唱〕大小兒郎奪鏌鎁(韻)，須一擁前行(讀)，急忙追者(韻)。〔魏延上，白〕那蠻奴休趕，俺今番與你見個雌雄。〔戰科，魏

延敗下。烏弋國王白〕衆蠻丁，那漢兵盡退進谷去了。咱每歇息一回，再與他厮殺。〔各坐科，隨意歇科。孔明衆上山，同唱〕

【越調正曲・五般宜】恁恃着(讀)，甲兒堅勝如鐵(韻)。追趕那(讀)，軍士每似風吹葉(韻)。稱豪猛(讀)，那時休怨嗟(韻)。妄出頭隨邪助傑(韻)，你的心兒空熱(韻)，命兒犯刼(韻)。眼見骨化灰飛(句)，你的魂隨煙滅(韻)，這英雄何處也(韻)。〔烏弋國王白〕衆蠻丁，咱們就此殺進谷口去便了。〔衆蠻丁應科，殺進谷口，下。馬岱引衆軍推車上，馬岱白〕衆將官，就此埋伏者。〔衆應下。烏弋國王引衆上，白〕衆蠻丁，怎麽漢兵一個也不見？〔蠻丁白〕想是敗出谷口去了。〔蠻王白〕就此追殺前去。〔衆上，圍内作炮響、地雷，烏弋國王、蠻丁跌跳科。蠻衆唱〕

【越調正曲・江頭送别】猛聽得(句)，猛聽得(疊)，雷轟電掣(韻)。火光舞(句)，火光舞(疊)，骨飛血喋(韻)。合當命絶今日也(韻)，狠諸葛計毒堪嗟(韻)。〔蠻衆燒死科，下。趙雲、魏延、馬岱、王平白〕稟丞相，烏弋國王與那三萬籐甲軍俱已燒死。〔孔明白〕真可憐也。〔唱〕

【尾聲】傷心此計真毒絶(韻)，應把我壽算減些(韻)。也只是爲國除凶這一折(韻)。〔孔明白〕衆將官，就此收兵回營。〔孔明下。衆應，遶場上。雲帳撤、山下〕

第十七齣　自此南人不復反

〔雜扮蠻丁，引浄扮孟獲，丑扮孟攸，雜扮帶來洞主上，同唱〕

【南呂宮正曲・孤雁飛】幸然借得籐軍到(韻)，連殺的漢兵奔擾(韻)，假威風正好將仇報(韻)。特招取咱牙爪(韻)，奔何軍衆(句)，星散寥寥(韻)。只因屢敗折傷甚(句)，國破巢傾人盡逃(韻)。今朝(韻)，勢孤單怎助雄豪(韻)。〔孟獲白〕咱辭烏弋國王前來招接黨衆，協同破漢，以洗前仇。不意他們只聚集得蠻丁數千，濟得甚事。〔帶來洞主白〕咱同大王借兵去了。咱洞中蠻丁，多半逃散，一時那裏聚集得起。〔孟獲白〕如此寥寥之衆，豈不被那烏弋國王笑話。〔衆扮蠻丁上，唱〕

【仙呂宮正曲・大迓鼓】咱們笑裏刀(韻)，來充投靠(句)，假意相邀(韻)。須知定落咱圈套(韻)。功若成時千古標(韻)，賺取蠻王在此遭(韻)。〔作到叩見科，孟獲白〕爾等何處來的？〔衆蠻丁白〕咱每皆是各洞蠻子，也有大王手下的，前爲漢兵所搶，不得已而降之。今知大王招集大衆，故此逃回，情願助戰，又來報大王喜信哩。〔孟獲白〕有何喜可報？〔衆蠻丁白〕那烏弋國王率領籐甲軍與漢兵大戰，現今把那諸葛亮困在盤蛇谷哩。大王速去接應，必然大報前仇。〔孟獲白〕果然真麽？〔衆蠻丁白〕千真萬真，

咱每親見哩。〔孟獲喜科，白〕謝天地，也有今日哩。衆蠻兵，就此前去。〔同唱〕

【又一體】愁顏一旦消(韻)。盤蛇谷裏(句)，喜困伊曹(韻)。從前仇恨今番報(韻)，井落銀瓶有這遭(韻)。策馬加鞭(讀)，威風更豪(韻)。〔孟獲白〕前面般蛇谷口不遠，怎生不見籐甲軍？〔衆蠻丁白〕莫非在谷内哩？〔帶來洞主白〕待咱前去探看。〔虚下奔上，慌科，白〕不好了，那谷内火燄未熄，穢氣難聞，殘屍滿路，大似籐甲軍模樣。莫非又中了諸葛之計了？〔孟獲白〕怎了怎了。〔内叫科〕蠻王休走，吾等久候多時也。〔王平、張嶷引衆上，戰科，捉孟攸、帶來洞主等。孟獲逃，虚下，王平、張嶷追下。孟獲又上，馬岱引衆上，白〕蠻王何處逃走，有吾在此。〔戰科。王平、張嶷上。馬岱擒孟獲科。馬岱白〕軍校綁了，就此收兵，回營報功。〔馬岱、王平、張嶷引衆，擁孟獲等行科，同唱〕

【南呂宮正曲・金錢花】今日相遇難逃(韻)，難逃(疊)。笑你枉費勤勞(韻)，勤勞(疊)。請來籐甲變烏焦(韻)。兀骨突(句)，枉稱豪(韻)。長平塹(句)，盡魂消(韻)。〔同下〕

第十八齣　即今荒徼盡來王

〔雜扮衆小軍，引生扮孔明上，唱〕

【南呂宫引·步蟾宫】提師荒外光陰載(韻)，暑漸退金風早届(韻)。天威何日遂心懷(韻)，永定南方邊界(韻)。〔白〕昨因凶蠻莫敵，無可奈何，行此毒計。可憐舉國之人，一朝盡斃。幸那蠻王孟獲不在伊軍，未遇其難，吾已伏將擒之。料他勢煢膽落，雖然强項，看他今番又作何説。吩咐肅整軍儀，大開轅門者。〔應科，傳科。小軍上，開門。雜扮馬岱、王平等，擁浄扮孟獲，丑扮孟攸、帶來洞主、蠻丁上，孟獲唱〕

【南呂宫引·生查子】力竭勢堪哀(韻)，七次遭擒逮(韻)。心志已如灰(韻)，敢不低頭拜(韻)。〔馬岱等見孔明科，白〕某等擒得蠻王孟獲併伊黨衆，俱在轅門外伺候發落。〔孔明白〕帶進來。〔孟獲等俯伏見科，孔明白〕那蠻王，今番又被吾擒，還有何説。爾心可服麽？〔孟獲白〕丞相真天威也，南人永不復反矣。從前狂妄，求丞相宥之。〔孔明大笑，白〕呀，蠻王，爾這番真心服了麽？〔孟獲白〕真真死心塌地實降服矣。〔孟攸對孟獲虚白科，孔明唱〕

【南呂宫集曲·柰子宜春】您矜誇無敵雄才(韻)，卻緣何俯首哀哀(韻)。須知宇宙(句)，天涯寬大(韻)，高强的更多無賽(韻)。休猜(韻)，伊心既服(句)，何須長拜(韻)。〔白〕軍校去了綁，取衣冠過來。〔孟獲更衣科，孔明白〕將那衆人，俱各放了更衣。〔放科，孟獲白〕丞相，容孟獲展拜。一謝擒縱活命之恩，二謝猖狂叛逆之罪。〔孔明白〕你能改過遷善，便是朝廷遠臣。〔孟獲衆拜，唱〕

【又一體】謝從前擒縱恩開(韻)，恕猖狂情性愚乖(韻)。天威難犯(句)，果然無賽(韻)。從今後啣恩代代(韻)。衷懷(韻)，你仁慈愷悌(句)，何人不戴(韻)。〔孔明白〕吩咐即備筵宴，大家慶賀昇平。〔同唱〕

【南吕宫正曲・大勝樂】促行厨筵席排開(韻)，肉如山酒似海(韻)。大家拚醉何妨礙(韻)，上和下共開懷(韻)。從今不用防南界(韻)，永逸安然無禍灾(韻)。〔孔明白〕吾今漢越一家，真乃千古奇逢。〔向孟獲白〕孟獲聽令：明日即將洞中一切事務，仍歸于爾照舊掌管。〔孟獲白〕多謝丞相，願納版圖，付列州郡。〔孔明笑科，白〕古云：「仍舊貫，何必改作。」已知汝心，而勿推辭。〔孟獲白〕多謝丞相，就此告别。〔衆唱〕看軍聲(句)，和靄(韻)。且自束兵解甲(句)，再莫疑猜(韻)。〔分下〕

第十九齣　一軍振旅唱鐃歌

〔雜扮老少蠻丁上，唱〕

【越調正曲·水底魚】丞相班師(句)，遠人珠淚垂(韻)。〔合〕今朝歸去(韻)，何日覩威儀(韻)，何日覩威儀(疊)。〔白〕咱每各洞蠻子，俱蒙天朝丞相累累活命之恩，無可報答，故爲建立生祠，以作千秋遺愛。今聞丞相班師還朝，咱每執香遠送一程，以見咱每感戴私情。大家前去。〔同唱〕

【又一體】爲報恩私(句)，鳩工建廟祠(叶)。〔合〕甘棠遺愛(句)，先竪峴山碑(韻)，先竪峴山碑(疊)。〔虚下。雜扮小軍、衆將引孔明上，行科。衆將同唱〕

【越調正曲·朝元令】朝廷久離(韻)，政事皆相委(韻)。三軍久羈(韻)，奏凱真堪喜(韻)。日月催人(句)，光陰流水(韻)。幸喜南方平矣(韻)，不枉驅馳(韻)。雖然少得吾兒意(韻)，漢業幾時恢(韻)，偏安非所宜(韻)。〔净扮孟獲，丑扮孟攸、帶來洞主等上，白〕孟獲帶領妻兒男女，聞得丞相班師，我等特來遠送。〔孔明白〕昨承厚貺，何必遠勞。〔孟獲白〕遠人無以爲報，擁篲前驅，必要送到漢境。〔孔明白〕吩咐三軍起行。〔唱合〕前行莫滯(韻)，歸去好何辭迢遞(韻)，何辭迢遞(疊)。〔衆蠻丁上，頂香跪接科，白〕咱等各洞蠻獠父老，叩見丞相爺。〔孔明白〕何勞爾等前來。〔衆蠻丁白〕咱這各洞征徒子弟，多蒙丞相活命之恩，家家感激。今聞丞相班師，男女大小，無不悲慟。咱等扶策前來，叩謝送哩。〔孔明白〕人來。取些金錢布帛，賞賜他們。〔衆蠻丁白〕咱每本心叩送而來，如何要丞相賞哩。〔孔明白〕吾有甚好處，到反叫爾等多費工利，又勞遠送。爾等俱各回去，不必遠送了。吩咐三軍起行。〔行科，唱。合前。下〕

第二十齣　九陛酬庸頌御酒

〔雜扮小太監、大太監、宫女，引小生扮後主上，唱〕

【黄鍾引·西地錦】相國初回車騎(韻)，將軍乍捲旌旂(韻)。六街歡暢人聲沸(韻)，安排酒泛酴醾(韻)。〔白〕三千犀甲擁朱輪，簇簇争看社稷臣。今日筵間親解甲，明朝傳勅繪麒麟。朕蜀漢後主是也。丞相南征，班師凱旋，適自都亭郊勞方回。已曾傳旨設宴。内侍，〔應科〕筵宴已畢，即傳旨，請丞相與諸臣赴宴。〔内侍傳科。雜扮衆將、朝臣，引生扮孔明上，唱〕

【黄鍾宫引·玉女步瑞雲】邊境寧謐(韻)，喜唱凱歌還國(韻)。衆陪高宴戎衣盡釋(韻)。〔白〕主公賜宴，吾等進見。〔見科〕願吾皇萬萬歲！〔後主白〕平身。〔孔明衆白〕萬歲。〔孔明白〕纔蒙車駕郊勞，怎敢又當賜宴。〔後主白〕欲與相父少敘闊别之情。内侍，酒宴伺候。〔作樂科。孔明送後主酒，後主回賜。孔明引衆謝坐入席，内侍送酒。後主唱〕

【黄鍾宫正曲·畫眉序】相父多勞役(韻)，異域遐荒賴重闢(韻)。〔孔明唱〕幸烽煙頓息(讀)，邊塞安戢(韻)。一來是諸將同心(句)，二則是三軍効力(韻)。〔合〕須知九伐王師赫(韻)，喜今日成功蠻貊(韻)。〔後主白〕

雖是諸將同心，三軍用命，寔皆相父運籌之力也。〔唱〕

【黃鍾宮正曲・雙聲子】心歡懌(韻)，心歡懌(疊)，感相父成功績(韻)。定蠻貊(韻)，定蠻貊(疊)，更得這諸卿力(韻)。〔衆唱〕仰帝德(韻)，賴相國(韻)。〔合〕君恩高厚(讀)，臣力何惜(韻)。〔孔明出坐科，白〕臣等深叨恩宴，時已過度，就此告停杯酌，明日叩謝天恩。〔俱起科，後主唱〕

【尾聲】遐荒效順因良弼(韻)，〔孔明唱〕郡下咸稱仰帝力(韻)。〔衆唱〕則這七縱七擒威名標史册(韻)。〔各分下〕

第廿一齣　分善惡十殿輪迴

〔衆扮十殿侍從、鬼判、金童、玉女，引衆扮十殿閻君上，唱〕

【南北合套・鬬鵪鶉】善惡無門㊁，惟人自取㊀。惡錮陰山㊁，善登天府㊀。絜短論長㊁，秤錙較黍㊀。無賢愚㊀，無今古㊀。問有何人㊁，不來此處㊀。〔白〕莫道幽冥事不真，冰霜雨露豈無因。從來彰癉歸吾輩，看取今朝善惡人。〔白〕我等乃十殿閻君是也。〔頭殿、五殿白〕欽奉上帝敕旨，今日將抱忠竭志，爲國捐軀，大義昭然，堪爲世法者，超升天府。〔衆同白〕其大逆不道，欺君簒國，屈害忠良者，貶入輪迴。大昭黜陟之權，以示貞奸之報。鬼判，衆善人到時，急忙通報。〔鬼判應科。衆扮金童、玉女，引忠臣義士丁原、盧植、王允、种輯、何進、華陀、楊奉上，同唱〕

【南北合套・綉停針】霞葆雲車㊀，鸞鳳雙驂上紫都㊀。相將一例遊仙去㊀，笙歌的沸徹天衢㊀。也是我忠於所事㊁，因此上㊂，玉詔得親除㊀。〔合〕笑人枉把前程誤㊀，蒼蒼決不負吾徒㊀，試看今朝華膴㊀。〔金童、玉女白〕衆善人到。〔鬼卒稟科，十殿閻君起見衆忠臣義士科，十殿閻君同白〕衆善台束髮從君，委身事主。雖則有志而未逮，卻能殺身以成仁。名震一時，忠昭萬古。真足維持世教，砥

柱中流也。吾等敬服。〔唱〕

【南北合套・紫花兒序】如皎皎雲中白鶴(句)，似霏霏天半朱霞(句)，是亭亭水面紅蕖(韻)。平生浩氣(句)，盡節捐軀(韻)。嗟乎(韻)，纔是人間大丈夫(韻)。今日個赤城名署(韻)，請上仙樓(句)，好拜天書(韻)。〔揖科，白〕請登天府。〔内奏樂。衆扮祥雲使者持雲上，衆忠臣、義士同唱〕

【南北合套・四般宜】蔚藍天際畫樓孤(韻)，繽紛雲彩五花敷(韻)。丹梯拾級從翔步(韻)，非同蜃氣駕虛無(韻)。似這般自來自去(韻)，煞强似稱魏稱吴(韻)。〔合〕試問帝王圖(韻)，歸何處(韻)。都付與落花流水(讀)，宿煙殘霧(韻)。〔同從仙樓下，十殿閻君白〕妙嗄，衆善人一個個升天去了。玉簫金管雜，仙珮以俱鳴；霞蓋霓旌，引雲車而直上。可見爲善之人，必獲善報，堪笑世人不醒悟也。〔唱〕

【南北合套・金蕉葉】只見他一個個如熊似虎(韻)，一個個揚威耀武(韻)。你只看仙樓上拜玉迎書(韻)，問何如分茅裂土(韻)。〔衆扮輪迴惡鬼，帶奸臣董卓、曹操、李儒、郗慮、華歆、李傕、郭汜、賈詡、張濟、樊稠、張遼、許褚、郭嘉、程昱、荀彧、荀攸上，同唱〕

【南北合套・鬭黑麻】悔恨生前(韻)，忒煞癡愚(韻)。怎太阿授柄(讀)，便起他圖(韻)。窺大寶(句)，脇乘輿(韻)，烈烈威風今在無(韻)。〔合〕身到閻浮(韻)，只賺得形銷骨枯(韻)。早識今朝(韻)，早識今朝(疊)，悔不當初(韻)。〔帶見十殿閻君科，十殿閻君大怒科，白〕衆鬼卒，〔鬼卒應科，十殿閻君白〕先將這班奸賊，與我亂打一頓。〔鬼卒應，亂打科。十殿閻君白〕我把你這些奸賊，無法無天，爲鬼爲蜮，攪壞了四百載江山，斷送了億萬

人性命。正所謂罄南山之竹，書罪無窮；決東海之波，流惡難盡也。〔同唱〕

【南北合套・調笑令】夫夫(韻)，妄稱孤(韻)。呀(格)，那知道人世蜉蝣屬子虛(韻)。全不想榮華富貴無憑據(韻)，到頭來有誰拯汝(韻)。只共這一隊趨炎附勢徒(韻)，眼睜睜同往酆都(韻)。〔白〕衆鬼卒，把這一幹奸惡重犯，帶到轉輪藏施行。〔衆鬼卒應，趕打衆鬼犯至前場。十殿閻君下座。場上陞烏雲帳，中地井上，設轉輪藏一座。衆鬼卒打衆鬼犯，十殿閻君繞場科，衆鬼犯唱〕

【南北合套・憶多嬌】名也輪(韻)，利也輪(韻)。贏得一身都是苦(韻)，有限官骸無盡誅(韻)。〔合〕不曉前途(韻)，不曉前途(疊)，將我怎生發付(韻)。〔後場撤烏雲帳。十殿閻君陞座，白〕轉輪鬼王，將諸奸按罪施行。〔浄扮轉輪鬼王上，白〕衆鬼何在？〔衆扮九鬼上，白〕轉輪鬼王，有何吩咐？〔轉輪鬼王白〕將衆惡犯叉入輪迴。〔衆鬼應，曹官分白〕董卓、曹操，大逆大惡。董卓變龜，曹操變鱉，着伊孽性無倫，仍遭極凶惡犯之劫。李傕變鼠，郭汜變羊，李儒變狼，賈詡變狼，張濟變豬，樊稠變熊，郭嘉變猿，程昱變狼，許褚變猿，張遼變蚯蚓，荀彧變豹，荀攸變虎，華歆變兔，郗慮變兔。〔衆閻君白〕就此施行。〔作叉鬼犯科，衆閻君同唱〕

【南北合套・綿搭絮帶拙曾速】您休怨罪也何辜(韻)，再休説命也何如(韻)。俺這裏單將陰慘(句)，補那陽舒(韻)。陽間法網已多踈(韻)，陰司法律豈容逋(韻)。胎卵殊途(韻)，一切如人子(韻)。況諸奸罪犯天誅(韻)。休因他名載丹書(韻)，要想俺半星見糢糊(韻)，一分兒舒徐(韻)。但輕輕施轉轆轤(韻)，推動轉輿(韻)。只教你類分群區(韻)，質異形殊(韻)，人身何處(韻)。只落得身體髮膚(韻)，都做了鳥獸蟲魚(韻)，亂紛紛從此出(韻)。〔輪下轉出各種扁毛畜生、蟲豸，罪人戴各色獸畜形皮從中地井入，輪轉出至中場，作哭泣科。衆鬼趕下。頭殿、五殿白〕衆善共登天府，諸奸盡淪惡道。報應已昭，我等各回殿宇便了。〔衆白〕請，〔同唱〕

【有餘情煞】早知惡道輪迴苦(韻)，恨生前枉使奸謀(韻)，空羨他雙節崆峒到玉虛(韻)。〔同下〕

第廿二齣　大褒崇九天翔步

〔雜扮衆雲使持雲，四天將、衆儀從、周倉、關平，引伏魔大帝上，同唱〕

【中吕宫集曲·榴花好】今朝翔步上天宫㊞，碧落外駕長風㊞。幾曾冠上插芙蓉㊞，仙霞早綴袍紅㊞。着祥光布空㊞，將這身㊞，三十三天送㊞。渡銀河一線斜懸㊀，過玉山一卷高聳㊞。〔白〕玉詔天門新拜除，紫皇親授上真書。乘雲遊向崚嶒去，不用班麟五色輿。俺關某誠惟不貳，義秉在三，仰蒙上帝褒嘉，勑封三界伏魔大帝。謝恩之下，復詔遍遊三十三天，以昭寵異。你看，果然好天宫也。〔同唱〕

【中吕宫集曲·好銀燈】相從㊞，天將下三宫㊞。〔天將白〕那是黄金闕。〔伏魔大帝唱〕雙闕高紫磨蟠鳳㊞。〔天將白〕那是白玉京。〔伏魔大帝唱〕瓊樓玉宇㊀，似雪浪空中洶湧㊞。〔天將白〕那是兜率宫。〔伏魔大帝唱〕只見他藥爐丹灶㊀，火初紅㊞，静煉金砂永㊞。〔天將白〕那是清虚府。〔伏魔大帝唱〕散華香恰人寂庭空㊞。〔天將白〕那邊是瑶池了。〔伏魔大帝唱〕周圍㊀，弱水九重㊞，須索覓羽輪還尋閬風㊞。〔下。衆扮儀從，衆扮忠臣義士伏完、董承、丁原、馬騰、王允、种輯、吴子蘭、楊奉上，同唱〕

【中呂宫集曲·銀燈紅】當初的從王抗忠(韻)，今日個榮叨仙俸(韻)。由來富貴如春夢(韻)，争似我燕衎珠宫(韻)。〔分白〕吾乃伏完是也。吾乃董承是也。吾乃丁原是也。吾乃馬騰是也。吾乃王允是也。吾乃种輯是也。吾乃楊奉是也。吾乃吴子蘭是也。〔伏完白〕我等蒙上帝褒封，各授天職。今關公勅封伏魔大帝，班秩尊崇，理宜接見。〔衆白〕就此同往。〔唱〕【紅娘子合至末】誰相送(韻)，是天衣御風(韻)，須不用騎白鳳(韻)。〔下。雜扮衆云使，引伏魔大帝衆上，同唱〕

【中呂宫集曲·六花么】去怱怱(韻)，只見得霓旌動(韻)，一路路通(韻)。説甚麽水盡山窮(韻)。山離了蓬萊(韻)，城别了芙蓉(韻)。又到了明霞殿(讀)，桂陽宫(韻)。〔合〕自來自去無迎送(韻)，自來自去無迎送(疊)。〔伏完等上，接見科。伏魔大帝白〕原來諸公都超昇天界了。〔衆白〕是。〔伏魔大帝白〕公輩天府榮登，逍遥自在，何等灑樂也，只是忠義二字，有以致之耳。〔唱〕

【中呂宫集曲·剔銀燈集】喜得你山川秀鍾(韻)。【永團圓】(二至三)喜得你氣如虹(韻)。喜得你不念身家重(韻)。【朱奴兒】(第四句)喜得你山河恨鎖定眉峰(韻)。喜得你(讀)，不與老奸將天共(韻)。喜得你竭志盡忠(韻)。喜得你甘心磨折犯凶鋒(韻)。雖然是淪亡抱痛(韻)，今可也天闕尊榮(韻)。相將紫宫日供奉(韻)，雲冠翠霞帔生紅(韻)。可知(讀)，天心至公(韻)。〔衆白〕多承大帝褒榮，我等告辭。〔伏魔大帝白〕請。〔衆下。伏魔大帝白〕衆神將，就此前去。〔唱〕【雁過聲】(末二句)看來權勢全無用(韻)，不過夾道虬松蔭地宫(韻)。

〔天將白〕來此已是修文院、天醫院了。〔衆扮禰衡、華陀、吉平上，禰衡白〕詞關君國方爲重，〔吉平、華陀白〕病入膏肓不耐攻。〔禰衡白〕誰道修文歸地下，〔吉平、華陀白〕敢云宰相在山中。〔作參見，各通名科，大帝白〕元來諸君都在此。〔對吉平白〕當初奉衣帶詔討賊，事機敗露，先生五毒備嘗，迄無回惑，可謂冰其心而鐵其骨矣。〔吉平白〕不敢。〔伏魔大帝對華陀白〕某家臂中毒矢，承先生刮骨療之，高誼薄雲天，至今尚銘心牌。〔華陀白〕好説。〔伏魔大帝對禰衡白〕禰先生，你逸才高致，絶類離倫，《漁陽三撾》足褫奸魄也。〔禰衡白〕多贊了。〔吉平等同白〕我等雖俱遭害，卻邀上帝恩榮，絀于生前者伸于歿後，儌倖儌倖。君侯天眷優隆，加封帝號，可喜可賀。〔伏魔大帝白〕諸君過獎了。〔吉平衆唱〕

【中吕宫集曲・銀燈照芙蓉】頒紫誥崇加帝封㊅，也只是大經綸超凡軼衆㊅。十方三界咸尊奉㊅，直待與尼山伯仲㊅。〔吉平等下。伏魔大帝白〕就此前去。〔衆唱〕人欽頌㊅，荷天宫賜封㊅。願世人㊦，忠誠行述似我同㊅。〔同下〕

第廿三齣　群魔歛蹟清華句

〔衆扮混世魔、酒魔、色魔、財魔、氣魔、文魔、愁魔、睡魔、病魔、名利魔、花月魔、菩薩魔、法術魔跳舞上，分白〕吾乃混世魔君是也。混沌本自無事，倏忽二子差訛。鑿開七竅費張羅，七日翻成喪我。福善禍淫不管，今來古往刹那。我在魔宫混世作都魔，你若要無我不可。吾乃酒魔是也。酒乃天之美禄，人生不飲如何？邀他歡伯掃愁哥，贏得醉鄉高卧。斷送一生惟有，破除萬事無過。我在魔宫酩酊作酒魔，你若要無我不可。吾乃色魔是也。色本空中幻色，妍媸二字虚訛。傾城傾國古來多，宋玉東家窺破。桃臉柳眉惑爾，紅裙緑袖迷他。我在魔宫婀娜作色魔，你若要無我不可。吾乃財魔是也。自古生財有道，葉生葉落歸柯。石崇不省祇貪多，落得因思遭禍。王衍持籌打算，安豐鑽李遮羅。我在魔宫牟利作財魔，你若要無我不可。吾乃氣魔是也。拔山扛鼎有力，十步百里無他。一星火起便操戈，膚撓目逃弗挫。賠了夫人折陣，惱他公瑾非訛。我在魔宫烈性作氣魔，你若要無我不可。吾乃文魔是也。文是天工妙理，忘飡廢寢因何。花朝月夜每吟哦，一字推敲要妥。琢句錦心繡口，揮毫玉手金梭。我在魔宫搜索作文魔，你若要無我不可。吾乃愁魔是也。喜是愁因幻也，愁爲喜果然阿。便他玉食坐鑾坡，也要先憂無那。八字雙眉不展，六時五内如磨。我在魔宫悶悶作愁魔，你若要無我不可。吾乃睡魔是也。睡云空諸萬慮，瞢甚世事翻波。黑甜鄉裏樂如何，豈獨陈摶善卧。一枕華胥遊彼，片時莊蝶由他。我在魔宫瞢騰作睡魔，你若要無我不可。吾乃病魔是也。地水火風湊體，暑寒燥濕翻波。慢言沈約一生多，人世誰能免那。禁瘧徒聞老社，回生誰是醫和。我在魔宫虚怯作病魔，你若要無我不可。吾乃名利魔是也。利鎖名韁何似，蠅頭蝸角非訛。寒窗鐵硯十年磨，圖得官高禄大。駟秦致敗不久，曼滿招禍偏多。我在魔宫貪愛利名魔，你若要無我不可。吾乃花月魔是也。一種花心月性，幾行豔舞新歌。金釵十二不嫌多，繡帳錦衾共卧。休論春蠶蠟炬，常沉慾海愛河。我在魔宫稱個花月魔，你若要無我不可。吾乃菩薩魔是也。天上天下無二，獨尊惟有佛陀。色空空色色空何，八兩半觔一個。波旬宫中游戲，夜魔天裏諸訛。我在魔宫作個菩薩魔，那菩薩無我不可。吾乃法術魔是也。禹步宫登大赤，叩齒台謁欝羅。縛妖捉怪直甚麼，瞬息流鈴擲火。遼陽卻笑化鶴，山陰還鄙换鵞。我在魔宫作個法術魔，那法術無我不可。〔混世魔君白〕列位嗄，今有新封伏魔大帝，奉勑步遊天宫，將次到我魔王宫了。我等俱是聽他約束的，須索上前參謁。〔同唱〕

【麻婆穿繡鞋】着魔着魔人不懂，魔神誰願逢降魔。降魔降不動，魔城未許攻。【紅繡鞋】〔七至末〕須盡敬，要致恭。〔合〕若是逢他怒，決不放咱鬆。〔下。雜扮衆雲使，引伏魔大帝上，同唱〕

【芍藥挂銀燈】重霄裏高步從容，一霎過雲山萬重。吉雲神馬何須鞚，六合都歸一望中。〔魔君領衆魔上，謁見科，魔君白〕魔王宮魔君率領衆魔迎接帝君。〔伏魔大帝白〕站立兩傍，聽我吩咐。如今聖主當陽，邪魔斂跡，爾等各宜安分，不得擅離本宮。如敢故違，按律懲治。〔唱〕

【千秋舞霓裳】日曈曨天地都清瑩，一處處鬼魅潛蹤。世際雍熙，世際雍熙，誰許你幻態將人驚恐。我欽承勅命將群魔統，魔君只合守魔宮。你若是將言遵奉，我朝元去好進天清地寧頌。〔魔君衆白〕謹依法旨。〔叩謝，下。雜扮四公曹禄台上，白〕上帝有旨：爾伏魔大帝遊遍天宮，即往西天見佛者。〔伏魔大帝白〕聖壽。〔四功曹從禄台下。伏魔大帝衆同唱〕

【意不盡】既遊天府神仙洞，才大生平眼孔。把雲頭輕縱，還上西天靈鷲峰。〔同上仙樓，下〕

第廿四齣　三教同聲頌太平

〔壽臺衆扮二十八宿上，跳舞一回下。壽臺雜扮十八魁星，禄臺雜扮十八羅漢，福臺雜扮十八仙真上，同唱〕

【雙角隻曲·三轉鴈兒落】蜀吴魏鼎足支（韻），蜀吴魏鼎足支（疊），漢江山似雲飛（韻）。三分割劇曾幾日（韻），早歸併司馬家兒（韻）。宋齊梁陳隋接（轉韻），更開了唐家基業（韻）。梁唐晉同他漢周滅（韻），趙大郎又披上赭袍也（韻）。元社屋明廟墟（轉韻），誰肇造這寰區（韻）。是列聖開建萬年圖（韻）。大清朝無量福（韻），大清朝無量福（疊）。〔分白〕我等老君座下衆仙官是也。我等如來座下衆羅漢是也。我等文昌座下衆魁星是也。〔仙真白〕當今聖皇御宇，明德維馨。天清地寧，開太平之景象；奎聯璧合，昭盛治之光華。〔羅漢白〕正是：一人有慶，萬方率土以咸賓；六合皆春，三教異途而同軌。〔魁星白〕今日文昌司命會同如來佛、太上老君共趨丹陛，慶賀昇平，須索在此祗候。〔仙真白〕道言未了，早是法駕來也。〔仙樓上二十八宿仙樓；雜扮朱衣文昌、仙官、天聾、地啞，引生扮文昌帝君仙樓上；雜扮侍者菩薩、阿南、迦葉，引净扮如來佛禄台上；雜扮仙童、壽仙、尹喜、徐甲，引外扮老君福台上。衆同唱〕

【雙角隻曲·雁落梅花】聳祥光萬丈高（韻），景星明更卿雲遶（韻）。好似錦團中千花簇（句），翠盤上五色交(韻)。放眼處蔚迢迢(韻)。又聽得空中空中仙樂(韻)，遠遠地奏簫韶(韻)。遍清虛鸞鶴招邀(韻)。呀，這不是荒唐荒唐的十洲也那三島(韻)，更不是虛無虛無的天書也那瑞草(韻)。是元功灝氣(句)，鬱蘢葱把乾坤來罩(韻)。因此上獻一回(讀)，哩哩天花樂(韻)。〔各上高台座科，分白〕萬國衣冠集，三霄雨露香。太平無以報，歌舞慶明良。〔如來佛白〕吾乃如來佛是也。〔太上老君白〕吾乃太上老君是也。〔文昌帝君白〕吾乃文昌梓童是也。〔太上老君白〕如今山海敉寧，乾坤清泰。億萬年無疆之祚，即此丕基；千百國各輸之心，于焉畢萃。〔如來佛白〕佑文崇佛重道，合三教爲一家。正德利用厚生，敘九功於四極。〔文昌白〕萬民樂業，百物維熙。〔净扮伏魔大帝禄合上，白〕心超法界行無蹤，足到金天住有期。頓覺佛光身上出，不須衣内綴摩尼。某欽承玉旨，拜佛西天。爲此敬謁蓮台，皈依法寶。〔見科〕弟子稽首。〔如來佛白〕善哉善哉。忠義燭天，勳猷蓋世。三明既俱，六趣同遊。五十八年功德深，百千萬刼菩提滿。帝本佛門紅護法，降生塵世，今功成行滿。當此大法會，可仍復位，永遠鎮壇護法者。〔伏魔大帝白〕阿彌陀佛。〔作乘雲兜科，文昌帝君白〕玉堂仙子走動。〔衆扮二十四玉堂仙子，各執長春花上，白〕領法旨。〔舞唱〕

【雙角隻曲·天花樂】一年價才過不覺又是一年價春(韻)，哩哩天花(讀)，哩哩天花樂(格)。俺只見園林内無邊光景一時新(韻)。也麼嘻(讀)，嘻嘻天花樂(格)。也麼嘻(讀)，嘻嘻天花樂(疊)。有多少青郊仕女踏遍了香塵(韻)，哩哩天花(讀)，哩哩天花樂(格)。只看那燕兒啾啾啾、鶯兒支支支、蜂兒轟轟轟、蝶兒飛飛飛、忒楞忒楞騰忒楞忒楞騰穿來穿去的鬧芳辰(韻)。也麼嘻(讀)，嘻嘻天花樂(格)。也麼嘻(讀)，嘻嘻天花樂(疊)。又只見水村山廓、桃翻紅浪、柳鎖緑煙、嬌嬌媚媚、下下高高畫出清明上河圖(句)，哩哩天花(讀)，哩哩天花樂(格)。一群群一隊隊香車寶馬、擕樽執榼、尋花覓草，可知都是太平人(韻)。也麽嘻(讀)，嘻嘻天花樂(格)。也麽嘻(讀)，嘻嘻天花樂(疊)。〔下。雜扮麒麟、鳳凰上，舞一回下。文昌帝君白〕聖天子德配天地，化洽唐虞。是以文治光昌，太和翔洽，麟遊鳳舞，非無自而來也。〔唱〕

【雙角隻曲・醉太平】清平的世宙(韻)，朗蕩的神州(韻)。慶堯天(讀)，雨露遍遐陬(韻)，聲教直通天盡頭(韻)。秉彝好(讀)，懿德人人有(韻)，鳳琴雅瑟家家奏(韻)，熙熙皞皞樂春秋(韻)。怎的不鳳儀庭(韻)，麒麟在藪(韻)。〔如來佛白〕青蓮侍者走動。〔衆扮二十四青蓮侍者，執蓮花上，白〕領佛旨。〔舞唱〕

【雙角隻曲・天花樂】一年價春盡不覺又是一年價夏(韻)，哩哩天花(讀)，哩哩天花樂(格)。只見那七寶池中、紅衣翠蓋、亭亭静直、不蔓不支周遭開遍了芰荷花(韻)。也麽嘻(讀)，嘻嘻天花樂(格)。也麽嘻(讀)，嘻嘻天花樂(疊)。正當這赤日行天，向衹樹林中娑羅樹下坐着、緑苔卧着、青菌三三兩兩袒袈裟(韻)，哩哩天花(韻)，哩哩天花樂(格)。又何須到冰嶺登雪山，這便是清涼國清净場，冷冰冰地不知溽暑落誰家(韻)。也麽嘻(讀)，嘻嘻天花樂(格)。也麽嘻(讀)，嘻嘻天花樂(疊)。到此際，用不着玉椀晶盤、雪藕冰桃、水閣涼亭、輕羅小扇，可也肺腑自清涼(句)，哩哩天花(讀)，哩哩天花樂(格)。遍三千、遍大千、慧日圓、法輪轉、指頭上霏霏鬱鬱慈雲法雨散天涯(韻)。也麽嘻(讀)，嘻嘻天花樂(格)。也麽嘻(讀)，嘻嘻天花樂(疊)。〔下。雜扮獅象上，舞一回下。如來佛白〕聖天子道原

不二，治本無爲。是以紺宇珠宫，並蒙覆幬；靈台獅象，亦來黼黻太平也。〔唱〕

【雙角隻曲・醉太平】獅王與象王(韻)，舞落金花布地黄(韻)，跳躍在氍毹上(韻)，好似善風法雨送慈航(韻)。這的是兜率宫(讀)，呈獻的升恒樣(韻)。這的是紫金白銀(讀)，妙高色相(韻)。這的是率舞咸登歡喜場(韻)。這的是秘密禪中無字唱(韻)。這的是中華功德徧西方(韻)，感格了這吼獅馴象(韻)。〔太上老君白〕黄花童子走動。〔衆扮二十四黄花童子，各執菊花上，白〕領法旨。〔舞唱〕

【雙角隻曲・天花樂】一年價夏盡不覺又是一年價秋(韻)，哩哩天花(讀)，哩哩天花樂(韻)。菊苞綻、桐葉飄、玉露冷冷、金風颯颯火西流(韻)。也麽嘻(讀)，嘻嘻天花樂(格)。也麽嘻(讀)，嘻嘻天花樂(疊)。俺只見遍清虚白雲紅樹自悠悠(韻)，哩哩天花(讀)，哩哩天花樂(格)道心閒、無事做、坐蒲團看他織女會牽牛(韻)。也麽嘻(讀)，嘻嘻天花樂(格)。也麽嘻嘻(讀)，嘻嘻天花樂(疊)。風也清、月也清、心也清、敞着襟兒、對着景兒、拍着手兒、唱着曲兒、和那天籟一齊鳴(句)，哩哩天花(讀)，哩哩天花樂(格)。俺待要遊碧城、到清都、採了雲芝、收了仙椹、取了瑶筍、將了羊珠、縹縹緲緲輕輕鬆鬆御風迆逦上神州(韻)。也麽嘻(讀)，嘻嘻天花樂(格)。也麽嘻(讀)，嘻嘻天花樂(疊)。〔下。雜扮尨吊上，跳舞一回下。太上老君白〕聖天子川嶽藴心，雷霆在掌。是以海宇長清，輿圖式廓。〔唱〕

【雙角隻曲・醉太平】舞干羽兩階(韻)，敷文命四海(韻)。用不着靈符秘訣五雷牌(韻)，早除了絶域氛霾(韻)。早平了(讀)，幾千處黃花寨(韻)。早開了(讀)，二萬里恒沙界(韻)。説甚麽(讀)，耆婆接踵來(韻)，這才是降龍伏虎的主宰(韻)。〔前玉堂仙子、青蓮侍者、黃花童子同上，舞科，唱〕

【雙角隻曲・天花樂】一年價秋盡不覺又是一年價冬(韻)，哩哩天花(讀)，哩哩天花樂(格)。只見風吹落葉捲大紅(韻)。也麽嘻(讀)，嘻嘻天花樂(格)。也麽嘻(讀)，嘻嘻天花樂(疊)。人都説到歲寒木落天空景色窮(韻)，哩哩天花(讀)，哩哩天花樂(韻)。那知道太平人家家户户含哺鼓腹坐春風(韻)，也麽嘻(讀)，嘻嘻天花樂(格)。也麽嘻(讀)，嘻嘻天花樂(疊)。普天下方内的、方外的、讀着書兒、念着經兒、修着道兒、人人都享着昇平的福(句)，哩哩天花(讀)，哩哩天花樂(格)。悉聽他天寒也、地冷也、仁壽域中没事體、夕而眠、朝而起、冷便衣、飢便食一團和氣暖融融(韻)。也麽嘻(讀)，嘻嘻天花樂(格)。也麽嘻(讀)，嘻嘻天花樂(疊)。〔如來佛唱〕

【雙角隻曲・醉太平】風淳兼化翔(韻)，無術可揄揚(韻)。漢家神武至高光(韻)，也無能比方(韻)。俺這裏身承雨露如天貺(韻)，卻没有明珠寶玉希奇餉(韻)。且喜得四時花卻隨時放(韻)，怎的不借名花去晉壽觴(韻)。〔衆魁星、玉堂仙子、青蓮侍者、黃花童子合舞科，同唱〕

【雙角隻曲・天花樂】則俺這拈花拈花還自笑(韻)，九如詩此際借花描(韻)，花色花香花態嬌(韻)。散天花(讀)，花肥花瘦儘推敲(韻)。護花的幡樹花坳(韻)，鈴挂花稍(韻)。五尺花笆闌着(韻)，五彩花屏圍着(韻)，五絲花障遮着(韻)，司花仙女守着(韻)，惜花仙子護着(韻)，愛花身爲花勞(韻)。摘花花冠簪着(韻)，折花花瓶供着(韻)，挼花花囊嗅着(韻)，花奴今作花饕(韻)。更百花洲上花舠(韻)，載花花夕花朝(韻)，興是花邀(韻)，酒以花豪(韻)，情被花挑(韻)，愁賴花消(韻)，神逐花摇(韻)。今日裏紅杏花兒放了(韻)，青蓮花兒香了(韻)，黄菊花兒綻了(韻)，萬歲花宫開了(韻)，八寶花臺搭了(韻)，五福花柵蓋了(韻)，十錦花毡鋪了(韻)，繡花襖子穿了(韻)，聚花帽子戴了(韻)，百花帶子束了(韻)，花臺人唱花謡(韻)。花天花月遊遨(韻)，昇平世界舜僢堯僥。〔用花擺「卍年春」三字科〕俺只願鞏固鞏固也那皇圖、遐昌遐昌也那帝道，大清國萬年長歌天保、神佛仙歲歲今朝，齊拍手共唱一回哩哩天花樂。〔下〕